Histórias diversas
de Eliano

Eliano, o Sofista

(Cláudio Eliano de Preneste)

Histórias diversas de Eliano

TRADUÇÃO
Regina Schöpke
Mauro Baladi

Título original em francês: *Histoires diverses d'Elien*
Texto original: Paris, Imprimerie d'Auguste Delalain, 1827
(2ª edição, bilíngue)
(a partir da versão do grego para o francês de Joseph Dacier)

martins
Martins Fontes

© 2009, Martins Editora Livraria Ltda., São Paulo, para a presente edição.
Histórias diversas de Eliano
Cláudio Eliano de Preneste
O original desta obra foi publicado com o título *Histoires diverses d'Elien*.

Publisher *Evandro Mendonça Martins Fontes*
Coordenação editorial *Patrícia Rosseto*
Produção editorial *Luciane Helena Gomide*
Produção gráfica *Sidnei Simonelli*
Projeto gráfico e capa *Megaart Design*
Preparação *Ana Cecília Agua de Melo*
Revisão *Dinarte Zorzanelli da Silva*
Jonathan Busato

Dados Internacionais de Catalogação na Publicação (CIP)
(Câmara Brasileira do Livro, SP, Brasil)

Eliano, o Sofista, ca 170-235.
Histórias diversas / Eliano ; tradução Regina Schöpke e Mauro Baladi. – São Paulo : Martins, 2009. – (Coleção prosa)

Título original: Histoires diverses d'Elien
Bibliografia
ISBN 978-85-61635-12-1

1. História antiga – Obras anteriores a 1800 I. Título. II. Série.

09-00364   CDD-930

Índices para catálogo sistemático:
1. História antiga   930

Todos os direitos desta edição para o Brasil reservados à
Martins Editora Livraria Ltda.
Rua Prof. Laerte Ramos de Carvalho, 163
01325-030 São Paulo SP Brasil
Tel. (11) 3116.0000 Fax (11) 3115.1072
info@martinseditora.com.br
www.martinseditora.com.br

Sumário

◆

Apresentação – Em busca da moral perdida 19
Regina Schöpke e Mauro Baladi

ADVERTÊNCIA DO TRADUTOR SOBRE ESTA NOVA EDIÇÃO 25
PREFÁCIO DA PRIMEIRA EDIÇÃO (1772) 27

LIVRO PRIMEIRO
1. Do polvo 33
2. Das aranhas 33
3. Das rãs do Egito 34
4. Do cão egípcio 34
5. Da raposa marinha 35
6. Das tartarugas do mar 35
7. Dos javalis 35
8. Da tarântula 36
9. Do leão doente 36
10. Como as cabras de Creta curam por conta própria os seus ferimentos . . . 36
11. Que os ratos sabem prever o futuro 36
12. Das formigas 37
13. De Gelon 37
14. Do cisne 37
15. Das pombas 38
16. De Sócrates bebendo a cicuta 39
17. Dos pequenos carros de quatro cavalos e do dístico elegíaco 40
18. Do luxo das mulheres 40
19. Do luxo dos sibaritas, dos colofonianos e dos coríntios 41
20. De Dionísio pilhando os templos dos deuses 41
21. Como Ismênias reverenciou o rei da Pérsia sem baixeza 42
22. Presentes do rei da Pérsia aos embaixadores 42

23. De Górgias e de Protágoras 43
24. Do desafio entre Hércules e Lepreu 43
25. Da generosidade de Alexandre para com Focion, e de Focion para com Alexandre 44
26. Da voracidade de Aglais 44
27. De diversos grandes comilões 45
28. Das iguarias mais apreciadas pelos ródios 45
29. De uma ovelha que pariu um leão 46
30. Ptolomeu amava Galetes tanto pelo seu espírito quanto pela sua beleza . 46
31. Lei que obriga os persas a levar presentes para o rei 47
32. Da água oferecida como presente ao rei da Pérsia 47
33. De uma enorme romã dada a esse mesmo rei 49
34. De um pai que solicitava a condenação de seu filho 49

LIVRO SEGUNDO

1. Como Sócrates curou Alcibíades do temor que lhe inspirava o povo reunido 51
2. Palavras de Zeuxis a Megabizes 52
3. Palavras de Ápeles a Alexandre 52
4. Da amizade entre Cariton e Melanipo e da clemência de Falaris para com eles 53
5. Da economia do tempo. Exemplo da Lacedemônia 55
6. Não é à multidão que importa agradar 55
7. Que os tebanos não expunham as crianças 56
8. De Xenocles e de Eurípides disputando o prêmio da tragédia 56
9. Decretos dos atenienses contra alguns povos que haviam abandonado o seu partido 57
10. Timóteo acreditou-se menos feliz depois de ter ouvido um discurso de Platão 58
11. Aquilo que disse Sócrates acerca daqueles que os trinta tiranos haviam feito morrer 59
12. Palavras de Temístocles 60
13. De Sócrates representado no teatro por Aristófanes 60
14. Da paixão de Xerxes por um plátano 63
15. Dos clazomenianos que sujaram com fuligem as cadeiras dos éforos 64
16. De Focion 64
17. Dos magos da Pérsia e de Ochus 65
18. Palavras de Timóteo 65
19. De Alexandre, que queria ser chamado de DEUS 66
20. Da humanidade do rei Antígono 66

21. De Pausânias e do poeta Agatão, seu amigo 67
22. Da sabedoria das leis de Mantineia 68
23. De Nicodoro, atleta e legislador 68
24. De Milon, o crotoniata 69
25. Tradição dos gregos acerca do sexto dia do mês targelion 69
26. Coisas maravilhosas referentes a Pitágoras 70
27. Palavras de Platão a Aníceris 71
28. Origem da briga de galos 72
29. Como Pítaco representava a fortuna 72
30. De Platão 73
31. Que não existem ateus entre os bárbaros 73
32. De Hércules 74
33. Das estátuas dos rios 74
34. Da velhice 75
35. Da morte de Górgias 76
36. De Sócrates velho e doente 76
37. De uma lei de Zaleucus 76
38. Lei que não permitia o vinho a qualquer pessoa nem a qualquer idade . . 77
39. Leis dos cretenses sobre a educação 77
40. Os animais odeiam o vinho 78
41. Lista de alguns antigos que gostavam de beber e que bebiam muito 78
42. Conduta de Platão com relação aos árcades e aos tebanos 81
43. Grandes homens da Grécia que foram pobres 82
44. Descrição de um quadro do pintor Teon 82

LIVRO TERCEIRO

1. Descrição de Tempé, na Tessália 85
2. Da coragem com a qual Anaxágoras suportou a morte de seus filhos . . . 87
3. Xenofontes suportou corajosamente a notícia da morte de seu filho 88
4. De Dion tomando conhecimento da morte de seu filho 88
5. Antígono não ficou emocionado com a visão do cadáver de seu filho . . . 88
6. Da grandeza de alma de Crates 89
7. Da calúnia 89
8. Um poema valeu a Frínico o comando do exército ateniense 89
9. Do poder do amor 90
10. Da escolha dos amigos entre os lacedemônios 91
11. Da alma 91
12. Do amor entre os lacedemônios 92
13. Da embriaguez dos tapirianos 92
14. Da paixão dos bizantinos pelo vinho 92

15. Da mesma paixão entre os argivos, os tirintianos, os trácios etc. 93
16. Comparação entre Demetrius e Timóteo 94
17. A filosofia não é incompatível com as qualidades exigidas para a administração 94
18. Conversação entre Midas e Sileno 97
19. Da querela de Aristóteles com Platão 99
20. Presentes que foram oferecidos a Lisandro 101
21. Da grandeza de alma de Temístocles 101
22. Da devoção de Eneias e da comiseração dos gregos para com os troianos . 101
23. De Alexandre 102
24. Gosto de Xenofontes pelo belo 103
25. De Leônidas e dos trezentos lacedemônios 104
26. Do tirano Píndaro 104
27. De Platão e de como ele resolveu se dedicar à filosofia 105
28. Como Sócrates reprimiu o orgulho de Alcibíades 106
29. Da pobreza e do orgulho de Diógenes 106
30. Da continência de alguns antigos 107
31. Do pintor Nícias 107
32. De Alexandre aprendendo a tocar lira 107
33. De Sátirus, o flautista 108
34. Lei comum aos lacedemônios e aos romanos 108
35. Não era permitido rir na Academia 109
36. Por que Aristóteles se retirou de Atenas 109
37. Lei de Céos sobre os velhos 110
38. Particularidades da história de Atenas 110
39. Da primitiva alimentação de alguns povos 110
40. Dos sátiros e dos silenos 111
41. Diversas denominações de Baco 111
42. De algumas mulheres que se tornaram furiosas 111
43. De um tocador de lira morto pelos sibaritas 113
44. De três rapazes que iam a Delfos 113
45. Oráculo anunciado a Filipe 114
46. Lei dos estagiritas 114
47. De Timóteo e de alguns outros grandes homens 115

LIVRO QUARTO
1. Costumes de diferentes povos 117
2. Discussão entre Nicóstrato e Laodocus 119
3. Comparação entre Polinoto e Dionísio 119
4. Lei dos tebanos concernente aos pintores e aos escultores 119

5. Exemplos de reconhecimento 120
6. Oráculo concernente a Atenas 122
7. Da condição dos perversos depois de sua morte, e de Pausânias 122
8. Da inconstância da fortuna 122
9. Modéstia de Platão 124
10. Conduta de Péricles para com o povo de Atenas 125
11. De Sócrates 126
12. De um retrato de Helena pintado por Zeuxis 126
13. Ponto de vista de Epicuro sobre a felicidade 126
14. Da economia e da conservação de seus bens 127
15. Exemplos singulares da utilidade das doenças 127
16. Características peculiares de alguns antigos 129
17. Opiniões de Pitágoras. Episódios singulares que se referem a ele 129
18. Homenagens que Dionísio prestou a Platão 131
19. De Filipe e de Aristóteles 132
20. De Demócrito 132
21. De Sócrates e de Platão 133
22. Do luxo dos atenienses 133
23. De alguns pródigos 134
24. Dos meios de conservar a amizade 134
25. Loucura extraordinária de Trasilo 135
26. De Electra 135
27. De Panfaés e de Creso 136
28. De Ferécides 136
29. Exemplo da loucura de Alexandre 137

LIVRO QUINTO

1. De Tacos, rei do Egito 139
2. Da morte de Ferécides 139
3. Das colunas de Hércules 140
4. Da oliveira e da palmeira de Delos 140
5. Da pobreza de Epaminondas 140
6. Da morte voluntária do sofista Calanus 141
7. De Anacarsis 142
8. Das injúrias 142
9. De Aristóteles 142
10. Perdas que os atenienses tiveram de suportar 143
11. Crueldade de um rei da Trácia 143
12. Dêmado condenado a pagar uma multa 143
13. Da inconstância dos atenienses 144

14. Duas leis áticas 145
15. Do julgamento por homicídio em Atenas 145
16. Criança julgada como sacrílega 145
17. Superstição dos atenienses 146
18. Mulher grávida condenada à morte 146
19. Como Ésquilo escapou do suplício 147
20. Dos tarentinos e dos reginianos 147
21. De Medeia 147

LIVRO SEXTO
1. Exemplos de desumanidade e de injustiça 149
2. Valor do filho de Harmátides 151
3. Do jovem Isadas 151
4. Do casamento da filha de Lisandro 152
5. Dos embaixadores de Atenas 152
6. Leis lacedemônias 152
7. Tremor de terra ocorrido em Esparta 153
8. Do assassinato de Artaxerxes 153
9. Tesouro procurado no templo de Apolo pelos délfios 154
10. Lei promulgada por Péricles 154
11. De Gelon querendo abdicar da autoridade suprema 155
12. Revolução ocorrida na fortuna de Dionísio 155
13. Da tirania 157
14. Conjuração contra Dario 157

LIVRO SÉTIMO
1. Como Semíramis chegou ao trono da Assíria 159
2. Da deliciosa vida de Straton e de Nicocles 160
3. Palavras de Aristipo 161
4. Elogio do moinho 161
5. Ulisses e Aquiles ocupavam-se algumas vezes de trabalhos manuais 161
6. Resposta de um cita a respeito do frio 162
7. Palavras de Piteias sobre Demóstenes 162
8. Dor que Alexandre sentiu com a morte de Heféstion 163
9. Da mulher de Focion 164
10. Da mulher de Sócrates 164
11. Calçados das mulheres romanas 164
12. Palavras de Lisandro ou de Filipe 164
13. Palavras de Agesilau 165
14. Dos filósofos guerreiros e dos filósofos políticos 165

15. Como os mitilenianos puniram a defecção de seus aliados 166
16. Da fundação de Roma 166
17. Chegada de Eudoxo à Sicília 166
18. Dos egípcios e das mulheres indianas 167
19. Estratagema de Solon, comandando o exército ateniense 167
20. Palavras de Arquidamus, a respeito de um velho de Céos 168
21. Do desejo que César e Pompeu tinham de se instruir 168

LIVRO OITAVO

1. Do demônio de Sócrates 169
2. De Hiparco, filho de Pisístrato, e de seu amor pelas letras 170
3. Costume singular da Ática 171
4. Luxo ridículo de Poliarco 171
5. De Neleu e de Medron, filhos de Codrus 172
6. Ignorância dos bárbaros 172
7. Das núpcias de Alexandre 173
8. Da arte da pintura 174
9. De Arquelau, rei da Macedônia 174
10. De Solon 175
11. Do definhamento sucessivo de todos os seres 175
12. De Demóstenes e de Ésquines, de Teofrasto e de Demócares 175
13. Personagens que jamais riram 176
14. Morte de Diógenes 176
15. Precaução de Filipe contra o orgulho inspirado pela vitória 177
16. De Solon e de Pisístrato 177
17. De Citos, rei dos zancleanos 178
18. De Eutimo e do gênio de Têmeses 179
19. Epitáfio de Anaxágoras 180

LIVRO NONO

1. Caráter de Hierão 181
2. Da vitória de Tauróstenes 181
3. Luxo de Alexandre 182
4. De Polícrates e de Anacreonte 183
5. De Hierão e de Temístocles 184
6. De Péricles 184
7. Constância da alma de Sócrates 184
8. Justa punição dos excessos de Dionísio, o Jovem 185
9. Do luxo de Demetrius 185
10. Do desprezo de Platão pela vida 186

11. Do pintor Parrásio 186
12. Conduta dos romanos e dos messênios com relação aos epicuristas 187
13. Da gula e da obesidade excessiva de Dionísio 187
14. Da magreza de Filetas 188
15. De Homero 189
16. Da Itália 189
17. Da vaidade de Demóstenes 190
18. De Temístocles 190
19. De Demóstenes e de Diógenes 190
20. De Aristipo 191
21. Palavras de Terâmenes 191
22. Filósofos que se dedicaram à medicina 192
23. De Aristóteles doente 192
24. Da moleza de Esmindírides 192
25. Conduta de Pisístrato para com os atenienses 193
26. De Zenão e de Antígono 193
27. Ingenuidade de um lacedemônio 194
28. Palavras de Diógenes 194
29. Sócrates, acima do temor e do interesse 194
30. Previdência de Anaxarco 195
31. Morte súbita de um atleta vencedor 195
32. Da estátua de Frineia e das estátuas dos cavalos de Cimon 196
33. Resposta de um jovem a seu pai 196
34. Palavras de Diógenes 197
35. Orgulho de Antístenes 197
36. De Antígono e de um tocador de lira 197
37. Gracejo de Anaxarco a respeito de Alexandre 198
38. Da lira de Páris 198
39. Paixões insensatas 198
40. Costume dos cartagineses 199
41. De Pausânias e de Simônides 200
42. De Artaxerxes e de Dario 200

LIVRO DÉCIMO
1. Ferênice nos jogos olímpicos 201
2. Continência de Eubatas 202
3. Do instinto de alguns animais 202
4. Marcha forçada de Alexandre 203
5. Palavras de Esopo sobre os tiranos 203
6. De alguns homens de uma magreza singular 203

7. Do grande ano 204
8. Dos benefícios 205
9. Da gula de Filóxenes 205
10. Dos antigos pintores 206
11. Resposta de Diógenes 206
12. Palavras de Arquitas 207
13. De Arquíloco 207
14. Da ociosidade 208
15. Pobreza de Aristides e de Lisandro 208
16. De Antístenes e de Diógenes 208
17. Exemplos de homens célebres que enriqueceram à custa do povo ... 209
18. Do pastor Dafne e da origem dos poemas bucólicos 209
19. Ação corajosa do lutador Euridamas 210
20. Resposta de Agesilau a Xerxes 210
21. De Platão quando criança 211
22. Do atleta Dióxipes 211

LIVRO DÉCIMO PRIMEIRO
1. Luta siciliana 213
2. Escritores mais antigos que Homero 213
3. Do atleta Iccus 214
4. De Agátocles ficando calvo 214
5. Perversidade dos délfios 214
6. De um adúltero 215
7. Palavras sobre Lisandro e sobre Alcibíades 215
8. Da morte de Hiparco 215
9. Exemplos ilustres de desprendimento 216
10. De Zoilo 217
11. De Dionísio 218
12. Palavras de Sócrates a Xantipa 218
13. De um siciliano cuja visão alcançava uma distância espantosa .. 219

LIVRO DÉCIMO SEGUNDO
1. História de Aspásia 221
2. As Musas são amigas da paz 229
3. Epaminondas moribundo 229
4. De Sesóstris 230
5. De Laís 230
6. Das famílias de Marius e de Catão 230
7. De Alexandre e de Heféstion 230

8. Má-fé de Cleômenes 231
9. De Timésias, que se baniu voluntariamente de sua pátria 231
10. Dos eginetas 232
11. Templo da febre 232
12. Pena por adultério na ilha de Creta 233
13. Palavras da cortesã Gnatena a um grande falador 233
14. Grandes homens célebres por sua beleza 233
15. Personagens ilustres que gostavam de brincar com as crianças 234
16. De Alexandre 235
17. Conduta indecente de Demetrius Poliorceto 235
18. De Faon 235
19. De Safo 236
20. Do rouxinol e da andorinha 236
21. Coragem das mulheres lacedemônias 236
22. De Milon, o Crotoniata, e do pastor Titorme 237
23. Da bravura dos celtas 238
24. Do luxo de Esmindírides 238
25. Lista de homens ilustres que tiveram amigos ou mestres úteis 239
26. De alguns grandes beberrões 240
27. Humanidade de Hércules para com seus inimigos 240
28. Do Leocorion 241
29. Palavras de Platão sobre o luxo dos agrigentinos 241
30. Dos tarentinos e dos cirenaicos 241
31. Nomes dos vinhos gregos mais apreciados 242
32. Vestimentas e calçados de alguns filósofos 242
33. Generosidade dos romanos 243
34. De Pausânias e de Ápeles 243
35. Dos homônimos 244
36. Do número de filhos de Niobe 244
37. Circunstância da vida de Alexandre 245
38. Costumes dos saces 245
39. Audácia de Pérdicas 246
40. Do luxo de Xerxes 246
41. Do pintor Protógenes 247
42. De algumas crianças que foram alimentadas por animais 247
43. Personagens célebres que nasceram na obscuridade 247
44. Das pedreiras de Siracusa 249
45. De Midas, de Platão e de Píndaro, quando crianças 250
46. De um prodígio que anunciou que Dionísio seria rei 250
47. De Aristômaca, mulher de Dion 251
48. Dos poemas de Homero 251

49. Magnanimidade de Focion ... 252
50. Da pouca importância que os lacedemônios davam às letras ... 252
51. Do ridículo orgulho de Menécrates ... 253
52. Palavras de Isócrates sobre Atenas ... 254
53. Das causas das maiores guerras ... 254
54. Carta de Aristóteles a Alexandre ... 255
55. Costume bizarro dos líbios ... 256
56. Palavras de Diógenes sobre os megáricos ... 256
57. Prodígios que apareceram para os tebanos, quando Alexandre marchou contra eles ... 256
58. De Dióxipes ... 257
59. Palavras de Pitágoras ... 258
60. Resposta de Dionísio a Filipe ... 258
61. Homenagens prestadas a Bóreas ... 258
62. Lei singular dos persas ... 259
63. Da cortesã Arquédice ... 259
64. De Alexandre morto ... 260

LIVRO DÉCIMO TERCEIRO

1. De Atalanta ... 263
2. Punição de Macareu ... 267
3. Do túmulo de Belus aberto por Xerxes ... 268
4. Palavras de Eurípides ... 269
5. De Laio ... 270
6. Qualidades peculiares de alguns vinhos da Grécia ... 270
7. Conduta de Alexandre após a tomada de Tebas ... 270
8 e 9. De Lisandro e de Lâmia ... 271
10. Duplo matrimônio de Dionísio ... 271
11. Efeito de um discurso de Isócrates ... 272
12. Do astrônomo Meton ... 272
13. Palavras de Ptolomeu ... 273
14. Dos poemas de Homero ... 273
15. Nomes de alguns imbecis célebres ... 274
16. Dos apoloniatas ... 274
17. Antigo adágio ... 275
18. De Dionísio ... 275
19. Palavras de Cleômenes sobre Homero e sobre Hesíodo ... 275
20. Palavras de Cercidas moribundo ... 276
21. Da pele do sátiro Marsias ... 276
22. Do templo de Homero ... 276

23. De Licurgo 277
24. De alguns legisladores para os quais as leis que eles haviam estabelecido foram funestas 277
25. Combate entre Píndaro e Corina 278
26. Proveito que Diógenes tirou do exemplo de um rato 279
27. De Sócrates 279
28. Palavras de Diógenes 279
29. Palavras de Platão 280
30. Palavras de Olímpias, mãe de Alexandre 280
31. Da humanidade de Xenócrates 280
32. Palavras de Sócrates a uma cortesã 281
33. Da fortuna de Ródope 281
34. De Dionísio 282
35. Remédios dos quais se servem os cervos 283
36. Da morte de Eurídice 283
37. Gelon e os conjurados 283
38. Algumas palavras de Alcibíades 284
39. De Efialto 285
40. Algumas palavras de Temístocles 285
41. Palavras de Focion 286
42. Belo episódio da vida de Epaminondas 286
43. De Timóteo e de Temístocles 287
44. De Temístocles e de Aristides 287
45. Crueldade de Dionísio, o Antigo 288
46. De um dragão agradecido 288

LIVRO DÉCIMO QUARTO

1. Palavras de Aristóteles 289
2. De Agesilau 290
3. Palavras de Timóteo 290
4. Palavras de Aristides moribundo 290
5. Do governo de Atenas 290
6. Conselho de Aristipo para conservar a serenidade da alma 291
7. Leis e costumes dos lacedemônios 291
8. Como Policleto e Hipômaco fizeram que o povo percebesse a sua própria ignorância 293
9. Resposta de Xenócrates 293
10. Resposta de Focion a Dêmado 294
11. Deveres de um rei para com seus súditos 294
12. Ocupação dos reis da Pérsia em suas viagens 294

13. Das tragédias de Agatão 295
14. Do tocador de lira Estratônico 295
15. Sócrates comparado ao pintor Pauson 296
16. Palavras de Hipônico 296
17. Palavras de Sócrates sobre Arquelau 297
18. Ameaça singular de um senhor a seu escravo 297
19. Da decência dos discursos de Arquitas 297
20. Anedota de Síbaris 298
21. Do poeta Siagrus 298
22. Exemplo singular de tirania 298
23. Do uso que Clínias e Aquiles faziam da música 299
24. Generosidade de alguns cidadãos 300
25. Meio singular de conservar a paz num Estado 300
26. De Antágoras e de Arcesilau 301
27. Agesilau 301
28. Do orador Piteias 302
29. De Lisandro 302
30. Da vaidade de Annon 302
31. De Ptolomeu Tryphon 303
32. Palavras do lacedemônio Timândrides 303
33. Resposta de Diógenes a Platão 304
34. Da origem das leis entre os egípcios 304
35. De Laís 305
36. Lição para aqueles que se envaidecem por causa de seu nascimento 305
37. Sobre as estátuas e os quadros 305
38. Conselho de Epaminondas a Pelópidas 306
39. De Antalcidas 306
40. De Alexandre, tirano de Feres 307
41. Paixão de Apolodoro pelo vinho 307
42. Máxima de Xenócrates 308
43. De Ptolomeu e de Berenice 308
44. Lei lacedemônia contra a avareza 308
45. De algumas mulheres célebres 309
46. Maneira de combater dos magnésios 309
47. Palavras do pintor Nicóstrato 310
48. Personagens dos quais Alexandre suspeitava 311
49. Episódio da vida de Filipe 311

Apresentação

❖

Em busca da moral perdida

Regina Schöpke e Mauro Baladi

O passado parece ter uma virtude inegável: quanto maior é a distância que nos separa dele, mais vívidas são as memórias dos acontecimentos felizes e mais tênues e amenas parecem tornar-se as lembranças de nossos infortúnios. Não é à toa que Voltaire, com sua habitual genialidade, definiu o tempo como "o grande consolador", pois a sua passagem leva consigo o que há de excessivo em nossas dores.

É claro que Nietzsche diria que isso não vale para as almas ressentidas, que remoem sem parar seus sofrimentos. Mas, em geral, todos aqueles que já viveram o suficiente para terem muitas lembranças acabam por considerar que o momento presente, por melhor que seja, sempre representa uma perda com relação ao que passou. É assim que os mais velhos costumam alimentar a ideia de que o mundo se degradou: as famílias perderam a unidade, os casamentos perderam a solidez, os filhos perderam o respeito, os jovens perderam a compostura, os políticos perderam a honestidade, enfim, tudo teria perdido uma ingenuidade que, muito provavelmente, só existe em suas lembranças, num passado criado pela própria memória (tal como um filme para o qual selecionamos apenas as melhores sequências).

Se, por um lado, é verdade que tudo parece estar perdendo realmente o seu colorido original, por outro, é o mesmo movimento do mundo (que, em geral, se confunde com o tempo) que nos permite passar também da dor à alegria, ou seja, nos permite continuar a viver mesmo quando tudo parece perder o sentido. Em outras palavras, a ideia de que na origem tudo é mais inocente e puro, mais coeso e perfeito, faz parte de um movimento de rejeição do devir, uma resposta direta às mudanças que nos perturbam, nos assustam. No fundo, queríamos apenas congelar o tempo, fazer durar eternamente a juventude, os momentos felizes, as paixões e as alegrias que são sempre tão efêmeras. O presente é, no mínimo, mais tenso, mais problemático, porque é mais real, mais sentido na carne. O vivido, o que já foi, é sempre revestido de alguma poesia ou ilusão, para o bem ou para o mal, exatamente por se perder nas brumas da memória. Em suma, a verdade é que tudo se transforma, tudo está sempre em movimento. Se isso faz Platão – e não apenas ele – entender o movimento como uma forma de degradação é porque ele acredita na existência de algo que é puro e incorruptível. É o que o faz crer que a história é, necessariamente, o processo de decadência das formas e dos seres, tanto quanto a vida sensível é apenas um caminho inexorável para a morte.

Sem dúvida, é difícil fugir da ideia de degradação. Afinal, a finitude é uma realidade física. Mas uma coisa é entender a mudança como sinônimo de decadência (tal como fez Platão), outra é entender que tudo o que existe são mudanças contínuas de estado, o estabelecimento de "novas ordens", de uma nova conformação que não é, de fato, nem necessariamente progresso nem decadência. Seja como for, é a partir dessa perspectiva – a de tentar buscar no passado (e até mesmo no presente) uma forma de ensinar os homens a não cometerem os mesmos erros de sempre – que os escritores denominados "moralistas" produzem suas obras baseadas em exemplos reais e também fictícios.

Praticamente especializados na arte de lamentar a perda dos valores e a degeneração dos costumes, os tais moralistas, presentes em todas as civilizações, funcionam como uma espécie de consciência e também de memória, nunca deixando que os homens se esqueçam tanto da grandeza quanto da mesquinhez de seus atos. É assim que La Rochefoucauld ironizava sua sociedade decadente com as mesmas armas com as quais Teofrasto zombava dos gregos de seu século e o romano Petrônio nos mostra uma decadência que nada fica a dever à de nosso mundo. Já Baltasar Gracián é tão preciso e tão atual que suas sentenças parecem dirigidas expressamente a cada um de nós, tanto quanto as de Nicolas de Chamfort ou as do Marquês de Sade (este um cordeiro em pele de lobo). Nessa mesma trilha, um homem destaca-se por representar o ideal de moralidade de uma sociedade em transição (ou em decadência, dependendo do ponto de vista). Trata-se de Cláudio Eliano, filósofo latino nascido na cidade de Preneste (atual Palestrina, na Itália) por volta do ano 170 e falecido em Roma, entre 230 e 235.

Sobre a vida do cidadão romano Claudius Aelianos, quase não temos informações. Algumas fontes indicam que ele teria começado sua vida como escravo, o que era bastante comum na sociedade romana do século II. Sabemos que ele exerceu uma importante função sacerdotal e que foi professor de retórica (o que o tornou conhecido pelo nome de Eliano, o Sofista, embora sem qualquer cunho pejorativo). Sabemos também que sua língua de expressão literária era o grego – o idioma "erudito" do período da decadência romana. Aliás, o seu domínio do grego era tanto que chegou a ser apelidado pelos seus contemporâneos de "Meliglottos" (algo como "língua de mel"). Quanto à sua produção literária, Eliano deixou-nos ao menos duas obras, ambas coletâneas de anedotas históricas e de curiosidades sobre a natureza: a *História dos animais* e estas *Histórias diversas*.

Inédita em língua portuguesa, esta obra – ao menos na versão que chegou até os nossos dias – é dividida em catorze partes, trazendo uma coleção de 465 narrativas curtas que têm como personagens reis históricos, heróis mitológicos, filósofos, artistas, generais, cortesãs, além de monstros e animais (na verdade, todos aqueles que pudessem auxiliar o autor em seu maior objetivo: oferecer a seus leitores uma farta e divertida amostragem de exemplos morais, negativos e positivos). Seu combate moral divide-se em duas frentes, enfatizando sempre as demonstrações de honra e dignidade que deveriam servir de modelo para os seus contemporâneos e mostrando com desprezo os diversos exemplos de soberba, vaidade, arrogância e destempero que desonram até mesmo os mais nobres.

Um dado aparentemente surpreendente oferece-nos uma boa pista sobre as disposições de espírito do autor: Eliano não menciona nenhum personagem ou acontecimento contemporâneo e praticamente não cita Roma (na qual viveu quase toda a sua vida). Trata-se visivelmente de uma rejeição ao presente, a uma sociedade que lhe causava desconforto e preocupação. Isso é ainda mais evidenciado pela sua vida reclusa, totalmente desvinculada da corte dos Severos. Esses imperadores não poderiam inspirar realmente simpatia a um sábio, pois se dividiam entre um militarismo obtuso (o último conselho de Sétimo Severo aos seus filhos teria sido: "Enriqueçam os soldados e zombem de todo o resto") e a pura e simples crueldade (Caracala, Macrino e Heliogábalo).

Por isso, fica mais fácil entender por que um homem tão avesso a viagens e que se gabava de nunca ter deixado Roma só nos fala de povos remotos e de costumes exóticos, embora concentre suas atenções principalmente nos gregos e muito especialmente no período áureo de Atenas e Esparta, desde a mitológica Guerra de Troia (com seu herói Aquiles) até a ascensão de seu personagem mais recorrente: Alexandre, o Grande.

Tal como seu contemporâneo grego Diógenes Laércio, em sua obra *Vidas, doutrinas e sentenças dos filósofos ilustres*, Eliano recolhe suas histórias das mais diversas fontes, sem nenhuma preocupação com a veracidade dos fatos ou com algum rigor "científico" (embora muitos eruditos do passado tenham utilizado esse material como referência acerca de personagens e fatos pouco conhecidos). Muitas vezes, os mesmos personagens surgem em situações contraditórias, sem que o autor demonstre qualquer necessidade de nos oferecer uma "verdade" histórica. O que realmente parece interessar a Eliano são as simples e "eternas" verdades morais, que estariam acima de qualquer acontecimento transitório.

Do ponto de vista filosófico, Eliano mostra-se um herdeiro do estoicismo, como tantos romanos ilustres, embora não deixe de demonstrar simpatia pelos cínicos (especialmente por Diógenes, reconhecido por sua virtude e seu caráter). Em vários momentos, ele desfere críticas diretas ou indiretas ao epicurismo – que, juntamente com o estoicismo, constituíam a sobrevivência dos valores da filosofia grega no mundo romano. Fiel ao espírito estoico no que tange à moral, ele pensa que é preciso viver de acordo com a natureza e reconhece a virtude como o bem máximo do homem. Ele – que sempre buscou manter-se isolado das lutas pela riqueza, pelo prestígio e pelo poder – pensa que filósofos como Sócrates, Platão e Diógenes representam a perfeita harmonia entre o espírito e a matéria, entre as ideias e as ações mais elevadas.

Durante muitos séculos, as histórias reunidas neste livro foram citadas e recitadas, imitadas e transformadas por literatos, poetas e historiadores. Muitas delas se tornaram proverbiais ou foram incorporadas ao imaginário de nossa civilização (como a história da cortesã Ródope, origem do conhecido conto de Cinderela). Ainda hoje, as histórias de Eliano são capazes de divertir qualquer leitor, e seus exemplos morais não deixam de nos comover com a grandeza – mesmo muitas vezes imaginária – desses homens excepcionais de um passado remoto.

Mil e oitocentos anos já nos separam de Eliano, e o mundo não parece ter mudado muito, pelo menos na essência. Essa sensação de proximidade, de simpatia, é a mesma que sentimos ao ler qualquer um dos grandes moralistas que nos deixaram verdadeiros tesouros, tanto do ponto de vista de sua riqueza psicológica quanto de sua precisão em identificar as grandes virtudes e vícios que constituem a humanidade. Pouco importa que eles padeçam desse idealismo platônico que sempre aspira "recriar" o mundo a partir de um modelo perfeito, que sonha com alturas às quais a corrupção é incapaz de alcançar. O que seria da humanidade sem esses homens geniais, cujas lentes extremamente polidas são capazes de enxergar aquilo que quase ninguém consegue, admite ou suporta ver: que estamos muito longes de qualquer forma de perfeição e que é muito mais fácil deixar que os vícios brotem espontaneamente do que cultivar uma virtude.

Com um leve toque da ponta de sua pena, o sábio fere mortalmente nossa ilusão de perfeição, nossa pretensão de "filhos diletos dos deuses". Porém, ele não deixa de tentar curar nossa ferida com esse remédio tão universal: a verdade. Deploremos a decadência de nosso tempo de infinitos progressos e a perda de alguns valores que nunca tivemos, mas não deixemos que essa sensação de impotência nos impeça de aproveitar as boas coisas que o mundo sempre tem para nos oferecer: e uma delas é este livro.

Advertência do tradutor[1]
sobre esta nova edição

O progresso dos estudos clássicos em nada fez que Eliano perdesse seu valor ou seu interesse. Acreditaram que minha tradução podia ser-lhes útil, e decidi-me, apenas por esse motivo, a fazer que ela fosse reimpressa hoje, tal como a apresentei há mais de meio século. Esta nova edição está acompanhada do texto grego, que não constava da primeira[2]. Provavelmente não teria me imposto essa obrigação se não tivesse contado com a colaboração de um de nossos professores mais distintos, J. V. Le Clerc, que se encarregou de revisar o texto grego de acordo com as edições de Gronovius e de Coray. Será possível encontrar, portanto, em um único volume, as *Histórias* de Eliano tais como podem desejá-las os eruditos e as pessoas comuns? As notas, que podem ser de alguma ajuda tanto para uns como para outros – pelo menos para poupar-lhes algum trabalho de pesquisa –, foram reunidas no final do volume, da mesma forma como elas se encontravam ao fim de cada capítulo, na primeira edição. Esta será, portanto, uma simples reimpressão: minha idade não é mais adequada para novos empreendimentos[3].

D.

---

1 Joseph Dacier. (N. T.)
2 E também não consta desta tradução para o português. (N. T.)
3 Dacier tinha, na época desta segunda edição, 85 anos. (N. T.)

Prefácio da primeira edição (1772)

Plínio, o Jovem, começava assim uma de suas cartas: "Este ano, temos poetas em abundância, *Magnum proventum poëtarum annus hic attulit*"[1]. Não poderíamos dizer hoje, do ano precedente, que talvez nenhum outro tenha produzido tantos tradutores? Ouso aumentar-lhes o número.

Apresento ao público a tradução de um autor grego pouco conhecido, a não ser dos homens de letras, e que, pela variedade das matérias que abrange, mereceu ser colocado na relação dos escritores mais agradáveis da Antiguidade[2]. Particularidades da história dos diferentes povos, anedotas sobre os seus hábitos e suas práticas religiosas, seus episódios singulares, concernentes a personagens célebres em todos os gêneros, *apotegmas*, ou ditos memoráveis, réplicas vivazes ou encontros felizes, que nós chamaríamos de *Boas palavras*, ações brilhantes de valor, exemplos de virtude, retratos de vícios ou de ridículos – tudo é da alçada de Eliano. Suas *Histórias diversas* são uma coletânea daquilo que ele havia observado, nos autores antigos, de mais interessante e mais curioso. Ele compara muitas

---
1   Livro I, carta 13.
2   É assim que dele fala o autor do *Método grego* denominado de *Port-Royal*, p. 33 do *Prefácio* (p. XXIII da edição de 1819, publicada por A. Delalain).

vezes, em seus extratos, aquilo que foi dito sobre o mesmo fato por diferentes escritores, entre os quais se encontram alguns cujas obras não existem mais. Ele junta a isso aquilo que havia ouvido outras pessoas contarem. Alguns capítulos – porém, em pequeno número – são tão curtos que só podemos considerá-los como simples notas, destinadas a descarregar sua memória ou a recordar-lhe, na ocasião adequada, a ideia que ele ligava a elas ao escrevê-las.

De acordo com esta nota sumária sobre as *Histórias diversas*, é possível compará-las com as miscelâneas tão conhecidas entre nós com o nome de *Ana*, que tiveram mais de um modelo na Antiguidade, sob diferentes títulos que Aulo Gélio recolheu no princípio de suas *Noites áticas*. Este será, se quiserem, um vasto jardim, cujo conjunto não oferece nenhum desenho definido, mas onde a falta de simetria é compensada pela abundância e a diversidade das produções. Nem todas são igualmente preciosas, mas cada uma tem a sua utilidade ou o seu atrativo. Quem quer que abra o livro ao acaso (porque é indiferente que ele seja lido em sequência ou por trechos isolados) cairá sempre em um artigo de um ou de outro gênero. Os leitores instruídos, ao percorrê-lo, encontrarão episódios isolados, que não estão presos à cadeia de seus conhecimentos. Ao mesmo tempo, ele poupará o cansaço e o incômodo das pesquisas para aqueles que não têm outro objetivo a não ser o de adquirir uma noção geral dos hábitos da Antiguidade e de conhecer os grandes homens que tornaram célebres o país e o século nos quais viveram.

Se fosse o caso de realçar o mérito da obra de Eliano, alegaria em primeiro lugar, para estabelecer um prejulgamento em seu favor, o grande número de edições publicadas desde 1545 – quando foi impressa pela primeira vez, em Roma, sem tradução – até 1731, quando foi publicada na Holanda a bela edição de Abraham Gronovius, em dois volumes in-$4°$[3]. Eu o honraria com o apoio insuspeito dos sábios ilustres que empregaram suas noites de vigília reparando os danos que

---

3 Fabricius registrou essas diferentes edições no tomo III de sua *Biblioteca grega*.

as injúrias do tempo ou a ignorância dos copistas tinham causado ao texto, e esclarecendo as suas passagens mais difíceis. Seriam vistos, nessa lista, os nomes de Casaubon, de Scheffer, de Le Fèvre, de Kuhnius, de Perizonius e, por fim, o de Gronovius, que, na edição da qual acabo de falar, juntou suas próprias observações às desses críticos de primeira ordem. Eu acrescentaria que existem poucos escritos modernos sobre a Antiguidade grega nos quais Eliano não seja citado, não somente como testemunho subsidiário de um fato ou de um hábito, mas como uma autoridade – quando ele não está em contradição com algum escritor que, mais aproximado dos tempos e dos lugares, seja ainda mais digno de fé. Enfim, diria que, além do testemunho de reconhecimento que lhe é, assim, dado pelos modernos, diversos escritores antigos não desdenharam em falar de acordo com ele. Entre estes, estão Estobeu, Estêvão de Bizâncio, Eustácio[4], Filóstrato e Suidas. É a esses dois últimos que devemos alguns detalhes sobre a sua pessoa e suas obras, das quais uma parte não chegou até nós.

Cláudio Eliano nasceu em Preneste, atual Palestrina, cidade da Itália. Seria difícil fixar a data precisa de seu nascimento, mas Perizonius provou que ele escrevia no tempo dos imperadores Heliogábalo e Alexandre Severo, que reinaram desde o ano 218 até 235 (do que podemos inferir que ele teria nascido por volta do final do segundo século de nossa era). Ele era romano, ele mesmo o diz expressamente em diversos lugares. A isso, Filóstrato acrescenta que Eliano "nunca saiu da Itália, e jamais subiu em um navio". Roma foi a sua morada ordinária. Ali, ele ensinou a retórica e foi, provavelmente, essa ocupação que fez que ele merecesse o título de *sofista*, que lhe foi dado por Filóstrato e Suidas. Ele estava, além disso – segundo Suidas –, revestido com a dignidade de sumo sacerdote de uma divindade, da qual ignoramos o nome. Não é possível deixar de reconhecer, com efeito, no zelo amargo com o qual ele censura aqueles cuja crença lhe era suspeita, assim como no respeito

---

4 Eustácio da Tessalônica, gramático bizantino que viveu no século XII. (N. T.)

religioso que ele testemunha, em toda parte, pelo culto aos deuses, o homem comprometido oficialmente com a sua defesa. Seus costumes correspondiam à gravidade de seu ministério. Ele jamais se permite qualquer coisa que possa alarmar o pudor. Livre de ambições, ele desprezava aquilo que o vulgo admira e busca com ardor. É ele mesmo quem dá esse testemunho, no final da sua *História dos animais*: "Eu prefiro a vantagem de cultivar meu espírito e de multiplicar meus conhecimentos às honras e às riquezas que poderia obter na corte dos príncipes. Sei que os avaros e os ambiciosos considerarão isso um crime: mas eu preferi observar a natureza dos animais, estudar o seu caráter e escrever a sua história, a trabalhar pela minha elevação e pela minha fortuna".

Após uma vida laboriosa, que havia sido dedicada ao estudo, particularmente à leitura dos escritores gregos – poetas, oradores, historiadores e filósofos –, Eliano morreu, com cerca de sessenta anos, sem ter se casado.

Possuímos de sua autoria, além das *Histórias diversas*, uma *História dos animais* – que Vossius e Gesner atribuíram erroneamente a um outro escritor com o mesmo nome.

Nada nos resta de um discurso intitulado "Acusação ao tirano Gynnis" (ao tirano efeminado), que Eliano compusera presumivelmente contra o imperador Heliogábalo – e não contra Domiciano, como pensavam aqueles que o fazem viver no tempo do imperador Adriano.

Suidas conservou-nos alguns fragmentos de dois tratados, um com o título *Da providência* e o outro *Das aparições ou manifestações divinas*, nos quais Eliano atacava o sistema ímpio de Epicuro. Talvez esses dois títulos indiquem apenas uma única e mesma obra.

Alguns sábios confundiram o autor das *Histórias diversas* com o autor das *Táticas*, que escreveu durante o reinado de Adriano. Esse engano é uma consequência do erro no qual eles haviam incorrido, acerca do período em que viveu o primeiro Eliano. Eles teriam evitado esse erro se tivessem prestado atenção ao fato de que o autor das *Táticas* dá a entender, em seu Prólogo, que era de origem grega, porque não é possível duvidar que o outro fosse romano.

Numa coletânea de epístolas gregas, publicada por Aldo Manúcio em 1499, encontram-se vinte cartas que Conrad Gesner atribui a Eliano, na edição que ele publicou, em 1556, de todas as obras que trazem o nome desse escritor. É possível ler, verdadeiramente, o nome de Eliano no cabeçalho dessas cartas. Porém, ignoramos se elas são do autor das *Histórias diversas* ou do autor das *Táticas*, ou de algum outro escritor com o mesmo nome.

Como Eliano toma a liberdade, algumas vezes, de copiar frases inteiras de autores de acordo com os quais ele fala – sobretudo daquilo que retira de Ateneu, de quem era quase contemporâneo e a quem ele jamais nomeia –, alguns críticos pouco simpáticos a ele dirão, sem dúvida, que esta obra oferece mais uma amostra do estilo de diferentes escritores gregos e que não pode nos fazer conhecer o dele. Mas esses mesmos críticos, se forem de boa-fé, não poderão negar que vários capítulos das *Histórias diversas*, principalmente aqueles que são de uma certa extensão – como a "Descrição de Tempé"[5], a "História de Aspásia"[6], a "História de Atalanta"[7] e outros trechos consideráveis – são de sua própria autoria. Escritos com uma elegante simplicidade, mereceram que Filóstrato dissesse, de seu autor, "Que ele, embora romano, escrevia com toda a elegância ática". No entanto, duvido que quisessem adotar sem restrições este elogio e o cognome de *Boca de Mel*, que foi conferido a ele por seus contemporâneos, se tivéssemos dele apenas as *Histórias diversas*. Felizmente, a *História dos animais*, escrita com muito mais cuidado, dá a ele algum direito sobre ambos.

Tal é o autor que pretendo traduzir. Pareceu-me indispensável acrescentar algumas notas, seja para fazer conhecer os personagens dos quais ele fala (e que ele não designa, muitas vezes, senão pe-

---

5 Livro III, cap. 1.
6 Livro XII, cap. 1.
7 Livro XIII, cap. 1.

lo seu nome, mas sem nada acrescentar que indique sua pátria, sua condição ou mesmo a época em que eles viveram), seja para esclarecer as passagens ou os acontecimentos aos quais ele alude, e que podem ser ignorados pela maioria dos leitores. Não dissimularei que os comentários reunidos na edição de Gronovius, da qual me servi, facilitaram extremamente, com relação a isso, o meu trabalho, fornecendo-me uma parte dos materiais que utilizei. Mas tomo a liberdade de dizer que, dentre as minhas notas, será possível encontrar um número bastante grande que de forma alguma devo a ela.

Aqueles que tiverem o cuidado de comparar a tradução com o texto perceberão que modifiquei quase sempre os títulos dos capítulos. Não se trata de uma infidelidade a Eliano: esses títulos são obra dos copistas, e eles me pareceram ter o duplo defeito de serem muito longos e de não anunciarem bem o assunto dos capítulos.

Eu me gabava de ser o primeiro tradutor das *Histórias diversas*. Acreditando nisso, estava pronto a entregar minha obra para a impressão, quando soube, por intermédio de uma folha periódica (*Gazette de Deux-Ponts*, 1771, n. 85), que haviam se antecipado a mim, e que Formey havia publicado uma tradução em Berlim, em 1764. Imediatamente, procurei obtê-la. Examinando o livro, verifiquei que pelo menos as notas que acompanham o meu texto punham uma enorme diferença entre as duas traduções, para que a minha não parecesse totalmente inútil. Quanto ao resto, não seria conveniente, para mim, emitir um juízo sobre a tradução de Formey e avaliar o trabalho de um homem tão honrosamente conhecido na república das Letras. Contentar-me-ei em dizer, como Fedro, mesmo que seja apenas para terminar este prefácio como comecei – ou seja, com uma citação:

Quoniam occuparat alter, ne primus forem;
Ne solus esset, studui[8].

---

8 Fedro, *Fábulas*, livro II, 9. Neste trecho, Fedro, referindo-se a Esopo, diz que, embora reconheça a superioridade do talento deste último, escreveu sua obra para não deixar que ele (Fedro) fosse o único a ter composto fábulas. (N. T.)

Livro Primeiro

◆

1... Do polvo

Os polvos[1] são vorazes e insaciáveis: não há nada que seu ventre não devore. Muitas vezes, eles não poupam nem a sua própria espécie. O menor é apanhado pelo maior, nos braços do qual, como numa rede, fica preso sem poder libertar-se, tornando-se sua presa. Os polvos fazem também armadilhas para os peixes. Eis como: eles ficam postados sob os rochedos e adquirem tão perfeitamente a sua cor que parecem fazer parte deles e formar um mesmo todo. O peixe, que nada tranquilamente, aproxima-se dos polvos ao se aproximar do rochedo. Estes, então, estendendo seus braços, envolvem como numa rede o imprudente animal.

2... Das aranhas

As aranhas ignoram e desdenham aprender a arte de tecer e de fazer a teia[2], assim como as outras artes inventadas por Minerva. Que

---

1 Será possível encontrar maiores detalhes a respeito dos polvos em Aristóteles (*História dos animais*, livro IX). Cf. também Plínio, IX, 29; Eliano, *História dos animais*, I, 37; V, 44; XIV, 26 etc.
2 Eliano parece ter desejado refutar, nesse capítulo, o ponto de vista de alguns antigos – como Sêneca, Plutarco etc. – que sustentavam que os animais foram nossos mestres em diversas artes: que nós aprendemos a tecer com a aranha, a edificar com a andorinha etc.

uso fariam elas de um semelhante tecido para se vestirem? A teia que elas fabricam é uma espécie de armadilha, uma rede estendida para prender os insetos. A aranha, imóvel em seu posto, e perfeitamente semelhante a um corpo inanimado, vigia incessantemente essa teia: o que cai nela é a sua refeição. Ora, caem na teia tantos insetos quantos ela pode reter, e que são necessários à aranha para a sua alimentação[3].

3... Das rãs do Egito

As rãs do Egito são dotadas de uma inteligência que as eleva singularmente acima de sua espécie. Se, por acaso, uma rã encontra no Nilo uma das hidras[4] que nele vivem, ela imediatamente agarra com seus dentes um pedaço de caniço e o deixa atravessado em sua boca, apertando-o com toda a força sem jamais largá-lo. A hidra, cuja mandíbula não pode abrir-se no mesmo comprimento que o caniço, faz esforços inúteis para engolir o caniço e a rã, cuja esperteza leva vantagem, assim, sobre a força da hidra.

4... Do cão egípcio

Eis um exemplo semelhante da inteligência dos cães do Egito. Eles de modo algum são vistos curvando-se no rio para beberem nele à vontade, livremente e sem parar, toda a água de que teriam necessidade. O temor dos monstros que habitam o Nilo os mantém em uma desconfiança contínua: eles, portanto, ficam correndo ao longo das margens e bebem furtivamente em vários lugares. Essa

---

3   Encontram-se na *História dos animais*, de Eliano, dois capítulos referentes às aranhas. Um, o 21º do livro I, nada acrescenta ao que Eliano nos diz neste. O outro, o 57º do livro VI, tende a provar que a aranha tem conhecimentos de geometria, visto que ela sabe escolher um centro, fazer que dele partam raios e traçar círculos; tudo isso nas mais exatas proporções.
4   A hidra é uma espécie de serpente aquática, que mantém uma guerra particular contra as rãs. Quando a hidra sai da água, para procurar seu alimento em terra, ela é chamada de *chersidra*, ou seja, *hidra terrestre*.

precaução, de só beber em intervalos, põe sua vida em segurança, e eles nem por isso deixam de saciar a sua sede.

5... Da raposa marinha

Se a raposa terrestre é astuta e ardilosa, a raposa do mar não o é menos. Esse animal é tão guloso que nem desconfia das iscas, e não procura de modo algum fugir delas[5]. Com relação ao anzol ao qual as iscas estão presas, ela zomba dele. Antes que o pescador tenha tempo de puxar sua linha, a raposa dá um salto, parte a corda e põe-se a nadar. Muitas vezes ela engole até dois ou três anzóis, para grande pesar do pescador, que esperava levá-la para o seu jantar.

6... Das tartarugas do mar

As tartarugas marinhas põem os seus ovos em terra. A partir do momento em que isso foi feito, elas os enterram e voltam nadando para os lugares onde costumam habitar. Elas conhecem bastante a arte de calcular para contar quarenta dias, durante os quais sua prole se desenvolve nos ovos em que está contida. Então, retornando ao local onde os depositaram e esconderam, elas removem a terra com a qual haviam sido cobertos e levam embora seus filhotes, já capazes de se movimentar e bastante fortes para seguirem sua mãe.

7... Dos javalis

Os javalis têm algum conhecimento de medicina e da arte de curar. Se lhes sucede de comerem imprudentemente a jusquiama[6],

---

5 Eliano acrescenta, na *História dos animais* (livro IX, cap. 12), que a raposa marinha, quando por acaso engole um anzol, faz que ele saia de suas entranhas, virando-as pelo avesso como se faz com uma roupa.

6 *Jusquiama*, também denominada hanabana, planta soporífera e quase sempre mortal para os animais que a comem. O fruto da jusquiama parece-se bastante com uma fava e, como ele é particularmente funesto aos porcos, os gregos, por esse duplo motivo, deram-lhe o nome de *fava de porco*.

eles se tornam imediatamente paralíticos, arrastando com dificuldade sua parte traseira. Nesse estado, eles se esforçam para alcançar algum local aquático, onde possam encontrar caranguejos: eles os apanham o mais prontamente que podem, comem-nos e ficam curados. É um remédio garantido para o seu mal.

8… Da tarântula

A mordida da tarântula é tão perigosa para os cervos quanto para os homens; eles poderiam morrer por causa dela, e com muita rapidez. Porém, se eles comerem hera, desde que seja hera selvagem, então a mordida não lhes causa nenhum mal.

9… Do leão doente

O único remédio para um leão doente é comer um macaco. Nenhuma outra coisa pode aliviá-lo[7].

10… Como as cabras de Creta curam por conta própria os seus ferimentos

Os cretenses são muito hábeis no manejo do arco; com suas flechas, eles atingem as cabras que pastam no alto das montanhas. No momento em que esses animais sentem que foram feridos, eles vão rapidamente roer uma planta chamada *ditamno*, bastando prová-la para que as flechas caiam sozinhas.

11… Que os ratos sabem prever o futuro

Os ratos devem ser incluídos entre os animais que têm o dom de prever o futuro[8]: quando uma casa está velha e prestes a cair em

---

7   Na *História dos animais* (livro V, cap. 39), Eliano ensina-nos por que a carne do macaco é salutar para o leão. É porque, segundo ele, a carne solta o seu ventre, e porque ela funciona para ele como uma espécie de purgativo.

8   Se acreditarmos em Eliano, as doninhas, as serpentes, as centopeias etc. seriam dotadas da mesma inteligência. (*História dos animais*, livro XI, cap. 19.)

ruínas, eles são os primeiros a perceber isso. Então, abandonando seus buracos e antigos abrigos, eles fogem com toda a pressa, indo buscar asilo em outros lugares.

12... Das formigas

Ouvi dizer que as formigas têm, do mesmo modo, uma espécie de pressentimento do futuro; porque, se existe uma ameaça de fome, elas trabalham com um ardor impressionante, para acumular e guardar em seus depósitos uma provisão de trigo e de todos os grãos adequados para a sua alimentação.

13... De Gelon

Gelon de Siracusa, sonhando que tinha sido atingido por um raio, pôs-se a gritar, não com uma voz fraca e abafada – assim como acontece quando estamos dormindo –, mas a plenos pulmões, como faz um homem tomado por um enorme terror. Um cão, que dormia perto dele, se pôs, por sua vez, a dar uivos espantosos, dando voltas em torno de seu dono como que para defendê-lo[9]. Com esse barulho, Gelon despertou e foi curado de seu medo.

14... Do cisne

Aristóteles diz que os cisnes são muito fecundos e que sua família é tão bela quanto numerosa, mas que eles são naturalmente coléricos e, muitas vezes, num acesso de furor, lutam entre si até se matarem uns aos outros. Aristóteles acrescenta que os cisnes estão em guerra com as águias – guerra defensiva da parte dos cisnes, porque eles nunca são os agressores. O que não se tem dito sobre a voz e o canto dos cisnes? Da minha parte, jamais escutei um cisne cantar; e talvez nin-

---

9 Pólux (Livro V, cap. 5) conta a mesma coisa do cão de Pirro, rei do Epiro.

guém tenha tido essa boa fortuna. No entanto, acredita-se que eles cantem e chega-se a sustentar que sua voz nunca é mais agradável e mais harmoniosa do que quando eles se aproximam do término de sua vida. Os cisnes atravessam os mares voando, sem se fatigar.

15... Das pombas

Dizem que os pombos, o macho e a fêmea, se revezam para chocar os ovos, e que, logo que seus filhotes saem da casca, o macho sopra sobre eles uma matéria líquida que tem a virtude de preservá-los de qualquer malefício – de modo que eles estão protegidos dos encantamentos. A fêmea põe dois ovos, dos quais o primeiro produz sempre um macho, e o segundo uma fêmea. As pombas põem ovos em todas as estações do ano; disso resulta que elas chegam a botar dez vezes por ano. Uma tradição egípcia afirma que, no Egito, elas põem até doze vezes. Aristóteles sustenta que existe uma grande diferença entre a pomba e o torcaz: a pomba é maior e deixa-se domesticar; o torcaz é selvagem e menor. De acordo com o mesmo Aristóteles, o macho jamais cobre a sua fêmea sem começar por acariciá-la com seu bico; as fêmeas nem mesmo tolerariam a aproximação dos machos, se não fossem preparadas por essas carícias. Ele acrescenta que, quando as fêmeas estão desprovidas de machos, elas fazem amor entre si, mas, como não possuem a capacidade de se fecundarem, botam ovos que não produzem nenhum filhote. Se for possível crer em Calímaco, o torcaz, o pombo selvagem, a pomba e a rola não têm nada em comum.

As histórias da Índia nos informam de que existem nesse país pombas de cor amarelada. Charon de Lâmpsaco assegura que foram vistas pombas brancas ao redor do monte Atos, quando a frota dos persas pereceu ao tentar contorná-lo[10].

---

10 Essa é, provavelmente, a razão pela qual os persas detestavam as pombas brancas e expulsavam-nas para fora de suas fronteiras, como sendo odiosas ao sol.

Sobre o monte Erix, na Sicília, está um templo augusto e venerável, consagrado a Vênus, onde, numa determinada estação do ano, os habitantes celebram, por intermédio de uma festa denominada Anagogia[11], a partida da deusa – que, segundo eles, deixa naquele momento a Sicília e vai para a Líbia. Então, não se veem mais pombas sobre o Erix: parece que elas partem junto com a deusa. Mas é certo que, em qualquer outra estação do ano, elas se reúnem em torno de seu templo numa quantidade prodigiosa.

Os aqueus também contam que Júpiter, tendo se apaixonado por uma jovem chamada Ftia, que morava em Egium, tomou a forma de uma pomba.

16... De Sócrates bebendo a cicuta

Tendo o barco retornado de Delos[12] e a morte de Sócrates não podendo mais ser protelada, Apolodoro, um de seus amigos, levou-lhe na prisão uma roupa de uma lã muito fina e bem trabalhada, com um manto semelhante, pedindo que ele se vestisse com ela e se envolvesse com o manto antes de beber a cicuta. Esses trajes, dizia Apolodoro, serviriam ao menos de paramentos fúnebres: é honroso para um morto ser deitado por terra com decência. Assim falou Apolodoro, e essas palavras desagradaram Sócrates: "Certamente, diz ele a Críton, a Símias e a Fédon, que estavam junto a ele, Apolodoro faz

---

11 *Anagogia* significa propriamente *festa da partida*, como *catagogia* significa *festa do retorno*: os ericinianos celebravam esta última nove dias depois da *anagogia*, porque então as pombas voltavam a habitar o monte Erix. (Eliano, *História dos animais*, livro IV, cap. 2)

12 Para entender o que diz Eliano, precisamos nos lembrar de que os atenienses enviavam todos os anos a Delos um barco chamado de *barco deliano* ou de *barco salaminiano*, no qual era transportado tudo aquilo que servia para os preparativos dos jogos anuais, outrora instituídos naquela ilha por Teseu, em memória de sua vitória sobre o Minotauro. Era proibido executar qualquer criminoso desde o dia da partida desse barco até o seu retorno. Como Sócrates havia sido condenado no período da celebração dos jogos delianos, foi necessário adiar por trinta dias a execução da sentença, ao cabo dos quais finalmente o barco sagrado chegou, e Sócrates bebeu a cicuta.

uma grande ideia de nós se acredita que, depois que eu tiver bebido o copo que me oferecem os atenienses, ele ainda verá Sócrates. Se ele pensa que aquele que, dentro em pouco, estará estendido aos vossos pés é Sócrates, seguramente ele jamais me conheceu"[13].

17... Dos pequenos carros de quatro cavalos e do dístico elegíaco

Eis quais são as obras de Mirmécides de Mileto e de Calícrates da Lacedemônia, obras tão admiradas, e que são admiráveis apenas pela sua pequenez. Eles fizeram alguns carros de quatro cavalos que podiam ser encobertos por uma mosca[14]; eles escreveram, em letras de ouro, um dístico elegíaco sobre um grão de sésamo. Na minha opinião, as pessoas sábias não louvarão nenhum dos dois, porque, enfim, o que fizeram eles, além de perder laboriosamente o seu tempo com coisas inúteis?

18... Do luxo das mulheres

A que excessos à maior parte das mulheres da Antiguidade levou o luxo? Elas carregavam na cabeça uma coroa muito alta e sandálias[15] nos pés, grandes brincos pendiam de suas orelhas, e as mangas de suas roupas, em vez de serem costuradas, eram atadas desde os ombros até as mãos com fivelas de ouro e prata. Era assim que as mulheres se vestiam antigamente. Não vou falar do luxo das atenienses; isso é um assunto para Aristófanes.

---

13   Sócrates não dava nenhuma importância ao seu corpo e o considerava não como parte dele próprio, mas apenas como o invólucro de sua alma.

14   Plínio (XXXIV, 8) conta alguma coisa igualmente impressionante de Teodoro de Samos. Teodoro havia feito em bronze a sua própria estátua, com uma perfeita semelhança, segurando com a mão direita uma lima e com a esquerda um carro de quatro cavalos, de uma tal pequenez que uma mosca de bronze, feita pelo mesmo escultor, cobria o cocheiro e o carro.

15   As sandálias não passavam de solas amarradas sob os pés com correias. Esse calçado, antigamente reservado às mulheres da mais alta distinção, se tornou mais tarde comum a todas as camadas sociais.

19... Do luxo dos sibaritas, dos colofonianos e dos coríntios

É um fato geralmente conhecido e difundido em toda parte que os sibaritas perderam a si mesmos e à sua cidade por causa do excesso de seu luxo[16]. Porém, comumente se ignora aquilo que eu vou contar. Dizem que a ruína dos colofonianos é proveniente da mesma causa: pela magnificência de seus trajes, assim como pela suntuosidade imoderada de sua mesa, eles pareciam insultar os outros homens. Acrescentarei que foi também o excesso de luxo que fez que os baquíades perdessem o alto grau de poder ao qual eles haviam sido elevados em Corinto.

20... De Dionísio pilhando os templos dos deuses

Dionísio pilhou as riquezas de todos os templos de Siracusa: ele despojou a estátua de Júpiter de suas roupas e de seus ornamentos, que podiam ser avaliados em 85 talentos de ouro. Como os operários pareciam ter medo de tocar na estátua, ele foi o primeiro a pôr as mãos sobre ela. Ele tratou do mesmo modo a estátua de Apolo: a cabeleira do deus sendo de ouro, Dionísio ordenou que sua cabeça fosse raspada. Tendo em seguida partido para Trezena, ele carregou todas as riquezas consagradas a Apolo e a Leucoteia, entre as quais se encontrava uma mesa de prata que estava ao pé do deus, ordenando que fosse entregue a este a *taça do bom gênio*, que encerrava o repasto[17].

---

16 Os sibaritas eram tão conhecidos por amarem a boa comida que, quando se queria falar de uma mesa bem servida, utilizava-se a expressão proverbial *Sybaritica mensa* (*Adag. Erasm.*, na palavra *Sybaris*).

17 Era um uso observado entre os gregos o de beber – no fim das refeições, enquanto as mesas eram tiradas – uma taça de vinho em honra de Baco, como pai da vinha. Essa taça era denominada *taça do bom gênio* ou *da divindade benfazeja*. Percebe-se facilmente que Dionísio fazia alusão a este uso, dizendo, por pilhéria, que se esvaziasse a taça do bom gênio enquanto se tirava a mesa. O que era o mesmo que dizer: *o deus já jantou*; a mesa é inútil e deve ser tirada.

21... Como Ismênias reverenciou o rei da Pérsia sem baixeza

Não deixarei em silêncio a ação do tebano Ismênias: é um exemplo de habilidade bem digno de um grego. Ismênias, tendo sido enviado por seus concidadãos como embaixador à corte da Pérsia, quis tratar de seu caso com o próprio rei[18]. O quiliarca, chamado Titraustes, que era encarregado de anunciar ao rei os embaixadores e de introduzi-los, disse-lhe, por intermédio de um intérprete:

– Estrangeiro, é um costume estabelecido entre os persas que só se compareça diante do rei e que só se possa conversar com ele depois de se ter prosternado para venerá-lo. É necessário, portanto, se vós quiserdes obter uma audiência, que obedeçais a esse uso. Caso contrário, é comigo que vós tereis que tratar – e nem por isso deixareis de resolver o vosso caso sem submeter-vos à lei da veneração.

– Introduzi-me – respondeu Ismênias. Quando ele tinha se aproximado até poder ser visto pelo príncipe, tirou o anel que trazia em seu dedo e deixou-o cair (sem que ninguém se apercebesse disso). Depois, abaixando-se rapidamente, como se estivesse se inclinando para satisfazer ao cerimonial, tornou a apanhá-lo. Assim, o rei da Pérsia acreditou ter sido venerado e Ismênias não fez nada de que um grego devesse se envergonhar. Ele obteve tudo aquilo que solicitava e nada lhe foi recusado.

22... Presentes do rei da Pérsia aos embaixadores

Eis os presentes que o rei da Pérsia tinha o costume de dar aos embaixadores que iam até ele, fossem da Grécia ou de qualquer outro país: ele dava a cada enviado um talento babilônico de prata amoedada, dois vasos de prata no valor de dois talentos (podemos

---

18 O rei do qual se trata aqui era Artaxerxes Mnêmon, junto ao qual Ismênias foi enviado como embaixador, após a batalha de Leuctres.

avaliar o talento babilônico em 72 minas áticas), alguns braceletes, uma espada pérsica e um colar (esses três artigos valiam juntos mil dáricos) e, por fim, um traje no estilo dos medos, que era chamado de dorofórico.

23... De Górgias e de Protágoras

Górgias, o Leontino, e Protágoras tiveram outrora, entre os gregos, muito mais celebridade do que Filolau e Demócrito. No entanto, Demócrito e Filolau estavam tão acima dos outros dois, por sua sabedoria, quanto os homens feitos estão acima das crianças. Assim, é bem verdadeiro que os olhos e os ouvidos da fama nem sempre são fiéis, e que ela se engana muitas vezes, tanto nos elogios quanto nas censuras.

24... Do desafio entre Hércules e Lepreu

Caucon, filho de Netuno, e Astidameia, filha de Forbas, tiveram um filho chamado Lepreu. Esse Lepreu havia aconselhado Áugias a prender Hércules, que lhe solicitava a recompensa pelo seu trabalho[19]. É provável que esse conselho tenha indisposto Hércules contra Lepreu. Algum tempo depois, o filho de Júpiter partiu para a casa de Caucon: lá, cedendo aos rogos de Astidameia, renunciou a seu ressentimento contra Lepreu. Porém, surgiu entre eles uma dessas disputas comuns entre os jovens. Eles se desafiaram para ver quem lançaria mais longe um disco, beberia a maior quantidade de água e comeria em menos tempo um touro. Tendo Lepreu sido vencido em todos esses jogos, eles se desafiaram para ver quem beberia mais: Hércules mais uma vez foi o vencedor. Por fim, Lepreu, no excesso de seu despeito, apanhou suas armas e chamou Hércules

---

19 Hércules havia, como se sabe, limpado os estábulos de Áugias. É um dos seus doze trabalhos.

para um combate singular. Mas sua temeridade lhe custou a vida. Desse modo, foi punido o mau serviço que ele havia prestado a Hércules no caso de Áugias.

25... Da generosidade de Alexandre para com Focion, e de Focion para com Alexandre

Dizem que Alexandre, filho de Filipe – ou, se preferirem, filho de Júpiter, pouco me importa –, não utilizava em suas cartas a fórmula *chairein* (a saudação) senão para com Focion, general dos atenienses[20], de tal modo esse general havia sabido conquistar a estima do príncipe macedônio. Alexandre foi ainda além: um dia, enviou a Focion cem talentos de prata, juntando a eles os nomes de quatro cidades, entre as quais ele mandava que o amigo escolhesse uma, cujas rendas e produções passariam a lhe pertencer[21]. Essas cidades eram Cio, Eleia, Milase e Patara. O ato de Alexandre era certamente grande e magnífico, mas Focion foi ainda mais generoso e mais nobre: ele recusou o dinheiro e a cidade. No entanto, a fim de que a sua recusa não tivesse a aparência de desprezo, ele fez ao monarca a honra de pedir-lhe a libertação do filósofo Equecrátides, de Atenodoro de Himera e dos dois irmãos Demarates e Sparton, ródios de nascimento, que estavam aprisionados na cidadela de Sardes.

26... Da voracidade de Aglais

Ouvi falar de uma mulher chamada Aglais, filha de Mégacles, que tocava trombeta. Esta era, segundo dizem, a sua única ocupação, assim como o seu único talento. Posídipo acrescenta que ela tinha uma cabeleira artificial e que usava um penacho na cabeça.

---

20   Segundo Plutarco (*Vida de Focion*), Alexandre utilizava também o *chairein* com Antipater.
21   Plutarco, tratando do mesmo assunto, diz que essas ofertas foram feitas em diferentes ocasiões e que Alexandre só enviou a Focion o nome das quatro cidades – para que ele escolhesse uma – depois que este recusou os cem talentos de prata.

Esta Aglais comia em sua ceia seis quilos de carne, quatro quilos de pão e bebia quase seis litros de vinho[22].

27... De diversos grandes comilões

São mencionados entre os grandes comilões, que ficaram célebres pela sua gula, Pitireu da Frígia, Cambes da Lídia, Tios de Paflagônia[23], Cáridas, Cleônimo[24], Pisandro e Cáripes, Mitridates do Ponto[25], Calâmodris[26] de Cízico, Timocreão de Rodes[27] (poeta e atleta), Cantíbaris da Pérsia e Erisicton[28], filho de Mirmidão, que foi cognominado *o Asno*, por causa de sua gula. Dizem que na Sicília havia um templo dedicado à voracidade e uma estátua de Ceres, sob o nome de *Sito*[29]. O poeta Alcmão[30] confessa ser ele próprio um grande comilão. Anaxilas, o Cômico[31], fala de um certo Ctésias como sendo um homem muito voraz.

28... Das iguarias mais apreciadas pelos ródios

É preciso que eu vos fale de uma ideia singular dos ródios[32]. Se um homem gosta de peixe, se ele o procura e o prefere a qualquer

---

22 Convertemos as medidas gregas para as atuais, seguindo o exemplo do próprio Dacier. (N. T.)
23 Tios viveu por volta do final do reinado de Artaxerxes Mnêmon.
24 Cleônimo também é representado como um glutão na comédia dos *Pássaros*, de Aristófanes, e como um covarde, nas *Nuvens*.
25 É o rei do Ponto, tão célebre pelas suas guerras contra os romanos.
26 Calâmodris era um famoso atleta.
27 Timocreão, poeta cômico, viveu por volta do ano de 480 a.C. Ele caluniava, em seus versos, Temístocles e Simônides.
28 Talvez se trate do Erisicton que é mencionado nas *Metamorfoses* de Ovídio e no hino de Calímaco em honra de Ceres. A deusa – dizem –, para puni-lo por ter derrubado um bosque que lhe era consagrado, enviou-lhe uma fome devoradora, que nada podia aplacar.
29 Ou seja: Ceres, deusa do comer.
30 Alcmão, poeta lírico que florescia um pouco antes que Ciro subisse ao trono da Pérsia.
31 O poeta cômico Anaxilas era contemporâneo de Platão.
32 Sabe-se que os antigos davam muita importância ao peixe. Porém, segundo Scheffer, Eliano é o único que atribui especialmente aos ródios esse gosto exclusivo.

outra coisa, isso é o bastante – dizem – para que os ródios o considerem como um homem de boa origem e bem educado. Ao contrário, eles tratam como pessoas grosseiras e escravas de seu ventre aquelas cujo gosto se volta para a carne. Eles estarão certos ou errados? Eis uma questão que estou muito pouco preocupado em examinar.

29... De uma ovelha que pariu um leão

Os habitantes de Cós contam que, em sua ilha, uma ovelha de um dos rebanhos do tirano Nicipo[33] pariu não um cordeiro, mas um leão. Esse prodígio, segundo eles, foi para Nicipo – que ainda levava uma vida privada – um presságio de seu grande futuro.

30... Ptolomeu amava Galetes tanto pelo seu espírito quanto pela sua beleza

O rei Ptolomeu amava ternamente um jovem perfeitamente belo chamado Galetes, cuja alma era ainda mais bela do que a figura. É o testemunho que lhe prestava muitas vezes Ptolomeu, exclamando:

– Ó, alma benfazeja! Tu jamais fizeste mal a alguém e tens feito o bem a muitos.

Um dia, quando Galetes passeava a cavalo com o rei, ele percebeu ao longe algumas pessoas que eram levadas para o suplício:

– Grande rei – diz ele a Ptolomeu, com vivacidade – já que, por um acaso favorável a esses infelizes que estão sendo arrastados, nós nos achamos aqui, e bem montados, se vós quisésseis, poderíamos apressar nossos cavalos e, correndo a rédeas soltas, iríamos na

---

33 Em vez de Nicipo, é necessário provavelmente ler Nícias. É uma observação de Perizonius, que assegura que não se encontra em nenhuma parte o nome de Nicipo na relação dos tiranos da ilha de Cós, ao passo que Nícias é conhecido e são conservadas algumas de suas moedas.

direção desses desafortunados, dos quais seríamos os Dióscuros[34], salvadores e protetores generosos.

Eis os títulos dados a esses filhos de Júpiter. Esse ato de bondade agradou muito a Ptolomeu e, assim, tocado pela sensibilidade compassiva de Galetes, perdoou os culpados e amou com ainda mais ternura esse jovem.

31... Lei que obriga os persas a levar presentes para o rei

É uma lei entre os persas – e, de todas as leis, aquela que se observa com maior exatidão – que os habitantes dos lugares onde o rei passa em suas viagens lhe ofereçam alguns presentes, cada um de acordo com as suas possibilidades[35]. Os lavradores, todos aqueles que trabalham geralmente cultivando a terra e os artesãos não lhe oferecem nada de soberbo, nada de precioso: estes dão um boi, aqueles uma ovelha, uns dão trigo e outros vinho. Quando o rei passa, cada um expõe em seu trajeto aquilo que teve o cuidado de lhe trazer. Tudo isso é chamado de presente e recebido pelo rei com esse nome[36]. Os mais pobres oferecem leite, queijo, tâmaras, frutas da estação e as primícias de outras produções de sua região.

32... Da água oferecida como presente ao rei da Pérsia

Outro episódio da história dos persas. Conta-se que um persa chamado Sinetes, tendo encontrado longe de sua choupana Ar-

---

34 É o nome que se dava a Castor e Pólux, porque eles eram filhos de Júpiter.
35 Os reis da Pérsia habitavam normalmente na Média ou na Assíria, algumas vezes em Suza ou em Ecbátana, outras na Babilônia, raramente em Persépolis. Alguns nem mesmo chegaram um dia a ir à Pérsia. É daí, sem dúvida, que se introduziu entre os habitantes o costume de dar presentes aos seus reis quando eles iam à Pérsia, uma forma de testemunhar o prazer que se tinha em vê-los.
36 Esse nome afasta a ideia de imposto: uma doação gratuita não é um tributo.

taxerxes, cognominado Mnêmon, ficou perturbado com a visão do rei, por respeito para com a sua pessoa e pelo temor que lhe inspirava a lei que ele não estava em condições de cumprir. Não tendo nada nas mãos que pudesse oferecer ao monarca, ele via com tristeza a vantagem que levariam sobre ele os outros persas, não podendo suportar a vergonha de ser o único a não ter dado presentes. Ele logo tomou uma decisão: correndo apressado, com todas as suas forças, em direção ao rio Ciro, que passava perto dali, ele se debruçou sobre a borda e apanhou a água com as suas duas mãos. Depois, dirigindo a palavra a Artaxerxes, ele lhe disse:

— Senhor, possa o vosso reinado jamais ter fim! Eu vos ofereço o que posso ter aqui e da maneira como posso vos oferecer. Eu não poderia deixar-vos passar sem vos oferecer o meu presente; eis a água do Ciro. Quando vós tiverdes chegado à vossa primeira parada, vos apresentarei aquilo que tenho em minha casa de melhor e de mais precioso, e com isso vos homenagearei. Essa doação talvez não seja inferior a nenhuma daquelas que vós haveis recebido.

Essa conversa divertiu muito Artaxerxes:

— Bom homem — respondeu ele — recebo de bom coração o vosso donativo: dou-lhe tanta importância quanto aos mais ricos que me foram ofertados. Primeiramente, porque a água é a melhor das coisas deste mundo; depois, porque essa leva o nome de Ciro. Quando eu tiver chegado ao lugar onde devo descansar, quero vos ver lá.

Depois de assim ter falado, Artaxerxes ordenou aos eunucos que recolhessem a doação de Sinetes. Eles acorreram e receberam em um jarro de ouro a água que ele levava em suas mãos. O rei, tendo chegado ao lugar onde havia resolvido parar, enviou a Sinetes um traje pérsico[37], um jarro de ouro e mil dáricos. Aquele que estava encarregado de entregá-los a Sinetes tinha ordens para lhe dizer:

---

37 O traje pérsico descia até os calcanhares; ele também era chamado de traje médico. Segundo Xenofontes (*Ciropédia*, livro VIII), Ciro havia introduzido o seu uso porque ele lhe parecera apropriado para esconder os defeitos do corpo e para

— O rei deseja que este ouro vos cause tanto prazer quanto o que ele teve com a vossa atenção em não deixá-lo passar sem oferecer-lhe o vosso presente, pelo menos como as circunstâncias vos permitiram. Ele quer que vós bebais a água do Ciro, apanhada com esse mesmo jarro.

33... De uma enorme romã dada a esse mesmo rei

Como o rei Artaxerxes viajasse a cavalo pela Pérsia, Mises trouxe-lhe, em um cesto, uma romã de grandeza extraordinária. O rei, surpreso com a beleza desse fruto, disse-lhe:

— Em que jardim vós haveis colhido a romã que me apresentais?

— No meu, em um campo que cultivo com as minhas próprias mãos – respondeu Mises. Artaxerxes, encantado com a resposta, encheu-o de presentes dignos da magnificência real.

— Por Mitra – acrescenta ele – creio que este homem, com os cuidados de que ele é capaz, poderia fazer de uma pequena cidade uma grande.

Essas palavras parecem significar que não existe coisa nenhuma que uma vigilância contínua, uma atenção reiterada e um trabalho infatigável não possam levar a um grau de perfeição que ela não tinha naturalmente.

34... De um pai que solicitava a condenação de seu filho

Um certo Racocés, de origem marda[38], tinha sete filhos, dos quais o mais jovem, chamado Cartomes, insultava incessantemente

---

fazer que parecessem grandes e bem proporcionados àqueles que o vestiam. Diodoro da Sicília (II, 6) e Justino (I) atribuem sua invenção a Semíramis. Esse traje, entre os notáveis, era enriquecido com ouro, pedras preciosas e imagens de todos os tipos de animais. Sua forma, segundo Dionísio de Halicarnasso (livro III), era um quadrado perfeito.

38 Os mardos eram um povo hircaniano, que habitava uma região vizinha da Pérsia. (Estrabão, livro XI)

os magos. Racocés não economizou, de início, as exortações nem os avisos, para tratar de suavizar seu humor. Porém, não tendo obtido nenhum resultado, num dia em que os juízes da região estavam na localidade onde ele morava, agarrou seu filho, amarrou suas mãos atrás das costas e conduziu-o perante eles. Lá, tornando-se ele próprio o acusador de seu filho, expôs em detalhes todos os seus delitos e solicitou que ele fosse condenado à morte. Os juízes, espantados, não querendo assumir a responsabilidade de pronunciar a sentença, fizeram que o pai e o filho fossem levados diante de Artaxerxes, rei da Pérsia. Como Racocés mantivesse sem hesitar aquilo que havia dito, o monarca o repreendeu:

— Pois então, vós poderíeis ver morrer o vosso filho diante dos vossos olhos?

— Sim — replicou o mardo. Quando, no meu jardim, eu quebro ou corto os brotos amargos das alfaces novas, o caule mãe que os produziu, longe de sofrer com isso, tira um grande proveito; ele se torna maior e mais doce. Do mesmo modo, senhor, quando eu tiver visto perecer um filho que desonra a minha casa e que envenena a vida de seus irmãos, quando eu souber que ele não está mais em condições de causar danos, me sentirei mais forte e desfrutarei com meus outros filhos de uma satisfação que nos será comum.

Artaxerxes, depois de ter escutado o discurso de Racocés, cumulou-o de elogios e deu-lhe um lugar entre os juízes reais. Depois, dirigindo a palavra aos seus cortesãos, disse:

— Um homem que se mostra tão justo com relação aos seus próprios filhos será certamente um juiz equitativo e incorruptível para com aqueles que lhe forem estranhos.

O rei perdoou Cartomes, ameaçando-o com a morte mais cruel se, às suas antigas desordens, ele acrescentasse alguma nova.

Livro Segundo

◆

1... Como Sócrates curou Alcibíades do temor que lhe inspirava o povo reunido

Eis um exemplo da conduta de Sócrates para com Alcibíades. Quando Alcibíades era jovem, tremia de medo e caía quase desfalecido todas as vezes que era necessário aparecer diante do povo reunido. Para encorajá-lo e animá-lo, disse-lhe um dia Sócrates:

– Você tem uma grande consideração por aquele tipo? – referindo-se a um sapateiro.

– Não! – respondeu Alcibíades.

– E por aquele pregoeiro ou por aquele fabricante de tendas? – retomou Sócrates.

– Também não – respondeu o filho de Clínias.

– Pois então – disse-lhe Sócrates – não são essas pessoas que compõem o povo de Atenas? Se você não teme nenhum deles em particular, por que eles o amedrontariam quando estão reunidos?

Tal é a lição de coragem que o filho de Sofronisco e de Fenarete deu ao filho de Clínias e de Dinômaca.

2... Palavras de Zeuxis a Megabizes

Um dia, enquanto Megabizes[1] louvava alguns maus quadros compostos sem arte, ao mesmo tempo em que criticava outros que eram trabalhados com o maior apuro, os alunos de Zeuxis, que estavam ocupados em misturar a cor amarela, riam daquilo que ele dizia.

– Megabizes – disse-lhe então Zeuxis[2] – enquanto tu te conservas em silêncio, essas crianças te admiram, vendo a riqueza de tuas vestes e o numeroso cortejo que te segue. Porém, quando tu queres falar daquilo que tem relação com as artes, eles zombam de ti. Segura, portanto, a tua língua se quiseres que tenham consideração por ti; e não percas tempo discorrendo sobre coisas que não são de tua alçada[3].

3... Palavras de Ápeles a Alexandre

Alexandre examinava um dia, em Éfeso, seu retrato, pintado por Ápeles, e não o louvava tanto quanto merecia a beleza da obra. Fizeram entrar um cavalo que, vendo aquele sobre o qual Alexandre estava representado no quadro, pôs-se a relinchar como se tivesse visto um cavalo verdadeiro.

– Príncipe – diz Ápeles – este animal parece ser mais conhecedor do que vós na arte da pintura.

---

1 Os sábios não estão de acordo sobre o nome de Megabizes. Alguns sustentam que era um nome próprio; outros, apoiando-se nos testemunhos de Estrabão e de Hesiquios, acreditam que Megabizes era, entre os persas, um título honorífico que se conferia muitas vezes aos generais do exército e que, em seguida, se tornou comum aos sacerdotes de Diana em Éfeso. Se adotarmos esta última opinião, é provável que Eliano esteja falando de algum desses sacerdotes, principalmente porque Zeuxis e Ápeles exerceram sua arte especialmente em Éfeso. (*Capperon*, in Quintil., livro V, cap. 12)
2 Segundo Plutarco, foi Ápeles quem falou com Megabizes.
3 Plínio conta essa história protagonizada por Ápeles e Alexandre. (Livro XXXV, cap. 10)

4... Da amizade entre Cariton e Melanipo e da clemência de Falaris para com eles

Quero contar para vocês uma ação de Falaris[4], a qual não devia ser esperada: é uma ação da maior humanidade e, por isso mesmo, totalmente estranha ao seu caráter. Cariton de Agrigento amava ternamente a Melanipo, agrigentino como ele, jovem em quem as qualidades da alma se igualavam à beleza da figura. Falaris havia sensivelmente desgostado Melanipo, ordenando-lhe que desistisse de um processo que ele havia movido contra um dos amigos do tirano. Como Melanipo não se rendesse, Falaris havia chegado a ameaçá-lo com o tratamento mais rigoroso, caso ele não obedecesse prontamente. Por fim, contra toda a justiça, o adversário de Melanipo, apoiado pela autoridade do tirano, o venceu. Os magistrados, devotados a Falaris, suprimiram as peças do processo. Melanipo, indignado com esse procedimento, clamava contra a injustiça: ele correu para a casa de seu amigo, mostrou-lhe toda a sua cólera e conjurou-o a ajudá-lo no projeto que tinha de vingar-se do tirano. Ao mesmo tempo, ele pensou em associar-se com alguns outros jovens, sobretudo aqueles que ele sabia serem – pela sua audácia – os mais apropriados para semelhante empreitada. Cariton, vendo-o inflamado pela cólera e fora de si, e prevendo também que nenhum dos cidadãos – por temor ao tirano – entraria em seu complô, disse a Melanipo:

– Há muito tempo que tenho o mesmo pensamento, e que procuro em mim mesmo os meios de libertar a minha pátria da servidão na qual ela geme. Porém, como seria perigoso multiplicar os confidentes desse projeto, gostaria que você me deixasse refletir mais maduramente sobre isso e aguardar o momento mais apropriado para a sua execução.

---

4 Falaris, tirano de Agrigento, bastante conhecido por sua crueldade, que se tornou proverbial: dizia-se "governo de Falaris" para significar um governo duro e cruel.

Melanipo consentiu e, assim, Cariton assumiu sozinho todo o empreendimento e não quis de modo algum que seu amigo se associasse a ele, para não expô-lo ao perigo de sofrer a mesma pena que ele, caso fosse descoberto. Cariton, acreditando ter encontrado a oportunidade que tanto esperava, armou-se de um punhal. Quando estava prestes a lançar-se sobre o tirano, seus movimentos foram percebidos pelos guardas, que vigiavam incessantemente para prevenir semelhantes atentados. Falaris ordenou que ele fosse posto na prisão e que fosse forçado, pela tortura, a denunciar os seus cúmplices. Ele suportou corajosamente a tortura: nada pôde abalar a sua resistência. Já fazia longo tempo que ele sofria, quando Melanipo veio se acusar diante de Falaris, não somente de ser cúmplice de Cariton, mas de ter sido o primeiro a formular o projeto da conjuração.

– Mas que razão poderia vos ter levado a isso? – perguntou-lhe o tirano.

Melanipo narrou todo o seu caso, desde a origem, e confessou que a supressão do processo o havia levado ao desespero. Falaris, espantado com a generosidade dos dois amigos, perdoou a ambos. Porém, ele ordenou que os dois saíssem naquele mesmo dia da cidade de Agrigento e da Sicília, embora tenha permitido que continuassem a usufruir das rendas dos bens que possuíam[5]. Mais tarde, a Pítia celebrou essa amizade através das seguintes palavras:

– Heróis da divina amizade entre os mortais, Cariton e Melanipo foram felizes.

Assim, o deus honrava a amizade com o nome de *divina*.

---

5 Segundo um fragmento de Eliano, citado por Suidas, a clemência de Falaris foi recompensada. Apolo – diz ele – e Júpiter prolongaram em dois anos a vida de Falaris, por ter tratado com humanidade Cariton e Melanipo.

5... Da economia do tempo. Exemplo da Lacedemônia

Os lacedemônios queriam que o tempo fosse administrado com o máximo de economia e que fosse empregado apenas para as coisas úteis. Eles não suportavam, em nenhum de seus concidadãos, a ociosidade nem a preguiça. O tempo cujo emprego não revertia em proveito da virtude era, segundo eles, um tempo perdido. Dentre os diversos exemplos que provam isso, citarei apenas o seguinte:

Os éforos, tendo tomado conhecimento de que aqueles que haviam permanecido na guarnição de Decélia[6] passeavam depois do jantar, lhes escreveram: *Não passeiem*. Isso significava censurá-los pelo fato de que eles se divertiam mais do que se exercitavam, uma vez que os lacedemônios deviam conservar a sua saúde não através dos passeios, mas pela ginástica.

6... Não é à multidão que importa agradar

Contam que um atleta, aluno de Hipômaco, professor de ginástica[7], exercitando-se um dia em algum golpe de luta, recebeu grandes aplausos de um público numeroso que o cercava. Porém, Hipômaco, dando-lhe uma bengalada, disse-lhe:

– Aquilo que você acabou de fazer não foi feito como devia, e poderia ter sido melhor. Se você tivesse observado as regras da arte, esse povo não o teria aplaudido.

---

6   Os lacedemônios, seguindo o conselho de Alcibíades, haviam fortificado a cidade de Decélia e mantinham ali uma guarnição, a fim de poderem realizar incursões no território de Atenas. (Cornelius Nepos, *Alcibíades*, cap. 4)

7   Esse mesmo fato se encontra, com menores detalhes, no capítulo 8 do livro XIV, no qual Eliano – que aparentemente havia se esquecido do que disse aqui – qualifica Hipômaco de flautista. A menos que se prefira acreditar que se trate de um erro de copista: nesse caso, o erro estaria no livro XIV, já que se sabe – pelo testemunho de outros autores – que Hipômaco era atleta e não flautista.

Com isso, Hipômaco queria dar a entender que só é possível, em todos os gêneros, assegurar-se de ter verdadeiramente obtido êxito quando se consegue agradar não à multidão, mas aos conhecedores.

Parece que Sócrates também fazia pouco caso do julgamento da multidão, como se pode avaliar pela conversa que ele teve com Críton[8], quando este foi até a prisão para aconselhá-lo a se salvar, subtraindo-se à sentença dos atenienses.

7... Que os tebanos não expunham as crianças

Os tebanos tinham uma lei que honra a sua justiça e humanidade[9]. Era proibido, entre eles, expor as crianças ou abandoná-las em um deserto para se desfazer delas. Se o pai era muito pobre, ele devia pegar a criança – menino ou menina – logo depois de seu nascimento, e levá-la, envolvida em seus cueiros, para os magistrados. Estes a recebiam em mãos e a davam, por uma soma módica, a algum cidadão, que se encarregava de criá-la, através de um ato solene cuja condição era de que a criança, ao crescer, passaria a servi-lo. Dessa forma, o serviço que ela lhe prestava se tornava a paga pela alimentação que havia recebido dele.

8... De Xenocles e de Eurípides disputando o prêmio da tragédia

Na nonagésima primeira olimpíada, na qual Exenetes de Agrigento foi vencedor na corrida, Eurípides e Xenocles disputaram o

---

8 A conversa de que fala Eliano é provavelmente aquela que foi relatada por Platão no diálogo intitulado *Críton*.
9 Eliano menciona elogiosamente esta lei dos tebanos, e cita-a como uma coisa única, porque, com efeito, as leis de todos os gregos e, particularmente, dos atenienses permitiam que eles abandonassem as crianças ou fizessem que elas morressem, quando não queriam criá-las. (Cf. Aristóteles, *Política*, livro VII, cap. 14, e as reflexões de Montesquieu, *Espírito das leis*, livro XXV, cap. 17. [J. V. L.])

prêmio da tragédia¹⁰. Xenocles foi o vencedor: ignoro quem era esse Xenocles¹¹. As peças que ele apresentou foram *Édipo*, *Lycaon*, *As bacantes* e *Athamas*, drama *satírico*. As obras de Eurípides, sobre quem ele levou vantagem, eram *Alexandre*, *Palâmedes*, *Os troianos* e, como sátira, *Sísifo*. Não é ridículo que, com peças semelhantes, Eurípides não tivesse vencido Xenocles?¹² Isso só pode ter acontecido por uma destas duas causas: ou os juízes eram ignorantes, gente sem espírito e sem gosto, ou haviam sido corrompidos com presentes. Em ambos os casos, o fato é igualmente vergonhoso e indigno dos atenienses.

9... Decretos dos atenienses contra alguns povos que haviam abandonado o seu partido

Não é surpreendente que, sob um governo democrático, os atenienses tenham promulgado alguns decretos tão cruéis? Um ordenava que fossem cortados os polegares da mão direita¹³ dos ha-

---

10 Esses combates literários eram realizados em todas as festas públicas, muitas vezes até mesmo nos funerais dos homens ilustres. Os poetas que se propunham a concorrer apresentavam sempre quatro peças, agrupadas sob o nome geral de *Tetralogia*: as três primeiras eram tragédias e a quarta – denominada *Sátira* ou peça de *Sátiros* – era uma espécie de comédia ou, antes, uma farsa, na qual eram introduzidos ordinariamente alguns sátiros para divertir os espectadores e para descansá-los da seriedade das primeiras peças. Resta-nos apenas uma única peça desse gênero: é o *Ciclope*, de Eurípides.

11 Xenocles – que não é mencionado por Vossius em seu tratado *De poetis graecis* – praticamente só é conhecido por essa passagem de Eliano e por uma menção de Aristófanes, em sua comédia das *Rãs* (ato I, cena 2): Hércules pergunta "Onde está, pois, Xenocles?", e Baco lhe responde "Por Júpiter, que ele pereça!". O Escoliasta observa que nessa parte Xenocles é criticado como um mau poeta e, sobretudo, obscuro pelo frequente uso que fazia das alegorias. Ele nos informa que existiram dois poetas trágicos com esse nome, mas sem acrescentar qual é aquele do qual fala Aristófanes.

12 Era o destino de Eurípides ser quase sempre vencido, muitas vezes mesmo por péssimos poetas. Varrão diz que, das 75 peças que ele compôs, apenas cinco foram laureadas. Thomas Magister, que escreveu sobre a vida de Eurípides, atribui-lhe 92 peças e assegura que apenas quinze lhe valeram o prêmio.

13 Esta punição não era desconhecida dos romanos (César, *de Bell. Gall.*, livro VIII). Houve mesmo, na Itália, gente bastante covarde para cortar o próprio polegar, a fim de ficar isento do serviço militar. Alguns etimólogos acreditam que essa é

bitantes de Égina, a fim de que eles ficassem fora de condições de manejar a lança, sem se tornar incapazes de remar. Um outro, da autoria de Cleon, filho de Cleeneto, condenava à morte todos os jovens de Mitilene[14]. Os atenienses ainda fizeram que fosse impresso com um ferro em brasa um mocho no rosto de todos os prisioneiros samianos[15]. Ó Minerva, protetora de Atenas! Ó vós, Júpiter Eleutério[16], e todos os deuses dos gregos! Vós sabeis que eu desejaria que Atenas jamais tivesse se conspurcado com semelhantes decretos e não houvesse o que censurar em seus habitantes.

10... Timóteo acreditou-se menos feliz depois de ter ouvido um discurso de Platão

Eu soube que Timóteo, filho de Conon, general dos atenienses, no mesmo momento em que estava no cúmulo da felicidade – quando sitiar uma cidade e tornar-se senhor dela eram, para ele, a mesma coisa e quando, enfim, os atenienses, no excesso de sua admiração por ele, não sabiam mais a que grau de honra deveriam elevá-lo – encontrou Platão, filho de Ariston, que passeava fora das muralhas com alguns de seus discípulos. Ele viu esse filósofo – cujo porte tinha um não-sei-quê de imponente, temperado pela suavidade de sua fisionomia – discorrer, não sobre as contribuições pecuniárias dos cidadãos, sobre as trirremes e os equipamentos dos

---

a origem de nossa palavra *poltrão*, que, segundo eles, foi formada pelas palavras latinas *pollice truncus*.

14   Os atenienses logo se arrependeram de ter promulgado esse decreto e enviaram a Mitilene um outro que lhe era inteiramente oposto. (Diodoro da Sicília, livro XII)

15   Plutarco, na *Vida de Péricles*, diz que os atenienses faziam imprimir no rosto dos samianos não um mocho, mas a figura de um barco, e que os samianos é que marcavam com um mocho os prisioneiros atenienses.

16   Segundo Hipérides, essa denominação foi dada a Júpiter porque os escravos libertos haviam construído um pórtico junto a seu templo. Porém, podemos acreditar, como Dídimo, que Júpiter foi chamado de *Eleutério* em memória do fato de que os atenienses haviam se libertado da servidão aos persas. (Cf. Suidas)

navios, sobre os soldados e os marinheiros que deveriam compor a tripulação, sobre a necessidade de enviar socorros, sobre os tributos dos aliados, sobre os insulares ou outros assuntos desse tipo, mas sobre as matérias filosóficas de que ele tinha o costume de tratar e que eram as únicas coisas que o ocupavam. Eu soube que o filho de Conon exclamou: "Eis aquilo que se chama viver e gozar da verdadeira felicidade!". Por intermédio dessa exclamação, Timóteo dava um claro testemunho de que ele próprio não acreditava ser perfeitamente feliz, já que procurava a felicidade não nos grandes objetos que ocupavam Platão, mas na glória e nas honras com as quais os atenienses podiam cumulá-lo.

11... Aquilo que disse Sócrates acerca daqueles que os trinta tiranos haviam feito morrer

Dizem que Sócrates, ao ver que, sob a dominação dos trinta tiranos, os personagens mais ilustres estavam sendo mortos, e que os ricos, sobretudo, eram objeto das mais rigorosas investigações, disse um dia a Antístenes[17], ao encontrar-se com ele:

– Você fica muito aborrecido pelo fato de que, no decorrer de nossa vida, nós não tenhamos feito nada de grande e de memorável e não somos como esses reis tão célebres em nossas tragédias – como os Atreu, os Tieste, os Agamenon e os Egisto –, que são sempre representados deplorando suas infelicidades, seus assassinados ou participando de banquetes abomináveis[18]? Mas nenhum poeta trágico teve a audácia e o descaramento de introduzir em suas peças um porco[19] para ser degolado.

---

17 Este Antístenes é o fundador da seita dos filósofos cínicos e mestre de Diógenes.
18 Eliano quer falar do banquete no qual Atreu fez que Tieste comesse o seu próprio filho e também daquele no qual Agamênon, em seu retorno de Troia, foi morto por Egisto.
19 Ou seja, um homem vil ou obscuro.

12... Palavras de Temístocles

Não sei se aquilo que eu vou contar sobre Temístocles é digno de algum louvor. Temístocles, vendo-se deserdado por seu pai[20], largou a vida dissoluta que havia levado até então e começou a pensar com maior sensatez. Ele deixou, sobretudo, de manter qualquer relacionamento com as cortesãs. A ambição de entrar para o governo de Atenas substituiu suas antigas paixões. Como ele lutava com ardor pelos cargos da república, e como aspirava ao posto principal, contam que ele um dia disse aos seus amigos:

– Que emprego vocês poderiam me oferecer, a mim que ainda não mereço ter invejosos?

Buscar despertar a inveja é desejar, como diz Eurípides, fixar sobre si os olhares do público, o que – acrescenta o poeta – é uma coisa bem vã.

13... De Sócrates representado no teatro por Aristófanes

Anito e seus amigos esperavam a oportunidade para causar algum mal a Sócrates, por razões das quais já se falou muitas vezes[21], porém, eles não estavam seguros das disposições dos atenienses. Eles os temiam, não sabendo como o povo receberia uma acusação formulada contra um homem como Sócrates: porque o nome de Sócrates era geralmente respeitado por muitos motivos, sobretudo por causa do talento que ele tinha para confundir a vaidade dos sofistas, provando que eles não sabiam e não ensinavam nada de verdadeiro, nada de útil. Eles tomaram, portanto, a decisão de sondar os espíritos através de uma experiência, pois julgavam que não seria

---

20 Cf. o capítulo 17 do livro X.
21 A verdadeira razão de seu ódio contra Sócrates é que o oráculo havia declarado este último o mais sábio de todos os homens.

prudente – pelas razões que já mencionei – convocar bruscamente Sócrates perante a justiça. Aliás, era de se temer que seus amigos, irritados, incitassem os juízes contra os acusadores e fizessem que eles fossem severamente punidos por terem ousado caluniar um cidadão que, longe de ter causado qualquer dano à república, era o seu ornamento e a sua glória. Eis como eles agiram: eles convidaram Aristófanes, poeta cômico e bufão de profissão – naturalmente brincalhão e esforçando-se para sê-lo –, para representar Sócrates numa comédia, com todos os defeitos que eram atribuídos a ele: o de grande falador; o de, ao discorrer, ter a arte de fazer parecer bom aquilo que era mau; o de introduzir novas divindades; o de não reconhecer nem adorar os deuses dos atenienses, enfim, que era isso que ele ensinava e exigia que aprendessem aqueles que iam escutá-lo. Aristófanes agarrou avidamente esse tema e lançou o ridículo com profusão, adornou-o com as graças da poesia e transpôs assim para o palco o maior homem da Grécia: porque não se tratava mais de brincar com Cleon, nem com os lacedemônios ou os tebanos, nem mesmo com Péricles[22]; era um homem querido pelos deuses, e sobretudo por Apolo, que se tornava o assunto do drama. Os atenienses, que não estavam prevenidos para o espetáculo que havia sido preparado para eles, e menos ainda para ver Sócrates em cena numa comédia, ficaram de início singularmente espantados. Porém, como eles eram invejosos por caráter e detratores natos – tanto daqueles que tomavam parte no governo e ocupavam as magistraturas quanto de todos que se distinguiam pela sua sabedoria ou se tornavam respeitáveis pela sua virtude –, sentiram muito prazer com a comédia das *Nuvens*. Eles deram ao poeta mais aplausos do que ele

---

22 Eliano faz alusão à peça dos *Cavaleiros*, na qual Aristófanes havia zombado de Cleon de uma maneira violenta, à comédia intitulada *A paz*, na qual o poeta havia representado os lacedemônios como usurários, que não buscavam senão enganar os estrangeiros, e aos *Acarnianos*, na qual ele havia cruelmente atacado Péricles.

jamais havia recebido, declararam-no vencedor por aclamação e ordenaram aos juízes que inscrevessem o nome de Aristófanes acima dos de seus concorrentes[23]. Eis aquilo que diz respeito à peça. Com relação a Sócrates, ele raramente ia aos espetáculos: só era visto neles quando Eurípides entrava em disputa com alguns novos poetas trágicos (ele ia do mesmo modo ao Pireu, quando lá Eurípides disputava o prêmio). Ele tinha muita consideração por esse poeta, pela excelência de seu talento e pela virtude que transpirava de suas obras. Algumas vezes, entretanto, Alcibíades, filho de Clínias, e Crítias, filho de Calescros, constrangiam (com suas brincadeiras) Sócrates a ir ao teatro e o forçavam a assistir à comédia. Porém, longe de sentir algum prazer com isso, este homem sensato, justo, virtuoso e, acima de tudo, bom conhecedor desprezava os autores que só sabiam morder e insultar, sem nunca dizerem nada de útil. Eis o que os indispunha contra ele – e que talvez tenha contribuído tanto para levá-lo ao palco quanto o complô de Anito e de Melito, do qual já falei. Todavia, é verossímil que esses dois homens tenham pagado muito bem a Aristófanes para convencê-lo a entrar no complô. Seria surpreendente que pessoas que desejavam com ardor a perda de Sócrates, e que buscavam todos os meios para isso, tivessem oferecido dinheiro, e que Aristófanes, pobre e maldoso, o tivesse recebido como prêmio por uma ação indigna? Só ele sabe o que aconteceu.

Sua peça foi bastante aplaudida: nunca se teve uma ocasião mais bela para se dizer – como Crátinos – que *o teatro tinha o espírito doente*. Foi nas festas de Baco, durante as quais a curiosidade atraía para Atenas uma multidão inumerável de gregos, que Sócrates foi posto em cena. Como seu nome era repetido incessantemente, seria possível acreditar que ele estava em pessoa no palco, de tal maneira seus traços estavam naturalmente reconstituídos na más-

---

23 Apesar dos clamores do povo, Aristófanes não obteve o prêmio, sendo vencido por Crátinos e Amipsias, que devem isso ao partido de Alcibíades.

cara do ator que o representava. Elevou-se uma espécie de rumor entre os estrangeiros que, não conhecendo aquele que era o assunto da comédia, perguntavam quem era esse Sócrates. O filósofo, que se encontrava no espetáculo não por acaso, mas porque ele soubera que seria representado, havia se colocado no lugar mais aparente. Tendo percebido a inquietude dos estrangeiros, levantou-se para fazer que ela cessasse e permaneceu de pé durante a peça, exposto aos olhares de todo mundo[24] – de tal modo a elevação de sua alma fazia que ele desprezasse os traços satíricos e os próprios atenienses.

14... Da paixão de Xerxes por um plátano

Xerxes deve parecer bem ridículo quando vemos esse príncipe – que dava a impressão de ter insultado Júpiter, o criador da terra e dos mares[25], abrindo para seus navios passagens em lugares que não eram navegáveis e construindo estradas sólidas sobre as ondas – apaixonar-se por um plátano e prestar-lhe uma espécie de culto. Conta-se que, tendo encontrado na Lídia um plátano de uma altura prodigiosa, ele fez que suas tendas fossem erguidas em volta dessa árvore e permaneceu por um dia inteiro nesse lugar deserto, no qual nada o obrigava a ficar. Na árvore ele pendurou aquilo que tinha de mais precioso, ornamentou seus galhos com colares e braceletes e depois, ao partir, deixou alguém para cuidar dela e para ser como o vigia e o guardião do objeto de sua paixão. O que ganhava a árvore

---

24 Lemos em Sêneca (*Da constância do sábio*, cap. 10) que Sócrates se ofendia tão pouco com as brincadeiras de mau gosto que ouvia fazerem com ele na comédia que se ria delas com a mesma complacência demonstrada quando sua mulher Xantipa lhe deu um banho com água suja.
25 Eliano fala da ponte que Xerxes construiu com seus navios sobre o Helesponto, para atravessar da Ásia para a Europa, e do canal que ele mandou escavar através do monte Atos, bastante largo e profundo para que sua frota pudesse passar por ele. Lê-se na *Antologia* (livro I), sob o nome de Parmenion, um epigrama sobre esses grandes trabalhos de Xerxes, no qual é dito que esse príncipe, *tendo modificado a natureza dos caminhos, se tornou navegador em terra firme e caminhante sobre o mar.*

com essa decoração? Os ornamentos com os quais ela estava carregada, adereços bem estranhos, pendiam inutilmente de seus galhos e nada acrescentavam à sua beleza. O que embeleza uma árvore é uma ramagem vigorosa, uma folhagem abundante, um tronco robusto, raízes profundas, uma boa sombra, o sopro leve da aragem, o retorno periódico das estações e, por fim, as águas do céu que vêm regá-la e aquelas que os canais conduzem até as raízes para nutri-la. Porém, as túnicas de Xerxes, seu ouro e todas as suas outras riquezas nada poderiam fazer por um plátano, nem por outra árvore qualquer.

15... Dos clazomenianos que sujaram com fuligem as cadeiras dos éforos

Alguns clazomenianos, que se encontravam em Esparta, tiveram a audácia e a insolência de sujar com fuligem as cadeiras nas quais os éforos se sentavam comumente para administrar a justiça e para deliberar sobre os negócios do Estado[26]. Os éforos, tomando conhecimento desse insulto, em vez de manifestarem indignação, convocaram um pregoeiro público e ordenaram que ele divulgasse em toda parte este memorável decreto: "Que seja permitido aos clazomenianos serem insolentes."

16... De Focion

Conheço um belo episódio da vida de Focion, filho de Focus. Um dia, enquanto falava na assembleia dos atenienses, fazendo-lhes algumas censuras à sua ingratidão, ele acrescentou, com tanta honestidade quanto força:

— De resto, eu ainda prefiro ter que me queixar de vós a vos dar motivos para vos queixardes de mim.

---

26   Plutarco, que atribui esse feito aos habitantes de Quio, narra-o com algumas circunstâncias que agravam ainda mais a insolência. (*Apophthegm. Laconic.*)

17... Dos magos da Pérsia e de Ochus

A ciência dos magos, entre os persas, não ficava limitada aos objetos sobre os quais eles deveriam ser instruídos pela sua condição. Ela se estendia a muitas outras coisas, particularmente ao conhecimento do futuro. É assim, por exemplo, que eles anunciaram que o reinado de Ochus[27] seria cruel e sanguinário – o que eles ficaram sabendo através de alguns sinais que só eles podiam entender. Quando, após a morte de Artaxerxes, seu filho Ochus subiu ao trono da Pérsia, os magos ordenaram a um eunuco, dentre aqueles que estavam mais próximos da pessoa do rei, que observasse, quando a comida fosse servida, a qual dos pratos Ochus levaria primeiramente a sua mão. O eunuco, que vigiava com atenção, observou que o rei, estendendo ao mesmo tempo as suas duas mãos, pegou com a direita uma das facas que estavam sobre a mesa e, com a esquerda, um enorme pão – no qual ele pôs carne e que, depois de tê-lo cortado, comeu com avidez. Os magos, com base no relatório que lhes foi apresentado, fizeram esta dupla previsão: que o ano seria fértil em todas as estações e as colheitas seriam abundantes durante todo o reinado de Ochus, mas haveria muito derramamento de sangue. Suas predições se realizaram.

18... Palavras de Timóteo

Um dia, Timóteo, filho de Conon, general dos atenienses, tendo se furtado a um desses esplêndidos repastos, tais como os que são servidos na mesa de um general, foi cear com Platão na Academia. Ali ele encontrou uma comida frugal, mas uma sábia conversação. Ao voltar para casa, ele disse aos seus familiares:

---

27 Esse príncipe era filho de Artaxerxes Mnêmon, e tomou também o nome de Artaxerxes quando assumiu a coroa. Quanto à sua crueldade, ela é pintada na seguinte passagem de Justino (X, 3): *Regiam cognatorum caede, et strage principum replet, nulla non sanguinis, non sexus, non aetatis misericordia permotus.* ["Inundou o palácio com o sangue dos grandes e dos príncipes, insensível aos laços de sangue, à fragilidade da idade ou do sexo" (Justino, *História universal*, X, 3).]

— Aqueles que ceiam com Platão ainda estão bem no dia seguinte.

Com isso, Timóteo fazia a crítica desses banquetes carregados de suntuosidade e que não deixam, no dia seguinte, nenhuma sensação de prazer. Relata-se essas mesmas palavras de Timóteo expressas de outra maneira, mas com o mesmo sentido. Dizem que, tendo encontrado com Platão no dia seguinte a essa ceia, Timóteo lhe disse:

— Vossas ceias são melhores no dia seguinte do que no próprio dia.

19... De Alexandre, que queria ser chamado de DEUS

Alexandre, depois da derrota de Dario e da conquista do reino da Pérsia, não impôs mais limites aos seus ambiciosos desígnios. Inebriado com a sua boa sorte, ele se erigiu a si próprio como divindade e mandou que os gregos o declarassem um Deus. É uma ideia bem ridícula: será que ele poderia esperar obter dos homens aquilo que a natureza havia lhe recusado? Houve diferentes decretos promulgados nessa ocasião e eis aqui o dos lacedemônios:

— Já que Alexandre quer ser deus, que ele seja deus.

Essa curta resposta, bem conforme seu temperamento, era um golpe profundo na extravagância de Alexandre.

20... Da humanidade do rei Antígono

O rei Antígono[28] era, pelo que dizem, popularíssimo e de um temperamento extremamente afável. Aqueles que quiserem saber

---

28 Há muita aparência — e essa é a opinião de Perizonius — de que se trate aqui de Antígono, cognominado Gonatas, príncipe tão humano que expulsou com indignação seu filho Alcioneu, tratando-o de ímpio e de bárbaro, quando ele veio trazer-lhe a cabeça de Pirro, que havia sido morto no combate. Ele não pôde mesmo impedir-se de verter algumas lágrimas pela sorte de seu inimigo. (Plutarco, *Vida de Pirro*)

mais sobre esse príncipe e instruir-se a fundo nos pormenores de suas ações poderão se informar em outros lugares. O exemplo que vou relatar será suficiente para dar uma idéia de sua moderação e de sua brandura. Antígono, vendo que seu filho tratava seus súditos com altivez e dureza, disse-lhe:

– Você não sabe, meu filho, que nossa realeza não passa de uma honrosa escravidão?

Essas palavras de Antígono transpiram bondade e humanidade: qualquer um que não pense do mesmo modo me parece ignorar o que seja um rei ou um estadista, e não ter vivido senão com tiranos.

21... De Pausânias e do poeta Agatão, seu amigo

Muito se falou do carinho de Pausânias[29], habitante do cerâmico, pelo poeta Agatão[30]. Eis aqui um episódio que é pouco conhecido. Esses dois amigos foram um dia à corte de Arquelau[31], príncipe igualmente sensível aos encantos da literatura e à doçura da amizade. Arquelau observou que os dois estavam quase sempre brigando e, suspeitando de que os desentendimentos provinham do lado de Agatão, perguntou-lhe de onde podia se originar a aspereza com a qual ele contrariava incessantemente o homem que mais o queria neste mundo.

– Príncipe – respondeu Agatão –, eu vou dizer-vos. Não é nem por disposição nem por grosseria que eu ajo assim com Pausânias, mas como, pela leitura dos poetas e por outros estudos, adquiri algum conhecimento do coração humano, eu sei que, entre pessoas

---

29 Pausânias, filósofo contemporâneo de Sócrates.
30 Agatão: Vossius distingue dois poetas com esse nome, um cômico e o outro trágico. O que pode tê-lo induzido ao erro é que Agatão compôs comédias e tragédias. Esse poeta começou a se tornar conhecido no tempo de Eurípides e de Sófocles.
31 Arquelau, rei da Macedônia, filho de Pérdicas. Ele reinou por volta de quarenta anos antes de Felipe, pai de Alexandre.

que se amam, as alternativas entre o desvelo e a frieza causam um delicioso efeito, e que nada é mais agradável do que fazer as pazes depois de uma briga. A fim, portanto, de proporcionar esse prazer a Pausânias, eu raramente estou de acordo com ele. Assim, a alegria renasce em seu coração a partir do momento em que deixo de discutir com ele. Se minha conduta para com ele fosse sempre igual e uniforme, ele não conheceria o encanto da variedade.

Segundo dizem, Arquelau louvou essa maneira de agir. Afirmam que o poeta Eurípides também foi um dos amigos de Agatão e mesmo que compôs para ele a tragédia de *Crisipo*. Eu não posso garantir esse fato: tudo o que sei é aquilo que ouvi repetirem muitas vezes.

22... Da sabedoria das leis de Mantineia[32]

Os mantineus tinham algumas leis muito sábias, e que não ficavam atrás das dos locrianos[33], dos cretenses, dos lacedemônios e até mesmo dos atenienses. Com relação a estes últimos, eles foram suprimindo pouco a pouco uma parte das leis que o respeitável Solon havia lhes dado.

23... De Nicodoro, atleta e legislador

Foi Nicodoro, um dos atletas mais renomados entre os mantineus, que, em sua velhice, tendo renunciado ao pugilato, se tornou

---

32 Esse capítulo e o seguinte devem ter constituído originariamente um único. O primeiro parece, com efeito, ser apenas um preâmbulo do segundo, e perderia muito se fosse separado dele. Esse é o ponto de vista dos comentadores, que acreditam – com base na autoridade de Eustácio (*Odyss.*, U, 173) – que o escritor que pôs os títulos nos capítulos de Eliano cometeu um erro nesse caso.

33 Trata-se dos locrianos epizefirianos, assim chamados por causa do promontório Zefírius, na Itália, vizinho de sua habitação. Estrabão (livro VI) observa que esse foi o primeiro povo que teve leis escritas: elas lhe foram dadas por Zaleucus, que as havia compilado de acordo com as dos cretenses, dos lacedemônios e dos atenienses.

seu legislador. Assim, ele serviu bem mais utilmente à sua pátria do que havia feito com suas vitórias no estádio. Dizem, é verdade, que suas leis eram obra de Diágoras de Melos, que as compôs para o seu amigo. Eu teria muitas outras coisas para falar sobre Nicodoro, mas me detenho para não dar lugar à suspeita de que eu tenha querido juntar ao seu elogio o elogio de Diágoras[34]. Esse Diágoras era inimigo dos deuses, e eu não gostaria de me estender muito sobre ele.

24... De Milon, o crotoniata[35]

Diziam antigamente, para depreciar a tão celebrada força de Milon de Crotona: "Quando Milon tem em sua mão uma romã, nenhum de seus adversários pode arrancá-la dele. Porém, se sua amante entra em cena, ela a tira dele sem dificuldade." Eu concluiria disso que Milon tinha um corpo vigoroso e uma alma frágil.

25. Tradição dos gregos acerca do sexto dia do mês targelion[36]

É uma opinião geralmente admitida que o sexto dia do mês targelion foi muitas vezes marcado por acontecimentos felizes, seja para os atenienses, seja para diversos outros povos da Grécia. Por exemplo, foi nesse dia que nasceu Sócrates, e que os persas foram derrotados. Foi também nesse mesmo dia que os atenienses cumpri-

---

34 Diágoras foi acusado de impiedade e obrigado a fugir de Atenas, para onde ele havia se retirado após a tomada da ilha de Melos. Os atenienses puseram sua cabeça a prêmio: eles prometeram um talento a quem quer que o matasse, e dois para aquele que o trouxesse vivo para Atenas. (Cf. Cícero, *Da natureza dos deuses*, I, 1, 23)

35 Milon, famoso atleta que foi muitas vezes coroado nos jogos olímpicos, píticos e istmianos. Ele havia sido discípulo de Pitágoras e vivia no tempo de Dario, filho de Histaspe.

36 Segundo a opinião mais provável, o mês targelion corresponde aproximadamente ao final de nosso mês de maio e ao começo de nosso mês de junho. Essa é a opinião de Scaliger, de Petau, de Marsham etc.

ram a promessa de Milcíades, imolando trezentas cabras a Diana[37]. Afirma-se que o combate de Plateia, no qual os gregos foram vencedores, se deu do mesmo modo no sexto dia do targelion que estava começando[38]. Aquilo que acabo de dizer sobre uma primeira derrota dos persas deve ser entendido da batalha de Artemisium[39]. Não é possível relacionar com outro dia a vitória que os gregos alcançaram em Micala[40], já que se sabe que as ações de Plateia e de Micala ocorreram no mesmo dia. Foi, segundo dizem, no sexto dia do começo desse mês que Alexandre, rei da Macedônia, filho de Filipe, derrotou completamente Dario e desbaratou um número prodigioso de bárbaros. Asseguram que todos esses acontecimentos se deram no mês targelion. Por fim, acrescentam que o sexto dia desse mês foi o do nascimento e o da morte de Alexandre.

26... Coisas maravilhosas referentes a Pitágoras

Segundo Aristóteles[41], os crotoniatas apelidaram Pitágoras de *Apolo Hiperbóreo*[42]. Ele conta também que Pitágoras foi visto por

---

37 Antes da batalha de Maratona, Milcíades fez um voto de imolar a Diana tantas cabras quantos fossem os bárbaros que se fizessem perecer. Porém, como não se podia encontrar um número suficiente desses animais, ficou resolvido que seriam imoladas quinhentas a cada ano. (Xenofontes, *de Cyr. Exped.*, livro III)

38 Para entender esse trecho de Eliano, precisamos nos lembrar de que os gregos dividiam o mês em três décadas ou dezenas, que somavam ao todo trinta dias; que nas duas primeiras décadas eles recomeçavam a contagem por *um, dois, três* etc., acrescentando o nome da década, mas na última eles faziam a contagem na ordem retrógrada. Assim, para falar do 21º dia do mês, eles diziam *o décimo dia do mês que está terminando*; o dia 22 era *o nono dia do mês que está terminando*, e assim por diante, até o fim do mês. A primeira década chamava-se *do mês que está começando*, a segunda *do meio* e a terceira *do mês que está terminando*.

39 Artemisium, promontório da ilha de Eubeia, onde os persas foram vencidos em um combate naval.

40 Esse combate ocorreu no mar, perto do promontório Micala, na Jônia.

41 Aparentemente, a obra na qual Aristóteles narra esse fato não chegou até nós. Não se faz nenhuma menção sobre isso naquilo que nos resta desse filósofo.

42 Foi Abaris, sacerdote de Apolo Hiperbóreo, que deu origem a esta fábula, espalhando entre os crotoniatas que Pitágoras se parecia com o deus do qual ele era ministro. (Jâmblico, *Vida de Pitágoras*, cap. 19) De resto, o Apolo Hiperbóreo

diversas pessoas, no mesmo dia e na mesma hora, em Metaponte e em Crotona; que ele surgiu no meio do povo reunido para os jogos e que mostrou uma de suas coxas, que era de ouro. Acrescentam ainda que esse filósofo, atravessando o rio Cosas[43], ouviu uma voz que o chamava, e que diversas pessoas escutaram-na como ele.

27... Palavras de Platão a Aníceris

Aníceris de Cirene[44] acreditava-se um homem maravilhoso, porque sabia manejar bem um cavalo e conduzir um carro com habilidade. Querendo, um dia, dar a Platão uma prova de seu talento, ele atrelou seus cavalos a um carro e deu várias voltas pela Academia, mantendo sempre com tanta precisão o mesmo traçado, que a cada volta as rodas seguiam exatamente, e sem nunca se desviarem, as primeiras marcas que haviam deixado. Não é possível duvidar de que todos os espectadores tenham se extasiado de admiração. Porém, Platão fez deste excesso de destreza um motivo para censurar Aníceris.

– Quando – disse-lhe ele – nos entregamos com tanta dedicação a coisas frívolas, pouco dignas do valor que lhes atribuímos, não podemos mais nos ocupar com coisas sérias. Aquele que volta toda a sua atenção para as coisas pequenas perde necessariamente o gosto por aquelas que são verdadeiramente estimáveis.

---

era o mesmo que o dos gregos. Porém, os povos hiperbóreos ou setentrionais prestavam-lhe um culto diferente. As vítimas que lhe eram oferecidas eram comumente os asnos, sacrifício do qual os gregos tinham horror.

43 Os diversos autores que relataram esse fato não estão de acordo quanto ao nome do rio. Apolônius quer que seja um rio de Samos, Diógenes Laércio o Nessus etc. Esse ponto é tão pouco importante que seria inútil comparar as diversas conjecturas dos comentadores. Basta dizer que existia realmente na Itália um rio chamado Cosas, que desaguava no Liris, nas fronteiras da Campânia, do lado do Lácio.

44 Aníceris tornou-se célebre resgatando Platão, que Dionísio, o Antigo, tirano da Sicília, havia mandado ser vendido como escravo. É incerto que este Aníceris seja o mesmo que o filósofo com esse mesmo nome, discípulo de Parebates, que deu origem à seita dos anicerianos.

28... Origem da briga de galos

Os atenienses, depois de terem vencido os persas, promulgaram um decreto que determinava que doravante, em um dia de cada ano, seria oferecido ao povo o espetáculo de uma briga de galos no teatro. Eis qual foi o motivo disso: Temístocles, enquanto conduzia todas as forças de Atenas contra os bárbaros, percebeu alguns galos que brigavam. Ele pensou imediatamente em tirar proveito dessa situação e, mandando que seu exército se detivesse, disse aos seus soldados:

— Não é nem pela pátria, nem pelos deuses de seus pais, nem para defender os túmulos de seus ancestrais que esses galos enfrentam o perigo. Não é também pela glória, pela liberdade ou pelos seus filhos: aqui, cada um combate para não ser vencido, para não ceder.

Esse discurso incitou a coragem dos atenienses. Foi, portanto, decidido que aquilo que havia servido para despertar o seu valor seria consagrado através de uma instituição que perpetuaria uma lembrança capaz de produzir o mesmo efeito em outras ocasiões.

29... Como Pítaco representava a fortuna

Pítaco[45] fez que fossem colocadas escadas nos templos de Mitilene, como uma oferenda que ele lhes dedicava (porque elas não podiam, aliás, ser de nenhuma utilidade). Era um emblema através do qual ele queria designar as vicissitudes da fortuna, que eleva ou rebaixa ao seu bel-prazer. Alguns sobem, e são aqueles a quem ela favorece; os outros descem, e são aqueles a quem ela maltrata.

---

45 Pítaco é um dos sete sábios da Grécia. O povo de Mitilene confiou-lhe, por um certo tempo, a autoridade real (o que faz que seja muitas vezes chamado de tirano de Mitilene). Esse capítulo se encontra quase por inteiro no Escoliasta de Homero. (*Odisseia*, livro XX)

30... De Platão

Platão, filho de Ariston, dedicou-se primeiramente à poesia e compôs versos heroicos. Em seguida ele os queimou, como fazendo pouco caso deles, depois que, comparando-os com os de Homero, sentira quanto os seus eram inferiores. Ele se dedicou, então, ao gênero trágico, e já havia composto uma tetralogia e entregado suas peças aos atores, a fim de disputar o prêmio, quando, tendo ido ouvir Sócrates, antes das festas de Baco, ficou tão apaixonado pelos encantos de seus discursos que não somente desistiu imediatamente do concurso, mas renunciou totalmente à poesia dramática, para entregar-se inteiramente à filosofia.

31... Que não existem ateus entre os bárbaros[46]

Quem poderia deixar de louvar a sabedoria dos povos que são chamados de bárbaros? Jamais se viu algum deles negar a existência da divindade: eles jamais puseram em questão se os deuses existem ou não existem, e se os deuses se ocupam ou não daquilo que diz respeito aos homens. Nenhum indiano, nenhum celta ou nenhum egípcio jamais imaginou um sistema semelhante aos de Evêmero de Messena, de Diógenes da Frígia[47], de Hipon, de Diágoras[48], de Sósias ou de Epicuro[49]. Todas as nações que acabo de enumerar reco-

---

46 Não será inútil observar, de passagem, que os filósofos acusados de impiedade pelos pagãos são, geralmente, aqueles que tinham uma maneira de pensar mais racional sobre a divindade e, como Sócrates, ousavam elevar-se acima dos preconceitos vulgares.

47 Esse Diógenes não deve ser confundido com o célebre filósofo do mesmo nome: ele é conhecido apenas por aquilo que diz Eliano, que parece ter sido copiado por Eustácio. (*Odisseia*, livro III)

48 A cabeça de Diágoras foi posta a prêmio pelos atenienses, sob o pretexto de que esse filósofo havia divulgado, por zombaria, os mistérios de Elêusis. (Cf. o cap. 23 deste livro)

49 Epicuro nasceu em Gargeto, povoação da Ática, na 109ª olimpíada, 342 anos antes de Cristo.

nhecem que existem deuses e que esses deuses velam por nós e nos anunciam aquilo que deve nos acontecer, através de alguns sinais dos quais a sua benfazeja providência nos oferece a compreensão (como o voo dos pássaros, as entranhas dos animais e alguns outros indícios, que são advertências e instruções). Eles dizem que os sonhos e os próprios astros muitas vezes nos desvendam o futuro. Na firme crença em todas essas coisas, eles oferecem inocentes sacrifícios, para os quais eles se preparam através de santas purificações. Eles celebram os mistérios; eles obedecem à lei das Orgias; enfim, eles não omitem nenhuma das outras práticas religiosas. Seria possível, depois disso, deixar de reconhecer que os bárbaros reverenciam os deuses e lhes prestam um verdadeiro culto?

32... De Hércules

Segundo uma antiga tradição de Delfos, Hércules, filho de Júpiter e de Alcmena, recebera originalmente o nome de Alceu. Porém, tendo ido um dia consultar o oráculo de Delfos, acerca de um assunto que ignoramos, ele recebeu primeiramente a resposta que viera pedir e, depois, o deus fez que ele escutasse as seguintes palavras:

– Apolo te dá hoje o sobrenome de Héracles (Hércules), porque, fazendo o bem aos homens, tu adquirirás uma glória imortal[50].

33... Das estátuas dos rios

Nós conhecemos a natureza dos rios: temos diante dos olhos o seu leito e o seu curso. No entanto, aqueles que os reverenciam como divindades e aqueles que lhes dedicam estátuas os representam algumas vezes com a figura humana e outras vezes sob a forma de um boi. É esta última que os estinfalianos conferem ao Erasino

---

50 Esses versos da Pítia são uma explicação para o nome Héracles, composto pelas palavras gregas equivalentes a "dons, benefícios" e "glória".

e ao Metope, os lacedemônios ao Eurotas, os sicionianos e os fliasianos ao Asopus e os argivos ao Cefises. Entre os psofidianos, o Erimanto tem os traços de um homem, do mesmo modo que o Alfeu entre os hereus. Esta também é a forma que conferem a esse rio os quersonesianos de Cnido[51]. Os atenienses, nas homenagens que prestam ao rio Cefises, o representam como um homem, do qual brotam cornos. Na Sicília, os siracusanos homenageiam o rio Anapus sob a forma de um homem, e a fonte Cianê sob a de uma mulher. Os egestanos[52] conferem o semblante humano aos rios Porpax, Crimissos e Telmissos, aos quais eles prestam um culto. Para os agrigentinos, é sob a efígie de uma criança perfeitamente bela que eles oferecem sacrifícios ao rio que dá o nome à sua cidade. Eles lhe consagraram, no templo de Delfos, uma estátua de marfim, em cujo pedestal está escrito o nome do rio. A estátua representa uma criança.

34... Da velhice

Contam que Epicarmo[53], em uma idade muito avançada, conversava certo dia com alguns velhos da mesma idade que ele:

– Eu ficaria contente – diz um deles – se ainda tivesse cinco anos para viver.

– Eu não pediria mais do que três, diz um outro.

---

51 Alguns estudiosos acreditam que essa parte do texto está corrompida, porque não é verossímil – dizem eles – que os quersonesianos de Cnido, na Ásia, cultuassem o Alfeu, rio da Élida. Em consequência disso, eles propõem a seguinte leitura: "Os quersonesianos de Cnido representavam também o rio Cnidus sob a forma de um homem." Porém, é claro, como observa Perizonius, que Eliano faz alusão ao que diz Pausânias (*Eliac.* I), que os quersonesianos de Cnido haviam colocado em Olímpia *a estátua do rio Alfeu*, de um dos lados da estátua de Júpiter, e do outro lado a de Pélops. Aliás, nenhum geógrafo ou historiador falou do rio Cnidus.
52 Eram os habitantes da cidade que os latinos chamavam de Segesta.
53 Epicarmo era ao mesmo tempo poeta cômico, físico e médico. Ele viveu por volta do começo da monarquia dos persas. Segundo Diógenes Laércio, ele morreu com noventa anos, enquanto Luciano o faz viver 97.

– E eu, quatro, falou um terceiro.

Epicarmo, tomando a palavra, disse-lhes:

– Meus amigos, por que esse debate entre vocês, e esse desacordo com relação a um pequeno número de dias? Todos nós que estamos aqui, reunidos por casualidade, chegamos ao último termo de nossa vida: desejemos de preferência que ela termine prontamente, antes que experimentemos os males que estão ligados à velhice.

35... Da morte de Górgias

Górgias, o Leontino, chegando a uma extrema velhice[54], e aproximando-se do término de sua carreira, foi atacado por uma doença que lhe causava um adormecimento quase contínuo. Um de seus amigos, tendo ido visitá-lo, perguntou-lhe como ele se encontrava:

– Sinto – respondeu-lhe Górgias – que o sono começa a entregar-me a seu irmão.

36... De Sócrates velho e doente

Sócrates, numa idade bastante avançada, caiu doente. A alguém que lhe perguntou como ele se sentia, Sócrates respondeu:

– Muito bem, para qualquer coisa que me aconteça. Porque, se eu me recuperar, muita gente vai ter inveja de mim e, se eu morrer, não faltarão aqueles que me façam elogios.

37... De uma lei de Zaleucus

Entre as diversas leis sábias e úteis que Zaleucus[55] ofereceu aos locrianos, esta não deve ocupar o último lugar. Se algum doente,

---

54 Ele estava com 108 anos. (Luciano, *Macrobio*; Filóstrato, *Vida dos sofistas*, livro I)
55 Zaleucus foi discípulo de Pitágoras, assim como Carondas, legislador dos turianos. (Diógenes Laércio, *Vida de Pitágoras*)

entre os epizefirianos, bebesse vinho puro – sem que os médicos tivessem determinado – e recuperasse a saúde, incorreria na pena de morte, por ter tomado uma bebida que não lhe havia sido prescrita.

38... Lei que não permitia o vinho a qualquer pessoa nem a qualquer idade[56]

Os marselheses tinham uma lei que proibia às mulheres o uso do vinho e não lhes permitia, em qualquer idade, que tivessem outra bebida que não fosse a água. Essa lei, segundo Teofrasto, estava em vigor entre os milésios: suas mulheres, embora jônias[57], estavam submetidas a ela. E por que eu também não falaria dos romanos? Não se teria motivo para considerar irracional que, evocando a lembrança daquilo que se passa entre os locrianos, os marselheses e os milésios, eu mantivesse um injusto silêncio sobre aquilo que diz respeito à minha pátria? Direi, portanto, que a mesma lei era seguida de forma muito rigorosa em Roma. Que lá nenhuma mulher, fosse livre ou escrava, jamais bebia vinho; e que mesmo os homens de um nascimento acima do comum se abstinham de fazer isso desde a puberdade, até que tivessem chegado ao seu 35º aniversário.

39... Leis dos cretenses sobre a educação

Os cretenses exigiam que suas crianças aprendessem de cor as leis, acompanhadas por uma certa melodia, a fim de que o encanto da música as gravasse mais facilmente em sua memória. Se eles,

---

56 Valério Máximo (VI, 3, 9) relata um episódio que prova a que ponto os romanos eram ciosos do cumprimento dessa lei: um homem – diz ele –, percebendo que sua mulher havia bebido vinho, mata-a a golpes de porrete; no julgamento, conclui-se que a mulher havia merecido esse tratamento, por ter pecado contra a sobriedade.

57 Sabe-se que as mulheres jônias eram extremamente voluptuosas.

mais tarde, as violassem, não poderiam alegar como desculpa que as ignoravam. A segunda coisa que as crianças eram obrigadas a aprender eram os hinos em louvor aos deuses e a terceira, os elogios dos grandes homens[58].

40... Os animais odeiam o vinho

Todos os animais têm uma aversão natural ao vinho, sobretudo aqueles que ficam embriagados quando comem uvas ou sementes de uva em demasia. A planta chamada de enanto[59] produz o mesmo efeito sobre os corvos e sobre os cães. Quanto ao macaco e ao elefante, quando bebem vinho, um perde a sua força e o outro se torna incapaz de usar a sua astúcia; e assim é muito fácil capturá-los.

41... Lista de alguns antigos que gostavam de beber e que bebiam muito

Dionísio, tirano da Sicília, Niseias, outro tirano[60], Apolócrates, filho de Dionísio, seu parente Hiparinus[61], Timoleão de Tebas, Caridemus de Oreia, Arcadion, Erasíxenes, Alceto da Macedônia e o ateniense Diotimo tiveram a reputação de ser grandes beberrões. Diotimo, dentre os outros, foi cognominado *O Funil*, porque se pusessem um funil em sua boca ele engolia, num único trago, todo o vinho negro que se quisesse despejar nele.

---

58 Esse uso não era exclusivo dos cretenses. Todos os povos antigos, mesmo os mais bárbaros, cantavam ordinariamente – ao irem enfrentar o inimigo – o elogio dos guerreiros mais célebres de sua nação. Assim, a *Canção de Rolando*, morto em Roncevaux, foi durante muito tempo, para os nossos antepassados, o prelúdio do combate e mais de uma vez proporcionou-lhes a vitória, inspirando neles o nobre ardor de imitar as ações desse herói.
59 Essa planta era assim chamada por causa de sua virtude embriagante ou, como alguns supõem, porque a sua flor se parece muito com a da vinha.
60 Niseias era filho de Dionísio, o Antigo, e foi tirano de Siracusa, depois da morte de Dion.
61 Os comentadores observam com razão que Eliano errou ao chamar Hiparinus simplesmente de parente de Dionísio, já que ele era filho desse príncipe.

Do lacedemônio Cleômenes[62], dizem não somente que ele bebia muito, mas que – a exemplo dos citas – tinha o mau costume de beber sempre o seu vinho puro. O poeta Íon, da ilha de Quio, é ainda citado entre aqueles que gostavam excessivamente do vinho.

Quando Alexandre, rei da Macedônia, para honrar a memória do brâmane Calanus – sofista indiano que havia posto fogo em si mesmo –, ordenou a realização de alguns jogos, nos quais deveria haver um concurso de música, uma corrida de cavalos e um combate de atletas, acrescentou, para agradar aos indianos, um gênero de combate que lhes era familiar: um combate de bebida – destinando para o primeiro prêmio um talento, trinta minas para o segundo e dez para o terceiro. Prômaco obteve a vitória sobre todos os seus concorrentes[63].

Durante as festas de Baco, chamadas de choes, havia sido oferecida, como prêmio àquele que bebesse mais, uma coroa de ouro: Xenócrates da Calcedônia obteve a coroa; ele a pegou e a colocou, ao sair do banquete, sobre o Hermes que estava diante da porta da casa, tal como havia depositado sobre ele, nos dias precedentes, as coroas de flores, de mirto, de hera e de louro que havia ganhado.

Dizem que Anacarsis[64] bebeu muito na casa de Periandro[65], de onde ele trouxe esse gosto nacional (porque os citas bebem o vinho

---

62 O primeiro rei de Esparta, chamado Cleômenes. O excesso de vinho fez que ele caísse em um frenesi tão violento que acabou por se matar. (Heródoto, livro VI; Ateneu, livro X)

63 Prômaco bebeu quatro medidas de vinho, ou seja, 24 de nossas pintas (pouco mais de 22 litros): por causa disso, ele morreu três ou quatro dias depois. Trinta e cinco dos competidores morreram no próprio local, e seis depois que chegaram às suas casas. (Ateneu; Plutarco, *Vida de Alexandre*)

64 Anacarsis, um dos sete sábios da Grécia. Ateneu conta que num desafio de bebida, que foi disputado na casa de Periandro, Anacarsis reclamou o prêmio, porque ele havia sido o primeiro a se embriagar. Porém, como compatibilizar esse vício com a sabedoria de Anacarsis, que o fez admirado por Solon e por todos os filósofos da Grécia?

65 No festim que Periandro, tirano de Corinto, ofereceu aos sete sábios.

puro). Lácides e Timon não são menos conhecidos como beberrões do que como filósofos[66].

Miquerinos do Egito bem merece ser associado a esse grupo[67]: quando lhe trouxeram a resposta do oráculo de Buto, que lhe anunciava que ele não teria muito tempo de vida, pensou que um meio de iludir essa predição seria dobrar o tempo que lhe restava para viver, fazendo as noites serem o mesmo que os dias. Ele tomou, portanto, a decisão de não mais dormir, para não parar de beber.

A todos aqueles que acabo de enumerar, juntem o egípcio Amasis[68], com base no que diz Heródoto, Nicotetes de Corinto e Scopas, filho de Creonte.

Dizem que o rei Antíoco gostava apaixonadamente do vinho: foi isso que o reduziu a não ter da realeza senão o título, enquanto Aristeu e Temisão de Chipre governavam o seu reino. Três outros Antíocos foram escravos da mesma paixão: Antíoco Epifânio, que foi entregue como refém aos romanos, um outro Antíoco, que fez a guerra na Média contra Arsace, e, por fim, o Antíoco cognominado "o Grande". Um excesso de vinho causou ao rei dos ilírios, Agron, uma pleurisia da qual ele veio a morrer. Um outro rei dos ilírios, chamado Gentius, não foi menos imoderado no uso do vinho. Eu poderia omitir Orroferne da Capadócia, esse poderoso e terrível beberrão[69]?

Embora também seja necessário falar das mulheres – nas quais o gosto e, mais ainda, os excessos do vinho me parecem o cúmulo da

---

66 Lácides e Timon viviam nos reinados de Antígono Gonatas e de Ptolomeu Filadelfo. Lácides era de Cirene e foi discípulo de Arquesilau; Timon – que não podemos confundir com o Misantropo do qual fala Platão – era fliasiano e discípulo de Pirro.
67 Miquerinos reinou no Egito, pouco tempo antes do etíope Sabacos. (Heródoto, II, 133).
68 Amasis reinou no Egito, no tempo em que os judeus estavam cativos na Babilônia.
69 Esse Orroferne reinou pouquíssimo tempo sobre a Capadócia: ele foi destronado por seu irmão Ariarate, do qual havia usurpado a coroa.

indecência –, não direi mais que uma palavra. Afirma-se que Clio, em alguns desafios de mesa, levava vantagem não somente sobre as mulheres, mas também sobre os homens, e que ela punha todos por terra. Como uma semelhante vitória me parece vergonhosa![70]

42... Conduta de Platão com relação aos árcades e aos tebanos[71]

Como o renome de Platão e a reputação de sua virtude haviam chegado ao conhecimento dos árcades e dos tebanos, esses dois povos mandaram pedir a ele, através dos emissários que lhe enviaram, que viesse imediatamente à sua cidade, não somente para formar a sua juventude ou para discorrer com eles sobre matérias filosóficas, mas para um objetivo bem mais importante: para lhes dar leis. Eles estavam convencidos de que Platão não rejeitaria seu pedido. Com efeito, esse convite causou no filósofo um movimento de alegria. Ele estava pronto para ir quando, tendo perguntado aos enviados como se pensava em seu país sobre o tema da igualdade, foi infor-

---

70 De acordo com Aristóteles (*História dos animais*, livro VI, cap. 2), poderíamos acrescentar a essa lista, já muito numerosa, um siracusano que, pondo alguns ovos no chão, sobre uma toalha, bebia até que eles chocassem. Vopiscus (p. 970, da edição de 1661) fala de um certo Bonosus, do qual o imperador Aureliano tinha o costume de dizer: "Ele não nasceu para viver, mas para beber". Esse homem, todavia, gozava de muita consideração da parte do imperador, por um gênero de serviço que ele lhe prestava, sobretudo em tempos de guerra: quando chegavam representantes de alguma nação bárbara, Bonosus era chamado para beber com eles. Ele os embriagava e o vinho fazia que eles falassem, arrancando-lhes os seus segredos.

71 Como se poderia desconfiar de que Eliano havia se confundido ou considerado como vizinhos dois povos bastante afastados um do outro – os tebanos e os árcades –, não será inoportuno observar em que ocasião esses dois povos se reuniram para enviar alguns representantes até Platão. Depois da batalha de Leuctres, Epaminondas, general dos tebanos, aconselhou aos árcades, seus aliados, que reunissem em uma única cidade todas as povoações sob o seu domínio. Eles se renderam a essa opinião e, com a ajuda dos tebanos, construíram Megalópolis. Foi para conferir leis a essa nova cidade que os dois povos foram pedir a Platão que a visitasse. (Pausânias, *Arcad.*, p. 258, e *Baeot.*, p. 293)

mado – pela resposta deles – de que lá se pensava de forma completamente diferente da sua e que *nunca se conseguiria fazer que a sua posição fosse adotada*. A partir desse momento, ele renunciou ao projeto da viagem.

43... Grandes homens da Grécia que foram pobres

Os maiores homens da Grécia foram reduzidos a uma extrema pobreza. Assim foram Aristides, filho de Lisímaco; Focion, filho de Focus; Epaminondas, filho de Polimnis; o tebano Pelópidas[72]; Lâmacus, de Atenas[73]; Sócrates, filho de Sofronisco; e, por fim, Efialto, filho de Sofrônides[74].

44... Descrição de um quadro do pintor Teon[75]

Dentre as diversas obras do pintor Teon, que atestam a que ponto ele era excelente em sua arte, existe uma que bem merece ser citada. Ela representa um jovem guerreiro armando-se precipitadamente para marchar contra os inimigos que acabavam de entrar em seu país, que eles assolavam e devastavam. Ele é visto voando impetuosamente para o combate: pelo furor que o anima, poderíamos dizer que Marte inteiro atravessou a sua alma. Seu olhar feroz inspira o terror. Ele apanhou suas armas. Ele já parece correr com toda a força de suas pernas e ter alcançado o inimigo. Com um braço ele apresenta seu escudo e com o outro ele agita sua espada nua, como um homem que respira apenas o morticínio e a carnificina. Seus olhos e toda a atitude de seu corpo anunciam, ameaçadoramen-

---

72 Sobre o desprezo de Pelópidas pelas riquezas, cf. Eliano (livro XI, cap. 9).
73 Plutarco (*Vida de Nícias*) diz que Lâmacus era tão pobre que, quando estava ocupando algum cargo público, os atenienses lhe destinavam uma pequena soma para que ele pudesse se vestir e se calçar.
74 Efialto, orador ateniense que destruiu o poder do Areópago.
75 Teon era de Samos. Quintiliano (livro XII, cap. 10) coloca-o na relação dos maiores pintores.

te, que ele não poupará ninguém. Teon não pintou nada além disso. Ele não acrescentou cavaleiro, nem arqueiro, nem taxiarca nem qualquer outra figura: o jovem guerreiro compõe sozinho todo o quadro. Porém, antes de desvelá-lo e de expô-lo aos olhos da multidão reunida, ele colocou perto dele um trombeteiro e ordenou-lhe que tocasse uma dessas melodias vivas, agudas e penetrantes, que costumavam ser utilizadas para incitar a coragem dos soldados. Enquanto os ouvidos eram atingidos por esses sons assustadores e terríveis, semelhantes àqueles que faz irromper a trombeta, quando ela convoca os batalhões para o combate, ele desvelou o quadro. Assim foi visto o soldado, num momento em que a harmonia militar gravava ainda mais fortemente, na alma dos espectadores, a imagem de um guerreiro correndo para socorrer o seu país.

Livro Terceiro

❖

1... Descrição de Tempé, na Tessália

Tentemos agora pintar e descrever o lugar chamado Tempé, na Tessália. Como todo mundo reconhece, tamanha é a vantagem da palavra quando ela é empregada com energia, tanto que ela pode – tão bem quanto a mão do mais famoso artista – tornar sensíveis todos os tipos de objetos.

É uma região entre o Olimpo e o Ossa, montanhas de uma altura prodigiosa, que *os deuses parecem não ter separado uma da outra senão para arranjar entre elas* um espaço de quarenta estádios de comprimento por um pletro[1] de largura em alguns locais, e um pouco mais em outros. No centro corre o Peneu, que outros rios engrossam em seu curso, confundindo suas águas com as dele. Ali existem mil redutos, infinitamente variados; obras não da arte, mas da natureza – que teve gosto em embelezar esse cantão quando suas mãos o formaram. As trepadeiras crescem ali em abundância, tornando-se extremamente densas: tal como a vinha ambiciosa, elas abraçam e serpenteiam as árvores mais altas, criando raízes em sua

---

1 Um pletro equivale a cerca de 30 centímetros. (N. T.)

casca. O smilax[2], que não é menos comum, eleva-se pelas colinas e, com sua sombra, cobre de tal modo os rochedos que não se vê mais que um tapete de verdura, que impressiona agradavelmente a vista. A planície e os vales estão semeados de diferentes tipos de bosques: por toda parte existem encantadores refúgios onde os viajantes podem, durante o verão, se abrigar do calor e desfrutar deliciosamente de um clima ameno. As fontes e os riachos de água fresca correm por todos os lados. Essas águas, muito agradáveis de beber, têm ainda – segundo dizem – a vantagem de serem salutares para aqueles que nelas se banham, fortificando a sua saúde. Pássaros com os mais melodiosos gorjeios, dispersos aqui e ali, encantam os ouvidos. Eles escoltam, cantando, o viajante, que caminha sem se cansar e não sente nada além do prazer de ouvir esse doce concerto.

Os redutos e os locais de repouso dos quais eu acabei de falar encontram-se nas duas margens do Peneu, que atravessa o vale de Tempé, rolando suas águas lentamente e sem estardalhaço, de modo que seria possível acreditar que aquilo que se vê correr é azeite. As árvores que nascem à beira do rio, juntando suas ramagens, formam uma sombra espessa que, durante a maior parte do dia, protege dos ardores do sol e proporciona aos navegantes um agradável frescor. Todos os povos da vizinhança se reúnem nesse local. Ali, eles oferecem os sacrifícios e fazem as assembleias, que são concluídas com festins. Como, ao serem imoladas as vítimas, se queimam incessantemente perfumes, é fácil julgar que os viajantes e aqueles que navegam pelo Peneu respiram continuamente os mais suaves aromas. Assim, esse local é consagrado pelas homenagens que não cessam de ser prestadas à divindade.

---

2   O smilax é uma planta da qual brotam diversos talos longos, rígidos, cheios de nós, rasteiros, espinhosos e guarnecidos de filamentos que se enrolam nas plantas vizinhas. Suas flores são em cachos, pequenas e perfumadas, compostas cada uma por seis pétalas dispostas em estrela.

É aqui – dizem os tessalianos – que, seguindo a ordem de Júpiter, Apolo Pítio foi purificado, quando perfurou com suas flechas a serpente Píton, que guardava o templo de Delfos, enquanto a Terra, sua mãe, pronunciava os oráculos. Eles acrescentam que o filho de Júpiter e de Latona, partindo para Delfos – onde se apoderou da sede do oráculo –, se coroou com os louros de Tempé, levando nas mãos um de seus ramos. Existe atualmente um altar no mesmo lugar onde o deus tomou sua coroa e o ramo de louro. Ainda hoje os habitantes de Delfos enviam a Tempé, a cada nove anos, um certo número de jovens distintos, conduzidos por um chefe escolhido entre eles. Ao chegarem, eles oferecem suntuosos sacrifícios e voltam para casa, depois de terem feito coroas com os mesmos louros com os quais o amante de Dafne cingiu outrora a sua cabeça. Eles tomam o caminho denominado Pítias, que atravessa a Tessália, a Pelagônia[3], o monte Oeta, a terra dos enianos, a dos melianos, dos dórios e dos locrianos cognominados hesperianos. Todos esses povos recebem esses jovens, em sua passagem, com tanto respeito e homenagens quanto os que são prestados aos hiperbóreos, quando eles vão levar a Delos oferendas ao mesmo deus. É com esses mesmos louros que são feitas as coroas dos vencedores nos jogos pítios.

Não me estenderei mais sobre o vale de Tempé, na Tessália.

2... Da coragem com a qual Anaxágoras suportou a morte de seus filhos

Alguém tendo chegado para anunciar ao clazomeniano Anaxágoras, bastante ocupado com a instrução de seus discípulos, que a

---

3   Pelagônia: é certamente necessário ler "Pelásgia". É impossível que, seguindo o caminho traçado por Eliano, os délfios tenham passado pela Pelagônia, que era uma região da Macedônia, perto da Trácia – enquanto a Pelásgia, situada entre a Tessália, a Lócrida, a Ftiótida e a Acaia, se achava em seu trajeto. (Cf. Estrabão, livro VII, p. 326)

morte acabava de levar-lhe seus dois filhos – os únicos que tinha –, respondeu o filósofo, sem se perturbar:

– Eu bem sabia que eles não haviam nascido senão para morrer.

3... Xenofontes suportou corajosamente a notícia da morte de seu filho

Um mensageiro veio de Mantineia informar a Xenofontes – que estava fazendo sacrifícios aos deuses – que seu filho Grillus estava morto. Xenofontes tirou sua coroa e continuou com o seu sacrifício[4]. Quando o mensageiro acrescentou que Grillus havia morrido vencedor, Xenofontes retomou a sua coroa. Esse fato ficou conhecido e se espalhou por toda parte.

4... De Dion tomando conhecimento da morte de seu filho

Num dia em que Dion, filho de Hiparinus e discípulo de Platão, estava ocupado com alguns negócios que interessavam à república, seu filho caiu do telhado de sua casa no pátio e morreu em consequência dessa queda. Dion, sem ficar abalado por esse acidente, prosseguiu o trabalho que havia iniciado.

5... Antígono não ficou emocionado com a visão do cadáver de seu filho

Dizem que Antígono Segundo, ao ver o corpo de seu filho[5], que havia sido trazido do campo de batalha, não mudou de cor e

---

4 Os gregos e os romanos coroavam-se nos tempos de festas e de júbilo, e particularmente quando eles ofereciam sacrifícios. Como a coroa era um sinal de alegria, Xenofontes tirou a sua, ao receber a notícia da morte de seu filho. Ele a retomou, quando lhe foi anunciado que sua morte havia sido gloriosa, testemunhando, através dessa dupla ação, que a vitória de Grillus lhe causava mais prazer do que a sua perda o havia afligido.

5 Ele se chamava Alcioneu: foi ele que, depois de ter vencido o rei Pirro, teve a crueldade de cortar a cabeça desse príncipe, indo lançá-la aos pés de Antígono. (Plutarco, *Pirro*, próximo ao final)

não verteu uma única lágrima; mas que, depois de tê-lo louvado por ter morrido como um bravo soldado, ordenou que o sepultassem.

6... Da grandeza de alma de Crates

O tebano Crates é conhecido por vários exemplos que comprovam a elevação de sua alma. Ele fazia pouco caso das coisas pelas quais o vulgo tem paixão; da fortuna, por exemplo, e até mesmo da pátria. Todo mundo sabe que ele deixou suas riquezas para os seus concidadãos. Porém, eis um fato que pouca gente conhece. Quando Crates deixou Tebas, que acabava de ser reconstruída[6], ele disse:

– Pouco me preocupo com uma cidade que um novo Alexandre virá destruir.

7... Da calúnia

Demócares, sobrinho de Demóstenes pelo lado de sua irmã, quis mostrar um dia o quanto ele desprezava as maledicências do povo. Percebendo, na loja de um cirurgião[7], alguns desses malvados de profissão, ansiosos por aproveitar todas as oportunidades para maldizer, disse-lhes:

– Do que vocês estão falando, seus verdadeiros *dismênides*?

Por meio dessa única palavra, ele pintava todos os vícios de seu caráter.

8... Um poema valeu a Frínico o comando do exército ateniense

Quando os atenienses escolheram Frínico para general de seu exército, ele não deveu essa honraria a nenhuma cabala, nem à no-

---

6   Ela foi reconstruída por Cassandro, cerca de nove anos depois da morte de Alexandre e vinte anos depois de esse príncipe tê-la destruído. (Diodoro da Sicília, XIX)

7   As lojas dos cirurgiões, dos barbeiros e dos perfumistas eram, então – assim como os ginásios e as praças públicas –, o ponto de encontro de todas as pessoas ociosas, que ali se reuniam para ouvir e espalhar as novidades.

breza de seu nascimento nem às suas riquezas. Não é que essas coisas não fossem capazes de comover os atenienses, sendo muitas vezes determinantes para as suas escolhas. Porém, Frínico havia inserido em uma de suas tragédias alguns versos cujo ritmo militar convinha aos movimentos da dança pírrica[8]. Toda a assembleia ficou impressionada com isso, e os espectadores, encantados, o elegeram imediatamente general, não duvidando de que um homem capaz de fazer versos tão perfeitamente adequados ao gênio guerreiro fosse igualmente apropriado para conduzir com sucesso as operações de guerra.

9... Do poder do amor[9]

Quem é aquele que, não amando, gostaria, num combate e na refrega, de enfrentar um homem apaixonado? O primeiro foge quando se encontra com o outro; ele o evita pela sensação de sua fraqueza: trata-se de um profano que nunca foi iniciado nos mistérios do amor. Tendo por si apenas o seu próprio valor e a força de seu corpo, ele teme um guerreiro que um deus preenche com um furor sobrenatural: e esse deus não é Marte (pois essa vantagem seria comum a ambos), é o amor. Aqueles que são animados apenas pelo primeiro levam para o combate a coragem que pode ser inspirada por uma única divindade (é o caso de Heitor[10], que Homero não temeu colocar ao lado de Marte). Porém, os guerreiros amantes, penetrados ao mesmo tempo pelo furor de Marte e abrasados

---

8 Dança guerreira que simulava um combate armado. (N. T.)
9 Scheffer e Kuhnius creem, com razão, que Eliano quis fazer aqui o elogio da tropa denominada "Tropa sagrada", entre os tebanos, e dos estabelecimentos semelhantes, tanto entre os cretenses quanto entre outros povos.
10 O nome de Heitor não se encontra no texto. Porém, julguei – de acordo com Kuhnius – que Eliano fazia alusão ao seguinte verso do livro VIII da *Ilíada*, em que Homero, falando de Heitor, diz:
   Ele estava tão furioso quanto Marte que agita sua lança.

pelos fogos do amor, reúnem a influência das duas divindades, objetos de seu culto, e devem – dizem os cretenses – ser duplamente bravos, duplamente temíveis. Não seria possível, portanto, censurar um guerreiro que, não tendo por ele senão uma única divindade, não ousasse medir-se com um outro que tivesse duas.

10... Da escolha dos amigos entre os lacedemônios

Eu poderia citar vários belos exemplos concernentes aos éforos da Lacedemônia, mas escolhi apenas alguns que vou relatar. Se um jovem lacedemônio, belo e bem constituído, preferisse ter como amigo um homem rico a um pobre virtuoso, os éforos o condenavam a uma multa – sem dúvida, a fim de que ele fosse punido por seu amor pelas riquezas com a perda de uma parte das suas. Eles puniam do mesmo modo todo o cidadão adulto honesto que não se ligasse, pela amizade, a algum dos jovens que eram conhecidos pelo seu bom nascimento. Eles pensavam que o homem honesto teria tornado o seu amigo (e talvez também algum outro) semelhante a ele. Com efeito, a benevolência daquele que ama – se ele merece ser respeitado – é um poderoso aguilhão para incitar o objeto amado à virtude. Uma lei lacedemônia chegava mesmo a ordenar que se perdoassem a um jovem – por causa de sua juventude ou sua inexperiência – as faltas que cometesse e em seu lugar fosse punido o cidadão que o amava, para que este último aprendesse a ser o vigilante e o juiz das ações de seu amigo.

11... Da alma

De acordo com os peripatéticos, a alma, estando durante o dia escravizada ao corpo e envolvida na matéria, não pode ver claramente a verdade. Porém, durante o sono, liberta desta servidão e dobrada sobre si própria na região do peito, ela adquire a faculdade de prever o futuro. Daí, dizem eles, nascem os sonhos.

12... Do amor entre os lacedemônios

Na Lacedemônia, os jovens não se mostram desdenhosos nem orgulhosos com relação a seus amantes. E o que prova que diferem nesse aspecto daqueles que, nos outros povos, se distinguem pela sua beleza é que eles pedem a seus amantes que *revivam neles* – expressão lacedemônia por meio da qual eles pedem para serem amados. O amor espartano não conhece nada de vergonhoso. Aqueles que fossem bastante covardes para suportar uma afronta ou bastante audaciosos para ultrajar um concidadão não poderiam permanecer em Esparta: não lhes restaria mais do que o exílio ou mesmo a própria morte.

13... Da embriaguez dos tapirianos[11]

Os tapirianos são de tal modo apaixonados pelo vinho que passam a melhor parte de sua vida bebendo. Seria possível dizer que eles vivem no vinho. Mas não é somente como bebida que eles o utilizam: eles também se servem do vinho para untar os seus corpos, assim como os outros povos se servem do óleo.

14... Da paixão dos bizantinos pelo vinho

Dizem que os bizantinos amam tão apaixonadamente o vinho que podem ser vistos deixando as suas casas – e alugando-as para os estrangeiros que vêm habitar em sua cidade – para irem se estabelecer nas tavernas. Eles deixam para esses estrangeiros até mesmo as suas mulheres, cometendo assim dois crimes ao mes-

---

[11] Estrabão (livro IX) situa esses povos entre a terra dos hircanianos e a dos derbices. Segundo o mesmo autor, o tapiriano que se mostrasse o mais valente tinha o direito de escolher a mulher que mais lhe agradasse. Uma circunstância singular que ele acrescenta é que, depois de ter tido dois ou três filhos com uma mulher, os tapirianos a cediam a quem a desejasse.

mo tempo: embriaguez e prostituição. Quando estão bem ébrios, eles não conhecem outro prazer além de ouvir tocar a flauta: o som desse instrumento faz que fiquem alegres, e eles não suportariam o som da trombeta. Com base nisso, é possível julgarmos quanto os bizantinos estão afastados das armas e da guerra. É por essa razão que, durante o cerco de Bizâncio, Leônidas, seu general, vendo que eles haviam abandonado a guarda das muralhas, violentamente atacadas pelos inimigos, para irem passar dias inteiros em seus redutos costumeiros, ordenou que fossem estabelecidos cabarés no alto das fortificações. Esse engenhoso artifício os convenceu, embora um pouco tarde, a não se afastar de seus postos: não lhes restavam mais motivos para deixá-los. Conhecemos esses fatos por intermédio de Damon[12]. Menandro parece estar de acordo com ele quando diz que os ares de Bizâncio embriagavam aqueles que lá chegavam para fazer o comércio, e que lá se empregava toda a noite em beber.

15... Da mesma paixão entre os argivos, os tirintianos, os trácios etc.

Os argivos e os tirintianos têm sido muitas vezes representados no teatro como excessivamente dados ao vinho[13]. Está constatado, e ninguém o ignora, que os trácios são também poderosos beberrões. Os ilírios de hoje em dia não estão isentos desta acusação: dizem até mesmo, para a sua vergonha, que eles toleram que um estranho, admitido em seus festins, beba à saúde de qualquer

---

12 Ateneu (livro X) cita Damon como tendo escrito sobre a história de Bizâncio. Este autor praticamente só é conhecido por essas referências, a menos que se trate do mesmo Damon de Cirene do qual Diógenes Laércio faz o elogio na *Vida de Tales*, e que compôs uma obra sobre os filósofos.
13 De tal modo os gregos tinham a reputação de gostar de vinho que os romanos, para dizerem "beber com excesso", empregavam a palavra *pergraecari*, "beber à grega".

mulher que o agrade, mesmo que ele não tenha nenhuma ligação de parentesco com ela[14].

16... Comparação entre Demetrius e Timóteo

Qual foi o maior homem de guerra: Demetrius Poliorceto ou o ateniense Timóteo? Como resposta, eu me contentarei em assinalar o caráter de ambos, o que permitirá que vocês mesmos decidam por aquele que preferirem. Demetrius era violento, ambicioso e injusto, levando a toda parte a consternação. Ele só se apoderava das cidades destruindo-as e derrubando suas muralhas com suas máquinas de guerra. Porém, Timóteo, para tornar-se senhor delas, não empregava senão a palavra. Ele persuadia os habitantes de que seria vantajoso para eles se submeterem aos atenienses[15].

17... A filosofia não é incompatível com as qualidades exigidas para a administração

Alguns filósofos têm sido vistos à frente dos negócios públicos; outros – limitando-se a cultivar sua razão – passaram sua vida no repouso. Entre os primeiros estão Zaleucus[16] e Carondas[17]. O primeiro reformou o governo dos locrianos; o outro, primeiramente, o dos catanienses e depois, após ter sido exilado da Catânia, o dos

---

14 Para sentir a justeza da censura que Eliano faz aos ilírios, precisamos nos lembrar de que, entre os gregos, as mulheres eram absolutamente separadas dos homens e excluídas de todos os festins (inclusive aqueles compostos apenas pelos seus parentes próximos). Com semelhantes costumes, concebe-se quanto devia parecer extraordinário que estranhos fossem admitidos para comer junto com as mulheres.
15 Plutarco (*Vida de Cila*) diz que a facilidade com a qual Timóteo tomava as cidades fez que aqueles que o invejavam tivessem a ideia de pintá-lo adormecido, enquanto a fortuna envolvia para ele as cidades em suas malhas. (Cf. livro XIII, 43)
16 Zaleucus foi discípulo de Pitágoras.
17 Carondas era de Catânia, na Sicília, e discípulo de Pitágoras, assim como Zaleucus.

reginianos. Arquitas serviu utilmente aos tarentinos[18]. Os atenienses tudo deveram a Solon. Bias e Tales prestaram os mesmos serviços à Jônia, Quilon à Lacedemônia, Pítaco a Mitilene e Cleóbulo a Rodes[19]. Anaximandro[20] foi encarregado de conduzir a colônia que os milésios enviaram a Apolônia[21]. Xenofontes, conhecido primeiramente como um bravo soldado, fez ver que era ainda um melhor general: quando, depois da morte de Ciro e da perda de vários daqueles que o haviam seguido em sua expedição, os gregos ficaram reduzidos a ter de escolher, entre eles, alguém que pudesse salvá-los e levá-los de volta para a sua pátria, a sua escolha recaiu sobre Xenofontes[22]. Foi Platão, filho de Ariston, que fez que Dion entrasse na Sicília e que, através de seus sábios conselhos, o colocou em condições de abolir a tirania de Dionísio. Sócrates não aprovava o governo dos atenienses; sua democracia parecia, para ele, ser apenas uma mistura de tirania e monarquia. Assim, não somente ele não concorreu com o seu sufrágio para a condenação dos dez generais que os atenienses destinaram à morte[23], mas também se recusou corajosamente a se associar aos crimes dos trinta tiranos. Porém, quando

---

18   Eliano (VII, 14) assegura que os tarentinos o elegeram seis vezes para seu general. Diógenes Laércio (*Vida de Arquitas*) sustenta que ele foi eleito sete vezes, e acrescenta, além disso, que os tarentinos jamais foram vencidos enquanto ele comandou os seus exércitos.
19   Todos os filósofos mencionados por Eliano nesta frase – desde Solon até Cleóbulo, inclusive – faziam parte da relação dos sábios, tão conhecidos pelo nome de *sete sábios da Grécia*. Falta apenas Periandro para completar a lista.
20   Anaximandro, célebre filósofo da seita jônica: ele foi discípulo de Tales.
21   Não se trata, aqui, da famosa Apolônia, situada na Épira, às margens do mar Adriático. Aquela da qual fala Eliano estava a pouca distância de Bizâncio, na ponta europeia. Estrabão, citado por Perizonius, a designa pelo nome de *Colônia milésia*.
22   Percebe-se claramente que Eliano quer falar da famosa *Retirada dos dez mil*, sob as ordens de Xenofontes, tão bem descrita por esse guerreiro filósofo.
23   Todos os comentadores, com exceção de Scheffer, concordam que essa passagem se refere aos generais que venceram os lacedemônios em um combate naval perto de Arginusa e foram condenados à morte quando retornaram a Atenas, por não terem sepultado os soldados mortos no combate – dever que uma violenta tempestade os havia impedido de cumprir para com os cadáveres de seus concidadãos.

se tratava de pegar em armas para a defesa da pátria, logo e sem hesitar ele se transformava em soldado: ele combateu nas jornadas de Délium[24], de Anfípolis e de Potideia. Aristóteles pôs novamente de pé a sua pátria, que estava, não digo simplesmente abalada, mas caída em ruínas[25]. Demetrius de Falero governou gloriosamente Atenas, até o momento em que, expulso da cidade por esse espírito de inveja que era familiar aos atenienses, retirou-se para o Egito, na corte de Ptolomeu, onde ficou à frente da legislação[26]. Será possível negar que Péricles, filho de Xantipa; Epaminondas, filho de Polimnis; Focion, filho de Focus; Aristides, filho de Lisímaco; e Efialto, filho de Sofrônides, fossem verdadeiros filósofos? Eu direi a mesma coisa de Carnéades e de Critolau, que viveram em tempos posteriores[27]. Sua embaixada a Roma, para onde eles haviam sido enviados pelos atenienses, salvou a república: eles souberam tão bem dispor o senado em seu favor que os senadores diziam:

– Os atenienses não nos enviaram embaixadores para nos levar a fazer aquilo que eles desejam, mas para nos forçar a isso.

Eu também poderia considerar como tendo tomado parte na administração pública Perseu[28], que teve Antígono como aluno,

---

24 Délium, cidade da Beócia onde os atenienses foram vencidos pelos beócios e pelos tebanos em coalisão; Anfípolis, cidade situada perto do rio Strymon; Potideia, cidade da Trácia, perto do mar Egeu: o cerco a esta praça, formada pelos atenienses, deu nascimento à guerra do Peloponeso.

25 Aristóteles era de Estagira, cidade da antiga Trácia, que havia sido destruída por Filipe, pai de Alexandre.

26 Demetrius de Falero, louvado por Cícero, Diodoro da Sicília, Estrabão etc., é tratado como tirano por Pausânias, Fedro e diversos outros autores. Perizonius observa com razão que esses diferentes julgamentos são provenientes das diferentes maneiras como ele é considerado. Os primeiros, não vendo senão o bem que ele fez aos atenienses, fazem-lhe elogios; os outros, considerando-o como um preposto no governo de Atenas por Cassandro, rei da Macedônia, o encaravam como um tirano, que devia ser odioso aos atenienses, porque eles não o haviam escolhido.

27 Esses filósofos viviam na época da destruição do reino da Macedônia, no reinado de Perseu.

28 Perseu foi discípulo de Zenão. Seu aluno foi Antígono Gonatas.

Aristóteles, a quem não se pode contestar o fato de ter formado a juventude de Alexandre, filho de Filipe, e, por fim, Lísis, este ilustre discípulo de Pitágoras, que foi encarregado da educação de Epaminondas. Haveria, portanto, imprudência ou, antes, insanidade em considerar os filósofos como cidadãos ociosos e inúteis para a sociedade. De minha parte, eu me entregaria com o maior prazer a essa espécie de ociosidade, a esse pretenso amor pelo repouso.

18... Conversação entre Midas e Sileno

Se podemos acreditar em Teopompo, Midas, rei da Frígia, conversava um dia com Sileno (Sileno era filho de uma ninfa e, nessa situação, embora pertencesse, pelo seu nascimento, a uma ordem inferior aos deuses, era todavia imortal como eles e muito acima da condição dos homens). Depois que tinham conversado sobre diferentes coisas, Sileno disse a Midas:

— A Europa, a Ásia e a Líbia são ilhas que as ondas do oceano banham por todos os lados. Fora do círculo desse mundo existe apenas um único continente, cuja extensão é imensa. Ele produz animais enormes e homens com a altura duas vezes maior do que a daqueles que vivem em nossos climas. Também a sua vida não se limita ao mesmo espaço de tempo que a nossa. Eles vivem duas vezes mais tempo. Eles têm várias grandes cidades, governadas segundo alguns costumes que lhes são próprios. Suas leis apresentam um perfeito contraste com as nossas. Dentre essas cidades, existem duas que possuem uma prodigiosa extensão e que em nada se parecem. Uma se chama *Machimos* ("a Guerreira") e a outra *Eusébia* ("a Piedosa"). Os habitantes de Eusébia passam seus dias na paz e na abundância: a terra lhes prodigaliza seus frutos sem que eles tenham necessidade de arados ou de bois, já que seria supérfluo arar e semear. Após uma vida que foi constantemente isenta de moléstias, eles morrem alegremente e sorrindo. De resto, sua vida é tão pura que muitas vezes os deuses não desdenham visitá-los. Com relação aos habitantes de Machimos, eles são muito belicosos: sempre armados e em guerra, eles trabalham incessantemente para estender as suas fronteiras. É por isso que sua cidade chegou a comandar diversas nações. Lá não se conta menos de 2 milhões de cidadãos. Os exemplos de pessoas que morreram por doença são raríssimos. Todos morrem na guerra, mas não pelo ferro (o ferro nada pode contra eles), e sim atingidos por pedradas ou pauladas. Eles têm uma tão grande quantidade de ouro e de prata que dão a eles o mesmo valor que nós damos ao ferro. Outrora – continuou Sileno – eles quiseram penetrar em nossas ilhas e, depois de terem atravessado o oceano com 10 milhões de homens, chegaram à terra dos hiperbóreos. Porém, esse povo pareceu, aos seus olhos, tão vil e tão desprezível que, tendo sido informados de que se tratava, todavia, da mais feliz nação de nosso mundo, eles desdenharam seguir adiante.

Aquilo que Sileno acrescenta é ainda muito mais espantoso. – Nesse país – diz ele –, alguns homens identificados pelo nome de *Meropes* são senhores de diversas grandes cidades. Nos confins do território que eles habitam existe um lugar chamado *Anoste* ("sem retorno"), que se parece com um abismo e não é nem iluminado nem tenebroso – pois o ar que constitui a sua atmosfera está misturado com um vermelho escuro. Dois rios correm nas redondezas: o rio *Prazer* e o rio *Pesar* (é assim que eles são chamados); suas margens são cobertas de árvores, da altura de um grande plátano. Aquelas que crescem à beira do rio Pesar produzem frutos de uma tal qualidade que quem quer que os experimente verte tantas lágrimas que fica esgotado e acaba morrendo, depois de ter passado seus dias na dor. As árvores que sombreiam o outro rio produzem frutos de uma qualidade totalmente diferente: aquele que os come sente subitamente sua alma ser liberta das paixões que a agitavam; se ele amou, perde a lembrança disso. Ele rejuvenesce por graus, passando novamente por todas as etapas da vida que havia deixado atrás de si: da velhice, ele retorna à idade madura, desta para a adolescência e, em seguida, à puberdade. Ele termina por tornar-se criança e depois morre.

Aqueles que consideram Teopompo de Quio[29] como um escritor digno de fé podem acreditar nessa narrativa. De minha parte, nessa história e em diversas outras, não vejo mais do que um fazedor de contos.

19... Da querela de Aristóteles com Platão

Eis, pelo que dizem, a origem do desentendimento que surgiu entre Platão e Aristóteles. Platão não aprovava a maneira de viver de Aristóteles nem o cuidado que ele tinha para se enfeitar. Esse filósofo era, com efeito, muito preocupado com suas roupas e seus calçados. Ele cortava os cabelos, prática que era estranha a Platão, e exibia com satisfação os anéis com os quais carregava seus dedos. Além disso, via-se em seu rosto um certo ar zombeteiro que, junto com a tentação de falar em ocasiões inoportunas, denunciava o fundo de seu caráter. É certo que todas essas coisas são pouco dignas de um filósofo. Assim Platão, que observava esses ridículos, se mantinha afastado de Aristóteles, preferindo Xenócrates[30], Espêusipo[31], Amiclas[32] e alguns outros, que ele tratava com a máxima consideração e com os quais conversava familiarmente. Durante uma viagem que Xenócrates fez à sua pátria, Aristóteles, acompanhado por um bando de seus discípulos – entre os quais estavam Mnason, o Foceio, e vários outros da mesma têmpera –, veio um dia atacar Pla-

---

29 Teopompo foi discípulo de Isócrates: ele compôs diversas obras que não chegaram até nós, entre as quais se encontrava a história de seu tempo (começando onde terminou Xenofontes), uma coletânea das *Coisas maravilhosas* etc.
30 Xenócrates era da Calcedônia e gozava de uma grande reputação em Atenas.
31 Espêusipo era filho da irmã de Platão.
32 Amiclas, menos célebre que os outros dois, nasceu em Heracleia.

tão, com a intenção de surpreendê-lo. O filósofo estava com oitenta anos e, em consequência dessa grande idade, a memória começava a faltar-lhe (e Espêusipo, então doente, não estava junto com ele). Aristóteles, aproveitando-se dessa circunstância, caiu sobre esse velho como se estivesse em uma emboscada. Tentou embaraçá-lo por intermédio de questões capciosas, que podiam de alguma maneira ser consideradas como verdadeiras objeções (no que Aristóteles se mostrava ao mesmo tempo injusto e ingrato). Depois desse dia, Platão absteve-se de qualquer passeio fora de sua casa, passeando apenas dentro dela com os seus amigos. Xenócrates, voltando de sua viagem após três meses de ausência, encontrou casualmente Aristóteles passeando no lugar onde ele havia deixado Platão. Ele viu que Aristóteles, em vez de ir com seus discípulos para a casa de Platão, ao sair do passeio, tomou na cidade o caminho de seu domicílio.

– Onde está Platão? – perguntou ele a um daqueles que passeavam, desconfiando de que esse filósofo podia estar doente.

– Platão está bem – responderam-lhe – mas Aristóteles, vindo aqui para atormentá-lo, fez que ele abandonasse o seu passeio habitual. Platão retirou-se para a sua casa e agora só trata de filosofia em seu jardim.

Ouvindo essa resposta, Xenócrates voou para a casa de Platão, onde o encontrou discorrendo para um círculo numeroso, composto pelas personalidades mais consideráveis e pelos jovens mais distintos. Quando Platão parou de falar, ele e Xenócrates abraçaram-se ternamente, como se pode imaginar. Porém, acabada a conversa, Xenócrates, sem nada dizer a Platão e sem nada escutar, reuniu seus camaradas e, depois de ter feito a Espêusipo as críticas mais violentas – pelo fato de ele ter cedido o direito de passear ao filósofo de Estagira –, foi atacar pessoalmente Aristóteles com todas as suas forças. Ele o reprimiu com tanta veemência que o obrigou a abandonar o terreno, restabelecendo Platão na posse de seu passeio costumeiro.

20... Presentes que foram oferecidos a Lisandro

Quando o lacedemônio Lisandro foi visitar a Jônia, os habitantes do país com os quais ele tinha ligações de hospitalidade lhe enviaram, entre outros presentes, um boi e um bolo. Quando lançou seus olhos sobre o bolo, Lisandro perguntou o que era aquela massa cozida.

– É – respondeu aquele que o havia trazido – um composto de mel, queijo e outros ingredientes.

– Então – retrucou Lisandro – vamos levá-lo para os ilotas[33]; esse alimento não foi feito para um homem livre.

Quanto ao boi, ele ordenou que o preparassem à maneira de seu país e comeu-o com prazer.

21... Da grandeza de alma de Temístocles

Quando ainda era criança, voltando um dia da escola, Temístocles encontrou-se casualmente com Pisístrato, que vinha em sua direção pelo mesmo caminho. O condutor da criança disse a ela para se afastar um pouco, a fim de deixar passar o tirano.

– Pois então – respondeu orgulhosamente Temístocles – será que a rua não é bastante larga?

Resposta que já fazia entrever a nobreza e a elevação da alma de Temístocles.

22... Da devoção de Eneias e da comiseração dos gregos para com os troianos

Os gregos, depois da tomada de Troia, cheios de compaixão para com os infelizes habitantes, seus cativos (sentimento bem dig-

---

33 Os ilotas eram os cidadãos de uma cidade vizinha de Esparta, que os lacedemônios haviam reduzido à escravidão. Plutarco (*Apotegmas*) atribui a Agesilau aquilo que Eliano diz sobre Lisandro.

no dos gregos), fizeram anunciar através de um arauto que qualquer cidadão livre podia carregar consigo um bem qualquer à sua escolha. Eneias escolheu, de preferência, seus deuses domésticos. Ele os apanhou e já ia se colocando em marcha quando os gregos, admirando este ato de devoção, permitiram que ele fizesse uma segunda escolha. Eneias pegou seu pai, velho alquebrado pelo peso dos anos, e carregou-o em suas costas. Tamanho foi, então, o excesso de admiração dos gregos que eles deixaram que Eneias dispusesse inteiramente de tudo aquilo que lhe pertencia. Magnífica homenagem prestada à devoção, esta é uma prova sensível de que o respeito pelos deuses e por aqueles dos quais se recebeu a luz é capaz de comover o coração dos mais cruéis inimigos.

23... De Alexandre

As batalhas de Arbelo e de Issus, a passagem do Grânico, Dario vencido, os persas reduzidos à escravidão pelos macedônios, toda a Ásia conquistada e os indianos submetidos são certamente alguns exemplos brilhantes da história de Alexandre. As ações desse príncipe em Tiro e entre os oxidracos[34], sem falar de vários outros fatos semelhantes, não tiveram menos brilho. Porém, por que encerrar aqui, no círculo estreito de um elogio, os prodígios de valor desse conquistador? Antes admitamos como os invejosos, se preferirem, que Alexandre deveu a maioria de suas vitórias à fortuna, da qual ele foi o favorito[35]. Pelo menos será possível dizer, para a sua glória, que ele jamais esteve abaixo de sua boa sorte, e que ele nunca desperdiçou as oportunidades que ela lhe ofereceu.

---

34 Os oxidracos, povo da Índia, entre os rios Indus e Hidaspe.
35 Perizonius relata diversas passagens de autores antigos que atribuíam as vitórias de Alexandre tanto à sua boa sorte quanto ao seu valor.

Aquilo que vou narrar não é tão honroso para Alexandre. Conta-se que, depois de ter passado o quinto dia do mês *dius*[36] bebendo na casa de Eumeu, ele dormiu no sexto para curar sua bebedeira e não deu, durante todo esse dia, outro sinal de vida além de se levantar para comunicar aos seus generais o projeto que tinha de partir na manhã seguinte, logo que o sol despontasse. Ele jantou no dia sete na casa de Pérdicas, onde se embriagou, e dormiu no oitavo; embriagou-se novamente no 15º dia e passou o dia seguinte dormindo, segundo o seu costume. No 27º dia, ele jantou na casa de Bágoas, que morava a dez estádios do palácio, e dormiu no 28º. Das duas coisas, uma: é preciso necessariamente acreditar que, com efeito, Alexandre passou numa vergonhosa devassidão a maior parte do mês *dius* ou considerar como impostores os escritores que nos transmitiram esses fatos. Porém, todos eles estão de acordo – mesmo Eumênio, o Cardiano[37] – em fazer a mesma pintura do resto da vida de Alexandre.

24… Gosto de Xenofontes pelo belo

Xenofontes, naturalmente curioso acerca de todas as coisas que mereciam ser estudadas, era sobretudo obcecado por ter belas armas[38]. Se o resultado da guerra é feliz – dizia ele – uma ornamentação magnífica assenta bem num vencedor. Um corpo que perece no combate, revestido com uma bela armadura, jaz pelo menos com dignidade: eis aí o único ornamento fúnebre que convém a um homem valoroso; é o único que o enfeita verdadeiramente. Assim, asseguram que Xenofontes tinha um escudo de Argos, uma couraça

---

36 O mês *dius*, ou de Júpiter, era o primeiro do ano entre os bitínios e os macedônios, correspondendo ao mês de outubro dos romanos.
37 Eumênio era de Cárdia, cidade da Cresoneia, na Trácia: ele havia escrito o diário de Alexandre (Ateneu, X, 9). Sabe-se que Eumênio era um dos generais desse príncipe. Seria possível desconfiar de que ele quisesse desagradar ao seu senhor?
38 Aníbal tinha o mesmo gosto. (Cf. Tito Lívio, XXI, 4)

de Atenas, um elmo trabalhado na Beócia[39] e um cavalo de Epidauro[40]. Reconhece-se aqui o homem apaixonado pelo belo e que se sente digno de não ter senão o que é belo.

25... De Leônidas e dos trezentos lacedemônios

Leônidas – rei da Lacedemônia – e trezentos lacedemônios foram voluntariamente buscar nas Termópilas a morte que lhes havia sido predita pelo oráculo[41]. Assim, terminaram sua carreira com honra, combatendo valorosamente para a salvação da Grécia. Através disso, eles adquiriram uma glória imortal e a reputação de sua coragem se perpetuará através dos tempos.

26... Do tirano Píndaro

Píndaro, filho de Mélas e da filha de Aliates, rei da Lídia, ao tomar posse do poder soberano em Éfeso, foi de uma severidade inexorável nos casos que mereciam castigos, mas brando e moderado em todas as outras circunstâncias. Ele mostrou, sobretudo, apego à sua pátria, pelo cuidado que teve em preservá-la do jugo dos bárbaros. Eis como ele se conduziu: Creso, seu tio materno, tendo sujeitado a Jônia, ordenou, por intermédio de seus embaixadores, que ele entregasse Éfeso em suas mãos; como Píndaro recusou-se a se render, Creso impôs um cerco à cidade. Nesse ínterim, uma das torres – que depois foi denominada *A Traidora* – veio a desabar. Píndaro, vendo então que o perigo se tornava premente, aconselhou

---

39 As armas que são descritas por Eliano eram as mais renomadas entre os gregos. (Pólux, *Onomasticon*, I, 10, 13)
40 Os cavalos de Epidauro eram muito estimados. Virgílio, falando de Epidauro, a chama de *equorum domitrix*. (*Geórgicas*, III, 44)
41 Os lacedemônios, tendo consultado o oráculo acerca do desenrolar da guerra, receberam como resposta que seria necessário que seu rei ou sua cidade perecesse. O adivinho Megístias, examinando as entranhas das vítimas, havia feito a mesma predição. (Heródoto, VII, 203 e seguintes)

aos habitantes que amarrassem cordas nas portas e nos muros da cidade, prendendo suas pontas nas colunas do templo de Diana – como para fazer da própria cidade uma oferenda à deusa[42]. Ele esperava, por meio dessa espécie de consagração, salvá-la da pilhagem. Ao mesmo tempo, ele os aconselhou a irem procurar Creso para lhe pedirem clemência. Dizem que esse príncipe, ao ver os efésios que vinham encontrá-lo, trazendo os signos habituais dos suplicantes, sorriu de seu estratagema, longe de ter ficado irritado, e concedeu-lhes a liberdade junto com a vida, contentando-se em ordenar a Píndaro que saísse de Éfeso. Píndaro obedeceu: ele reuniu aqueles dentre seus amigos que estavam dispostos a segui-lo e, depois de ter encarregado Pasicles (um dos que lhe eram mais devotados) de zelar pelo seu filho e pelos bens que ele deixava na cidade, retirou-se para o Peloponeso. Assim, para não escravizar sua pátria aos lídios, Píndaro trocou a honra de governar por um exílio voluntário.

27... De Platão e de como ele resolveu se dedicar à filosofia

Eu ouvi contar um fato; não sei se ele é verdadeiro[43]. Em todo caso, eis aquilo que escutei dizerem: Platão, filho de Ariston, vendo-se em uma extrema pobreza, resolveu partir de Atenas para ir juntar-se ao exército. Sócrates, que o surpreendeu comprando armas, fez que ele mudasse de resolução e, através de discursos como só esse filósofo era capaz de fazer, persuadiu-o a voltar-se para a filosofia.

---

42 Era para se conformarem com um costume estabelecido – de se suspender nos templos as oferendas que eram feitas aos deuses – que os efésios quiseram, de alguma maneira, suspender sua cidade nas colunas do templo de Diana.
43 Quando Eliano escreveu esse capítulo, ele provavelmente tinha se esquecido daquilo que disse no capítulo 30 do livro II: que Platão renunciou não à profissão das armas, mas à arte dramática, para dedicar-se à filosofia – a menos que suponhamos que Platão tenha experimentado sucessivamente os três gêneros.

28... Como Sócrates reprimiu o orgulho de Alcibíades

Sócrates, ao ver que Alcibíades se envaidecia com suas riquezas e que se orgulhava de seus grandes domínios, levou-o até um lugar onde estava exposta uma carta geográfica[44], que representava a terra inteira.

– Peço a você – disse ele – que procure neste mapa a Ática.

Quando Alcibíades a encontrou, Sócrates continuou:

– Agora procure as terras que lhe pertencem.

– Elas não estão assinaladas aqui, respondeu Alcibíades.

– Pois então – retrucou o filósofo – você se orgulha por ter possessões que não representam nem mesmo um ponto na terra!

29... Da pobreza e do orgulho de Diógenes

Diógenes de Sinope tinha o costume de dizer que todas as imprecações contidas nas tragédias[45] realizavam-se sobre ele e que sentia os efeitos disso:

– Porque – dizia ele – eu sou errante, sem casa, sem pátria, pobre, mal vestido e reduzido a viver ao sabor dos acontecimentos.

Nessa condição, Diógenes não era menos orgulhoso do que Alexandre, quando, senhor do universo, esse príncipe voltou para a Babilônia, depois de ter subjugado os indianos.

---

44 Perizonius relata uma passagem do prefácio de Eustácio ao *Periegesis*, de Dionísio, que faz que a origem das cartas geográficas remonte ao reinado de Sesóstris. Segundo Estrabão (livro I), Anaximandro de Mileto foi o primeiro a tê-las inventado. Essa opinião é compartilhada por Freret em sua *Memória sobre a Tabela de Peutinger*: ele acrescenta que inicialmente os mapas eram traçados sobre superfícies esféricas, a fim de que os meridianos e os paralelos constituíssem verdadeiros círculos. Porém, os inconvenientes dessa construção logo fizeram que se achasse um meio de traçá-los sobre superfícies planas. É possível concluir – continua ele – pela leitura da comédia das *Nuvens*, de Aristófanes, que o uso dos mapas deste último tipo era muito comum na Atenas dos tempos de Sócrates. (*Rec. de l'Acad. des Belles Lettres*, t. XIV, p. 174, *Histoire*)

45 Essas imprecações eram comuns nas peças dos antigos poetas: a *Medeia* de Eurípides e o *Édipo* de Sófocles fornecem exemplos disso.

30... Da continência de alguns antigos

O tocador de lira Amebeu[46] é renomado por sua extrema continência. Ele havia desposado uma mulher belíssima que, segundo dizem, jamais teve a sensação de que tinha um marido. Diógenes, o ator trágico, pode ser citado como um exemplo da mesma virtude. Clitômaco[47], o *Pancratiasta*[48], levava o pudor até o ponto de desviar o olhar quando percebia dois cães copulando, e mesmo ao ponto de deixar a mesa de um banquete, quando ali se falava com demasiada liberdade.

31... Do pintor Nícias

O pintor Nícias[49] trabalhava com uma tal aplicação que, absorvido em sua obra, se esquecia muitas vezes de comer.

32... De Alexandre aprendendo a tocar lira

Alexandre, filho de Filipe, ainda era criança e não havia atingido a idade da puberdade quando aprendeu a tocar a lira. Um dia, quando seu mestre[50] lhe havia dito para dedilhar uma determinada

---

46 Segundo Plutarco, Amebeu era contemporâneo de Zenão, o Estoico. Ovídio (*Arte de amar*, III, 399) celebrou o talento de Amebeu no seguinte verso:
Tu licet et Thamyran superes, et Amoebea *cantu.*
["Quando vossos cantos ultrapassarem os de Thamyras e de Amebeu".]
47 Tudo aquilo que Eliano fala acerca de Clitômaco se encontra, com as mesmas palavras, em seu *Tratado dos animais* (VI, 1). Ali ele fala também de Amebeu e de Diógenes, mas com algumas ligeiras diferenças.
48 Eram chamados de *pancratiastas* os atletas que combatiam na luta e no pugilato: o exercício era denominado *pancrácio*.
49 Nícias era de Atenas e vivia no tempo de Alexandre. Pausânias (I, 29) diz que ele era excelente, sobretudo, para pintar os animais.
50 Os comentadores não dão nome a esse mestre. Talvez se trate de Timóteo de Mileto, que acrescentou várias cordas à lira e que, através dos sons de sua flauta, sabia de tal modo comover a alma de Alexandre que um dia, enquanto ele tocava uma canção em honra de Minerva, esse príncipe correu prontamente para as suas armas. (Suidas)

corda, a fim de obter um som cuja modulação convinha à peça que ele executava, Alexandre disse:

— Mas o que importa se eu dedilhar esta? — mostrando-lhe uma outra corda.

— Importa pouco — respondeu o mestre — para quem deve ser rei, mas muito para quem quiser tocar a lira de acordo com as regras.

O músico, instruído da aventura de Linus, temia ter o mesmo destino. Em sua infância, Hércules teve Linus como professor de lira. Um dia, quando Linus o tratou com mau humor porque ele tocava mal o seu instrumento, Hércules, num acesso de cólera, matou-o com um golpe de arco[51].

33... De Sátirus, o flautista

O flautista Sátirus, que assistia muitas vezes aos discursos de Ariston[52] sobre a filosofia, saía de lá tão encantado que exclamava (parodiando um verso de Homero[53]):

— Se eu não atirar meu arco no fogo, que...

Sátirus estava falando de sua flauta e, com isso, testemunhava quanto ele considerava a sua arte inferior à filosofia.

34... Lei comum aos lacedemônios e aos romanos

Os lacedemônios e os romanos tinham uma lei que regulamentava o número e a qualidade das iguarias que eram permitidas servir num banquete. Eles queriam que os cidadãos fossem temperados em tudo e, particularmente, no que dizia respeito à mesa.

---

51 Perizonius desconfia que seria melhor dizer "com um golpe de lira".
52 Ariston nasceu em Quio e foi discípulo de Zenão. (Diógenes Laércio)
53 Eliano põe na boca de Sátirus o verso 215 do quinto livro da *Ilíada*, no qual Pândarus, irritado ao ver que as flechas que ele ativara erravam o alvo, exclama: "Que um inimigo me corte a cabeça se eu, logo que voltar para casa, não atirar no fogo o meu arco e as minhas flechas!".

35... Não era permitido rir na Academia

É uma tradição ateniense que, antigamente, não era permitido rir na Academia, tamanha era a preocupação que se tinha em preservar esse lugar de tudo aquilo que pudesse profaná-lo, introduzindo nele a dissipação.

36... Por que Aristóteles se retirou de Atenas

Alguém[54] perguntou a Aristóteles – que havia se retirado de Atenas pelo temor de ver-se condenado[55] – se Atenas era uma bela cidade.

– Perfeitamente bela – respondeu ele – mas como nela se veem nascer as peras depois das peras e, do mesmo modo, também os figos se sucedem aos figos...[56]

Através desses versos de Homero, que ele parodiava, Aristóteles queria designar os sicofantas[57].

– Por que vós a haveis deixado? – indagou aquele que o interrogava.

– Eu não queria – retrucou Aristóteles – que os atenienses se tornassem duas vezes culpados para com a filosofia.

Ele tinha em mente a morte de Sócrates e o perigo que ele mesmo havia corrido.

---

54 Sabemos que foi Antipater, que havia sido discípulo de Aristóteles. (Amônius, *Vida de Aristóteles*)
55 Aristóteles havia partido para Cálcis, na Eubeia, a fim de escapar da acusação de impiedade que Eurimedon, sumo-sacerdote de Ceres, havia apresentado contra ele. (Diógenes Laércio, *Vida de Aristóteles*)
56 Homero (*Odisseia*, VII, 120), falando da abundância dos frutos do pomar de Alcinous, diz: "Lá, as peras nascem depois das peras, as maçãs depois das maçãs, as uvas se sucedem às uvas e os figos aos figos". Dos dois versos, Aristóteles fez apenas um, cortando o final do primeiro e o começo do segundo.
57 É assim que eram chamados os *traidores*. Essa palavra designava originariamente os denunciantes daqueles que, ignorando a lei, transportavam figos para fora da Ática. Com a frase "Em Atenas, os figos se sucedem aos figos", Aristóteles quer dar a entender que a raça dos caluniadores ali se multiplicava a cada dia.

37... Lei de Céos sobre os velhos

De acordo com uma lei estabelecida em Céos[58], os habitantes da ilha que, tendo chegado a uma idade muito avançada, sentiam por si mesmos que o enfraquecimento de seu espírito os tornava incapazes de servirem utilmente à pátria, convidavam-se reciprocamente como para um festim no qual se deve receber os seus hóspedes ou se reuniam como para um sacrifício solene. Depois, eles coroavam suas cabeças e bebiam cicuta.

38... Particularidades da história de Atenas

A primeira descoberta da oliveira e da figueira foi feita, segundo dizem, em Atenas, cujas terras foram as primeiras a produzir essas duas árvores[59]. A invenção da ação judiciária pertence aos atenienses. Foi entre eles que se viu pela primeira vez os homens combaterem nus, depois de untarem o corpo com óleo[60]. Erictonius foi o primeiro a atrelar cavalos a um carro.

39... Da primitiva alimentação de alguns povos

Os árcades viviam de bolotas, os atenienses de figos, os argivos e os tirintianos de peras, os indianos do sumo de algumas canas, os

---

58 Céos ou Céa, ilha do arquipélago, entre a Eubeia e a Beócia.
59 Acreditava-se que Minerva havia feito que a oliveira saísse da terra, na disputa que ela teve com Netuno acerca da soberania da Ática. A descoberta da figueira era atribuída a Ceres, que, segundo diziam, a havia comunicado a Fitalos, como reconhecimento pelo serviço que ele havia lhe prestado, recebendo-a em sua casa quando ela buscava Proserpina.
60 Isso se aplica aos combates públicos que eram apresentados nas festas solenes – tais como as Ateneias ou as Panateneias – dos quais os atenienses foram, com efeito, os primeiros promotores, e não aos exercícios particulares de luta e de pugilato – cujo uso, ao que parece, foi primeiramente conhecido pelos espartanos ou pelos cretenses. Essa observação é resultante de uma nota de Perizonius, na qual esse sábio reuniu as passagens de todos os autores que poderiam servir para esclarecer esse ponto da Antiguidade.

carmanos[61] do fruto das palmeiras, os meotas e os sármatas de milho e os persas de pistache e de agrião.

40... Dos sátiros e dos silenos

Os sátiros e os silenos eram a companhia habitual de Baco. Os sátiros eram assim conhecidos por causa da palavra *sairein* ("abrir a boca de tal modo que os dentes fiquem à mostra"). Algumas vezes eles eram chamados de *títires*, por causa de suas canções lascivas, *teretismata*. Quanto aos silenos, eles receberam seu nome da palavra *sillainein*, "zombar": chama-se de *sillos* uma invectiva acompanhada por um gracejo indelicado. Os silenos usavam roupas guarnecidas com pelos dos dois lados, como para designar as vinhas consagradas a Baco e o número prodigioso de cepas e de ramos de videiras que se embaraçam em um vinhedo.

41... Diversas denominações de Baco

Os antigos deram diferentes nomes a Baco: eles o chamaram de *Fleon* – de *fluein*, "abundante em frutos" – de *Protrigas*[62], *Stafilite* e *Onfacite*. E essas não são as únicas denominações de Baco.

42... De algumas mulheres que se tornaram furiosas

Proetus tinha duas filhas, Elege e Celene: o fogo que Vênus acendeu em suas veias tornou-as furiosas. Dizem que elas foram vistas completamente nuas, como se fossem insensatas, percorrendo uma parte do Peloponeso e algumas outras regiões da Grécia.

---

61 Os carmanos estavam estabelecidos no golfo Pérsico, nas proximidades do Oriente.

62 Protrigas, "que é o primeiro a vindimar"; Stafilite, "que produz as uvas"; Onfacite, "que não espera – para fazer o vinho – que as uvas estejam maduras". Ovídio reuniu a maior parte dos diferentes nomes conferidos a Baco no começo do livro IV das *Metamorfoses*.

Ouvi dizer que Baco encheu com os seus furores as mulheres da Lacedemônia e de Quio. As beócias, possuídas pelo mesmo deus, levaram ainda mais longe os seus arrebatamentos: os palcos, mais de uma vez, serviram para mostrar isso[63].

Conta-se que as filhas de Mineu, Leucipa, Aristipa e Alcithoé[64] foram numa determinada ocasião as únicas que deixaram de celebrar a festa de Baco. Por um excesso de amor pelos seus maridos, dos quais elas não queriam se afastar, não se inscreveram na relação das mênades[65] em honra ao deus. Baco ficou irritado com isso. Enquanto elas trabalhavam, dedicadas incansavelmente à sua tarefa, eis que subitamente seus teares ficaram cobertos de hera e de cepas de vinha, dragões vieram estabelecer-se nos cestos onde elas punham as suas lãs, e o leite e o vinho azedaram. Esses prodígios não impressionaram as filhas de Mineu, e não puderam convencê-las a prestar ao deus o culto que ele exigia. Então, mesmo sem estarem em Cíteron, elas foram tomadas por um acesso de furor semelhante àquele do qual Cíteron foi testemunha[66]. O filho de Leucipa, jovem e amável criança, pareceu-lhes ser um cabritinho (vítima habitual das orgias): elas começaram por fazê-lo em pedaços e depois correram para se juntar ao grupo das bacantes. Porém, estas expulsaram vergonhosamente as filhas de Mineu, por causa do crime que elas tinham acabado de cometer. As três irmãs foram então metamorfoseadas em pássaros: uma em gralha, outra em morcego e a terceira em mocho[67].

---

63 Eurípides compôs, sobre esse tema, sua tragédia das *Bacantes*. Ésquilo também havia feito uma, intitulada *Penteu*, que não chegou até nós.
64 Plutarco as chama de Leucipa, Arsinoé e Alcathoé.
65 O mesmo que "bacantes". (N. T.)
66 Cíteron, montanha da Beócia consagrada a Baco. Eliano faz alusão ao assassinato de Penteu, cuja mãe Agave despedaçou sobre o monte Cíteron.
67 Segundo Ovídio, todas as três foram transformadas em morcegos.

43... De um tocador de lira morto pelos sibaritas

Durante alguns jogos estabelecidos em Síbaris, em honra de Juno, surgiu um desentendimento entre os habitantes, com relação a um tocador de lira que disputava o prêmio[68]. Quando ambos os partidos recorreram às armas, o músico apavorado fugiu precipitadamente, com todas as suas tralhas, para o altar de Juno. Porém, nem o respeito devido a esse local pôde salvá-lo do furor dos sediciosos, que o massacraram. Logo se viu aflorar no templo um veio de sangue, que parecia correr de uma fonte inesgotável. Os sibaritas enviaram uma consulta ao oráculo de Delfos acerca desse prodígio e eis qual foi a resposta da Pítia:

– Afastai-vos de meu santuário: o sangue que ainda goteja de vossas mãos vos interdita a entrada neste templo. Eu não vos anunciarei os vossos destinos. Vós haveis matado o ministro das musas aos pés do altar de Juno, sem temerdes vos expor à vingança dos deuses. Porém, o castigo seguirá de perto o crime, e os culpados não conseguiriam evitá-lo mesmo que tivessem nascido de Júpiter. Eles e seus filhos pagarão pelo que fizeram; em suas famílias, uma calamidade chamará sempre por uma outra.

O oráculo não tardou a se cumprir: os sibaritas, tendo pegado em armas contra os crotoniatas, foram completamente derrotados, e sua cidade foi destruída.

44... De três rapazes que iam a Delfos

Três rapazes da mesma idade que iam juntos para Delfos, a fim de consultar o oráculo, depararam com ladrões. Um dos viajantes fugiu; um outro matou todos os bandoleiros, com exceção de

---

68 Perizonius conjectura que esse tocador de lira devia ser do partido do tirano Telis, tornado tão odioso aos sibaritas (por ter sido o autor da guerra contra os crotoniatas) que eles massacraram seus guardas e partidários até mesmo ao pé dos altares, quando ele foi despojado do poder soberano.

um, que conseguiu se esquivar do golpe que iria feri-lo. Porém, a espada do jovem viajante atingiu o peito de seu terceiro camarada. A Pítia, ao ser consultada, respondeu ao que havia fugido:

— Vós haveis deixado perecer vosso amigo diante de vossos olhos, sem socorrê-lo: não tenho nenhuma resposta para vos dar. Sai deste templo augusto.

Ela respondeu ao outro:

— Querendo salvar a vida de vosso amigo, vós a haveis tirado dele: vossas mãos, longe de estarem maculadas por esse assassinato, estão mais puras do que estavam antes.

45... Oráculo anunciado a Filipe

Dizem que Filipe foi advertido pelo oráculo de Trofônius[69], na Beócia, para se garantir contra os *carros* e que, assustado com este aviso, ele nunca mais subiu em nenhum carro. Daí, originou-se uma dupla tradição: uns sustentam que, sobre o punho da espada com a qual Pausânias assassinou Filipe, havia um carro esculpido em marfim; outros afirmam que Filipe foi morto dando a volta em torno de um lago vizinho de Tebas, chamado *Carro*. A primeira opinião é a mais comum; a segunda é bem menos difundida[70].

46... Lei dos estagiritas

Eis aqui uma lei dos habitantes de Estagira que é possível confundir facilmente com uma lei grega: "Não pegue, em qualquer lugar, aquilo que você não colocou lá"[71].

---

69 Trofônius era um hábil arquiteto, que havia construído o templo de Delfos. Depois de sua morte, ele foi elevado à categoria dos deuses: foram erguidos para ele altares perto da cidade de Lebadeia, na Beócia, onde eram pronunciados oráculos.

70 Eliano tem razão de dizer que a segunda opinião é menos difundida que a primeira. Ele talvez seja o único a ter falado disso. Valério Máximo (I, 8) assegura que Filipe jamais chegou perto da localidade da Beócia denominada *Quadriga*, "carro com quatro cavalos".

71 Um artigo do primeiro capítulo do livro seguinte pode servir de comentário a esta lei, que também era observada entre os habitantes de Biblos.

47... De Timóteo e de alguns outros grandes homens

Timóteo começou sendo objeto dos elogios dos atenienses. Porém, a partir do momento em que estes acreditaram ter motivos para imputar-lhe uma falta[72], nem as suas antigas façanhas nem a virtude de seus ancestrais[73] foram suficientes para salvá-lo do exílio. Temístocles não conseguiu tirar maior vantagem da vitória que havia alcançado no combate naval de Salamina e de sua embaixada a Esparta (estou falando da embaixada durante a qual ele teve a habilidade de proporcionar aos atenienses tempo para que fossem reconstruídos os muros de sua cidade). Essas duas ações não impediram que ele fosse banido, não somente de Atenas, mas da Grécia inteira. A vitória em Plateia não foi mais útil para Pausânias, rei da Lacedemônia: suas manobras em Bizâncio e suas ligações com os persas[74] fizeram que ele perdesse o favor que suas primeiras ações o haviam feito merecer. Também foi em vão que a reputação havia conferido a Focion o nome de *Justo*: chegando à idade de 75 anos, e sem jamais ter feito qualquer mal aos seus concidadãos, Focion foi suspeito de querer entregar o Pireu a Antipater[75] e condenado à morte.

---

72 Cares o acusava de tê-lo abandonado diante de Samos, e de ter, assim, impedido que ele se apoderasse dela. (Cornelius Nepos, *Timóteo*, cap. 3)
73 Eliano quer falar particularmente de Conon, pai de Timóteo.
74 Tucídides, I, 95, 128 etc.
75 Foi a Nicanor, tenente de Cassandro, que Focion foi acusado de ter desejado entregar o Pireu. Antipater havia morrido algum tempo antes. (Cornelius Nepos, *Focion*, cap. 3)

Livro Quarto

❖

1... Costumes de diferentes povos

Os lucanianos têm uma lei concebida nos seguintes termos: "Se um estrangeiro, chegando por volta da hora do pôr do sol, pede um alojamento a alguém, que aquele que se recusar a recebê-lo seja condenado a uma multa, por ter faltado com a hospitalidade". Creio que o objetivo da lei, determinando esta penalidade, era vingar ao mesmo tempo o estrangeiro e Júpiter hospitaleiro[1].

Ouvi dizer que os dardanianos, povo da Ilíria, tomam banho apenas três vezes em sua vida: quando eles vêm ao mundo, quando eles se casam e quando morrem.

Os indianos não emprestam nem tomam dinheiro com usura. É inusitado que entre eles alguém tenha cometido ou sofrido uma injustiça. Eles também não conhecem o uso das promissórias, das cauções ou dos penhores.

Segundo uma lei dos sardos, os filhos, quando seus pais chegavam a uma extrema velhice, os matavam a pauladas e depois os enterravam – para prevenir, diziam eles, a vergonha ligada à decre-

---

1 Estobeu atribui uma semelhante lei a Carondas.

pitude e às fraquezas de um corpo que o peso dos anos torna incapaz de cumprir qualquer dever. Através de uma outra lei desse mesmo povo, a ociosidade era punível na justiça. Aqueles que não tinham situação definida e dos quais se ignorava os recursos eram obrigados a declarar os meios que empregavam para viver[2].

Os assírios reuniam em alguma de suas cidades todas as moças em idade de se casar e anunciavam que elas estavam à venda: cada homem carregava e tomava como sua mulher aquela que ele acabara de comprar[3].

Um habitante de Biblos[4], quando encontra por acaso alguma coisa em seu caminho, nunca se apodera dela. Ele jamais apanharia em qualquer lugar alguma coisa que ele mesmo não tivesse posto lá – caso contrário, ele acreditaria estar cometendo um roubo, e não fazendo uma descoberta[5].

Os derbices[6] matam todos os septuagenários dos dois sexos: eles degolam os homens como se fossem vítimas de sacrifícios[7] e estrangulam as mulheres.

Os habitantes da Cólquida embrulhavam seus mortos em peles bem cosidas, e depois os penduravam nas árvores.

Era uma prática comum entre os lídios que as recém-casadas se prostituíssem, antes de irem morar com seus maridos[8]. Porém, uma vez consumado o casamento, elas deviam a seus esposos uma

---

2   Esta lei era comum aos egípcios, aos lucanianos, aos atenienses, aos lacedemônios e a diversos outros povos.
3   Esse tipo de mercado público estava em uso em diversos povos antigos. Em geral, os maridos quase sempre compravam as suas mulheres, constituindo para elas um dote ou lhes oferecendo presentes consideráveis. Algumas vezes, eles eram obrigados a fazer o mesmo com os parentes da esposa.
4   Biblos, célebre cidade da Fenícia, consagrada a Adônis.
5   Eliano relatou (no capítulo 46 do livro III) uma lei semelhante, que era obedecida pelos estagiritas.
6   Povo da Ásia, situado junto à Hircânia.
7   Segundo Estrabão (livro XI), os derbices não somente imolavam os septuagenários dos dois sexos, mas, além disso, seus parentes os comiam, como se tinha o costume de comer a carne das vítimas.
8   Os augilos, povo da África, tinham um costume que se parece muito com o dos lídios.

fidelidade inviolável: não havia nenhum perdão para aquela que se afastasse de suas obrigações.

2... Discussão entre Nicóstrato e Laodocus

Conta-se que o tocador de lira Nicóstrato, discutindo um dia sobre música com Laodocus – que sabia tocar a lira para acompanhar o seu canto –, disse-lhe:

– Vós sois pequeno numa grande arte e eu sou grande em uma arte limitada.

Se quisermos nos ater a essas sensatíssimas palavras de Nicóstrato, não existe menos mérito em estender os limites de sua arte do que em aumentar as suas posses e a sua fortuna.

3... Comparação entre Polinoto e Dionísio

Polinoto de Tasos[9] e Dionísio de Colofão eram pintores. O primeiro tratava todos os seus temas em grandes dimensões: para disputar os prêmios, ele só apresentava quadros nos quais os personagens eram pintados com as proporções da mais bela natureza. Os quadros de Dionísio eram muito menores e apenas nisso ele diferia de Polinoto, a quem ele não era em nada inferior na expressão dos caráteres e das paixões, no posicionamento de suas figuras, na delicadeza das roupagens e em outras partes da arte.

4... Lei dos tebanos concernente aos pintores e aos escultores

Ouvi dizer que os tebanos tinham uma lei que ordenava aos artistas, fossem eles pintores ou escultores, que representassem suas

---

9 Esses dois pintores floresciam pouco antes da guerra do Peloponeso. Os atenienses deram a Polinoto o direito de cidadão de Atenas, em reconhecimento pelo fato de ele ter realizado para eles diversas obras gratuitamente. (Cf. Junius, *de Pict. Vet.*)

figuras da maneira mais decente, sob pena, para aqueles que a transgredissem, de serem punidos com uma multa.

5... Exemplos de reconhecimento

Vou citar alguns exemplos memoráveis de reconhecimento, começando pelo que ocorreu entre Teseu e Hércules.

Teseu, tendo ido com Pirithoüs à casa de Aidoneu, rei dos molossos[10], com o objetivo de raptar sua esposa – não para fazer dela sua mulher, mas unicamente para auxiliar seu amigo –, havia sido detido e posto a ferros por Aidoneu. Ele foi tirado dessa situação por Hércules, que passava pelo país dos molossos. Em memória desse benefício, Teseu ergueu um altar a Hércules.

Os sete chefes que sitiaram Tebas, para saldar sua dívida com Pronax – de quem eles haviam ocasionado a morte[11] –, estabeleceram em sua homenagem alguns jogos[12], que muita gente acredita terem sido ordinariamente instituídos em homenagem a Arquemorus[13].

Nestor teve uma demonstração do reconhecimento de Hércules. Neleu havia se recusado a purificar esse herói[14]; e seus filhos – com a única exceção de Nestor – haviam apoiado a decisão de seu pai. Irritado, Hércules apoderou-se da cidade de Pilos, fez morrer Neleu com todos os seus filhos e, não satisfeito por poupar Nestor, entregou-lhe o reino de seu pai.

---

10 A mitologia confundiu esse príncipe com Plutão, a quem muitas vezes se dá o nome de Aidoneus.
11 Pronax foi devorado por uma serpente, enquanto sua ama tinha ido mostrar uma fonte aos generais que sitiavam Tebas.
12 São os jogos nemeios.
13 Eliano representa Pronax e Arquemorus como dois personagens, enquanto outros afirmam que se trata de um só, que foi chamado de *Arquemorus* porque sua morte era considerada como o princípio das infelicidades dos sete chefes.
14 Hércules queria ser purificado do assassinato de sua mulher e seus filhos. (Higino, *Fábulas*, 21)

Os atenienses reconheceram, com relação aos descendentes de Hércules, o serviço que o autor de sua raça havia prestado a Teseu. Eles os conduziram no Peloponeso[15].

Hércules, para recompensar o valor dos 360 cleonianos[16] que o haviam acompanhado em sua expedição contra os Moliônidas[17] – e que haviam morrido combatendo valentemente –, transferiu para eles as honrarias que lhe eram prestadas em Nemeia[18]; honrarias que os habitantes lhe haviam deferido quando ele matou o leão que infestava seu país e assolava seus campos.

Menesteu[19], filho de Peteu, não foi nada ingrato para com Castor e Pólux. Esses dois heróis, depois de terem expulsado de Atenas os filhos de Teseu e terem levado cativa sua mãe Aethra, deram seu reino a Menesteu[20]. Nele, eles ganharam os nomes de *reis* e de *salvadores*. Menesteu foi o primeiro que os chamou por esses dois nomes.

Nos tempos em que Dario, filho de Histaspe, era ainda apenas um simples cidadão, Syloson[21] o havia presenteado com uma túnica. Dario, tendo chegado ao trono, concedeu a Syloson a soberania de Samos, sua pátria. Eis aí uma boa ocasião para aplicarmos o provérbio "trocar ouro por cobre"[22].

---

15 Esse episódio não deve ser confundido com o célebre retorno dos heráclides ao Peloponeso, no qual os atenienses não tiveram nenhuma participação. Perizonius conjectura que o retorno que está sendo tratado aqui deve estar relacionado com os últimos anos da vida de Teseu.
16 Cleone, cidade situada entre Corinto e Argos. (Estrabão, livro VIII)
17 Os Moliônidas eram dois irmãos, Euritus e Ctéatus, filhos de Actor e de Molione: eles haviam atraído para si o ódio de Hércules, por terem defendido contra ele seu tio Augias. A fábula representa-os com um único corpo, mas tendo duas cabeças, quatro braços e quatro pés.
18 Não sabemos precisamente em que consistiam essas honras. Talvez fossem apenas o direito de presidir os jogos nemeios.
19 Menesteu era da raça dos antigos reis de Atenas e descendia de Erecteu.
20 Seu ódio contra Teseu provinha do fato de que ele havia raptado sua irmã Helena.
21 Syloson era irmão de Polícrates, tirano de Samos. Quando ele deu a Dario o presente do qual fala Eliano, esse príncipe era um dos guardas de Cambises. (Heródoto, III, 39 e 193)
22 Eliano faz alusão à troca de Glauco e de Diomedes (*Ilíada*, VI, 236), que se tornara proverbial.

6... Oráculo concernente a Atenas

Os lacedemônios, tendo consultado o oráculo sobre a intenção que eles tinham de destruir a cidade de Atenas, receberam a seguinte resposta:

– Guardai-vos de erguer a mão sobre o asilo comum da Grécia[23].

7... Da condição dos perversos depois da sua morte, e de Pausânias

A morte não é de modo algum um estado de repouso para os perversos: ou bem lhes é recusada a sepultura[24] ou, se ocorre que ela lhes tenha sido concedida, eles logo perdem o fruto das honras fúnebres que lhes foram prestadas, sendo banidos do porto comum a todos os homens. Epitímides[25] relata que os lacedemônios, depois de terem feito morrer de fome o seu rei Pausânias – que havia se aliado com os medos –, fizeram que o seu cadáver fosse atirado para fora das fronteiras da Lacônia[26].

8... Da inconstância da fortuna

Será que existe alguém que nunca tenha ouvido falar das vicissitudes tão rápidas e algumas vezes tão súbitas da fortuna?

---

23   A resposta da Pítia está fundamentada no fato de que em parte alguma os estrangeiros e os fugitivos eram recebidos com mais boa vontade do que em Atenas.
24   Conhecemos a opinião dos antigos, que acreditavam que as almas não podiam atravessar o Estígio enquanto não tivessem sido prestados aos corpos os últimos deveres.
25   O único autor que se conhece por esse nome é um filósofo da seita cirenaica, discípulo de Antipater, do qual fala Diógenes Laércio. Os comentadores acreditam que Eliano quis falar de Timeu, que, por causa de seu gosto pela sátira, foi cognominado *Epitimeu*. Com efeito, ele se encontra designado por esse nome em Ateneu (livro VI, capítulo 20).
26   Lê-se em Cornelius Nepos que, para fazer que Pausânias perecesse, muraram a porta do templo onde ele havia se refugiado, e que sua mãe foi quem pôs a primeira pedra. O autor dos *Paralelos*, atribuídos a Plutarco, acrescenta que foi ela quem deu a ideia de jogar seu corpo para fora do território de Esparta. Diodoro da Sicília (livro XI) nega esse fato e diz que foi permitido que seus parentes o enterrassem.

Os tebanos, depois de terem sido submetidos pelos lacedemônios, os subjugaram por sua vez: não contentes por terem penetrado no Peloponeso, eles atravessaram o Eurotas e assolaram a Lacônia. Talvez eles tivessem conseguido até mesmo tomar a Lacedemônia, se Epaminondas não temesse que todos os povos do Peloponeso se unissem para defendê-la.

Dionísio, o tirano, sitiado pelos cartagineses, havia perdido toda a esperança de salvação, sua coragem o havia abandonado. Ele já estava pensando em fugir quando um de seus amigos, chamado Elópidas[27], aproximando-se dele, disse-lhe:

– Ó, Dionísio, como o título de rei embeleza bem uma tumba!

Essas palavras fizeram que Dionísio percebesse quanto era vergonhoso o seu projeto e reanimaram de tal modo a sua coragem que, depois de ter derrotado, com um pequeno número de soldados, vários milhares de inimigos, ele ainda estendeu os limites de seus domínios.

Quando Amintas, rei da Macedônia[28], perdeu seus Estados – depois da vitória que alguns bárbaros de sua vizinhança haviam alcançado sobre ele –, resolveu abandonar seu país, considerando-se muito afortunado se pudesse salvar a sua pessoa. Enquanto ele estava ocupado com essa ideia, alguém repetiu-lhe as palavras de Elópidas a Dionísio[29], e isso foi o bastante. Amintas assenhorou-se de uma pequena praça forte e, com os pouquíssimos soldados que ali reuniu, recuperou o seu reino.

---

27 Este amigo é chamado Eloris, em Diodoro da Sicília (livro XX).
28 Amintas, pai de Filipe. Os bárbaros dos quais se trata aqui são os ilírios.
29 Durante uma sedição que ocorreu em Constantinopla, no ano de 532, o imperador Justiniano, perdendo a esperança de apaziguar os rebeldes, havia tido a ideia de fugir. A imperatriz Teodora dissuadiu-o disso através de um discurso vigoroso, que ela terminou dizendo-lhe, como Elópidas a Dionísio:
– O trono é o túmulo mais glorioso. (Le Beau, *História do Baixo Império*, t. IX, p. 145)

Os egípcios designavam Artaxerxes Ochus por uma palavra de sua língua que significa *Asno*[30], zombando assim da covardia desse príncipe pela comparação que faziam com o caráter preguiçoso desse animal. Para se vingar[31], Ochus raptou o seu boi Ápis e fez com ele um sacrifício ao asno.

Dion, filho de Hiparinus, que Dionísio havia exilado, voltou para atacar o tirano com um exército de 2 mil homens e reduziu-o à condição de fugitivo, à qual o próprio Dionísio o havia reduzido um pouco antes.

Os siracusanos, com nove navios, alcançaram uma completa vitória sobre os cartagineses, que tinham 150.

9... Modéstia de Platão

Platão, filho de Ariston, estando em Olímpia, viu-se alojado com pessoas que ele não conhecia e pelas quais ele não era conhecido. Ele comia sem cerimônias na mesma mesa e passava dias inteiros junto com elas. Logo, ele soube conquistar de tal modo a amizade desses estrangeiros que, encantados com a sua companhia, se parabenizavam pelo feliz acaso que os havia feito encontrar semelhante homem. Ele não lhes falou nem da academia nem de Sócrates e se contentou em dizer que se chamava Platão. Algum tempo depois, quando esses estrangeiros foram a Atenas, Platão recebeu-os com toda espécie de amabilidades. Então, dirigindo a palavra ao filósofo, eles lhe disseram:

---

30 Perizonius pensa que a palavra egípcia correspondente a "asno" é *narses*. Com efeito, encontramos Ochus chamado por esse nome em Estrabão (livro XV).
31 Ochus, irritado com o seu desprezo e vendo também que os fenícios e os cipriotas se revoltavam, seguindo o exemplo dos egípcios, marchou em pessoa contra esses diferentes povos e os submeteu. Foi então que, para vingar-se dos egípcios, diz Eliano (no livro X da *História dos animais*, cap. 28), ele promoveu a deus o asno e imolou a ele o boi Ápis. Plutarco conta (em *De Ísis e Osíris*) que Ochus abusou tão cruelmente da vitória que passou a ser chamado de "O Gládio".

– Fazei-nos ver o discípulo de Sócrates, que tem o mesmo nome que vós, conduzi-nos até a sua escola, recomendai-nos a esse célebre personagem, a fim de que possamos tirar proveito de suas luzes.

Platão, com um sorriso que lhe era natural, disse-lhes:

– Esse sou eu.

Os estrangeiros ficaram extremamente surpresos por terem ignorado a identidade desse grande homem, no tempo em que ele vivia familiarmente com eles, e só puderam atribuir esse fato à sua modéstia. Assim, Platão havia feito que vissem que ele podia agradar e fazer amigos, mesmo sem a ajuda de sua filosofia.

O mesmo Platão dava a Aristóteles o nome de *Potro*. O que significava esse nome? Sabemos que o potro dá alguns coices em sua mãe, depois de ter se saciado com seu leite. Sem dúvida, esse nome designava a ingratidão de Aristóteles, que, depois de haver recolhido nas lições de Platão os princípios da filosofia, e depois de se ter cumulado com os seus preceitos, afastou-se dele, fundou uma escola contrária à de seu mestre, foi – escoltado pelos seus discípulos e amigos – atacá-lo no meio de um passeio e fingiu contradizê-lo em tudo[32].

10... Conduta de Péricles para com o povo de Atenas

Não seria possível censurar Péricles, filho de Xantipo, por ter levado demasiado longe sua complacência para com o povo de Atenas? Da minha parte, penso dessa forma. Todas as vezes que Péricles devia falar em uma assembleia, ele fazia votos para não deixar escapar nenhuma palavra que pudesse chocar o povo ou contrariar suas inclinações e suas vontades.

---

32 Eliano já havia mencionado esse exemplo da ingratidão de Aristóteles, no cap. 19 do livro III.

11... De Sócrates

Diógenes acusava Sócrates de um excesso de refinamento pouco filosófico. Ele o criticava por ser muito esmerado com a sua casa[33], com o seu leito e até com certos calçados dos quais ele às vezes se servia.

12... De um retrato de Helena pintado por Zeuxis

Zeuxis de Heracleia havia feito um retrato de Helena, que lhe valeu muito dinheiro[34]. Bem longe de mostrá-lo de graça, ele só permitia que o seu quadro fosse visto quando lhe pagavam de antemão uma certa quantia que ele havia fixado. O comércio que Zeuxis fez, assim, com a sua Helena motivou os gregos de então a dar-lhe o nome de *A Prostituta*.

13... Ponto de vista de Epicuro sobre a felicidade

Epicuro de Gargeta[35] dizia:

– Aquele que não sabe contentar-se com pouco, jamais tem o bastante.

Ele dizia ainda que, desde que tivesse pão e água, competiria em felicidade com o próprio Júpiter. Já que Epicuro pensava desse modo, resta-nos saber com que espírito ele fez o elogio da volúpia[36].

---

33 Eliano qualifica de pequena a casa de Sócrates. A pequenez dessa casa tornou-se célebre por causa da resposta de Sócrates a alguém que parecia ter ficado surpreso com isso: "Queiram os céus – disse ele – que eu possa enchê-la com verdadeiros amigos!".

34 Perizonius acredita que esse quadro era uma cópia daquele que Zeuxis havia pintado para ser consagrado no templo de Juno Lacinia, em Crotona. Os crotoniatas, a fim de que a sua Helena ficasse mais perfeita, haviam permitido ao pintor, por intermédio de um decreto público, escolher, dentre as moças da cidade, cinco das mais belas para lhe servirem de modelo.

35 Gargeta, burgo da Ática.

36 Não existe um perfeito acordo acerca do significado que dever ser dado à palavra "volúpia" em Epicuro.

14... Da economia e da conservação de seus bens

Muitas vezes – diz Arquíloco[37] – as riquezas acumuladas com muito sacrifício, e óbolo a óbolo[38], são devoradas por uma prostituta. Acontece com o dinheiro – acrescenta ele – o mesmo que com o ouriço: é muito fácil agarrar esse animal e difícil não deixar que ele escape. Anaxágoras[39], em sua obra intitulada *Da realeza*, diz algo semelhante das riquezas: que custa ainda mais conservá-las do que adquiri-las.

15... Exemplos singulares da utilidade das doenças

Hierão, tirano da Sicília, que jamais havia cultivado seu espírito, era, segundo se dizia, o mais ignorante dos homens, com a exceção de seu irmão Gelon[40]. Porém, tendo caído doente, e ficado reduzido à inação por causa de sua fraqueza, ele aproveitou o seu tempo livre para tomar lições com alguns sábios e logo se tornou também um homem muito instruído. Desse modo, depois que recobrou a saúde, Hierão manteve sempre uma íntima ligação com Simônides de Céos, Píndaro de Tebas e Baquílides de Iulis[41]. Quanto a Gelon, este se conservou em sua ignorância.

Ouvi dizer também que Ptolomeu II[42] tornou-se sábio durante o curso de uma doença.

---

37   Arquíloco, um dos mais antigos poetas gregos: ele vivia na época da 15ª olimpíada. É considerado o inventor dos versos iambos.
38   Moeda de pouco valor da antiga Grécia. (N. T.)
39   É preciso não confundir este Anaxágoras com o filósofo do mesmo nome: aquele do qual estamos tratando era um orador, discípulo de Isócrates.
40   Gelon só dava importância aos exercícios do corpo. Um dia, durante um festim no qual todos os convivas tocavam lira, acompanhando seu canto, Gelon, para também mostrar os seus talentos, fez que trouxessem um cavalo e saltou sobre ele com uma admirável facilidade. (Plutarco, *Apotegmas*)
41   Iulis, cidade da ilha de Céos. Simônides era parente de Baquílides e cidadão de Iulis, como ele. (Estrabão, livro X)
42   É esse príncipe que foi cognominado *Filadelfo* e que deu início à famosa biblioteca de Alexandria. Estrabão (livro XVII) atribui seu gosto pelas ciências à mesma causa que Eliano.

Somos informados, por intermédio de Platão, que Teages[43] deveu seus conhecimentos filosóficos a uma longa doença. Como suas enfermidades o impediam de dedicar-se aos negócios públicos, ele se aplicou inteiramente ao estudo da filosofia. Qual é o homem sensato que não desejaria que uma semelhante doença atacasse Alcibíades, Crítias, o lacedemônio Pausânias e alguns outros personagens do mesmo caráter? Se tivesse sido assim, não teríamos visto Alcibíades e Crítias afastarem-se dos princípios de Sócrates; não teríamos de censurar Alcibíades pelos desvios de sua conduta, por ter mudado tanto de costumes quanto de país, adotando sucessivamente as maneiras dos espartanos, dos beócios, dos tessálios e terminando por naufragar nas delícias dos medos e dos persas, na corte de Farnabaze[44]. Já Crítias não teria se tornado um tirano e um monstro de crueldade, não teria feito a infelicidade de sua pátria e não teria levado para o túmulo o ódio de seus concidadãos[45].

Foi vantajoso para Straton, filho de Corragus[46], ter ficado doente. Nascido rico e numa família que desfrutava de grande consideração, Straton havia negligenciado os exercícios de ginástica. Porém, tendo sido atacado por uma doença no baço, recorreu a ela como um remédio eficaz. Primeiramente, foi apenas pela necessidade que dela tinha a sua saúde. Em seguida, entusiasmado com os progressos que fazia nesta arte, Straton entregou-se a ela com tanto ardor que conseguiu conquistar, no mesmo dia, os prêmios da luta e do pancrácio[47]

---

43 Teages, discípulo de Sócrates. Essa passagem foi extraída do sexto livro da *República*. (J. V. L.)
44 Cornelius Nepos, Plutarco, Ateneu e outros pintam Alcibíades com as mesmas cores.
45 Crítias, um dos trinta tiranos, e o mais cruel de todos. Ele foi morto num combate com Trasíbulo, quando este voltou para a sua pátria à frente dos cidadãos que dela haviam sido banidos. (Xenofontes, livro II)
46 Straton, originário de Alexandria, residia em Aegium, no Peloponeso. Lê-se em Pausânias (*Achaic.*) que os aegianos mandaram construir para ele, perto da cidade, um pórtico onde ele pudesse se exercitar.
47 Cf. sobre o *pancrácio*, o capítulo 30 do livro III.

nos jogos olímpicos. Ele também foi laureado na olimpíada seguinte, assim como nos jogos nemeios, píticos e istmianos.

O lutador Demócrates, embora muito incomodado por um mal em seus pés, compareceu ao local destinado aos jogos. Lá, colocando-se no meio do estádio, e traçando um círculo à sua volta, propôs aos lutadores com quem devia disputar o prêmio que tentassem tirá-lo desse espaço. Como não conseguiram, Demócrates, por ter permanecido firme e inquebrantável em seu posto, alcançou a coroa[48].

16... Características peculiares de alguns antigos

Aquele que se deixasse conduzir por Cálias[49], tornar-se-ia um beberrão; com Ismênias[50], tornar-se-ia flautista, e presunçoso com Alcibíades; Cróbilus[51] formaria cozinheiros. Com Demóstenes, se aprenderia a arte de falar com veemência; com Epaminondas, a arte da guerra. Agesilau inspiraria a nobreza dos sentimentos, Focion a bondade, Aristides a justiça e Sócrates a sabedoria.

17... Opiniões de Pitágoras. Episódios singulares que se referem a ele

Pitágoras anunciava em altos brados que a excelência dos gérmens dos quais era formado havia lhe comunicado a imortalidade[52].

---

48   Não podemos ver a ligação entre o feito de Demócrates e os exemplos precedentes, a menos que suponhamos que os esforços que ele fez para se manter em seu lugar tenham curado o mal de seus pés, o que Eliano não diz. Ele quer dizer provavelmente que essa enfermidade foi vantajosa para Demócrates, porque ela foi para ele a oportunidade de uma vitória que ele talvez não tivesse conseguido na luta ordinária. (J. V. L.)
49   Cálias era, assim como Alcibíades, um dos mais ricos discípulos de Sócrates. Aristófanes fala muitas vezes do gosto de Cálias pelo prazer.
50   Ismênias, célebre flautista nascido em Tisbe, na Beócia.
51   Perizonius conjectura que Cróbilus bem poderia ser esse sicofanta ateniense que, encontrando Platão, quando esse filósofo ia defender Chábrias, ameaçou-o com o destino de Sócrates. (Cf. Diógenes Laércio, *Vida de Platão*)
52   Acreditavam que ele era filho de Apolo.

Ele foi visto, com efeito, no mesmo dia e na mesma hora, em Metaponto e em Crotona. Em Olímpia, ele mostrou uma de suas coxas, que era de ouro[53]; ele lembrou ao crotoniata Mílias[54] que tinha sido ele próprio que havia outrora reinado na Frígia[55], com o nome de Midas, filho de Gordius. Um dia, uma águia branca veio pousar junto a ele, deixando-se acariciar. Numa outra ocasião, ao atravessar o rio Cosas[56], o deus do rio o chamou pelo seu nome e lhe disse:

– Saudações a Pitágoras.

De acordo com esse filósofo, a folha de malva[57] era um objeto sagrado. Nada no universo era tão sábio quanto o Número[58]: o primeiro lugar, depois do Número, pertencia àquele que dá nomes às coisas.

Ele afirmava que os mortos, ao se reunirem, produziam os tremores de terra, que o arco-íris era a fonte do Nilo e que aquela espécie de zumbido que soa muitas vezes em nossos ouvidos é a voz dos gênios. Ninguém ousava apresentar-lhe uma dúvida ou propor-lhe um questionamento: recebiam as coisas que ele havia dito como se fossem oráculos dos deuses. Quando, em uma viagem, ele chegava a uma cidade, dizia-se:

– Pitágoras vem aqui não para ensinar, mas para curar[59].

O mesmo filósofo exigia que seus seguidores se abstivessem de

---

53 Eliano relatou esses dois fatos, assim como o do rio Cosas, praticamente nos mesmos termos, no cap. 26 do livro II.
54 Porfírio (*Vida de Pitágoras*) inclui Mílias na lista dos discípulos desse filósofo.
55 Sabe-se que Pitágoras é o autor do sistema da metempsicose. Ele alegava recordar-se de ter sido Eufórbio, nos tempos da guerra de Troia.
56 Sobre o nome desse rio, cf. o cap. 62 do livro II.
57 Perizonius pensa que Pitágoras considerava a folha de malva como sagrada porque esta planta havia sido um dos primeiros alimentos dos homens.
58 Pitágoras acreditava que os números entravam na composição de todos os seres, e que eles eram o princípio de todas as coisas. (Jâmblico, *Vida de Pitágoras*)
59 Isso pode ser entendido tanto da cura do corpo quanto da alma. Pitágoras tinha alguns conhecimentos de medicina. (Eliano, livro IX, cap. 22, e Diógenes Laércio)

comer o coração dos animais⁶⁰, a carne do galo branco⁶¹ e, sobretudo, a dos animais que haviam morrido por causas naturais⁶². Ele também proibia os banhos⁶³ e não queria que seus discípulos seguissem pelos caminhos públicos⁶⁴, porque nunca se pode estar seguro de que esses locais sejam perfeitamente puros.

18... Homenagens que Dionísio prestou a Platão

Quando Platão, que Dionísio, o Jovem, havia convidado por intermédio de diversas cartas para visitar a Sicília, finalmente chegou, o tirano fez que ele subisse no seu carro e quis ele próprio servir de cocheiro para o filho de Ariston. Então – dizem – um siracusano, homem de espírito que havia lido muito Homero, agradavelmente surpreso com aquilo que via, citou os seguintes versos da *Ilíada*, fazendo neles uma leve modificação: "O eixo geme sob esse peso enorme; ele leva ao mesmo tempo um temível mortal e o mais virtuoso dos homens⁶⁵".

Observou-se, além disso, que Dionísio, que desconfiava de todo mundo, tinha tanta veneração por Platão que esse filósofo era

---

60   Ele proibia, diz Jâmblico (*Vida de Pitágoras*), que se comesse o coração e o cérebro dos animais, porque lá era a sede da sabedoria e da vida.
61   Pitágoras queria que todos se abstivessem em geral de comer os galos, porque eles eram consagrados ao sol e à lua, e também porque eles indicavam as horas através de seu canto. (Diógenes Laércio)
62   Pitágoras parece ter adquirido entre os judeus essa aversão pelos animais que haviam tido morte natural. Josefo (*Contra Apion*, livro II) observa que ele havia tomado emprestado desse povo muitos outros costumes.
63   Essa proibição deve ser entendida para os banhos públicos, porque sabemos, por intermédio de Jâmblico, que os seguidores de Pitágoras se banhavam todos os dias.
64   Jâmblico alega que é necessário entender pela expressão "caminhos públicos" os costumes, as opiniões e os hábitos do vulgo, dos quais Pitágoras queria que eles se afastassem.
65   Esses versos são tirados do livro V da *Ilíada* (verso 838), onde Minerva, irritada, assume o lugar de Estenelus, cocheiro de Diomedes. Homero diz: "O eixo gemia sob aquele peso enorme; ele levava ao mesmo tempo uma deusa temível e o mais valente dos homens".

o único que entrava na casa do tirano sem ser revistado – embora Dionísio estivesse a par das íntimas ligações de Platão com Dion[66].

19... De Filipe e de Aristóteles

Filipe, rei da Macedônia, não foi célebre somente por sua habilidade na arte da guerra e por sua eloquência: a essas duas qualidades ele somava o mérito de estimar o saber. Cumulando Aristóteles de riquezas, ele o pôs em condições de adquirir conhecimentos muito extensos em todos os gêneros e, particularmente, na história dos animais – história que pode ser considerada como fruto dos benefícios de Filipe[67]. Platão e Teofrasto desfrutaram também de uma grande consideração junto a esse príncipe.

20... De Demócrito

Dentre os diversos exemplos de sabedoria cujo renome honra Demócrito de Abdera, deve-se assinalar, sobretudo, o projeto que ele concebeu de viver desconhecido, e a escolha dos meios que ele empregou para conseguir isso. Ele tomou o partido de viajar por diferentes países. Ele conversava na Babilônia com os caldeus, na Pérsia com os magos e na Índia com os ginosofistas. Dos bens que Damásipo, seu pai[68], havia partilhado entre seus três filhos, Demócrito recolheu apenas uma soma de dinheiro suficiente para as suas

---

66   Ilustre siracusano, filho de Hiparinus, genro de Dionísio, o Jovem.
67   Segundo a maior parte dos autores antigos, Alexandre contribuiu muito mais do que Filipe para a composição da *História dos animais*. Plínio (livro VIII, cap. 16) diz que esse príncipe enviou muitos milhares de homens para fazerem pesquisas na Ásia e na Grécia, com ordem de trazer animais de todas as espécies: quadrúpedes, pássaros, peixes, répteis etc.
68   A história diz que Demócrito tinha apenas dois irmãos, Damásio e Heródoto, o que me motivou a atribuir ao pai a partilha dos bens entre seus três filhos. Se não fosse quase certo que Demócrito tinha somente dois irmãos, eu poderia dizer em minha tradução, sem violentar o texto (e talvez mais literalmente), que foi o próprio Demócrito quem partilhou seus bens entre os seus três irmãos.

viagens e deixou o resto para os seus irmãos. Demócrito mereceu que Teofrasto dissesse sobre ele as seguintes palavras: "Ele recolheu nas suas andanças coisas mais preciosas do que aquelas que foram obtidas por Ulisses e Menelau, que, à semelhança dos mercadores fenícios, só percorreram as terras e os mares com a finalidade de acumular dinheiro".

Os abderitanos chamavam Demócrito de "a filosofia"[69], tal como chamavam Protágoras de "o discurso". Demócrito tratava todos os homens como loucos. Eles eram para ele um contínuo motivo de riso: daí, ele foi chamado por seus concidadãos de Gelasinus ("o risonho"). Conta-se que, na primeira vez que Hipócrates o encontrou, o tomou por insensato. Mas, em seguida, tendo tido oportunidade de vê-lo muitas vezes, concebeu por ele a mais alta estima. Chegam mesmo a acrescentar que foi em homenagem a Demócrito que Hipócrates, nascido dório[70], escreveu suas obras no dialeto jônico.

21... De Sócrates e de Platão

Sócrates amava Alcibíades. Platão tinha por Dion a maior ternura – e esta ternura não foi inútil a Dion.

22... Do luxo dos atenienses

Outrora, os atenienses usavam mantos de púrpura e túnicas pintadas com diversas cores. Quando eles se mostravam em público, seus cabelos – entrelaçados com cigarras de ouro[71] e outros or-

---

69 Não somente "o filósofo", mas "a filosofia".
70 Hipócrates era de Cós, ilha do mar Egeu.
71 O escoliasta de Aristófanes, com relação às Nuvens, apresenta duas razões para o costume dos antigos atenienses de carregar cigarras de ouro. É – diz ele – porque as cigarras, por causa de seu canto, eram consagradas a Apolo, uma das divindades tutelares de Atenas, ou porque elas eram autóctones, como os atenienses afirmavam ser.

namentos do mesmo metal – elevavam-se em ponta acima de suas cabeças. Escravos seguiam-nos com cadeiras dobráveis, a fim de que tivessem em toda parte um meio de se sentar comodamente. É bem possível julgar que eles levavam ainda mais longe o refinamento em suas mesas e em toda a sua maneira de viver. Entretanto, são esses atenienses que foram vencedores em Maratona.

23... De alguns pródigos

O amor pelo prazer e pela devassidão havia reduzido à indigência Péricles[72], Cálias filho de Hipônico e Nícias de Pérgaso[73]. Quando eles se viram sem recursos, ofereceram uns aos outros a cicuta como derradeira bebida e encerraram assim suas vidas como se encerra um festim.

24... Dos meios de conservar a amizade

Num dia em que Leoprepes de Céos, pai de Simônides, estava sentado no ginásio, dois jovens que se amavam ternamente vieram perguntar-lhe qual era o meio de tornar sua amizade duradoura.

– É – respondeu-lhes Leoprepes – transmitirem um ao outro os vossos momentos de humor e nunca se irritarem um com o outro, contrariando-se mutuamente em vossos gostos.

---

72   Eliano é o único a dizer que Péricles e Cálias se envenenaram com cicuta: Péricles não ficou reduzido à indigência. Ele morreu de peste, quando era general dos atenienses. Plutarco, que nos informa esse fato, acrescenta que Péricles havia substituído sua prodigalidade por uma tão violenta economia que havia se tornado insuportável para sua mulher e seus filhos. Quanto a Cálias, discípulo de Sócrates, Ateneu (XII) conta que ele morreu na miséria, na casa de uma mulher estrangeira, mas não envenenado. É provável que Eliano, escrevendo de memória, tenha confundido Péricles e Cálias com Autocles e Épicles, companheiros de devassidão de Nícias, que beberam cicuta quando acabaram de dissipar todos os seus bens.

73   Pérgaso: cantão da Ática que fazia parte da tribo erecteida. Esse Nícias não deve ser confundido com o célebre general de mesmo nome.

25... Loucura extraordinária de Trasilo

Trasilo de Aexone foi acometido por um gênero de loucura singular e sem paralelo. Ele havia deixado a cidade e se estabelecido no Pireu. Lá, ele imaginou que todos os navios que ali abordavam eram de sua propriedade. Ele mantinha um registro exato, ordenava-lhes que partissem para novas viagens e quando, depois de uma bem-sucedida navegação, eles voltavam para o porto, Trasilo manifestava sua alegria através das mais vivas demonstrações. Esse frenesi durou vários anos, até que seu irmão, vindo da Sicília, o colocou nas mãos de um médico que o curou. Desde esse tempo, Trasilo lembrava-se muitas vezes dos anos que havia passado na demência e confessava que o maior prazer que havia tido no decorrer de sua vida tinha sido o de ver chegarem em bom estado esses navios que de modo algum lhe pertenciam.

26... De Electra

Sabemos, por intermédio de Xanthus[74], poeta lírico que viveu antes de Estesícores de Himera, que Electra, filha de Agamênon, chamava-se originariamente Laodice[75]. Porém, depois do assassinato de seu pai, quando Egisto desposou Clitemnestra e se apoderou do reino de Argos, os argivos, vendo-a envelhecer sem esposo, na condição de solteirona[76], deram-lhe o nome de Electra (nome que exprimia o estado dessa princesa).

---

74 Esse poeta é diferente do historiador de mesmo nome, filho de Candaulo, rei da Lídia.
75 Encontra-se, com efeito, na Ilíada (IX, 145), uma das filhas de Agamênon chamada Laodice. Esse príncipe, propondo a Aquiles conceder-lhe uma de suas filhas em casamento, deixou que ele escolhesse entre Crisotêmis, Laodice e Ifianasse.
76 É forçoso que ela não fosse muito velha quando desposou Pílades, já que teve dois filhos com ele. (Pausânias, *Corinth.*, capítulo 16)

27... De Panfaés e de Creso

Panfaés de Priene[77] havia dado trinta minas[78] a Creso, no tempo em que o rei da Lídia, seu pai, ainda era vivo. Quando Creso subiu ao trono, ele enviou uma carroça cheia de prata para Panfaés.

Diógenes, tendo recebido de Diotimo de Caristo[79] uma pequena moeda, disse-lhe:

– Que os deuses vos concedam tudo aquilo que vós puderdes desejar: ser um homem e ter uma família![80] Essas palavras continham um traço de sátira contra a moleza efeminada de Diotimo.

28... De Ferécides

Ferécides[81] de Syros[82] terminou sua vida da maneira mais miserável deste mundo. Todo o seu corpo foi corroído pelos parasitas. Seu rosto ficou de tal maneira desfigurado que ele foi obrigado a afastar-se de seus amigos. Quando alguém vinha pedir notícias suas, Ferécides, passando um dedo descarnado através de um buraco na sua porta, respondia:

– Eis em qual estado está todo o meu corpo.

---

77 Priene, na Jônia, perto de Mileto.
78 Trinta minas áticas representavam uma soma muito módica. Assim, de acordo com Nicolau de Damasco (Excerpt. ex histor., p. 243 da edição de Coray), o presente de Panfaés a Creso era de mil estáteres de ouro, que correspondem a duzentas minas. Essa soma combina melhor com o motivo do empréstimo de Creso que, como nos informa o próprio autor, devia ser empregado no recrutamento de soldados. Nicolau de Damasco acrescenta que foi enviada a Panfaés uma carroça cheia de ouro.
79 Caristo, cidade da Eubeia. Scheffer pensa que esse Diotimo bem poderia ser o mesmo famoso beberrão mencionado por Eliano, no capítulo 41, do livro II.
80 A resposta de Diógenes é uma citação de Homero. Ulisses, na *Odisseia* (VII, 180), diz a Nausicaa, filha de Alcinous: "Que os deuses vos concedam tudo aquilo que vós puderdes desejar, um marido e filhos!". Não achei que devia explicar nesse sentido os votos de Diógenes a Diotimo.
81 Antigo filósofo, contemporâneo de Tales e mestre de Pitágoras. Ele é considerado o primeiro a ter composto obras em prosa.
82 Uma das Cíclades, no mar Egeu.

Os delianos atribuíam essa doença à cólera do deus que era reverenciado em sua cidade[83]. Ferécides, diziam eles, estando em Delos com os seus discípulos, citava diferentes exemplos de sua própria sabedoria – dentre outros, que ele jamais havia feito sacrifícios a nenhuma divindade e que, no entanto, não havia levado uma vida menos doce ou menos agradável do que a daqueles que ofereciam hecatombes[84]. Ele pagou caro por essa insolente vaidade.

29... Exemplo da loucura de Alexandre

Não posso me impedir de rir da loucura de Alexandre, filho de Filipe. Esse príncipe, tendo sabido que Demócrito assegurava em suas obras que existia um número infinito de mundos, desolava-se por ainda não ser senhor do único que era conhecido[85]. Como Demócrito teria rido de Alexandre! Galhofeiro de profissão como era Demócrito, pode-se julgar facilmente – sem que eu precise dizê-lo – que essa oportunidade não lhe teria escapado.

---

83 Os antigos acreditavam que a doença pedicular (lesões cutâneas provocadas pelas mordidas de pulgas, piolhos e outros parasitas) era uma punição dos deuses. (Pausânias, Baeot.)

84 Não era de modo algum por impiedade que Ferécides não oferecia sacrifícios aos deuses. Como ele acreditava na metempsicose – assim como Pitágoras, seu discípulo – ele rejeitava os sacrifícios sangrentos e queria que fossem ofertados aos deuses apenas incenso, bolos e outras coisas semelhantes.

85 Juvenal faz alusão à loucura de Alexandre nos seguintes versos (Sátiras, X, 168):
Unus Pellaeo juveni non sufficit orbis;
Aestuaut infelix angusto limite mundi.
[O jovem herói de Pella não se contenta com um só mundo;
O infeliz sufoca em seu estreito universo.]

Livro Quinto

◆

1... De Tacos, rei do Egito

Tacos, rei do Egito, desfrutou constantemente da melhor das saúdes, enquanto respeitou o regime habitual de seu país e viveu frugalmente. Porém, tendo depois ido viver com os persas[1], e tendo adotado o seu luxo, não pôde suportar alimentos com os quais não estava acostumado. Ele foi atacado por uma disenteria que o conduziu ao túmulo. Sua intemperança custou-lhe a vida.

2... Da morte de Ferécides

Quando Ferécides, mestre de Pitágoras, caiu doente, sobreveio-lhe um suor abrasador e viscoso, que atraía uma multidão inumerável de insetos. Logo, suas carnes transformaram-se num celeiro de vermes e seguiu-se um ressecamento geral: Ferécides morreu nesse estado[2].

---

1 Tacos havia estado primeiramente em guerra contra os persas, e Agesilau tinha ido em seu socorro. Porém, como Tacos o ofendeu com uma zombaria acerca da pequenez de seu tamanho, o rei da Lacedemônia juntou-se a Nectanebo, que havia se insurgido contra o rei do Egito, e esses dois príncipes forçaram Tacos a ir buscar um asilo entre os persas. (Ateneu, XIV, 1)

2 Cf. o cap. 28 do livro precedente.

3... Das colunas de Hércules

De acordo com Aristóteles, as colunas que hoje são chamadas pelo nome de Hércules foram inicialmente chamadas de Briareu[3]. Quando Hércules, purgando a terra e os mares dos monstros que os infestavam, tornou-se com isso o benfeitor da humanidade, o nome de Briareu foi eclipsado e o reconhecimento dos homens deu a essas colunas o nome de Hércules.

4... Da oliveira e da palmeira de Delos

É uma tradição, na ilha de Delos, que uma oliveira e uma palmeira ali brotaram da terra no momento em que Latona, sentindo as dores do parto, não estava conseguindo dar à luz. Logo que ela tocou nessas árvores, ela pôs no mundo as duas crianças que trazia em seu ventre[4].

5... Da pobreza de Epaminondas

Epaminondas não tinha senão um manto muito grosseiro que ele usava sempre, mesmo quando estava sujo. Quando, por casualidade, ele o mandava para o tintureiro, era obrigado a ficar em casa, já que não tinha outro para pôr em seu lugar. Nesse estado de opulência, ele recusou, entretanto, uma grande soma, que lhe foi remetida pelo rei da Pérsia[5]. Se não estou enganado, aquele que não quis receber o presente mostrou ainda mais grandeza de alma do que aquele que o ofereceu.

---

3   Briareu, filho do Céu e da Terra: ele tinha, tal como seu irmão Giges, cem mãos e cinquenta cabeças (Hesíodo, Teogonia). Os antigos falaram de Briareu de maneira muito diversa.
4   Apolo e Diana.
5   Artaxerxes Mnêmon. (Cornélius Nepos, Vida de Epaminondas)

6... Da morte voluntária do sofista Calanus

O derradeiro ato da vida de Calanus[6] é, certamente, digno de elogio; outros diriam, de admiração. Eis os fatos: Calanus, filósofo indiano, tendo resolvido libertar-se dos vínculos do corpo, disse o último adeus a Alexandre[7], aos macedônios e à vida. Foi erguida, no mais belo arrabalde da Babilônia, uma fogueira com madeiras secas e odoríferas, cedro, tomilho, cipreste, mirto e loureiro. Depois de ter feito o seu exercício habitual – que consistia em percorrer uma certa distância correndo – Calanus subiu na fogueira, coroado com caniços, e colocou-se no centro. Depois adorou o Sol, cujos raios caíam então sobre ele: era o sinal de que os macedônios esperavam para acender a fogueira. Ateou-se o fogo. Calanus, em meio às chamas, pelas quais logo foi envolvido, manteve-se firme em seus pés e só tombou quando estava reduzido a cinzas[8]. Conta-se que Alexandre, vendo esse espetáculo, exclamou, num excesso de admiração: "Calanus triunfou sobre inimigos mais temíveis do que os meus." Com efeito, se Alexandre teve de combater Dario, Porus e Taxilo[9], Calanus combateu a dor e a morte.

---

6   Seu verdadeiro nome era Esfines: os gregos deram-lhe o nome de Calanus porque, para saudar aqueles que o abordavam, ele dizia em sua língua "Cale", que significava "Salve". (Plutarco, Vida de Alexandre)

7   Fala-se das homenagens que Alexandre prestou a Calanus, depois de sua morte, no cap. 41 do livro II.

8   Peregrinus, vários séculos depois, ofereceu nos jogos olímpicos o mesmo espetáculo. Sua morte é o tema de um dos Tratados de Luciano. Observarei aqui que Luciano, citando nesse Tratado diversos exemplos de personagens ilustres que pereceram pelo fogo – dentre outros, o de Empédocles, que se lançou nas fornalhas do Etna –, não se lembra da história de Calanus, mais semelhante do que qualquer das outras à de Peregrinus. Será que Luciano a ignorava?

9   É de surpreender que Eliano inclua Taxilo na relação dos inimigos vencidos por Alexandre, já que é certo que Taxilo, longe de opor-se ao rei da Macedônia, enviou embaixadores para solicitar sua amizade antes mesmo que esse príncipe tivesse chegado às Índias. (Diodoro da Sicília, XVII; Quinto Cúrcio, VIII, 12)

7... De Anacarsis[10]

Os citas fazem frequentes viagens, mas sem sair de seu país. Anacarsis levou as suas muito mais longe. Mas, também, Anacarsis era filósofo[11]. Ele chegou a ir à Grécia, onde mereceu a admiração de Solon.

8... Das injúrias

As zombarias e as injúrias não têm, em minha opinião, nenhuma força por elas próprias. Se elas recaem sobre uma alma forte e corajosa, não a ferem de modo nenhum; se elas encontram uma alma fraca e débil, elas a afetam profundamente, a afligem e chegam algumas vezes a provocar sua morte. Assim, Sócrates, satirizado no teatro, nada mais fez do que rir[12], enquanto Poliagro, tratado do mesmo modo, enforcou-se[13].

9... De Aristóteles

Aristóteles, depois de ter dissipado seu patrimônio, tentou seguir a carreira das armas. Porém, tendo fracassado nesse ofício, tornou-se boticário. Então, tendo se introduzido furtivamente no local onde Platão filosofava passeando, escutou suas lições às escondidas. Foi assim que, pela superioridade de espírito de que era dotado, ele adquiriu os conhecimentos dos quais soube depois apropriar-se[14].

---

10 Filósofo, irmão de Caduias, rei dos citas. Cf. as notas do cap. 41, livro II.
11 Os filósofos tinham o costume de viajar: Tales, Platão, Solon e diversos outros nos fornecem exemplos disso.
12 Cf. o cap. 13 do livro II.
13 Plutarco (de Audiend. poet.) nos informa que Poliagro era suspeito de prostituir sua mulher por dinheiro, e é por isso que ele foi representado no teatro.
14 Ateneu, que narra essa história quase nos mesmos termos (livro VIII, cap. 13), acrescenta que Epicuro, que lhe serviu de referência, é o único autor que fala assim desse filósofo.

10... Perdas que os atenienses tiveram de suportar

Os atenienses sempre se gabaram de ter uma frota em boas condições. Porém, algumas vezes vencedores e outras vencidos, eles perderam, em diferentes ocasiões, um grande número de navios. Eles perderam no Egito duzentas trirremes com toda a sua tripulação[15]; em Chipre, 150[16]; na Sicília, 240[17]; duzentas no Helesponto[18]. A guerra da Sicília custou-lhes 40 mil soldados pesadamente armados; mil pereceram na batalha de Queroneia[19].

11... Crueldade de um rei da Trácia

Quando Xerxes entrou na Grécia à frente de um exército, um rei da Trácia, cujo nome ignoro, fugiu para o monte Ródope. Esse príncipe, ao partir, recomendou aos seis filhos que não pegassem em armas contra a Grécia (ele era, sem dúvida, amigo dos gregos). Porém, como seus filhos lhe desobedeceram, ao voltar ele fez que tivessem os olhos furados – ação bem distante dos costumes gregos.

12... Dêmado condenado a pagar uma multa

Esta ação dos atenienses me agrada infinitamente: Dêmado[20], tendo comparecido um dia à assembleia do povo, nela propôs que

---

15 Eles tinham enviado uma frota para socorrer os egípcios, que haviam se revoltado contra Artaxerxes Mão-longa. (Tucídides, livro I; Diodoro da Sicília, livro XI)
16 Isso aconteceu também numa guerra contra os persas, e sob o mesmo reinado. Cimon era general do exército ateniense. (Diodoro da Sicília, livro XII)
17 Eliano somou as perdas que os atenienses tiveram em diversas oportunidades, durante a guerra da Sicília.
18 Eliano fala da vitória que os lacedemônios, comandados por Lisandro, alcançaram sobre os atenienses em Aegospotamos. (Diodoro da Sicília, livro XII)
19 Os atenienses foram derrotados por Filipe, rei da Macedônia, que fez nessa batalha 2 mil prisioneiros. (Diodoro da Sicília, livro XVI)
20 Orador ateniense.

Alexandre fosse reconhecido como o 13º dos grandes deuses[21]. O povo, indignado com esse excesso de impiedade, condenou Dêmado a pagar uma multa de cem talentos, por ter desejado colocar um mortal em pé de igualdade com os habitantes do Olimpo.

13... Da inconstância dos atenienses[22]

Os atenienses nunca foram estáveis na forma de seu governo. Eles experimentaram frequentes vicissitudes. Submetidos inicialmente ao poder monárquico, eles o suportaram pacientemente com Cécrops, com Erecteu, com Teseu[23] e, posteriormente, com os descendentes de Codrus[24]. Os pisistrátidas fizeram que eles sentissem todo o peso da tirania. O governo tornou-se em seguida aristocrático e continuou a sê-lo até o estabelecimento dos quatrocentos[25]. Depois, a administração da república foi confiada a dez cidadãos, que eram eleitos todo ano[26]. Por fim, Atenas caiu na anarquia, com os trinta tiranos. Duvido que semelhante instabilidade possa ser motivo de elogio para os atenienses.

---

21 Os antigos enumeravam doze grandes deuses, ou doze deuses principais, que habitavam o Olimpo, e que eram superiores aos semideuses e aos heróis. Conhecemos esses dois versos de Ennius:
Juno, Vesta, Minerva, Ceres, Diana, Venus, Martis,
Mercurius, Jovis, Neptunus, Vulcanus, Apollo.
22 Esse capítulo pode ser considerado um resumo da história do governo de Atenas.
23 Cécrops foi o primeiro rei de Atenas, Erecteu o sexto, e Teseu o quinto depois de Erecteu. Eliano contenta-se em citar esses três príncipes como os mais ilustres reis de Atenas.
24 Embora Codrus tenha sido o último rei de Atenas, seus descendentes desfrutaram quase da mesma autoridade com o nome de arcontes, inicialmente perpétuos e em seguida decenais. É por esse motivo que Eliano parece não considerar o poder monárquico como destruído, no governo dos descendentes de Codrus.
25 Perizonius acredita que Eliano fala dos quatrocentos senadores estabelecidos por Solon, cujo número foi aumentando na sequência até chegar a seiscentos.
26 Segundo Perizonius, esses dez cidadãos são aqueles que eram chamados de "estrategos", porque sua principal função era a de comandar os exércitos.

14... Duas leis áticas

Entre as leis áticas, havia uma concebida nos seguintes termos: "Se alguém encontrar em seu caminho o cadáver de um homem sem sepultura, que o cubra de terra e o estenda de maneira a que o corpo encare o poente"[27]. Uma outra, que também era religiosamente respeitada, dizia: "Que de modo algum seja imolado um boi acostumado ao jugo, seja puxando o arado ou uma carroça, porque este animal, servindo à cultura da terra, partilha do trabalho dos homens"[28].

15... Do julgamento por homicídio em Atenas

Os atenienses tinham diferentes tribunais para julgar as diversas espécies de homicídios. Eram julgados no Areópago aqueles que haviam matado alguém com um objetivo premeditado e, no Paládio[29], aqueles que haviam cometido um assassinato involuntário. Quanto aos que, confessando serem homicidas, alegavam que sua ação era justa, o seu caso era examinado no Delfínio[30].

16... Criança julgada como sacrílega

Uma criança havia apanhado uma folha de ouro que se desprendera da coroa de Diana, e esse fato foi descoberto. Os juízes do

---

27 A mesma lei estava em vigor entre os romanos e entre diversos outros povos. Se acreditarmos em Eliano, alguns animais imitam nisso os homens. Ele diz que o gavião, quando encontra um homem morto, dá-lhe uma sepultura jogando terra sobre o cadáver (*História dos animais*, livro II, cap. 46). Ele diz também que os elefantes cumprem o mesmo dever para com os cadáveres de seus semelhantes, e que eles constroem um túmulo, cobrindo-o de terra com a sua tromba. (Idem, livro V, cap. 49)
28 Esta lei não era exclusiva dos atenienses. Varrão fala dela como de uma lei geralmente respeitada entre os antigos.
29 Local que recebeu essa denominação porque lá foi colocada a estátua de Palas que havia sido trazida de Troia, após a ruína dessa cidade.
30 Templo consagrado a Apolo: esse deus foi cognominado Delfino, seja porque ele matou a serpente Piton, que se chamava Delfina, seja porque ele se ofereceu a Castálio de Creta, sob a forma de um delfim, para ser o condutor de uma colônia da qual Castálio era o chefe. (Pausânias, *Attic.*)

tribunal ao qual ela foi levada fizeram que fossem colocados diante dela os brinquedos típicos de sua idade, alguns dados e a folha de ouro: ela se lançou precipitadamente sobre a folha. Então, os juízes, sem levar em consideração a sua idade, condenaram-na à morte como sacrílega[31].

17... Superstição dos atenienses

Tamanho era o excesso de superstição dos atenienses que, se acontecia de alguém cortar a mais diminuta das árvores, num bosque consagrado a um herói, eles o condenavam à morte. Atarbo havia morto um pardal consagrado a Esculápio. Os atenienses não suportaram que esse crime permanecesse impune e fizeram que Atarbo morresse. Por mais que alguns quisessem alegar que a vontade de Atarbo não havia tido nenhuma participação nesse fato e outros sustentassem que se tratava do efeito de um acesso de loucura, os atenienses, julgando que o respeito devido às coisas sagradas deveria prevalecer sobre essas duas razões, não perdoaram nem a loucura nem a ignorância.

18... Mulher grávida condenada à morte

Tendo uma mulher grávida sido detida pelo crime de envenenamento, os juízes do Areópago, que deviam pronunciar contra ela a pena de morte, decidiram não entregá-la ao suplício até que houvesse acontecido o parto. Eles fizeram que morresse a mãe, que era a única culpada, mas não envolveram em sua condenação a criança que era inocente[32].

---

31 Somos informados através de um fragmento de Hipérides, conservado por Pólux (IX, 4), de que a mãe dessa criança era sacerdotisa de Diana Braurona, assim chamada por causa de um lugarejo da Ática onde ela era adorada.
32 Essa humanidade dos juízes do Areópago está em conformidade com as leis dos egípcios e dos romanos, que proibiam que se fizesse morrer uma mulher grávida antes que ela tivesse dado à luz.

19... Como Ésquilo escapou do suplício

Ésquilo, poeta trágico, ia ser condenado pela impiedade de um de seus dramas[33]. Os atenienses já se preparavam para lapidá-lo quando seu irmão Amínias, mais jovem do que ele, levantando seu manto, fez ver um de seus braços que terminava no cotovelo e não tinha mais mão[34]: ele a havia perdido combatendo valentemente na jornada de Salamina, depois da qual ele foi o primeiro dos atenienses a ter obtido o prêmio pelo seu valor. À vista do ferimento de Amínias, os juízes, lembrando-se do que ele havia feito pela sua pátria, indultaram Ésquilo e o libertaram absolvido.

20... Dos tarentinos e dos reginianos

Os tarentinos, durante um cerco que lhes foi imposto pelos atenienses, teriam sido forçados a se render pela fome, se os reginianos[35] não tivessem promulgado um decreto determinando que se jejuasse em sua cidade a cada dez dias, e que os alimentos que fossem poupados nesse dia fossem enviados aos tarentinos. Esses recursos os salvaram. Os atenienses tiveram de se retirar. Em memória deste acontecimento, os tarentinos celebram uma festa que eles denominam "O Jejum".

21... De Medeia

Li em algum lugar que tudo aquilo que se tem dito sobre Medeia é falso. Que não é a ela, e sim aos coríntios, que é preciso impu-

---

33 Segundo Clemente de Alexandria (*Strom.* II, p. 387), Ésquilo havia desvelado os mistérios no teatro. Acusado diante do Areópago, ele se justificou dizendo que não era um iniciado e foi absolvido.

34 Cinégiro, outro irmão de Ésquilo, havia perdido as duas mãos na batalha de Maratona, ao querer segurar um barco inimigo que fugia. (Justino, livro II)

35 Povo da Calábria, vizinho dos tarentinos.

tar a morte de seus filhos[36]. Que Eurípides, a pedido dos coríntios, inventou esta fábula, que ele ambientou na Cólquida, fazendo disso o assunto para a sua tragédia[37]. Enfim, que a arte do poeta fez que a mentira prevalecesse sobre a verdade. Os coríntios – acrescentam –, para expiar o assassinato dessas crianças e para compensá-las por intermédio de uma espécie de tributo, oferecem ainda todos os anos sacrifícios em sua honra.

---

36 Eles foram lapidados pelos coríntios, segundo Pausânias, que os chama de Mermeros e Féres. (Corinth., cap. 3)
37 Trata-se da tragédia intitulada Medeia.

Livro Sexto

❖

1... Exemplos de desumanidade e de injustiça

Quando os atenienses subjugaram os habitantes de Calcis[1], eles dividiram a região, chamada de Hipobotos[2], em 2 mil partes[3], que foram distribuídas por sorteio a novos colonos[4]. Eles consagraram a Minerva várias partes do cantão chamado Lilante e o resto do país foi arrendado por dinheiro. E para conservar a lembrança do preço pelo qual cada propriedade era cedida, ele foi gravado nas colunas que cercavam o pórtico real[5]. Os prisioneiros foram postos a ferros e nem esta vingança rigorosa foi suficiente para desarmar o furor dos atenienses contra os calcidianos.

---

1   Os atenienses alcançaram essa vitória pouco tempo depois de terem destruído a tirania dos pisistrátidas. Seu ódio contra os calcidianos provinha do fato de que estes haviam prestado socorro a Cleômenes, rei de Esparta, que queria tornar-se senhor da Ática.
2   Esta região era assim chamada porque ali eram criados muitos cavalos. Os principais habitantes de Calcis eram chamados de hipobatas, ou seja, pessoas que montam a cavalo.
3   De acordo com vários manuscritos, seria necessário ler quarenta partes.
4   Os calcidianos eram uma colônia ateniense, estabelecida antes da guerra de Troia. (Estrabão, livro XI)
5   Pórtico sob o qual o arconte, chamado de rei, distribuía a justiça.

Os lacedemônios, depois de terem derrotado os messenianos, retiveram para si a metade de todas as produções da Messênia: eles obrigaram as mulheres livres a assistir aos funerais, para chorar por mortos que lhes eram estranhos e que não lhes pertenciam por nenhum direito[6]. Quanto aos homens, eles deixaram uma parte para cultivar a terra, venderam alguns e fizeram que os outros morressem.

Os atenienses conduziram-se com a mesma dureza e não souberam usar de sua prosperidade com moderação. Eles obrigavam as filhas dos habitantes, recentemente estabelecidos entre eles[7], a seguir as suas, nas pompas sagradas, com um guarda-sol, a fim de protegê-las do calor. As mulheres deveriam prestar o mesmo serviço para as mulheres atenienses, e os homens deveriam carregar os vasos.

Quando os sicionianos se tornaram senhores de Pelene[8], eles prostituíram num local público as mulheres e as filhas dos vencidos. Ó deuses da Grécia! Quanta desumanidade! Ela me pareceria atroz mesmo entre os bárbaros.

Após a batalha de Queroneia – cujo sucesso havia aumentado o orgulho de Filipe e dos macedônios – os gregos, que tremiam diante dele, apressaram-se, eles e suas cidades, a se render a esse príncipe: foi a posição que tomaram os tebanos, os megáricos, os coríntios, os aqueus, os eleanos e os eubenses, todos povos que habitavam à beira-mar. Porém, Filipe não respeitou as condições que havia combinado com eles e, por uma insigne perfídia, reduziu-os todos à servidão.

---

6   Não era costume, na Grécia, que as mulheres livres assistissem a outros funerais que não os de seus próximos, e bem menos ainda que elas cumprissem a função de carpideiras, que era exercida por mulheres pagas para isso.
7   Esse tipo de habitantes, em diversas partes da Grécia, mal se distinguia dos escravos.
8   Pelene, cidade da Acaia, nas proximidades de Sicione. Os sicionianos empreenderam essa guerra antes dos tempos do cerco de Troia: eles eram, então, governados por reis. (Pausânias, *Corinth.*)

2... Valor do filho de Harmátides

O filho de Harmátides de Téspias[9], que tinha vindo em socorro dos atenienses[10] com alguns de seus concidadãos, realizou alguns prodígios de valor no começo da batalha. Como suas armas tinham sido quebradas, ele continuou a combater com suas mãos nuas contra inimigos completamente armados e encerrou gloriosamente a sua carreira. Eu celebrei esse jovem como Homero celebra seus heróis, designando-o pelo nome de seu pai[11]. Aqueles que estiverem curiosos para saber o dele, poderão se informar em outro lugar[12].

3... Do jovem Isadas

Isadas[13], não tendo ainda atingido a idade em que a lei convocava os cidadãos para o exército, escapou do ginásio e combateu com o maior valor. Os lacedemônios lhe concederam uma coroa, mas ao mesmo tempo o condenaram a uma multa, por ter marchado contra o inimigo antes da idade prescrita e sem estar armado à maneira de seu país[14].

---

9   Cidade da Beócia, ao pé do monte Hélicon.
10 É necessário ler "Em socorro dos lacedemônios". O filho de Harmátides prestou, com efeito, auxílio na jornada das Termópilas. (Heródoto, livro VII, caps. 222, 227)
11 É assim que Homero chama Aquiles de filho de Peleu; Agamênon de filho de Atreu etc.
12 Somos informados por Heródoto (VII, 227) de que ele se chamava Ditirambus.
13 A ação contada por Eliano se passou quando os tebanos, conduzidos por Epaminondas, chegaram para surpreender Esparta.
14 Isadas estava nu, com o corpo untado com óleo, segurando com uma das mãos uma lança e com a outra uma espada nua (Plutarco, *Vida de Ages*). A história romana oferece-nos um exemplo semelhante da severidade das leis militares. O jovem Manlius, provocado a um combate de homem para homem pelo chefe dos tusculanos, aceitou o desafio e matou seu inimigo. O cônsul, seu pai, que havia proibido que se combatesse fora de sua fileira e antes que a batalha tivesse se iniciado, condenou-o à morte, por haver desobedecido à ordem. Desse ato de severidade, que bem mereceria ser qualificado de outra maneira, nasceu a expressão proverbial *Manliana imperia*, para designar as decisões nas quais os direitos da natureza são sacrificados ao rigor das leis. (Erasmo, *Adágios*)

4... Do casamento da filha de Lisandro

Lisandro, ao morrer, deixou uma filha da qual havia, algum tempo antes, acertado o casamento com um lacedemônio. Como, após a morte de Lisandro, descobriu-se que ele era muito pobre, aquele que deveria casar-se com sua filha logo procurou desvencilhar-se de sua promessa. Depois, por uma baixeza de alma bem indigna de um grego – e sobretudo de um espartano –, esquecendo o amigo que ele acabara de perder e preferindo as riquezas aos seus compromissos, disse categoricamente que não se casaria com ela. Os éforos puniram essa falta de fidelidade, condenando-o a uma multa.

5... Dos embaixadores de Atenas

Os atenienses condenaram à morte os embaixadores que tinham enviado à Arcádia – embora eles tivessem cumprido a sua missão com sucesso – apenas por um único motivo: é que eles haviam tomado um outro caminho que não aquele que lhes havia sido determinado.

6... Leis lacedemônias

As seguintes leis não são verdadeiramente dignas dos lacedemônios? Em Esparta, um homem que tivesse três filhos estava dispensado de fazer a guarda. Aquele que tinha cinco filhos estava isento de todos os encargos públicos[15]. Lá, as mulheres deviam se casar sem dote[16]. Não era permitido a nenhum cidadão exercer um ofício mecânico. Todos, no exército, eram obrigados a se vestir de

---

15 Segundo Aristóteles (*Política*, II), essa isenção era concedida aos pais que tinham quatro filhos.
16 Se é possível acreditar em Hermipus, citado por Ateneu (XIII, 1), as moças e os rapazes núbeis eram trancados num lugar escuro e cada um devia desposar aquela que o acaso o havia feito apanhar sem tê-la visto.

vermelho: considerava-se esta cor como tendo alguma coisa de mais nobre do que as outras. Acreditava-se também que o sangue que saía das feridas, dando a essa vestimenta um tom mais escuro, apresentava para o inimigo um aspecto mais capaz de assustá-lo[17].

Era proibido a qualquer lacedemônio despojar o inimigo que ele havia morto. Coroavam-se com ramos de oliveira e de outras árvores aqueles que haviam perecido combatendo valentemente: sua morte era celebrada por um elogio. Quanto àqueles que se haviam feito notar por ações extraordinárias de bravura, eles eram enterrados com distinção, cobertos com um manto vermelho.

7... Tremor de terra ocorrido em Esparta

Os lacedemônios haviam feito sair do templo de Tenara[18] alguns suplicantes que ali haviam se refugiado e, quebrando sua promessa, os haviam matado (esses suplicantes eram escravos ilotas). Netuno, encolerizado, provocou em Esparta um tremor de terra que abalou tão violentamente a cidade que ela foi inteiramente destruída, com exceção de cinco casas[19].

8... Do assassinato de Artaxerxes

O eunuco Bágoas, egípcio de origem, após ter executado o projeto que havia concebido de fazer perecer Artaxerxes Ochus[20], cortou seu corpo em pedaços e fez que ele fosse comido pelos

---

17 A razão, relatada por Valério Máximo (II, 6), para a escolha da cor escarlate, entre os lacedemônios, parece mais natural. Era, diz ele, para disfarçar a visão do sangue que saía de suas feridas, e que poderia reanimar a coragem dos inimigos.
18 Promontório da Lacônia, onde havia um templo dedicado a Netuno.
19 Esse tremor de terra fez perecerem mais de 20 mil lacedemônios. (Diodoro da Sicília, livro XI)
20 Bágoas, depois da morte de Ochus e até o reinado de Dario Codoman, exerceu na Pérsia um poder absoluto, criando reis e fazendo que eles perecessem de acordo com a sua vontade.

gatos²¹. Enterrou-se em seu lugar um outro cadáver, que foi depositado no túmulo dos reis. Acusava-se Ochus de um grande número de sacrilégios, sobretudo aqueles que ele havia cometido no Egito. Bágoas, não contente em ter-lhe tirado a vida, mandou que fossem feitos punhos de espadas com os ossos de suas coxas, para designar a crueldade homicida desse príncipe. O ódio do eunuco vinha do fato de que Artaxerxes, estando no Egito, havia – a exemplo de Cambises – matado o boi Ápis.

9... Tesouro procurado no templo de Apolo pelos délfios

Espalhou-se por Delfos o boato de que antigamente o templo de Apolo havia guardado imensas riquezas. Esse boato tinha como fundamento os seguintes versos de Homero: "A vida é mais valiosa para mim do que todas as riquezas contidas no templo de Apolo, em Pito"²². Com base nisso, os délfios puseram-se a escavar em torno do altar e do tripé²³. Porém, tendo sentido a terra tremer com violência perto do lugar onde ficava o oráculo, eles renunciaram prudentemente ao seu empreendimento.

10... Lei promulgada por Péricles

Enquanto Péricles estava à frente do governo de Atenas, ele aprovou um decreto que excluía da administração da república aqueles que não fossem nascidos de pai e de mãe cidadãos²⁴. Ele

---
21   Suidas diz que foi ele mesmo quem o comeu.
22   Esses versos são tirados da resposta de Aquiles aos emissários que haviam ido encontrá-lo, da parte dos gregos, para convidá-lo a juntar-se novamente ao exército. (*Ilíada*, livro IX, verso 404)
23   Foi Onomarco, general dos focléios, que mandou fazer esta escavação, nos tempos da guerra sagrada, imaginando encontrar as riquezas das quais Homero havia falado.
24   Péricles nada mais fez do que renovar esta lei, que havia outrora sido estabelecida por Solon.

próprio foi vítima desta lei: seus dois filhos, Paralus e Xantipo, morreram da peste. Restavam a Péricles, para assegurar sua posteridade, apenas filhos naturais[25] e a lei que ele havia estabelecido lhes interditava a entrada nos cargos públicos.

11... De Gelon querendo abdicar da autoridade suprema

Gelon, após ter vencido os cartagineses em Himera[26] e ter-se tornado senhor de toda a Sicília, apresentou-se nu, no meio da praça pública, declarando que devolvia aos cidadãos o poder soberano. Como haviam sentido que esse príncipe era mais popular do que os monarcas têm costume de ser, recusaram-se a retomar a autoridade. Em memória dessa ação de Gelon, mandaram erguer no templo de Juno, na Sicília, uma estátua que o representava nu, com uma inscrição[27] que continha a narrativa desse fato.

12... Revolução ocorrida na fortuna de Dionísio

Nunca um poder pareceu estar mais bem estabelecido do que o de Dionísio, o Jovem. Ele possuía pelo menos quatrocentos navios com cinco e seis fileiras de remos. Ele tinha sob as suas ordens 100 mil homens a pé e 9 mil a cavalo. Siracusa, cercada por uma muralha altíssima, tinha diversos portos de uma grande extensão e continha materiais para que fossem construídos ainda outros quinhentos

---

25 Só se conhece um filho natural de Péricles, que ele teve com Aspásia, e que trazia o nome do pai: ele foi um dos generais atenienses que venceram os lacedemônios nas Arginusas.
26 Gelon alcançou essa vitória no mesmo dia em que Leônidas pereceu nas Termópilas, com seus trezentos espartanos. (Diodoro da Sicília, livro XI)
27 A frase do texto pode ser entendida de outro modo: como a palavra *gramma*, que traduzi por "inscrição", significa igualmente "quadro", "uma imagem qualquer" ou mesmo "estátua", diversos comentadores pensam que é preciso tomá-la nesse sentido: então se traduziria "esta imagem", ou "esta estátua, é um monumento à generosidade de Gelon".

navios. Seus armazéns guardavam por volta de um milhão de medinas de trigo[28]. O arsenal estava guarnecido com escudos, espadas, lanças, protetores para as coxas e para as pernas, couraças e catapultas[29] (esta máquina era uma invenção de Dionísio). Esse príncipe tinha, além disso, um grande número de aliados. Tantas vantagens reunidas lhe inspiravam uma tal confiança que ele acreditara que o seu poder estava fundamentado *sobre o diamante*[30]. Porém, pouco tempo depois de ter mandado matar os seus irmãos[31], ele viu seus filhos serem assassinados diante de seus olhos, e suas filhas degoladas, depois de terem sido despojadas de suas vestes e desonradas. Nenhum daqueles a quem ele havia posto no mundo obteve uma sepultura honrosa: uns foram queimados vivos, outros cortados em pedaços e atirados no mar. Todas essas infelicidades aconteceram com Dionísio quando Dion, filho de Hiparinus, invadiu os seus estados[32]. Ele passou o resto de sua vida na mais pavorosa miséria e morreu numa idade muito avançada. Teopompo conta que seus olhos foram enfraquecendo pouco a pouco, por causa do excesso de vinho, e que ele perdeu inteiramente a visão. Então, quase sempre sentado nas lojas dos barbeiros[33], ele despertava o riso de todo mundo. Ele continuou a arrastar dessa maneira, no seio da Grécia, uma vida miserável e ignominiosa. A queda de Dionísio, que,

---

28   A medina ática continha sete alqueires romanos. (Cornélius Nepos, *Vida de Áticos*, cap. 2)
29   Máquina de guerra da qual os antigos se serviam para lançar dardos. Plínio (VII, 56) atribui sua invenção aos siro-fenícios.
30   Expressão proverbial para designar um poder estabelecido sobre fundamentos inquebrantáveis.
31   Dionísio não fez que morressem todos os seus irmãos. Um deles, Niseu, reinou após a morte de Dion. (Plutarco, *Vida de Timoleão*)
32   Eliano faz que se tenha a impressão de que os fatos que ele narra se seguiram imediatamente à usurpação de Dion. Porém, o intervalo é de pelo menos sete anos, durante os quais Calipus, Hiparinus e Niseu reinaram sucessivamente em Siracusa. (Estrabão, livro VI)
33   Já foi observado (livro III, cap. 7) que as lojas dos barbeiros eram o ponto de encontro das pessoas desocupadas.

do mais alto grau de felicidade, se viu reduzido à condição mais vil, é um exemplo bem impressionante da necessidade de se conduzir com moderação e com brandura.

13... Da tirania

É por um admirável efeito da providência dos deuses que não se vê o poder tirânico conservar-se na mesma família até a terceira geração. Ou eles abatem os tiranos com um golpe súbito, e os derrubam como pinheiros, ou o peso de seu braço recai sobre os seus filhos. Na memória dos homens não há lembrança de que tenham na Grécia existido mais do que três exemplos de tiranos que tenham transmitido o seu poder à sua posteridade: Gelon na Sicília, Leucon no Bósforo[34] e Cipselus em Corinto.

14... Conjuração contra Dario

Ouvi contar um fato que caracteriza singularmente a brandura e a humanidade de Dario, filho de Histaspe. O hircaniano Aribaze, em combinação com alguns dos persas mais distintos, conspirou contra esse príncipe. O complô deveria ser executado durante uma caçada. Dario soube disso e, longe de ficar assustado, ordenou que

---

34 Gelon e Cipselus são bastante conhecidos. Como Leucon o é bem menos – e como os comentadores dizem pouca coisa sobre ele – aventurar-me-ei a apresentar aqui alguns detalhes sobre a sua história. Leucon foi o quinto rei do Bósforo Cimeriano, desde Espartacus, o primeiro do qual se conhece o nome. Ele era filho de Sátirus I, cujo reinado, segundo Diodoro da Sicília, começou no segundo ano da 92ª olimpíada. O mesmo autor relaciona o começo do reinado de Leucon ao quarto ano da 96ª olimpíada e o final ao quarto ano da 106ª. Esse príncipe mereceu, por suas grandes qualidades e pela sabedoria de seu governo, que seus descendentes adotassem o seu nome, donde eles foram chamados de leuconianos ou de leucônidas. Ele deixou vários filhos, dentre os quais Espartacus III, que reinou depois dele durante cinco anos, e Poerisade, que sucedeu a seu irmão. Trata-se do Poerisade do qual nos resta uma medalha, sabiamente explicada por Boze, que me forneceu o essencial para esta nota. (Memórias da Academia de Belas-Letras, tomo VI)

eles se armassem e montassem nos cavalos. Depois, disse-lhes que mantivessem os seus dardos à mão. Então, lançando sobre eles um olhar altivo e ameaçador, disse-lhes:

– O que vos impede de realizar o vosso desígnio?

O ar intrépido do príncipe desconcertou os conjurados e inspirou-lhes um tal pavor que, atirando fora os seus dardos e descendo precipitadamente de seus cavalos, eles se prosternaram aos pés de Dario e entregaram-se a ele, para serem tratados como ele julgasse mais apropriado. Dario exilou-os em diferentes lugares: uns nas fronteiras da Índia e outros na Cítia. Eles nunca se esqueceram de que Dario havia poupado as suas vidas e permaneceram sempre fiéis a ele.

Livro Sétimo

◆

1... Como Semíramis chegou ao trono da Assíria

Os historiadores têm falado diversamente de Semíramis[1]. Porém, todos são unânimes em dizer que jamais se viu uma mulher mais bela, embora ela negligenciasse extremamente a sua aparência. O rei da Assíria, que a havia chamado para a corte por causa da reputação de sua beleza, logo se apaixonou por ela. Então, Semíramis implorou ao rei que lhe desse a túnica real como penhor dos sentimentos que ele lhe demonstrava, e que permitisse que ela reinasse sobre a Ásia apenas durante cinco dias, durante os quais não faria nada sem as suas ordens. Ela obteve aquilo que pedia; o próprio rei colocou-a no trono. Então, acreditando-se revestida pelo poder soberano, e certa de que tudo dependia de sua vontade, Semíramis ordenou aos guardas que matassem o rei[2]. Foi assim, de

---

1 Uns dizem que Semíramis teve por mãe a deusa Derceto, que, entre os assírios, é a mesma que Vênus; outros, que ela havia nascido em uma baixíssima condição, e que exercia o ofício de cortesã (Diodoro da Sicília, livro II). Segundo Plutarco, era síria e serva de um dos oficiais do rei.
2 Esse rei era Ninus. Segundo Justino (I, 1), Ninus não foi assassinado, e Semíramis só se apoderou do governo por causa da extrema juventude de seu filho, que o colocava fora de condições de reinar por si próprio.

acordo com o relato de Dinon[3], que Semíramis se tornou senhora da Assíria.

2... Da deliciosa vida de Straton e de Nicocles

Straton[4], rei dos sidonianos, vangloriava-se de não ter equivalente em magnificência e em luxo. Teopompo de Quio compara a vida de Straton à dos feacianos, da qual o sublime Homero fez uma pomposa descrição[5]. Esse príncipe não se contentava apenas com um cantor para alegrar os seus banquetes[6]; ele tinha ao mesmo tempo diversas cantoras hábeis, flautistas, dançarinas e cortesãs da mais extrema beleza. Havia entre ele e Nicocles de Chipre[7] uma rivalidade bem estabelecida – não sobre nenhum assunto sério, mas sobre as coisas das quais acabei de falar. Cada um deles informava-se com curiosidade, por intermédio dos estrangeiros, daquilo que se passava na corte de seu êmulo, esforçando-se para sobrepujar aquilo de que era informado. Porém, eles não desfrutaram dessa vida voluptuosa até o fim de seus dias: ambos pereceram de uma morte violenta.

---

3   Historiador que vivia no tempo de Felipe, rei da Macedônia: ele escreveu muito sobre a história dos povos orientais, particularmente sobre a dos persas. Nada mais resta das obras de Dinon.
4   Perizonius pensa que esse Straton é o mesmo príncipe que Diodoro da Sicília chama de Tenes, e que foi morto por Artaxerxes Ochus.
5   *Odisseia*, VIII, 248 etc. Os feacianos havitavam a ilha que depois foi denominada Corcira (atualmente Corfu). Eles levavam uma vida tão voluptuosa que ela se tornou proverbial entre os gregos e os latinos.
6   Eliano faz alusão ao que diz Homero: que, nos banquetes de Alcinoüs, havia apenas um cantor. (*Odisseia*)
7   Como existiram diversos Nicocles, reis de Chipre, não é fácil saber de qual deles Eliano quer falar. É, no entanto, provável que se trate de Nicocles, filho de Evágoras, do qual Isócrates louva a magnificência no Discurso que leva o seu nome.

3... Palavras de Aristipo

Aristipo[8], encontrando-se com alguns de seus amigos, que estavam mergulhados numa profunda aflição, dirigiu-lhes os discursos mais apropriados para consolá-los. Ele havia começado nos seguintes termos: "Não vim para chorar convosco, mas para enxugar vossas lágrimas."

4... Elogio do moinho

Pítaco[9] fazia um grande elogio à utilidade dos moinhos: ele insistia principalmente sobre a vantagem que tinham os moinhos de fornecer a diferentes pessoas, num pequeníssimo espaço, o meio de se exercitarem[10]. Havia uma canção peculiar que era cantada habitualmente quando se girava a mó. Ela se chama *epimilia* ("canção do moinho")[11].

5... Ulisses e Aquiles ocupavam-se algumas vezes de trabalhos manuais

Ulisses, ao retornar de suas viagens, encontrou seu pai Laertes, que já estava muito velho, trabalhando com as suas mãos e podando uma árvore[12]. Ulisses gabava-se de ser habilidoso em muitas coisas e de saber executá-las com as suas mãos:

---

8   Aristipo era cirenaico. Embora discípulo de Sócrates, ele tinha uma maneira de pensar bem diferente da de seu mestre. Ele temia a dor e a tristeza, e fazia a felicidade consistir na volúpia.
9   Um dos sete sábios da Grécia, tirano de Mitilene.
10 Ou então de fornecer, num pequeníssimo espaço, o meio de realizar diferentes exercícios.
11 É aparentemente aquela que Plutarco nos conservou no *banquete dos sete sábios* (cap. 14), e que talvez seja a única desse gênero que nos resta. Ei-la aqui: "Mói, moenda, mói; porque Pítaco, que reina na augusta Mitilene, gosta de moer."
12 Homero, *Odisseia*, último livro.

– Que ninguém – dizia ele – tenha a pretensão de me igualar no trabalho, seja quando se trata de fazer uma fogueira ou quando for necessário cortar madeira[13].

Ele construiu sozinho, e sem a ajuda de nenhum carpinteiro, um pequeno barco[14]. Aquiles, que tinha Júpiter como antepassado, não desdenhou cortar ele mesmo as carnes para preparar o banquete aos embaixadores que os gregos haviam lhe enviado[15].

6... Resposta de um cita a respeito do frio

Um dia, quando caía muita neve, o rei[16], vendo um cita que estava nu, perguntou-lhe se ele não sentia frio. O cita, por sua vez, perguntou-lhe se ele sentia frio em seu rosto. Quando o rei lhe respondeu que não, o cita retrucou:

– Pois então! Nem eu tampouco, porque sou todo rosto.

7... Palavras de Piteias sobre Demóstenes

Pitéias[17], querendo ridicularizar Demóstenes, dizia que as suas composições tinham o cheiro de óleo de lâmpada. Isso porque este orador passava toda a noite em claro, a fim de compor e gravar em sua memória os discursos que ele devia pronunciar nas assembleias dos atenienses.

---

13 Homero, *Odisseia*, XV, 320.
14 Ulisses estava então na ilha de Calipso. (*Odisseia*, V, 242)
15 *Ilíada*, I, 206.
16 Este rei é aparentemente o rei da Pérsia, que é muitas vezes chamado simplesmente de "rei" pelos autores gregos.
17 Orador, sempre em oposição a Demóstenes, e cujos costumes eram suspeitos – o que fazia que dissessem a Demóstenes que sua lanterna e a de Piteias não iluminavam as mesmas ações.

8... Dor que Alexandre sentiu com a morte de Heféstion

Quando Heféstion foi morto, Alexandre fez que fossem lançadas algumas armas na pira que havia sido preparada para ele[18]: ele juntou a elas ouro, prata e uma túnica considerada de grande valor entre os persas[19], para serem entregues às chamas com o cadáver. A exemplo do Aquiles de Homero, e segundo aquilo que conta o poeta acerca desse herói[20], Alexandre fez que fossem cortados os cabelos de seus mais valentes capitães, e ele próprio cortou os seus[21]. Sua dor, mais violenta e mais impetuosa que a do filho de Peleu, o levou ainda mais longe: ele fez que fossem arrasados a cidadela e os muros de Ecbátana. Tudo aquilo que Alexandre havia feito até então, sem excetuar o sacrifício de sua cabeleira, estava bem de acordo com os costumes gregos. Porém, uma dor que leva a derrubar muralhas pertence aos costumes bárbaros. No excesso de sua aflição e de sua ternura para com seu amigo, esse príncipe abandonou suas vestes reais. Ele acreditava que tudo era permitido ao seu desespero.

Heféstion morreu em Ecbátana: os preparativos que haviam sido feitos para honrar os seus funerais serviram, dizem, para os de Alexandre[22], que terminou sua carreira antes de ter encerrado o luto por Heféstion.

---

18 Era costume, entre os antigos, atirar as armas nas piras funerárias dos guerreiros ou enterrá-las em suas tumbas.
19 Podemos conjecturar, pelo que o próprio Eliano diz, um pouco mais adiante, que se tratava da própria túnica de Alexandre.
20 Aquiles, nos funerais de Pátroclo, fez que seus soldados cortassem os cabelos para cobrir com eles o corpo de seu amigo. Ele mesmo, depois de ter cortado os seus, colocou-os nas mãos de Pátroclo. (Homero, Ilíada, XXIII, 135, 141 etc.)
21 Alexandre também fez que seus cavalos e suas mulas fossem tosados. (Plutarco)
22 Arriano (livro VII) conta que haviam mandado trazer da Grécia, para adornar a pompa fúnebre de Heféstion, 3 mil pessoas, tanto comediantes quanto atletas, que foram utilizados para celebrar os jogos em torno do túmulo de Alexandre.

9... Da mulher de Focion

Será que já houve um mais belo exemplo de modéstia e de simplicidade? Quanto a mim, não conheço nenhum. Estou falando da mulher de Focion. Ela não tinha outra vestimenta além do manto de seu marido. Ela não precisava nem de túnicas cor de açafrão[23], nem desses brocados que são fabricados em Tarento[24], nem de mantos alinhavados com arte, nem de mangas bufantes, nem de ligas, nem de véus da cor do fogo e nem de túnicas coloridas. Ela estava envolvida em sua modéstia e se mantinha acima, indiferentemente, de tudo aquilo que se apresentava.

10... Da mulher de Sócrates

Como Xantipa desdenhasse usar o manto de seu marido, para assistir a uma festa, Sócrates lhe disse:

— Você vai lá, portanto, menos para ver do que para ser vista.

11... Calçados das mulheres romanas

A maior parte das mulheres romanas usava o mesmo tipo de sapatos que os seus maridos[25].

12... Palavras de Lisandro ou de Filipe

"É preciso entreter as crianças com dados e os homens com juramentos." Essas palavras são atribuídas a Lisandro por alguns e, por outros, a Filipe, rei da Macedônia. De qualquer lado que elas

---

23 Essa túnica se chamava crocetos.
24 Os tarentinos, que a opulência havia arrastado para o luxo e para a moleza, haviam inventado essa espécie de tecidos, que eram finos, leves e normalmente de cor púrpura.
25 As mulheres mais delicadas usavam uma espécie de calçado chamado de sandálias. Cf. o cap. 18 do livro I.

venham, não me parecem justas. Não se deve achar estranho que eu e Lisandro não aprovemos as mesmas coisas. Sua inclinação natural o levava à tirania e eu revelo bastante bem minha maneira de pensar censurando a sua máxima.

13... Palavras de Agesilau

Agesilau, rei da Lacedemônia, numa idade bastante avançada, aparecia quase sempre em público já bem cedo, e mesmo durante o inverno, sem roupas e descalço, envolto num manto velho. A alguém que o repreendeu um dia, porque ele conservava por demasiado tempo as vestimentas da juventude, Agesilau respondeu:

– É um exemplo que dou aos nossos jovens. Eles têm os olhos fixos em mim, como os potros sobre um cavalo adulto.

14... Dos filósofos guerreiros e dos filósofos políticos

Seria possível duvidar de que existiram alguns filósofos que foram excelentes na arte da guerra? Quanto a mim, eu não duvido. Os tarentinos elegeram por seis vezes Arquitas como seu general, Melisso comandou a frota dos samianos[26], Sócrates participou de três campanhas[27], Platão esteve presente nos combates de Tanagra e de Corinto. Diversos autores têm falado elogiosamente das façanhas militares de Xenofontes e daquilo que ele fez quando era general: ele próprio nos fala sobre isso em sua história de Ciro. Dion, filho de Hiparinus, destronou Dionísio, o Tirano[28]; Epaminondas, à frente dos beócios, venceu os lacedemônios em Leuctres e foi o

---

26 Melisso, nascido na ilha de Samos: ele venceu os atenienses num combate naval e logo depois foi vencido por Péricles. (Plutarco, *Vida de Péricles*)
27 Cf. o cap. 17 do livro III.
28 Idem.

maior dos homens produzidos por Roma e pela Grécia. Quanto a Zenão[29], ele prestou grandes serviços à república de Atenas nos desentendimentos que ela teve com Antígono. Pouco importa que alguém se torne útil à sua pátria pelos conselhos ou pelas armas.

15... Como os mitilenianos puniram a defecção de seus aliados

Os mitilenianos, tornando-se os senhores do mar, puniram a defecção de seus aliados proibindo que eles instruíssem suas crianças nas letras e na música. Eles acreditavam não poder castigá-los mais rigorosamente do que os condenando a viver na ignorância[30].

16... Da fundação de Roma

Roma foi erguida pelos dois irmãos Remo e Rômulo, filhos de Marte e de Sérvia[31], que descendia de Eneias.

17... Chegada de Eudoxo à Sicília

Eudoxo[32], em sua chegada à Sicília, foi acolhido com a maior solicitude por Dionísio, que não parava de agradecê-lo pela visita que lhe fazia. O filósofo, sem adular o tirano e sem usar de subterfúgios, disse-lhe:

– Eu venho à vossa casa como à casa de um homem que exerce generosamente a hospitalidade, e a uma casa que alojou Platão.

---

29   Zenão, discípulo do filósofo Crates. Ele era amigo de Antígono, rei da Macedônia, de quem se trata aqui.
30   Isso deve se referir ao tempo em que os mitilenianos, sob o comando de Pítaco, venceram os atenienses e se apoderaram da Troade, onde construíram um grande número de cidades que os atenienses lhes arrebataram em seguida, durante a guerra do Peloponeso. (Estrabão, livro XIII)
31   Eliano talvez seja o único que dá esse nome à mãe dos fundadores de Roma: ela é conhecida como Réa Sílvia.
32   Eudoxo, nascido em Cnido, foi um dos principais discípulos de Platão.

Isso era o mesmo que dar a entender a Dionísio que não era ele, mas Platão, que tinha sido o motivo de sua viagem.

18... Dos egípcios e das mulheres indianas

Louva-se a resistência dos egípcios à dor. Um egípcio – segundo dizem – preferiria morrer entre tormentos a ter que revelar um fato. Entre os hindus, as mulheres têm a coragem de se lançar nas chamas que consomem o corpo de seus maridos. Porém, como todas as mulheres de um mesmo homem disputam entre si a honra de segui-lo na fogueira, é a sorte que decide entre elas, e aquela a quem a sorte favoreceu é queimada junto com seu marido.

19... Estratagema de Solon, comandando o exército ateniense

Numa guerra que os atenienses empreenderam por causa de Salamina, Solon, que comandava o seu exército, apoderou-se de dois navios megáricos. Logo ele fez que neles embarcassem alguns capitães atenienses, com ordem para que seus soldados vestissem as armaduras dos inimigos. Graças a esse ardil, Solon entrou em seus portos e fez que fosse degolado um grande número de habitantes que encontrou desarmados. Essa não foi a única vantagem que obteve sobre os megáricos: ele triunfou sobre eles ao convencê-los, não pela eloquência de seus discursos, mas através de provas de fato, de que eles não tinham nenhum direito sobre Salamina. Ele fez que fossem abertos os túmulos antigos. Então, viu-se que todos os atenienses tinham o rosto voltado para o poente, segundo o costume de seu país[33], enquanto os megáricos eram enterrados ao acaso e sem precaução. Os lacedemônios foram admitidos como juízes nessa desavença.

---

33   Era o mesmo que provar que Salamina havia outrora pertencido aos atenienses. Diógenes Laércio, que relatou o mesmo fato, diz que os atenienses estavam voltados para o lado do Oriente. (*Vida de Solon*)

20... Palavras de Arquidamus, a respeito de um velho de Céos

Viu-se um dia chegar a Esparta um habitante da ilha de Céos. Era um velho presunçoso e vão que, para ocultar sua idade – como se isso fosse uma coisa vergonhosa –, tinha uma grande preocupação de disfarçar seus cabelos brancos por intermédio de uma tintura que aplicava neles. Tendo-se apresentado à assembleia do povo para expor o motivo de sua viagem, foi observada a cor falsa que ele havia dado à sua cabeleira. Então, Arquidamus, rei da Lacedemônia, levantando-se, disse:

– Será possível confiar naquilo que é dito por um homem que anuncia por si mesmo a falsidade de sua alma pela de sua cabeça?

Ele destruía, assim, o discurso do ceano, fazendo que se suspeitasse da sinceridade de seu coração com base em sua aparência exterior.

21... Do desejo que César e Pompeu tinham de se instruir

César e Pompeu não desdenharam frequentar a escola – o primeiro a de Ariston[34] e o outro a de Crátipo[35]. No grau de poder ao qual haviam chegado, eles não acreditavam diminuir a sua grandeza escutando homens que poderiam lhes ser úteis e mesmo solicitando a eles que consentissem em auxiliá-los, quando tinham necessidade de suas luzes. É porque César e Pompeu ficavam menos impressionados com a autoridade soberana do que com a glória de saber fazer um bom uso dela.

---

34 Existe uma grande possibilidade de que este Ariston seja o mesmo que Plutarco diz ter sido o mestre e amigo de Brutus. (Plutarco, *Vida de Brutus*)

35 Pompeu, depois da batalha de Farsália, tendo ido a Mitilene, pátria de Crátipo, assistiu às lições desse filósofo. Crátipo teve também o filho de Cícero como discípulo.

Livro Oitavo

❖

1. Do demônio de Sócrates[1]

Sócrates, falando um dia com Teages, Demódoco e vários outros, acerca do demônio que sempre o acompanhava, disse-lhes: "Esse demônio é uma voz divina, que muitas vezes o destino me faz escutar. Quando ele atinge os meus ouvidos, é sempre para me impedir de agir, sem nunca me levar a agir. Do mesmo modo, se ocorre de escutá-la quando algum dos meus amigos vem me comunicar um projeto, concluo disso que o deus não aprova o desígnio que está em questão. Eu tomo para mim o conselho, comunico-o àquele que me consultou e, submisso à voz divina, desvio meu amigo daquilo que ele queria fazer". "Eu posso", acrescentou ele, "vos citar, como testemunha daquilo que disse, Cármides, filho de Glaucon[2]. Ele veio perguntar-me, um dia, se devia disputar o prêmio nos jogos nemeianos[3]. Mal começou a me falar, eu escutei a voz, e então

---

1 Esse capítulo encontra-se quase que por inteiro no diálogo de Platão intitulado Téages, um daqueles que foram traduzidos por André Dacier.
2 Cármides, um dos discípulos e amigos de Sócrates, foi morto no combate que Trasíbulo, à frente dos exilados de Atenas, deu aos trinta tiranos.
3 Um dos quatro grandes jogos da Grécia. Eles eram celebrados a cada três anos, perto da cidade de Nemeia, no Peloponeso.

tratei de dissuadi-lo de seu projeto, sem esconder dele a razão disso. Porém, Cármides não acreditou em mim e sua teimosia teve um mal resultado."

2... De Hiparco, filho de Pisístrato, e de seu amor pelas letras

Hiparco, o filho mais velho de Pisístrato, era o mais sábio de todos os atenienses. Foi ele quem primeiro trouxe para Atenas os poemas de Homero[4], e que obrigou os rapsodos a cantá-los nas Panateneias[5]. Hiparco, para atrair para a sua corte Anacreonte de Téos, enviou-lhe um navio com cinquenta remos. Ele acolhia Simônides de Céos com tanta solicitude que o fixou junto de si – o que só ocorreu, sem dúvida, à custa de presentes e gratificações, porque não é possível negar que Simônides gostava de dinheiro[6]. Hiparco considerava uma questão de honra tratar os sábios com todos os tipos de manifestações de respeito. Ele queria, através de seu exemplo, inspirar nos atenienses o gosto pela ciência, e pensava acima de tudo em tornar melhor o povo que ele governava. Por um princípio de justiça e bondade, ele pensava que não se devia invejar nos outros os meios de aperfeiçoar a sua razão. Sabemos de tudo isso por intermédio de Platão, se é que é possível atribuir a ele o diálogo intitulado *Hiparco*[7].

---

4 É bastante difícil conciliar Eliano com ele próprio. Ele diz (no capítulo 14 do livro XIII) que foi Pisístrato quem organizou as obras de Homero e que as dividiu em duas partes: a *Ilíada* e a *Odisseia*. A menos que seja necessário entender que Hiparco, em sua juventude, levou as poesias de Homero para Pisístrato, que efetuou a sua divisão.
5 Diógenes Laércio (*Solon*, n. 57) diz que Solon foi o primeiro a fazer que os versos de Homero fossem cantados nas festas públicas.
6 Simônides foi o primeiro que se fez pagar pelas suas obras.
7 O interlocutor do diálogo atribuído a Platão não é o Hiparco, filho de Pisístrato, mas um outro Hiparco, contemporâneo de Sócrates.

3... Costume singular da Ática

Os atenienses, numa determinada festa, imolavam um boi. Era costume que todos aqueles que fossem considerados como tendo tomado parte na morte do animal fossem, um após o outro, acusados e absolvidos[8]; até que chegasse a vez do cutelo, que era o único condenado como tendo realmente matado o boi. O dia em que era realizada esta cerimônia era chamado de festa das *Diipolias* ou das *Bufonias*[9].

4... Luxo ridículo de Poliarco

Conta-se que o ateniense Poliarco, por um ridículo excesso de luxo, fazia que fossem enterrados publicamente os cães e os galos que o haviam divertido durante a sua vida e que seus funerais, para os quais ele convidava os seus amigos, eram celebrados com magnificência. Ele mandava construir para esses queridos animais colunas sepulcrais, carregadas de inscrições em sua homenagem[10].

---

8   Porfírio (*De abstinentia*, II, 30) nos informa como se realizava esse processo. Primeiramente, dirigia-se a acusação contra as moças que haviam trazido a água para molhar a pedra sobre a qual era afiado o cutelo. As moças lançavam a culpa sobre aquele que havia afiado o cutelo e este sobre o homem que havia ferido o boi. O homem lançava a culpa sobre o cutelo que, sendo assim o único culpado, era atirado no mar.

9   Diipolias, porque eram celebradas em honra de Júpiter, guardião da cidade. Bufonias, porque nelas se sacrificava um boi.

10 Era assim que o imperador Adriano mandava erguer túmulos para os cães e os cavalos que ele amava. Alexandre fez magníficos funerais para Bucéfalo e construiu, em torno de seu túmulo, uma cidade, à qual ele deu o nome desse cavalo (Bucefália). É assim que, em nossos dias, uma ilustre dama mandou erigir, no jardim de seu palácio, um mausoléu para a sua gata, com a seguinte inscrição, tantas vezes citada:

> *Aqui jaz uma linda gata;*
> *Sua dona, que nada ama,*
> *Ama-a até à loucura.*
> *Por que dizê-lo? Vê-se-o bem.*

5... De Neleu e de Medron, filhos de Codrus

Neleu, filho de Codrus, vendo-se excluído do governo de Atenas – que a Pítia havia concedido a Medon[11] –, embarcou para ir fundar uma nova colônia. Uma violenta tempestade, que o atingiu durante o caminho, forçou-o a fazer uma escala em Naxos, onde os ventos contrários o retiveram contra a sua vontade. Na inquietude que lhe causava esse contratempo, ele recorreu aos adivinhos. A resposta deles foi que, entre aqueles que o acompanhavam em sua viagem, vários tinham as mãos sujas e era necessário purificar o exército. Então, Neleu fingiu ter necessidade de ser purificado pelo assassinato de uma criança que ele dizia ter matado. Ele se separou da tropa, como impuro, e retirou-se sozinho para um local afastado, exortando aqueles cuja consciência estivesse carregada com algum crime a fazer a mesma coisa. Acreditaram nele, e os próprios culpados se traíram. Quando ele os identificou, deixou-os na ilha de Naxos, onde eles se fixaram. Quanto a Neleu, ele foi para a Jônia, onde se estabeleceu primeiramente em Mileto, depois de ter expulsado os carianos, os migdonianos, os leleges e outros povos bárbaros, que haviam dado seus nomes a doze cidades dessa região (ou seja: Mileto, Éfeso, Eritres, Clazomene, Priene, Lebedos, Téos, Colofão, Mius, Foceia, Samos e Quio). Em seguida, ele fundou diversas outras cidades no continente.

6... Ignorância dos bárbaros

Afirma-se que os antigos trácios não conheciam o uso das letras. É verdade que todos os bárbaros da Europa, em geral, conside-

---

11 Medon foi o primeiro arconte perpétuo de Atenas: seu irmão Neleu disputou com ele esta dignidade. Porém, a Pítia concedeu-a a Medon. Ele teve doze sucessores, chamados de medontides, após os quais o arcontado se tornou decenal. Em seguida, a duração foi restrita a um único ano.

ravam como uma coisa vergonhosa saber servir-se delas. Os da Ásia não pensavam totalmente da mesma maneira. Ousou-se dizer que não era possível que Orfeu tivesse sido um sábio, já que ele havia nascido na Trácia, e que a fábula havia criado para ele uma falsa reputação. Eu falo de acordo com Androtião[12]: resta examinar se Androtião é digno de fé, no capítulo acerca da ignorância dos trácios.

7... Das núpcias de Alexandre

Quando Alexandre venceu Dario, ele se ocupou do cuidado de celebrar as suas bodas e as de vários de seus amigos. Os recém-casados eram em número de noventa e foi preparada a mesma quantidade de leitos nupciais. No local destinado para o festim, foram montados cem leitos com mesas, cujos pés eram de prata – e o do rei tinha os pés de ouro. Todos estavam ornamentados com tapetes de púrpura, tingidos com diferentes cores, e tecidos preciosos, trabalhados pelos bárbaros. Alexandre admitiu em sua mesa alguns estrangeiros, que estavam ligados a ele por um direito especial de hospitalidade, e fez que eles ficassem de frente para ele. Todos os guerreiros, a pé ou a cavalo, e todos os marinheiros tiveram mesas no vestíbulo do palácio, assim como os gregos que se encontravam na corte, como enviados das cidades ou como viajantes. Nesse banquete, tudo se fazia ao som das trombetas: tocava-se uma música para reunir os convivas e uma música diferente para anunciar a saída da mesa. As festas duraram cinco dias consecutivos. Alexandre havia chamado alguns músicos, um grande número de atores – tanto cômicos quanto trágicos – e alguns saltimbancos indianos de uma destreza surpreendente, que pareciam levar vantagem sobre os das outras nações[13].

---

12 Androtião havia escrito uma história de Atenas, desde a origem desta cidade até o tempo dos trinta tiranos. Os escoliastas o citam muitas vezes de forma elogiosa. Restam apenas alguns fragmentos esparsos de sua obra.
13 Esse capítulo se encontra por inteiro em Ateneu (XII, 9), que relata esse episódio de acordo com o historiador Chares – com a única diferença de que, segundo

8... Da arte da pintura

Mal a arte da pintura havia nascido – ela estava, pelo menos, ainda no berço, se ouso exprimir-me assim, envolvida em seus cueiros – quando Conon[14] de Cleones soube levá-la à sua perfeição. Aqueles que a haviam exercido antes dele não tinham talento nem gosto. Assim, as obras de Conon foram mais bem pagas do que haviam sido as de seus predecessores.

9... De Arquelau, rei da Macedônia

Arquelau, tirano da Macedônia (é o título que lhe confere Platão[15], e não o de rei), amava apaixonadamente Cratevas[16], que, de sua parte – se é permitido que falemos assim –, não era menos apaixonado pelo trono de Arquelau. Na esperança de suceder ao tirano, e de tirar proveito das vantagens da tirania, Cratevas assassinou-o. Porém, mal ele havia passado três ou quatro dias desfrutando seu poder, outros ambiciosos planejaram e executaram o projeto de degolá-lo. Esse episódio da história da Macedônia me recorda um antigo verso, cuja aplicação aqui é bem natural: "Aquilo que um homem faz para a perda do outro, muitas vezes prepara a sua própria perda"[17]. Dizem, na verdade, para justificar Cratevas, que Arquelau havia lhe faltado com a palavra, fazendo que um outro desposasse uma de suas filhas, que ele havia lhe prometido em casamento.

Ateneu, os saltimbancos não eram indianos, mas todos de origem grega. Ele nos conservou até mesmo os seus nomes: Scimnos de Tarento, Filistides de Siracusa e Heráclides de Mitilene.

14 Em vez de Conon, é bem possível que tenhamos de ler Cimon de Cleones, do qual Plínio fala de maneira elogiosa. (livro XXXV, cap. 8)
15 Platão dá o nome de tirano a Arquelau, por causa de sua crueldade. Esse capítulo foi quase inteiramente extraído do Segundo Alcibíades de Platão.
16 Diodoro da Sicília e vários outros autores chamam esse jovem de Craterus.
17 O mesmo pensamento se encontra expresso quase nos mesmos termos por diferentes autores, que parecem todos tê-lo extraído de Hesíodo. (*Os trabalhos e os dias*, verso 263)

10... De Solon

Foi a livre escolha dos atenienses, e não a sorte, que elevou Solon à dignidade de arconte. Depois de sua eleição, ele se ocupou do cuidado de embelezar a cidade e, sobretudo, de dar-lhe leis, que ainda hoje são respeitadas. As leis de Dracon caíram, então, em desuso, com exceção daquelas que dizem respeito ao homicídio.

11... Do definhamento sucessivo de todos os seres

Não devemos nos espantar que o homem – que não nasce senão para morrer, depois de uma vida de curtíssima duração – definhe a cada dia[18], já que se vê os rios secarem e as mais altas montanhas diminuírem perceptivelmente. Os navegadores asseguram que não se percebe mais o Etna de tão longe como antigamente e dizem o mesmo do monte Parnaso e do Olimpo de Piéria[19]. Aqueles que observam mais atentamente a natureza pensam mesmo que o mundo tende à sua dissolução.

12... De Demóstenes e de Ésquines, de Teofrasto e de Demócares

Uma coisa extraordinária – mas que, nem por isso, é menos verdadeira – é que Demóstenes, tendo ido numa embaixada até a corte de Filipe, rei da Macedônia, perdeu a memória ao pronunciar o seu discurso, enquanto Ésquines, filho de Atrometeu, de Cotoce[20], eclipsando pela sua ousadia todos os seus colegas de embaixada, granjeava a mais gloriosa reputação entre os macedônios. É necessá-

---

18 Homero já se lastimava pelo fato de que os homens de seu tempo não eram nem tão grandes nem tão fortes quanto aqueles que os haviam precedido. (Plínio, VII, 16)
19 Eram conhecidas até seis montanhas com o nome de Olimpo. O monte Olimpo de que Eliano está falando estava situado na Piéria, perto do rio Peneu.
20 Nome de uma localidade da Ática.

rio convir que Ésquines era encorajado pela certeza de ser agradável a Filipe, que o havia cumulado de presentes. Esse príncipe, com efeito, gostava de escutá-lo, e seus próprios olhares denunciavam sua benevolência para com o orador. Disposições tão favoráveis eram, para Ésquines, motivos para ter confiança e um poderoso impulso para que ele soltasse a sua língua. De resto, o eloquente Demóstenes não foi o único a quem aconteceu uma tal infelicidade. Teofrasto de Ereso passou pela mesma coisa no areópago e, como ele alegasse como desculpa a perturbação que havia tomado conta dele por causa do respeito que lhe inspirava uma tão augusta assembleia, Demócares[21] imediatamente retrucou com azedume: "Teofrasto, esta assembleia era composta pelos atenienses, e não pelos doze grandes deuses."

13... Personagens que jamais riram

Anaxágoras de Clazomene nunca foi visto rindo, nem mesmo sorrindo. Aristoxeno[22] foi um inimigo declarado do riso. Quanto a Heráclito, sabe-se que os diferentes acontecimentos da vida eram, para ele, motivos para chorar.

14... Morte de Diógenes

Diógenes de Sinope, sentindo-se atacado por uma doença mortal, foi deitar-se sobre uma ponte vizinha ao ginásio. Ele pediu insistentemente àquele a quem estava confiada a guarda do ginásio que o atirasse no rio Ilissus[23] logo que ele tivesse deixado de respirar – de tal modo ele considerava com um olhar indiferente a morte e as honras da sepultura.

---

21 Cf., sobre Demócares, o cap. 7 do livro III.
22 Discípulo de Aristóteles.
23 Como se sabe que Diógenes morreu em Corinto, e que o Ilissus é um rio da Ática, é preferível ler, como Perizonius – seguindo Diógenes Laércio –, o Elissus ou, antes, o Elisson, que Pausânias (II, 12) localiza nos arredores de Corinto.

15... Precaução de Filipe contra o orgulho inspirado pela vitória

Filipe, depois de sua vitória sobre os atenienses em Queroneia, embora vaidoso com os seus êxitos, permaneceu sempre senhor de si mesmo, e só usou de seu poder com moderação[24]. Ele pensou que, para conservar-se com essa disposição, seria bom que, todas as manhãs, alguém lhe lembrasse de que ele era apenas um homem: ele encarregou dessa função um de seus escravos. A partir desse tempo, Filipe jamais aparecia em público nem concedia audiência a ninguém antes que o escravo lhe tivesse gritado por três vezes: "Filipe, vós sois um homem!".

16... De Solon e de Pisístrato

Quando Pisístrato, numa assembleia dos atenienses, pediu que lhe dessem uma guarda, Solon, filho de Execéstides, já velho, suspeitou que isso tinha a aparência de tirania. Porém, observando que os conselhos que dava eram ouvidos sem interesse, e que o favor do povo estava com Pisístrato, Solon disse aos atenienses:

– Dentre vós, alguns não percebem que, ao concederem uma guarda a Pisístrato, farão dele um tirano. E os outros, prevendo as consequências de seu pedido, não ousam se opor a isso: quanto a mim, eu sou mais clarividente que os primeiros e mais corajoso que os segundos.

No entanto, Pisístrato obteve aquilo que desejava e chegou à tirania. Desde esse tempo, Solon, sentado na porta de sua casa, segurando com uma das mãos sua lança, e com a outra o seu escudo, não cessava de dizer:

– Peguei em armas para defender a pátria enquanto eu podia: se minha idade já não me permite mais marchar à frente de seus exércitos, meu coração, pelo menos, combaterá por ela.

---

24 Essa moderação de Filipe não o impediu de violar a promessa que havia feito aos gregos, de não escravizá-los. (Cf. o cap. 1 do livro VI)

Quanto a Pisístrato – seja por respeito pela sabedoria desse grande homem, seja pela terna lembrança da amizade (um tanto suspeita ou, pelo menos, equívoca) que Solon havia tido por ele em sua juventude –, ele jamais fez que Solon provasse de seu ressentimento.

Pouco tempo depois, Solon morreu numa extrema velhice[25], deixando para a posteridade a reputação da mais alta sabedoria e da coragem mais inquebrantável. Os atenienses ergueram para ele, na praça pública, uma estátua de bronze, e o enterraram solenemente, nas portas da cidade, perto dos muros, à direita de quem entrava, e fizeram uma cerca de pedra em torno de seu túmulo.

17... De Citos, rei dos zancleanos

Citos, rei dos zancleanos[26], tendo-se retirado para a Ásia, foi recebido por Dario, e mereceu ser considerado como o mais virtuoso dos gregos que já tinham sido vistos na corte da Pérsia. Isso porque, tendo obtido desse príncipe a permissão para fazer uma viagem à Sicília, ele voltou para a sua corte, como havia prometido – enquanto Demócedes de Crotona não havia agido da mesma maneira[27]. Assim, Dario falava de Demócedes como do mais falso e do

---

25 Os historiadores não estão de acordo quanto ao local e à ocasião da morte de Solon: Diógenes Laércio diz que ele morreu em Chipre, e que, após terem cremado o seu corpo, espalharam as suas cinzas na ilha de Salamina. Plutarco assegura, ao contrário, que Solon permaneceu sempre em Atenas e desfrutou constantemente de uma grande consideração junto a Pisístrato. Ele trata como fábula a história de suas cinzas espalhadas pela ilha de Salamina.

26 Lê-se no texto "Citos, da cidade de Inicum". É um erro no qual Eliano incorreu por ter copiado infielmente esse trecho da história de acordo com o livro VI de Heródoto (caps. 23 e 14): lá ele havia lido que Citos, tendo sido aprisionado por Hipócrates, tirano de Gela, e confinado em Inicum, evadiu-se dessa cidade, chegou a Himera e de lá fugiu para a Ásia. Ele acreditou que o lugar de onde Citos escapou costumava ser o de sua residência habitual.

27 Demócedes, médico competente, esteve inicialmente ligado a Polícrates, tirano de Samos, que foi morto pelo sátrapa Oretes. Então, Demócedes tornou-se escravo

mais perverso dos homens. Citos viveu na abundância, entre os persas, e ali morreu numa idade bastante avançada.

18... De Eutimo e do gênio de Têmeses

Conta-se algumas coisas prodigiosas acerca da força do corpo de Eutimo, célebre atleta nascido entre os locrianos da Itália[28]. Seus compatriotas exibem ainda uma pedra de um enorme tamanho, que ele carregou sozinho e colocou diante das portas da cidade. Havia, nos arredores de Têmeses, um gênio[29] que forçava os habitantes a lhe pagarem tributo. Eutimo libertou-os dele. Tendo encontrado um meio de penetrar no templo que era habitado por esse gênio (templo inacessível para qualquer outro), ele o combateu e o obrigou a devolver mais do que havia tomado. Foi depois dessa aventura que se passou a dizer proverbialmente, daqueles que não tiram proveitos de seus ganhos, "Que eles experimentam a mesma sorte do gênio de Têmeses." Dizem que Eutimo, tendo um dia ido até a beira do rio Cécines, que passa perto da cidade dos locrianos, não mais reapareceu[30].

---

do sátrapa. Algum tempo depois, Dario, filho de Histaspe, tendo deslocado o pé enquanto caçava, foi curado por Demócedes, assim como a rainha Atossa (que tinha uma ferida no seio). Essas duas curas valeram a Demócedes consideráveis presentes, e a permissão de fazer uma viagem à Grécia, com a promessa de retornar. Porém, logo que Demócedes se viu em Crotona, recusou-se a voltar. Dario nunca lhe perdoou esta infidelidade. (Heródoto, III, 126-137)

28 Eutimo foi, várias vezes, vencedor nos jogos olímpicos. Ele viveu no tempo de Xerxes.
29 Os temesianos acreditavam que esse gênio era um dos companheiros de Ulisses, chamado Polizes ou Alibante, que os habitantes da região haviam matado para vingar a honra de uma de suas jovens, que ele havia ultrajado. A fim de apaziguá-lo, eles lhe dedicaram um templo, seguindo as ordens do oráculo, e de tempos em tempos entregavam-lhe uma de suas mais belas moças. Foi para defender uma dessas vítimas, por quem Eutimo havia se apaixonado, que ele combateu o gênio. (Pausânias, *Eliac.*, II, 6; e Suidas)
30 Este acontecimento fez que se acreditasse que ele era filho do rio Cécines. (Pausânias, *Eliac.*, II, 6)

19... Epitáfio de Anaxágoras

Assim era o epitáfio que foi gravado sobre o túmulo de Anaxágoras[31]: "Aqui jaz Anaxágoras, que, elevando-se até as mais sublimes especulações, penetrou no segredo da ordenação dos céus." Foram dedicados a ele dois altares: um em nome da *Inteligência*[32] e o outro em nome da *Verdade*.

---

31 O túmulo de Anaxágoras era em Lâmpsaco.
32 Anaxágoras foi chamado de "a inteligência", porque ele foi o primeiro que admitiu a influência de um espírito para mover e organizar a matéria. (Diógenes Laércio, *Vida de Anaxágoras*)

Livro Nono

◆

1... Caráter de Hierão

Hierão de Siracusa gostava singularmente dos gregos e dava uma grande importância à ciência. Naturalmente liberal, ele estava sempre mais pronto para dar do que aqueles que pediam estavam com pressa de receber. Sua alma era demasiado elevada para rebaixar-se até a desconfiança. Ele vivia com seus três irmãos na mais íntima união; união recíproca, que nunca foi perturbada pelas suspeitas.

Simônides e Píndaro passaram com Hierão uma parte de suas vidas: o primeiro, embora já lhe pesassem os anos, não havia hesitado em ir para a sua corte. A reputação de generosidade que o tirano de Siracusa havia adquirido com tanta justiça era um poderoso atrativo para o velho de Céos que, segundo dizem, amava apaixonadamente o dinheiro[1].

2... Da vitória de Tauróstenes

Alguns escritores contam[2] que, no mesmo dia em que Tauróstenes alcançou a vitória nos jogos olímpicos, seu pai foi avisado dis-

---
1 Cf. o cap. 2 do livro VIII.
2 Pausânias, *Eliac.*, II, 9.

so por um espectro que lhe apareceu. Outros dizem que Tauróstenes havia levado consigo um pombo, cujos filhotes recentemente chocados ainda não tinham criado penas. Tendo-o soltado no momento em que foi declarado vencedor, depois de ter amarrado em seu pescoço um pedaço de tecido púrpura, o pombo voou para os seus filhotes com tanta rapidez que, num dia, viajou de Pisa a Égina[3].

3... Luxo de Alexandre

Pode-se dizer que foi o próprio Alexandre quem efeminou seus favoritos, tolerando que eles se entregassem ao luxo. Agnon usava sapatos guarnecidos com pregos de ouro[4]. Quando Clito tinha de falar sobre algum negócio, ele recebia, passeando sobre tapetes de púrpura[5], aqueles com quem devia conversar. Pérdicas e Crátero, grandes amantes da ginástica, tinham sempre em sua bagagem peles suficientes para cobrir a extensão de um estádio, com as quais eles mandavam fazer um vasto cercado no acampamento, a fim de poderem se entregar aos diferentes exercícios: no seu séquito marchavam cavalos carregados com sacos de pó, para o combate da luta[6]. Leonatus e Menelau, que amavam a caça, faziam que fosse levada com eles uma ampla provisão de redes, com as quais se poderia cercar um espaço de cem estádios.

---

3 Os antigos empregavam muitas vezes os pombos para este uso. Os autores da Antiguidade fornecem diversos exemplos disso: a ode de Anacreonte, sobre a pomba da qual ele se servia para levar suas cartas a Bátilo, é conhecida. Os viajantes atestam que este costume é conservado até hoje entre os mercadores sírios.
4 Esse luxo esteve, algumas vezes, em uso mesmo entre os soldados. (Valério Máximo, livro IX, cap. 1)
5 Este uso já era conhecido no tempo de Ésquilo. Cf. sua tragédia de Agamênon (verso 930).
6 Os lutadores polvilhavam reciprocamente seus corpos com esse pó.
   Ille cavis hausto spargit me pulvere palmis,
   Inque vicem fulvae jactu flavescit arenae.
   [Com as mãos cheias, ele me cobre de pó / E, ao mesmo tempo, eu jogo sobre ele uma fina areia]
   Ovídio, *Metamorfoses*, IX, 35.

A tenda de Alexandre podia conter cem leitos. Cinquenta colunas douradas sustentavam um teto do mesmo tipo, cujo lavor era tão variado quanto precioso. Em torno da tenda, do lado de dentro, achavam-se primeiramente quinhentos persas, vestidos com túnicas cor de púrpura e amarelas, chamados de *melóforos*[7]. Depois deles, um corpo de mil arqueiros, vestidos com túnicas que mesclavam a cor do fogo com uma outra cor puxada para o vermelho. Eles eram precedidos por quinhentos macedônios, usando escudos de prata. No meio da tenda, erguia-se um trono de ouro, sobre o qual o rei, cercado pelos seus guardas, vinha sentar-se para conceder suas audiências. Do lado de fora, e em todo o perímetro, havia sido reservado um espaço sempre guarnecido com mil macedônios e 10 mil persas. Ninguém ousava entrar sem permissão na morada de Alexandre: sua altivez natural, e o orgulho tirânico que os êxitos haviam acrescentado a ela, inspiravam o terror.

4... De Polícrates e de Anacreonte

Polícrates, amigo declarado das musas, dava uma grande importância a Anacreonte: ele gostava igualmente de sua pessoa e seus versos. Porém, eu não posso aprovar, no tirano de Samos, o traço de fraqueza que vou relatar. Tendo a oportunidade de falar com Esmérdias, objeto da afeição de Polícrates, Anacreonte o havia louvado da forma mais calorosa. O jovem, envaidecido com os elogios do poeta, ligou-se fortemente a ele. Porém, que ninguém resolva concluir daí nada de odioso contra os costumes do poeta de Téos: pelos deuses! O que ele amava em Esmérdias eram as qualidades de sua alma e nada além disso. No entanto, Polícrates, ciumento com as homenagens que Anacreonte havia prestado a Esmérdias – e não menos ciumento com a união que havia se constituído entre eles –, mandou que ras-

---

[7] Esses guardas eram tirados do corpo dos dez mil persas que compunham a tropa imortal. Lê-se em Ateneu (livro XII) que eles levavam uma maçã de ouro na ponta de suas lanças: é provavelmente daí que lhes veio a denominação de melóforos.

passem a cabeça do rapaz, tanto para humilhá-lo quanto para causar desprazer ao poeta. Porém, Anacreonte foi bastante senhor de si para fingir prudentemente que não atribuía a Polícrates a culpa pelo ocorrido: ele responsabilizou Esmérdias por essa ação e censurou-o por ter feito uma tolice, ousando armar a si próprio contra a sua cabeleira. Que Anacreonte cante, portanto, os versos que fez sobre a perda dos cabelos de Esmérdias. Ele os cantará menos do que eu[8].

5... De Hierão e de Temístocles

Quando Hierão foi a Olímpia, durante a celebração dos jogos, para disputar o prêmio da corrida de cavalos, Temístocles impediu que ele entrasse na liça: "Não é justo", disse ele, "que aquele que não partilhou dos perigos da Grécia[9] tome parte em seus jogos". E Temístocles foi aprovado.

6... De Péricles

Viu-se Péricles, quando a peste lhe arrebatou seus filhos, suportar essa infelicidade com a máxima firmeza: seu exemplo ensinou os atenienses a suportar corajosamente a perda daquilo que eles tinham de mais precioso.

7... Constância da alma de Sócrates

Xantipa tinha o costume de dizer que, em meio às perturbações que agitavam incessantemente a república, ela jamais havia observado nenhuma alteração no rosto de Sócrates – seja quando ele saía de sua casa, seja quando voltava para ela. Isso é porque Sócrates estava preparado para todos os acontecimentos: um fundo de alegria natural o protegia dos golpes da tristeza, e a elevação de sua alma o punha acima do temor.

---

8   Não parece que esses versos tenham chegado até nós.
9   Gelon, rei de Siracusa, e seu irmão Hierão haviam se recusado a socorrer a Grécia, quando Xerxes foi atacá-la. (Heródoto, VII)

8... Justa punição dos excessos de Dionísio, o Jovem

Dionísio, o Jovem, chegando à cidade dos locrianos (que era a pátria de Dóris, sua mãe), começou por apoderar-se das casas dos cidadãos mais poderosos. Logo, por sua ordem, essas casas foram cobertas de rosas, de serpão e de outras flores de diferentes espécies, para que ali fossem recebidas as moças locrianas que ele mandava trazer, como vítimas destinadas a satisfazer sua incontinência. Um tal excesso não ficou impune. Quando Dionísio foi expulso do trono por Dion[10], os locrianos prostituíram a mulher e as filhas do tirano: essas infelizes foram submetidas aos tratamentos mais vergonhosos, principalmente por parte daqueles que tinham ligações de parentesco ou de aliança com as moças que Dionísio havia desonrado. Quando ficaram cansados de ultrajá-las, eles as mataram, depois de terem enfiado longas agulhas sob as unhas de suas mãos. Seus ossos foram moídos em pilões e quem quer que se recusasse a comer os pedaços de sua carne era votado às Fúrias. Por fim, o que restou de seus corpos foi atirado ao mar. Quanto a Dionísio, ele foi procurar asilo em Corinto: depois de haver tentado todos os gêneros de vida, reduzido a uma extrema miséria, ele terminou por se fazer sacerdote de Cibele[11]. Nessa nova condição, ele pedia esmolas em nome da deusa, tocando tambor e dançando ao som da flauta: foi assim que ele encerrou sua carreira.

9... Do luxo de Demetrius

Demetrius Poliorceto[12] tornou-se senhor de um grande número de cidades e, com as contribuições exorbitantes que ele tinha a

---

10 Essas desgraças só aconteceram com Dionísio muito tempo depois que Dion o destronou. Cf. o cap. 12 do livro V.
11 Os sacerdotes de Cibele, entre os gregos, eram chamados de agyrtes ou metragyrtes; e entre os romanos, galli. Embora os antigos tivessem muita veneração pela mãe dos deuses, aqueles que estavam dedicados especialmente ao seu serviço eram considerados pessoas vis e desprezíveis. (Dionísio de Halicarnasso, livro II)
12 Esse capítulo se encontra quase por inteiro em Ateneu (XII), com a diferença de que Ateneu atribui, com razão, a Demetrius de Falero aquilo que Eliano diz sobre Poliorceto.

dureza de exigir delas, constituiu uma renda anual de 1.200 talentos. Uma ínfima parte dessa soma era empregada para a manutenção de seu exército; o resto servia para pagar os seus prazeres. Tudo em sua casa era perfumado, até o piso de seu quarto – que se tinha, aliás, o cuidado de cobrir com as novas flores produzidas a cada estação do ano, a fim de que ele sempre andasse sobre flores. Sua inclinação para o amor era extrema, e não se limitava às mulheres. O cuidado com a sua aparência era para ele uma séria ocupação. Não era suficiente que seus cabelos estivessem sempre arrumados com arte; ele conhecia o segredo de torná-los louros[13], assim como sabia, recorrendo à ajuda do acanto, dar às suas faces uma tonalidade rósea. Não entrarei em detalhes acerca das drogas de todos os tipos das quais esse pomposo efeminado fazia uso.

10... Do desprezo de Platão pela vida

Como a Academia era considerada um lugar insalubre, os médicos aconselharam Platão a ir estabelecer-se no Liceu:

– Não farei nada disso – respondeu-lhes o filósofo – eu não iria morar nem no cume do monte Atos, mesmo que tivesse a certeza de prolongar minha vida além do mais longo período que os homens jamais tenham podido atingir[14].

11... Do pintor Parrásio

O pintor Parrásio[15] usava roupas de púrpura e uma coroa de ouro. É um fato atestado por diferentes escritores, e pelas próprias inscrições em seus quadros[16]. Tendo se apresentado um dia na ilha

---

13 Sabe-se que os antigos tinham uma particular consideração pelos cabelos louros ou ruivos. Homero pinta Aquiles, Menelau etc. com uma cabeleira dessa cor.
14 No cume do monte Atos, existia uma cidade que Mela (II, 2) denomina Acroatos, da qual se acreditava que os habitantes viviam o dobro dos outros homens. Plínio (V, 2) atribui a longa vida dos habitantes do monte Atos ao fato de que eles se utilizavam da carne das víboras.
15 Parrásio, nascido em Éfeso, era contemporâneo e rival de Zeuxis.
16 Pode-se encontrar algumas dessas inscrições no livro XII de Ateneu, cap. 10.

de Samos, para disputar o prêmio, ele encontrou um concorrente que não lhe era inferior e que levou vantagem sobre ele[17]. O quadro de Parrásio representava o combate entre Ajax e Ulisses, pela disputa das armas de Aquiles. Como um de seus amigos se solidarizasse com ele pela sua infelicidade, Parrásio respondeu:

– Estou pouco abalado com a minha derrota. Porém, eu lamento a sorte do filho de Telamon, que foi vencido pela segunda vez combatendo pelas mesmas armas. Parrásio usava um cajado ornamentado com filetes de ouro, que o rodeavam serpenteando; cordões no mesmo metal fechavam as abas de seus sapatos em torno dos seus pés. De resto, o exercício de sua arte não tinha nada de triste nem de fatigante para ele: como ele a cultivava por gosto, entregava-se a ela com prazer. Muitas vezes ele se animava no trabalho, cantando ou repetindo alguma canção à meia-voz. É de Teofrasto que obtivemos esses detalhes.

12... Conduta dos romanos e dos messênios com relação aos epicuristas

Os romanos baniram de sua cidade Alceu e Filisco, seguidores de Epicuro, porque eles haviam inspirado na juventude o gosto pelas volúpias criminosas. Os messênios tratavam da mesma forma todos os epicuristas.

13... Da gula e da obesidade excessiva de Dionísio

Dionísio de Heracleia[18], filho do tirano Clearco, em consequência de sua costumeira gula e da moleza na qual ele vivia, chegou – dizem – insensivelmente a um tal excesso de obesidade e de gor-

---

17   Este adversário era o pintor Timanto (muito conhecido pelo célebre quadro do sacrifício de Ifigênia). Ele, depois de ter esgotado todos os recursos da arte para pintar, no rosto daqueles que o assistiam, os diferentes graus da dor pela qual estavam afligidos e não sabendo mais como representar a de Agamênon, tomou o partido de envolver-lhe a cabeça com o seu manto.

18   Dionísio era contemporâneo de Alexandre, vivendo muitos anos depois dele.

dura, que o enorme volume de seu corpo e a massa de carne com a qual ele estava carregado tiravam-lhe a liberdade de respirar. Para curá-lo dessa doença, os médicos ordenaram que fossem feitas algumas agulhas finíssimas, mas muito longas, e que elas fossem enfiadas nas costas e no ventre de Dionísio, quando ele caísse num sono muito profundo. Eles mesmos assumiram o cuidado de administrar o remédio. Enquanto as agulhas perfuravam apenas as carnes insensíveis – e, de alguma maneira, estranhas ao corpo de Dionísio – ele se mantinha imóvel como uma pedra. Porém, quando elas atingiam o ponto onde começava o seu verdadeiro corpo, onde sua carne não estava mais embaraçada por essa gordura supérflua, ele sentia a picada e despertava. Quando alguém se apresentava para tratar de negócios com ele, Dionísio fechava-se numa espécie de caixa (outros dizem que era numa pequena torre), que cobria todos os seus membros, com exceção da cabeça que ficava acima dela. É assim que ele concedia suas audiências. Que manto, grandes deuses! Poderíamos tomá-lo menos pela vestimenta de um homem do que pela jaula de uma besta feroz.

14... Da magreza de Filetas

Filetas de Cós[19] era tão delgado e tão frágil que, ao menor choque, caía por terra. Como o vento, por menos violento que fosse, poderia derrubá-lo, dizem que ele tinha a precaução de usar sapatos guarnecidos com grãos de chumbo. É possível imaginar que um homem que não podia resistir ao vento tivesse forças para arrastar sapatos tão pesados? De minha parte, não acredito em nada disso, mas eu conto aquilo que ouvi dizer.

---

19   Filetas, poeta célebre, que viveu durante os reinados de Filipe, de Alexandre e de vários dos sucessores desse príncipe: ele foi preceptor de Ptolomeu Filadelfo. Ele não se limitou a compor versos hexâmetros, como diz Eliano (livro X, cap. 6). Ele compôs elegias, epigramas e outros tipos de poesia. (Suidas)

15... De Homero

Os argivos davam a Homero o primeiro lugar em todos os gêneros de poesia: eles colocavam todos os outros poetas atrás dele. Nas libações que precediam os festins que ofereciam aos seus hóspedes, eles invocavam conjuntamente Apolo e Homero. Acrescentemos a isso um fato – confirmado, aliás, pelo testemunho de Píndaro: a saber, que Homero, achando-se tão pobre que não tinha com o que casar sua filha, deu-lhe como dote o seu poema intitulado *Os cipríacos*[20].

16... Da Itália

Os ausonianos foram os primeiros habitantes da Itália: eles eram autóctones. Dizem que muito antigamente existiu nesse país um certo Mares[21], que, da cabeça até a cintura, era homem, e de resto tinha corpo de cavalo. A palavra *mares*, devemos acrescentar, corresponde à palavra grega que significa "metade cavalo". De minha parte, estou convencido de que acreditaram que Mares era um composto das duas espécies porque ele deve ter sido o primeiro que ousou montar num cavalo e colocar-lhe um freio. Uma outra circunstância que me parece inacreditável (e que considero como uma fábula) é que Mares viveu 123 anos, tendo morrido três vezes e por três vezes voltado à vida[22].

Afirma-se que não existe nenhuma região que tenha sido habitada por tantas nações diferentes quanto a Itália. Diversas causas podem ter contribuído para isso: as condições do clima nas diferentes estações, a generosidade do solo, naturalmente apropriado para produzir todos os tipos de frutos e fertilizado pelos riachos que o

---

20   Essa obra não existe mais: Heródoto, Aristóteles e vários escritores depois deles pensaram que ela não era de Homero. (Fabrícius, *Biblioteca grega*, t. 1, p. 282)
21   De todas as conjecturas propostas pelos comentadores para explicar a palavra Mares, a mais natural talvez seja a de Kuhnius, que faz que ela derive da palavra céltica mar, ou mark, "cavalo". A semelhança entre essa fábula e a dos centauros pode fazer que se julgue que elas têm uma mesma origem.
22   Assim, por uma questão de matemática (quatro vidas menos três mortes), ele deveria estar vivo até hoje. (N. T.)

irrigam, a opulência de suas pastagens, os rios que a atravessam, o mar tranquilo pelo qual ela está cercada e, por fim, um grande número de portos e de enseadas, onde os navios podem abordar e fazer escala em segurança. Porém, acima de tudo, o caráter brando e humano dos habitantes convidava os estrangeiros a irem estabelecer-se ali. Assim, a Itália chegou a contar outrora com até 1.197 cidades.

17... Da vaidade de Demóstenes

Não é possível negar, parece-me, que Demóstenes tenha sido ridiculamente vaidoso, se é verdade – como dizem – que, quando escutava os carregadores de água falarem sobre ele, ao vê-lo passar, ele aplaudia a si mesmo com a maior satisfação. Se semelhantes personagens eram capazes de envaidecer Demóstenes, o que ele devia sentir quando era aplaudido na assembleia do povo?

18... De Temístocles

Temístocles, filho de Neocles, comparava-se com os carvalhos. "Quando chove", dizia ele, "os homens, ansiosos pela necessidade de ficarem protegidos, recorrem aos carvalhos, cujos galhos formam para eles um abrigo. Porém, quando o tempo está sereno, eles arrancam, ao passarem, esses mesmos galhos, partindo-os e quebrando-os."

Temístocles também dizia que, se lhe fossem mostrados dois caminhos, um que conduzisse aos infernos e o outro à tribuna dos discursos, ele seguiria de preferência o caminho dos infernos.

19... De Demóstenes e de Diógenes

Diógenes, almoçando um dia na taverna, percebeu Demóstenes que passava na rua. Ele o chamou e, como o orador não parecesse disposto a atender ao seu convite, Diógenes acrescentou:

– Pois então, será que você tem vergonha de se aproximar de um lugar no qual o seu mestre não desdenha entrar todos os dias?

Ele queria falar do povo em geral e de cada cidadão em particular. Era o mesmo que dizer que os oradores – assim como todos aqueles que, pela sua condição, discursam para o povo – são escravos da multidão.

20... De Aristipo

Durante uma viagem que Aristipo fazia por mar, desencadeou-se uma tempestade que lhe causou um extremo pavor. Um daqueles que estavam no navio disse-lhe:

– Mas então, Aristipo, vós também tendes medo, como as pessoas comuns!

– Sim, certamente – respondeu o filósofo – e não é sem razão. Vós não arriscais aqui senão uma vida miserável, que nem por isso vos é menos cara. Já aquela que arrisco é perfeitamente feliz[23].

21... Palavras de Terâmenes

Terâmenes mal havia saído de uma casa, na qual havia entrado, quando esta desmoronou. Os atenienses vieram em multidão para felicitá-lo pela sorte singular que havia tido ao escapar do perigo. Quanto a isso, ele deu uma resposta que deve ter surpreendido todo mundo:

– Ó Júpiter! – disse ele – para que tempos vós me reservais?

Quase imediatamente depois, os trinta tiranos fizeram-no perecer, condenando-o a beber cicuta[24].

---

23 A resposta de Aristipo está em conformidade com a sua doutrina. O gozo do presente, sem nenhum desejo por aquilo que não se possui, proporcionava, segundo ele, a verdadeira felicidade. É praticando essa máxima que ele acreditava levar a mais feliz das vidas. (Cf. o cap. 3 do livro VII)

24 Terâmenes tinha muito zelo pelos interesses da república. Porém, como ele não era firme em seus princípios, algumas vezes favorecendo a democracia e outras vezes a aristocracia, cognominaram-no de "O Coturno", em alusão a este tipo de sapato que podia ser calçado indiferentemente no pé direito ou no pé esquerdo. (Plutarco, *Vida de Nícias*)

22... Filósofos que se dedicaram à medicina

Os discípulos de Pitágoras faziam, pelo que se diz, um estudo particular da medicina. Platão entregou-se a isso, do mesmo modo, com a mais séria dedicação, assim como Aristóteles, filho de Nicômaco, e outros tantos.

23... De Aristóteles doente

Estando doente, Aristóteles foi visitado pelo seu médico, que lhe passou não sei qual receita.

– Por favor – disse-lhe o filósofo – não me trate como um vaqueiro ou como um operário. Comece por me dizer o que fez que você optasse por um determinado remédio e, depois disso, você me achará pronto para lhe obedecer.

Com isso, ele queria advertir seu médico para não lhe receitar nada sem ter boas razões.

24... Da moleza de Esmindírides

Esmindírides[25] de Síbaris levou tão longe o seu excesso de moleza que ultrapassou todos os seus concidadãos – que, no entanto, faziam da busca pelas volúpias e pelas delícias da vida a sua única ocupação. Um dia, quando havia deitado e dormido sobre pétalas de rosas, ele levantou queixando-se de que a dureza de seu leito havia lhe provocado algumas bolhas. Certamente, Esmindírides não teria se deitado nem na terra, nem sobre a palha, nem sobre a relva de uma colina e nem, como Diomedes, sobre um couro de touro

---

25 Esmindírides viveu pouco tempo antes de Ciro. Entre os Diálogos dos mortos de Fontenelle, existe um no qual Milon e Esmindírides são os interlocutores: Milon censura o sibarita porque "este havia passado uma noite sem dormir porque, dentre as pétalas de rosa que estavam espalhadas sobre o seu leito, havia uma que, debaixo dele, estava dobrada ao meio". Fontenelle extraiu de Sêneca (Da Ira, II, 25) o detalhe da pétala de rosa dobrada.

(leito bem conveniente para um robusto e valoroso guerreiro). Esse herói, diz Homero, "deitava-se sobre o couro de um touro"[26].

25... Conduta de Pisístrato para com os atenienses

Pisístrato, enquanto exerceu a autoridade soberana, tinha o costume de mandar buscar os cidadãos que ficavam ociosos nas praças públicas e perguntar a cada um deles por que estava assim desocupado:

— Será — dizia ele — que você perdeu os bois com que arava a terra? Receba outros de mim e vá trabalhar. Faltam-lhe grãos para semear as suas terras? Vou fazer com que lhe deem dos meus.

Pisístrato temia que a ociosidade despertasse no espírito de seus concidadãos a ideia de se rebelarem contra ele[27].

26... De Zenão e de Antígono

O rei Antígono[28] testemunhava por Zenão de Citium[29] a mais alta estima. Um dia, quando esse príncipe havia bebido além da medida, ele foi encontrar Zenão. Depois de tê-lo apertado entre os seus braços (esses tipos de carícias são familiares aos ébrios), ele rogou a Zenão que lhe pedisse alguma coisa, protestando e jurando com a leviandade de um jovem que lhe concederia o seu pedido.

— Pois então — retrucou Zenão — vá para sua casa e vomite.

Através dessas palavras, ele fez que o rei percebesse ao mesmo tempo, com tanta firmeza quanto sabedoria, a vergonha do estado

---

26   Ilíada, X, 155.
27   A essa razão, poderíamos acrescentar que, como o tirano tinha a décima parte de tudo aquilo que era produzido na Ática, era de seu interesse que o povo se dedicasse a cultivar as terras (Suidas): se ele fornecia bois e sementes para aqueles que careciam disso, não era senão como um adiantamento pelo qual ele seria muito bem compensado.
28   Antígono Gonatas.
29   Cidade da ilha de Chipre, pátria de Zenão.

ao qual o vinho o havia reduzido e o risco que ele corria de morrer de tanto beber.

27... Ingenuidade de um lacedemônio

Alguém repreendia um camponês da Lacedemônia porque, nos excessos de sua dor, ele se entregava imoderadamente às lágrimas.

– O que você quer que eu faça? – respondeu ingenuamente o lacedemônio. – Não é minha culpa: eu tenho o cérebro úmido, é o meu temperamento.

28... Palavras de Diógenes

Um espartano citava de maneira elogiosa o seguinte verso de Hesíodo: "Um boi não morreria se não se tivesse um mau vizinho."[30] Diógenes, que o escutava, deu-lhe a seguinte resposta:

– E, no entanto, os messênios pereceram junto com seus bois, e vocês eram vizinhos deles[31].

29... Sócrates, acima do temor e do interesse

Sócrates retornava para casa depois de jantar, quando já era noite fechada. Alguns jovens libertinos, sabendo disso, colocaram-se em emboscada em seu caminho, com tochas acesas e mascarados como Fúrias. Eles e seus semelhantes tinham o costume de tirar proveito de sua ociosidade para pregar peças nos transeuntes. Sócrates os viu sem ficar perturbado com isso: ele se deteve e se pôs a propor questões, tais como aquelas que fazia normalmente aos jovens que iam escutá-lo no Liceu ou na Academia.

---

30 *Os trabalhos e os dias*, verso 348.
31 Os lacedemônios os haviam vencido e expulsado do Peloponeso. (Cf. o cap. 1 do livro VI)

Alcibíades enviou um dia alguns presentes consideráveis a Sócrates, ansioso por exibir diante de seus olhos a sua magnificência. Xantipa viu os presentes com satisfação e, como manifestou um grande desejo de aceitá-los, Sócrates disse-lhe:

– Não vamos preferir disputar em generosidade com Alcibíades, obstinando-nos a recusar as suas dádivas.

A alguém que lhe dizia que se é feliz ao obter aquilo que se deseja, Sócrates retrucou:

– Se é ainda mais feliz não desejando nada.

30. Previdência de Anaxarco

Anaxarco[32], que acompanhava Alexandre em suas expedições, prevendo, com a aproximação do inverno, que o príncipe iria estabelecer seu acampamento num lugar onde não havia nenhuma madeira, deixou todas as suas bagagens no acampamento que estava sendo abandonado e fez que suas carroças fossem carregadas com lenha. Quando o exército chegou ao novo acampamento, a carência de lenha foi tal que foram obrigados a queimar os leitos de Alexandre para fazer uma fogueira. Porém, o príncipe soube que Anaxarco tinha lenha, foi encontrá-lo e se fez untar com óleo em sua tenda. Ele, então, tomou conhecimento das precauções que Anaxarco havia tomado para que não faltasse lenha: louvou muito a sua previdência e pagou pelo seu fogo com usura, dando-lhe o dobro daquilo que ele havia perdido em vestimentas e em diferentes bens.

31... Morte súbita de um atleta vencedor

Um atleta de Crotona acabara de alcançar a vitória nos jogos olímpicos. Ele já ia em direção aos helanódices[33], para receber

---

32 Cf. o capítulo 37.
33 Os helanódices eram os juízes dos jogos olímpicos: seu número, que habitualmente era de dez, variou algumas vezes, de acordo com o maior ou menor nú-

a coroa, quando caiu morto, subitamente atingido por um ataque de epilepsia.

32... Da estátua de Frineia e das estátuas dos cavalos de Cimon

Os gregos ergueram, no templo de Delfos, uma estátua de ouro à cortesã Frineia[34], no topo de uma coluna muito elevada. Quando eu disse "os gregos", não quis dar a entender que foi toda a nação. Não tenho a intenção de querer culpar um povo inteiro, pelo qual tenho a maior estima. Estou falando daqueles dentre os gregos que tinham pouco respeito pelas conveniências. Podia-se ver também, em Atenas, algumas éguas de bronze que representavam, em tamanho natural, as éguas de Cimon[35].

33... Resposta de um jovem a seu pai

Um jovem eretriano[36] tinha frequentado durante muito tempo a escola de Zenão. Ao voltar para casa, seu pai perguntou-lhe sobre o que ele havia aprendido com o filósofo.

– Vós o vereis – respondeu ele.

O pai, indignado com a secura dessa resposta, maltratou-o:

– Vós vedes – disse-lhe o jovem, sem se emocionar e senhor de si – que eu aprendi a suportar a cólera de meu pai.

---

    mero das tribos de Eleia. Suas funções não se limitavam a entregar a coroa aos vencedores. Eles estavam encarregados de castigar os atletas que pecavam contra as leis dos jogos. (Pausânias, *Eliac.*, I, 9)

34 Frineia, célebre cortesã nascida em Téspias, era tão bela que Ápeles tomou emprestados seus traços para pintar a sua Vênus saindo das águas. Praxíteles tomou-a como modelo para a sua Vênus de Cnido. Quanto à estátua de Frineia que era vista em Delfos, ela era de Praxíteles. No pedestal, podia-se ler a seguinte inscrição: Frineia, ilustre tespiana. (Ateneu, XIII, 6)

35 O Cimon do qual se trata aqui era pai de Milcíades. Construiu-se um túmulo para as suas éguas e chegou-se a erguer estátuas para elas por terem alcançado por três vezes a vitória nos jogos olímpicos. (Heródoto, VI, 103)

36 Erétria, cidade da ilha de Eubeia.

34... Palavras de Diógenes

Tendo ido a Olímpia, Diógenes viu ali, durante a celebração dos jogos, alguns jovens ródios soberbamente trajados:
– Eis aí a ostentação – disse ele, sorrindo.

Um instante depois, tendo encontrado alguns lacedemônios usando túnicas sujas e de má qualidade, disse o filósofo:
– Outra espécie de ostentação.

35... Orgulho de Antístenes

Sócrates, tendo percebido que Antístenes[37] tentava pôr em evidência uma parte de seu manto, que estava rasgada pelo excesso de uso, disse-lhe:
– Será que você nunca vai deixar de nos mostrar a sua vaidade?[38]

36... De Antígono e de um tocador de lira

Enquanto um tocador de lira dava uma demonstração de seu talento na presença de Antígono, esse príncipe não parava de repetir:
– Toque de novo a última corda – e depois – toque de novo a do meio.

O músico, perdendo a paciência, disse:
– Príncipe, que os deuses vos preservem de possuir a minha arte melhor do que eu![39]

---

37 Antístenes, fundador da seita cínica e mestre de Diógenes. (Cf. o cap. 16 do livro X)
38 Esse episódio é relatado de forma diferente e, talvez, com mais graça, por Diógenes Laércio. Segundo esse escritor, Sócrates dizia que via a vaidade de Antístenes através dos buracos de seu manto.
39 Plutarco (de Fort. Alex.) diz que foi a Filipe que um tocador de lira deu essa resposta.

37... Gracejo de Anaxarco a respeito de Alexandre

Anaxarco, cognominado "o eudemônico"[40], zombava da vaidade de Alexandre, que queria erigir-se em deus. Um dia, quando esse príncipe estava doente, e seu médico havia lhe receitado uma poção, Anaxarco disse, rindo:

— Toda a esperança do nosso deus consiste, pois, no efeito dessa beberagem.

38... Da lira de Páris

Como Alexandre, achando-se em Troia, examinava com a maior curiosidade todos os objetos que se ofereciam aos seus olhos, um troiano veio lhe mostrar a lira de Páris:

— Eu preferiria – disse-lhe esse príncipe – ver a de Aquiles[41].

Ele desejava, com razão, ver o instrumento no qual esse famoso guerreiro havia cantado os grandes homens. Quanto à lira de Páris, quais os únicos sons que ela fazia escutar? Os sons adequados aos seus amores adúlteros, e que só eram apropriados para adular e seduzir as mulheres.

39... Paixões insensatas

Será que existe alguém que deixe de reconhecer que os amores dos quais eu vou falar eram tão ridículos quanto incríveis?

---

40   A tranquilidade de sua alma e a vida calma que ele levava haviam feito que ele merecesse esse cognome (Diógenes Laércio, *Vida de Anaxarco*). Acredita-se que ele tenha sido o criador ou, pelo menos, um dos principais partidários da seita eudemônica, que era uma ramificação da filosofia cética. Ateneu (VI, 13) não o trata tão favoravelmente quanto Eliano. Ele fala de Anaxarco como de um dos mais covardes aduladores de Alexandre.

41   Estobeu (Serm. 48) cita essas palavras de Alexandre, com uma adição que bem merece ser mencionada: "Mostrai-me de preferência a de Aquiles. Mas eu me agradaria muito mais de ver a sua lança do que a sua lira."

Xerxes amava loucamente um plátano. Um jovem ateniense, de uma das famílias mais distintas da cidade, tornou-se apaixonadamente enamorado de uma estátua da Boa Fortuna, que estava no pritaneu. Depois de tê-la acariciado e apertado em seus braços, furioso, desvairado, ele foi procurar os prítanes e rogou que lhe vendessem a estátua, pela qual estava pronto a oferecer uma soma considerável. Não tendo podido obtê-la, ele a cingiu com fitas, pôs uma coroa em sua cabeça, revestiu-a com ornamentos preciosos, ofereceu alguns sacrifícios e depois se matou, vertendo uma torrente de lágrimas.

A tocadora de lira Glauces[42] foi amada, segundo alguns, por um cão; segundo outros, por um carneiro ou por um ganso. Um cão apaixonou-se por uma criança chamada Xenofontes, de Soles, cidade da Cilícia. Fala-se de um gaio[43] que se apaixonou por um menino de Esparta perfeitamente belo[44].

40... Costume dos cartagineses

Os cartagineses tinham sempre dois pilotos em seus navios.

– É absurdo – diziam eles – que um navio tenha dois lemes[45], enquanto o piloto, bem mais útil aos navegadores (encarregado, aliás, de dirigir todas as manobras), está sozinho, sem companheiro, sem nenhum homem que possa substituí-lo.

---

42 Glauces vivia durante o reinado de Ptolomeu Filadelfo, do qual ela foi amante. (*História dos animais*, VIII, 11)
43 Ave da família dos corvídeos. (N. T.)
44 Segundo o texto de algumas edições, a criança era muito feia. Todo o final deste capítulo constitui o capítulo 6 do livro I da *História dos animais*.
45 O costume de colocar dois lemes nos dois lados da popa de um navio é conhecido pelo testemunho de diversos autores: dentre outros, pela Fábula 14 de Higino, onde está dito que "o navio Argos tem cinco estrelas no leme da direita e quatro no da esquerda".

41... De Pausânias e de Simônides

Pausânias, rei de Esparta, achando-se um dia à mesa junto com Simônides de Céos, pediu-lhe que recitasse alguma sentença:

– Lembrai-vos de que vós sois homem – disse-lhe Simônides, sorrindo. Pausânias não prestou nenhuma atenção a essas palavras, e não tirou proveito delas. Ele já estava, então, fortemente ligado ao partido dos medos[46], e orgulhoso de seus vínculos de hospitalidade com o seu rei. Talvez também o vinho tivesse desviado a sua razão. Porém, quando ele se viu encerrado no templo de Minerva Calcíaca[47], lutando contra a fome e prestes a morrer do gênero de morte mais cruel, ele se recordou de Simônides:

– Hóspede de Céos – exclamou ele, por três vezes – havia um grande senso em vossa resposta. Cego como estava, eu não reconheci o seu valor[48].

42... De Artaxerxes e de Dario

Quando Artaxerxes[49] fez que fosse morto Dario, o mais velho de seus filhos, que havia conspirado contra ele, o segundo, por ordem de seu pai, matou a si mesmo com a sua própria espada, diante do palácio[50].

---

46 Cf. o cap. 7 do livro IV.
47 Calcíaca, cognome que os lacedemônios davam a Minerva, porque, segundo alguns, ela tinha em Esparta um templo de bronze. Mas, segundo outros, porque esse templo havia sido construído pelos habitantes de Calcis.
48 Creso, em semelhante circunstância, lembrou-se da mesma forma de Solon, e chamou-o por três vezes em altos brados. (Heródoto I, 86)
49 Artaxerxes Mnêmon.
50 Artaxerxes, aparentemente, temia um semelhante atentado da parte de seu segundo filho e quis preveni-lo. Porém, Plutarco – mais digno de fé do que Eliano – narra diferentemente a morte desse filho de Artaxerxes, que ele chama de Ariaspe. Segundo esse autor, Ochus, o último dos filhos legítimos de Artaxerxes, enviava a seu irmão Ariaspe mensageiro atrás de mensageiro, para informá-lo de que o rei queria liquidá-lo. Ariaspe, enganado por esses falsos avisos, não pensou senão em escapar do suposto furor de seu pai, e se envenenou. (Plutarco, *Vida de Artaxerxes*)

Livro Décimo

❖

1... Ferênice nos jogos olímpicos

Ferênice[1], tendo acompanhado seu filho, que iria disputar o prêmio nos jogos olímpicos, apresentou-se para assisti-los. Porém, os helanódices[2] recusaram-se a deixá-la entrar. Então, adiantando-se para defender sua causa, disse ela:

– Meu pai obteve a vitória nesses jogos, meus três irmãos foram neles laureados e eis meu filho que vem para seguir-lhes os passos.

Através desse discurso, Ferênice conquistou o povo e mereceu que fosse abolida, em seu favor, a lei que proibia as mulheres de entrar no espetáculo[3]. Ela foi admitida nos jogos.

---

1 Ferênice, filha de Diágoras de Rodes, em homenagem a quem Píndaro compôs a sétima ode olímpica. O filho de Ferênice chamava-se Pisidoro. Pausânias (*Eliac.*, II, 7) conta de forma diferente aquilo que aconteceu com Ferênice: ele diz que ela começou por ver os jogos vestida com roupas de homem e que foi para escapar da punição que lhe havia sido imposta, não para obter a permissão para ver os jogos, que ela dirigiu aos helanódices o discurso que Eliano relata neste capítulo.
2 Cf. a nota do cap. 31, livro IX.
3 Segundo essa lei, as mulheres que haviam assistido aos jogos eram atiradas do alto de um rochedo. (Pausânias, *Messen.*)

2... Continência de Eubatas

Desde a primeira vez em que o viu, Laís[4] concebeu pelo atleta Eubatas de Cirene uma paixão tão violenta que começou por fazer-lhe propostas de casamento. Eubatas, temendo da parte dela algum gesto tresloucado, prometeu ceder aos seus desejos logo depois da celebração dos jogos. Entrementes, ele não tirou proveito dos avanços de Laís e não manteve nenhum relacionamento com ela[5]. A partir do momento em que foi declarado vencedor, ele pensou num meio de livrar-se do compromisso que assumira. A fim de parecer cumprir a sua promessa, ele mandou pintar o retrato de Laís e levou-o para Cirene, dizendo que estava levando "sua mulher" para sua casa e que, assim, não havia violado o seu juramento. A esposa legítima de Eubatas pagou a fidelidade que seu marido havia demonstrado mandando erigir-lhe, em Cirene, uma estátua de grandes proporções.

3... Do instinto de alguns animais

Mal as perdizes saem da casca, começam a correr com a maior velocidade. Logo que os patos acabam de ser chocados, e podem abrir os olhos, eles vão nadar. Quando a leoa está pronta para parir os seus filhotes, eles dilaceram seu ventre com as suas garras, para apressar o momento em que poderão desfrutar da luz.

---

4   Laís, célebre cortesã de Corinto, de quem os mais ricos dentre os gregos apressavam-se a comprar os favores. O preço excessivo que ela cobrava por eles deu origem a este provérbio tão conhecido: "Não é permitido a todo mundo ir a Corinto." É sobre esta mesma Laís – então já idosa – que se fez este belo epigrama, que se encontra na *Antologia* com o nome de Platão (edição de Brodeau, p. 556): "Eu, Laís – de quem a Grécia provou a desdenhosa arrogância, e de quem mil amantes outrora cercavam as portas – ofereço esse espelho a Vênus. Não podendo me ver mais tal como eu era, não quero me ver tal como sou." Bayle recolheu, em seu Dicionário, tudo aquilo que é possível saber da história de Laís.

5   Sabe-se que os atletas respeitavam escrupulosamente a continência, pelo temor de debilitar as suas forças. "Quereis ser vencedor nos jogos olímpicos?" – diz Epíteto – "Sede casto!".

4... Marcha forçada de Alexandre

Alexandre, filho de Filipe, depois de ter realizado, sem tirar suas armas, uma marcha de 1.200 estádios[6], para alcançar os inimigos, atacou-os e venceu-os antes de deixar que suas tropas descansassem.

5... Palavras de Esopo sobre os tiranos

Eis uma espécie de provérbio dos frígios; pelo menos ele vem de Esopo, nascido na Frígia. "A porca", diz ele, "por pouco que nela toquemos, põe-se a gritar, e não sem razão". Com efeito, como a porca não produz lã nem leite, sendo útil apenas pela sua carne, ela tem um secreto pressentimento de que se quer tirar a sua vida[7] (porque ela não ignora para que podem fazê-la servir). Ora, parece-me que os tiranos se assemelham à porca de Esopo: eles passam a sua vida na desconfiança e no temor, porque também sabem que só podem servir à pátria por intermédio de sua morte.

6... De alguns homens de uma magreza singular

Sanirion, poeta cômico; Melito, poeta trágico[8]; Cinésias[9], conhecido pelo tipo de versos que eram cantados nas danças de ro-

---

6   Tão considerável quanto possa ser esse trajeto, ele não chega perto daquilo que se lê acerca do parta Bardano, nos *Anais de Tácito* (X I , 8). Segundo esse historiador, Bardano cobriu em dois dias, à testa de sua cavalaria, três mil estádios.

7   Este capítulo se encontra inteiro em Estobeu (*Serm.* 148), que o escreve de acordo com Eliano. A única diferença entre as duas narrativas é que, em Estobeu, lê-se algumas palavras a mais que em Eliano. Os comentadores não ousam decidir se isso se deve a adições da lavra de Estobeu ou se o texto de Eliano foi corrompido pelos copistas. Seja como for, como essas adições desenvolvem o sentido da frase, achei que poderia aproveitá-las.

8   Esse Melito é o mesmo que acusou Sócrates, junto com Anito, e do qual já se falou no capítulo 13 do livro II.

9   Aristófanes muitas vezes expôs Cinésias ao ridículo, sobretudo, na comédia dos Pássaros e na das Rãs.

da[10]; e Filetas, autor de versos hexâmetros[11], foram satirizados no teatro[12] por causa de sua excessiva magreza. O adivinho Arquéstrato, tendo sido capturado pelos inimigos, foi posto numa balança e descobriu-se – dizem – que ele pesava apenas um óbolo. Embora Panareto[13] fosse da mais frágil compleição, ele viveu sem jamais ter ficado doente. Hipônax[14] era, ao mesmo tempo, pequeno, feio e magro. A magreza de Filípides[15] – aquele mesmo contra quem temos um discurso de Hipérides – era tamanha que seu nome deu origem à palavra "filipidizado", para designar um corpo descarnado. Estou falando baseado em Alexis[16].

7... Do grande ano

O astrônomo Enópides de Quio[17] consagrou em Olímpia uma placa de bronze, na qual estava gravado o curso dos astros ao longo de 59 anos, afirmando que se tratava do grande ano[18].

---

10 Danças que eram executadas especialmente em homenagem a Baco. Os versos que aí eram cantados chamavam-se "ditirambos", um dos nomes desse deus.
11 Cf., sobre Filetas, o capítulo 14 do livro IX.
12 Eles foram satirizados numa comédia de Aristófanes intitulada *Gerytade*, que não existe mais, e da qual Ateneu conservou um fragmento (livro XII, cap. 13).
13 Panareto era muito amado por Ptolomeu Evergeta, de quem ele recebia uma pensão anual de doze talentos. (Ateneu, idem)
14 Hipônax de Éfeso viveu nos tempos de Ciro. Ele foi o inventor dos versos scazons.
15 Filípides vivia no tempo de Alexandre. Ele tomou parte do governo de Atenas. Atribui-se a ele a lei que condenava a uma multa as mulheres que aparecessem em público sem estarem vestidas decentemente (Harpocration). Foi por ocasião dessa lei que Hipérides – um dos dez oradores cujas vidas foram escritas por Plutarco – falou contra ele.
16 Alexis, poeta cômico contemporâneo de Alexandre, nasceu em Turium. Das 245 comédias que ele compôs, não nos restou nada, a não ser o título de uma parte delas e alguns fragmentos. (Voss., *De poet. graec.*; e Fabricius, *Biblioteca grega*, tomo X)
17 Enópides era contemporâneo de Anaxágoras e de Demócrito.
18 O "grande ano" é o espaço de tempo ao final do qual o sol e a lua, depois de terem percorrido por diversas vezes sua trajetória habitual, encontram-se no mesmo ponto e recomeçam juntos o seu percurso. Os antigos acreditaram inicialmente que esta revolução acontecia a cada dois anos; depois, Eudoxo de Cnido

Meton de Leuconeia[19], outro astrônomo, mandou erguer algumas colunas nas quais assinalou as revoluções do sol, e se vangloriou de ter encontrado o grande ano, que ele assegurava ser de dezenove anos[20].

8... Dos benefícios

Aristóteles, de Cirene[21], costumava dizer que é preciso tomar cuidado ao aceitar um benefício. A necessidade de ser grato por ele – acrescenta Aristóteles – coloca muitas vezes em situações embaraçosas aquele que o recebeu. E se ele se dispensa de agir assim, passa por ingrato.

9... Da gula de Filóxenes

Filóxenes[22] era de uma gula excessiva – ou, antes, Filóxenes era escravo de seu ventre. Passando um dia nas proximidades de uma

---

sustentou que era a cada oito; Enópides elevou esse número a 59 e Meton o fixou em dezenove. Outros filósofos afirmaram que ela demorava um número de anos quase infinito.

19 Leuconeia, cantão da Ática.
20 Trata-se da revolução conhecida pelo nome de "ciclo de Meton", ou "ciclo de dezenove anos", ou "eneadecatéride". Meton o apresentou por volta do ano de 432 a.C.
21 Se esse filósofo é o mesmo do qual falou Diógenes Laércio (*Vida de Estilpon*), como é bastante provável, ele vivia no tempo de Teofrasto e de Demetrius Poliorceto, ou seja, três séculos antes de Cristo.
22 Existiram diversos Filóxenes – uns poetas, outros glutões de profissão e algumas vezes as duas coisas ao mesmo tempo – que os próprios antigos parecem ter confundido. Ateneu (livro 1) menciona dois ou três deles. É bastante difícil adivinhar de qual deles Eliano está falando. No entanto, podemos presumir que se trata de Filóxenes, filho de Erixis –, que, segundo Aristóteles (*Ética*, III, 19), desejava ter um pescoço de avestruz para poder saborear por mais tempo as iguarias que comia – ou Filóxenes de Citera, que desejava, pela mesma razão, ter um pescoço com três côvados de comprimento. Este último é aquele que, estando prestes a morrer em Siracusa, porque havia comido um polvo de dois côvados (aproximadamente 1,3 metro), vendo que não havia remédio para a sua situação, pediu que lhe trouxessem a cabeça, que ele havia deixado (Ateneu, VIII, p. 642). Todavia, esses dois Filóxenes se assemelham tão perfeitamente que eles bem poderiam ser o mesmo homem.

taverna, onde estavam cozinhando não sei que tipo de guisado, ele foi tomado por uma sensação de prazer, que o convidava a aproximar-se para aspirar o cheiro que de lá saía. Logo, o aroma despertou os seus desejos e, por fim, não podendo mais resistir a uma inclinação que o dominava (que inclinação, grandes deuses!), ele ordenou a seu escravo que comprasse o guisado.

– O taverneiro – retrucou o escravo – cobrará bem caro por ele.

– Tanto melhor – disse Filóxenes – assim eu o acharei mais saboroso.

Eis aí um desses episódios que devem ser citados não como um modelo a ser imitado, mas como um exemplo do qual fugir.

10... Dos antigos pintores

Na origem da pintura, quando essa arte ainda estava em seu berço, os pintores representavam tão grosseiramente os animais, que eram obrigados a escrever debaixo de seus quadros "isso é um boi", "isso é um cavalo", "isso é uma árvore".

11... Resposta de Diógenes

Diógenes sentia uma dor em seu ombro, seja porque ele havia sido ferido (como penso), seja por qualquer outra causa. Como ele parecia estar sofrendo muito, alguém – que não estava entre os seus amigos – disse-lhe, num tom zombeteiro:

– Mas, Diógenes, por que vós não vos libertais ao mesmo tempo de vossos males e da vida?

– Porque é bom – respondeu o filósofo – que as pessoas que sabem aquilo que é necessário dizer e fazer neste mundo permaneçam nele por muito tempo (Diógenes pretendia estar nesta relação). Para vós, que pareceis ignorar ambas as coisas, seria bastante conveniente morrer. Quanto a mim, que possuo esta dupla ciência, é importante que conserve os meus dias.

12... Palavras de Arquitas

"É mais fácil encontrar um peixe sem espinhas do que um homem sem fraude e sem malícia". Estas são palavras de Arquitas.

13... De Arquíloco

Crítias[23] censurava Arquíloco[24] por ter dito de si próprio todo o mal que era possível:

– Se ele não tivesse – dizia Crítias – espalhado pela Grécia a história de sua vida, nós ignoraríamos que ele era filho do escravo Enipeu e também como a miséria obrigou-o a deixar Paros. Ele foi para Tasos, onde se fez odiar por todos os habitantes. Ele falava mal tanto de seus amigos quanto de seus inimigos. Nós ignoraríamos – acrescentava Crítias –, se Arquíloco não tivesse nos contado, que ele era adúltero, libertino, insolente e – o que é ainda mais vergonhoso – que ele jogou fora o seu escudo[25].

É dessa forma que Arquíloco depunha contra si próprio, e a reputação que ele deixou para a posteridade corresponde perfeitamente ao testemunho que ele prestava. De resto, não sou eu quem o acusa. O responsável por isso é Crítias.

---

23   Célebre historiador, citado muitas vezes por Pólux. Ateneu (XI, 3 e 10) fala da obra de Crítias sobre a república da Lacedemônia. (Voss, *De histor. graec.*)
24   Arquíloco, poeta bastante conhecido pelos versos iâmbicos – cuja invenção lhe é atribuída – e pelo uso funesto que fez deles. Sobre o período em que ele viveu, cf. a primeira nota do cap. 14 do livro IV.
25   Ninguém ignora quanto era desonroso perder o seu escudo e, mais ainda, atirá-lo fora por conta própria para poder fugir com mais liberdade. As mulheres lacedemônias, quando seus filhos partiam para a guerra, não deixavam de recomendar-lhes "que voltassem para casa com seus escudos, ou carregados em cima deles". Epaminondas, antes de expirar, perguntou se o inimigo não havia se aproveitado de sua queda para levar seu escudo. Quanto a Arquíloco, foi num combate contra os saianos, povo da Trácia, que ele largou o seu. Estrabão (livro XII) e diversos outros escritores reproduzem os versos nos quais ele mesmo se gaba dessa covardia.

14... Da ociosidade

Sócrates dizia: "A ociosidade é irmã da liberdade." Ele provava essa máxima através da comparação dos indianos e dos persas com os frígios e os lídios. Os primeiros, dizia ele, são valentes e apaixonados pela liberdade, mas indolentes e preguiçosos; os outros, ativos e laboriosos, vivem na escravidão.

15... Pobreza de Aristides e de Lisandro

Durante a vida de Aristides, suas filhas eram solicitadas para casamento pelos cidadãos mais distintos. Não era, sem dúvida, em consideração pela sabedoria do pai nem por um sentimento de admiração pela sua equidade: se eles pudessem conhecer o valor dessas virtudes, teriam persistido em sua intenção. Porém, logo após a morte de Aristides, eles desistiram. Havia sido descoberto que Aristides morrera pobre, e isso era o bastante para desviar essas almas vis de uma aliança que, em minha opinião, teria sido demasiado honrosa para eles[26].

Conta-se a mesma coisa de Lisandro: aqueles que haviam se proposto a tornarem-se seus genros, ao saberem que ele era pobre, renunciaram ao plano de desposar sua filha.

16... De Antístenes e de Diógenes

Antístenes[27], indignado com o fato de que nenhum daqueles que ele havia exortado a cultivar o estudo da filosofia vinha escutá-lo, despediu-se de todos os seus discípulos e fechou sua escola. Ele não queria nem mesmo receber Diógenes. Porém, ao ver que Diógenes, apesar disso, era cada vez mais assíduo e mais solícito, amea-

---

26 Os atenienses concederam, como dote, 3 mil dracmas a cada uma de suas filhas. (Plutarco, *Vida de Aristides*)
27 Cf., sobre Antístenes, o cap. 35 do livro IX.

çou expulsá-lo a pauladas. Um dia, ele chegou até mesmo a feri-lo efetivamente na cabeça. Entretanto, bem longe de se retirar, Diógenes não se mostrou senão mais teimoso em permanecer junto de seu mestre, tamanho era o seu desejo de tirar proveito de suas lições:

— Batei-me — disse ele — se isso vos agrada. Eu vos ofereço minha cabeça; vós jamais achareis um porrete bastante duro para afastar-me do lugar onde vós estiverdes ensinando.

Desde esse tempo, Antístenes ficou sendo seu amigo.

17... Exemplos de homens célebres que enriqueceram à custa do povo

De acordo com o relato de Crítias, o patrimônio de Temístocles, filho de Neocles, não chegava a três talentos quando ele começou a tomar parte na administração da república[28]. Porém, ao ser enviado para o exílio e ao ter os seus bens confiscados, depois de ter estado à frente dos negócios públicos, descobriu-se que sua riqueza passava dos cem.

Crítias diz o mesmo de Cleon[29]. Quando Cleon começou a lidar com os negócios públicos, ele estava cheio de dívidas: no entanto, deixou uma fortuna de cinquenta talentos.

18... Do pastor Dafne e da origem dos poemas bucólicos

O pastor Dafne era, segundo alguns, favorito de Mercúrio. Para outros, ele era seu filho. Deram-lhe o nome de Dafne porque sua

---

28 Temístocles não havia, portanto, sido deserdado por seu pai, como diz Eliano no início do cap. 12 do livro II.
29 Cleon era contemporâneo de Péricles, e pereceu na guerra do Peloponeso. Ele era filho de Cleeneto, um curtidor de couros. Aristófanes, na comédia dos Cavaleiros, acusa-o da mesma coisa que Crítias, ou seja, de ter-se enriquecido à custa do povo. "Eu acuso Cleon", diz ele, "porque ele entrou no pritaneu com a barriga vazia e saiu dele empanturrado."

mãe, uma ninfa, o abandonou logo após o seu nascimento num bosque plantado com loureiros[30]. Afirma-se que as novilhas confiadas à sua guarda eram irmãs dos bois do sol, dos quais fala Homero na *Odisseia*[31]. Seja como for, como Dafne fazia que elas pastassem na Sicília, uma ninfa concebeu por ele o mais forte dos amores e não demorou a oferecer-lhe a suprema prova disso. Dafne era jovem e belo; suas faces mal começavam a se cobrir com uma leve penugem, característica daquela idade em que – como diz Homero, em algum outro lugar[32] – "o fulgor da juventude se soma à beleza". O pastor prometeu ser fiel e nunca olhar para outra mulher a não ser com indiferença. Pelo seu lado, a ninfa o advertiu de que o destino havia decidido que a perda da visão seria a punição para a sua falta de fidelidade. Juramentos mútuos selaram o seu compromisso. Pouco tempo havia se passado quando a filha de um rei, tendo se apaixonado por Dafne, conseguiu torná-lo infiel, embriagando-o. Daí nasceram os poemas bucólicos, nos quais se cantava a perda dos olhos de Dafne: Estesícores de Himera[33] é considerado como o seu inventor[34].

19.... Ação corajosa do lutador Euridamas

Euridamas de Cirene, vencedor na luta, tendo tido os dentes quebrados durante o combate, engoliu-os, para não deixar que seu adversário tivesse a satisfação de perceber o que havia acontecido.

20... Resposta de Agesilau a Xerxes

Quando o rei da Pérsia escreveu a Agesilau para oferecer-lhe a sua amizade, este lhe respondeu:

---

30 Dafne, em grego, significa "loureiro".
31 *Odisseia*, XII, 127.
32 *Ilíada*, XXIV, 348.
33 Estesícores, célebre poeta, contemporâneo de Ciro. (Cf. o cap. 26 do livro IV)
34 A origem dos poemas bucólicos é muito incerta. Eles foram atribuídos a Apolo, a Mercúrio, a Pã, ao próprio Dafne e também a vários outros. (Voss., *Poetic. Institut.* livro III, cap. 8)

— Não é possível que eu seja individualmente o amigo de Xerxes: se ele se torna o amigo de *todos* os espartanos, então, certamente serei o seu, estando incluído na relação de *todos*.

21... De Platão quando criança

Enquanto Ariston[35] oferecia um sacrifício às musas e às ninfas no alto do monte Himeto, Perictione colocou seu filho — que ela trazia em seus braços — sobre uma moita de mirtos muito espessa, que estava nas proximidades, indo ajudar seu marido com o sacrifício. Neste intervalo, Platão adormeceu e um enxame de abelhas veio, com um suave zumbido, depositar sobre os seus lábios o mel de Himeto, anunciando assim qual deveria ser, um dia, a doçura da linguagem desta criança.

22... Do atleta[36] Dióxipes

Um dia, na presença de Alexandre e dos macedônios, Dióxipes agarrou uma clava e desafiou para um combate o macedônio Corragus, que estava completamente armado. Logo Dióxipes fez saltar a sua lança e depois, conseguindo derrubá-lo, apesar de sua armadura, pôs o pé sobre a sua garganta, arrancou a espada que Corragus tinha na cintura e o matou[37]. Essa ação desagradou Alexandre. O atleta, percebendo que havia caído em desgraça junto ao príncipe, entregou-se ao desespero e suicidou-se.

---

35 Platão era filho de Ariston e de Perictione.
36 É assim que Eliano o qualifica no cap. 58 do livro XII.
37 Quinto Cúrcio (IX, 7), que chama esse macedônio de Horratus, diz que Alexandre impediu Dióxipes de matá-lo, mas que o príncipe e todos os espectadores ficaram envergonhados com a sua derrota, porque era o mesmo que mostrar aos bárbaros que os macedônios não eram invencíveis. Foi daí que aqueles que invejavam Dióxipes aproveitaram a oportunidade para intrigá-lo junto a Alexandre, e o acusaram, alguns dias depois, de ter roubado uma taça de ouro num festim (o que causou em Dióxipes uma tal dor que ele se matou).

Livro Décimo Primeiro

◆

1... Luta siciliana

Foi Oricadmus quem fixou as regras que são seguidas na luta. Ele inventou, além disso, uma maneira particular de lutar, que foi chamada de "luta siciliana"[1].

2... Escritores mais antigos que Homero

Segundo uma tradição dos trezenianos, os poemas de Orebantius já existiam antes dos de Homero. Eles acrescentam que Dares da Frígia – de quem não posso duvidar que a *Ilíada* frígia tenha sido conservada até os nossos dias – também era mais antigo do que ele.

Melisandro de Mileto descreveu o combate entre os centauros e os lapithes[2].

---

1 Os comentadores confessam não conhecer nem Oricadmus nem a "luta siciliana". Um deles conjectura, com bastante verossimilhança, que a "luta siciliana" era aquela em que era permitido qualquer ardil, qualquer fraude.

2 Fabrícius provou, no capítulo 1 de sua *Biblioteca grega*, que não foi conservada nenhuma obra em versos mais antiga do que as de Homero. Ele chega a enumerar cerca de setenta poetas que foram citados por alguns escritores como sendo anteriores ao cantor de Ílion, e entre esses poetas se encontram Orebantius, Dares e Melisandro.

3... Do atleta Iccus

Iccus de Tarento[3] foi o primeiro atleta que adotou um estilo de vida sóbrio e frugal durante os exercícios por meio dos quais se preparava para a luta[4]. Ele comia pouco, só fazia uso de alimentos simples e havia interditado a si próprio qualquer relacionamento com as mulheres.

4... De Agátocles ficando calvo

Nada era ao mesmo tempo mais risível e menos decente do que o penteado de Agátocles, tirano da Sicília[5]. Agátocles, tendo perdido insensivelmente todos os seus cabelos, imaginou que, usando uma coroa de mirto, conseguiria mascarar a deformidade da qual tinha vergonha. Porém, os siracusanos não foram enganados por isso: eles sabiam que Agátocles tinha ficado calvo. No entanto, contidos pelo temor dos furores e das crueldades do tirano, eles não ousavam falar nada sobre isso.

5... Perversidade dos délfios

Quando alguns estrangeiros foram a Delfos oferecer sacrifícios no templo de Apolo, os délfios – para terem um pretexto para perdê-los – puseram secretamente, no cesto que continha o incenso e os bolos que serviriam de oferenda, alguns dos objetos consagrados ao deus. Depois os prenderam como sacrílegos, arrastaram-nos

---

3   Iccus florescia por volta da 77ª olimpíada. Ele foi o mais célebre atleta do seu tempo. (Pausânias, *Eliac*. II, 10)
4   Esses exercícios deviam ocupar os dez meses que precediam a celebração dos jogos; e os atletas eram obrigados a jurar que haviam empregado todo esse tempo preparando-se para eles. (Pausânias, *Eliac*. I, 24)
5   Agátocles havia nascido em uma condição abjeta. Carcinus, seu pai, era oleiro: a audácia, a velhacaria e a crueldade foram os meios que elevaram Agátocles ao poder supremo. Ele morreu envenenado por seu filho, cerca de três séculos antes de Cristo. (Diodoro da Sicília, livros XIX e XX; Justino, livro XXII)

para o rochedo fatal[6] e os atiraram de lá, em conformidade com a lei que era seguida em Delfos[7].

6... De um adúltero

Um homem acusado de adultério havia sido detido em Téspias. Quando ele estava sendo arrastado através da praça pública, carregado de correntes, seus amigos o arrancaram das mãos da justiça. Daí nasceu uma rebelião que custou a vida de um grande número de pessoas.

7... Palavras sobre Lisandro e sobre Alcibíades

O lacedemônio Etéocles[8] dizia que Esparta não poderia suportar dois Lisandros. O ateniense Arquéstrato[9] dizia que Atenas não poderia suportar dois Alcibíades. Assim, o segundo de cada um desses dois homens teria sido insustentável.

8... Da morte de Hiparco

Harmonius e Aristogiton assassinaram Hiparco porque ele havia impedido que a irmã de Harmodius conduzisse nas Panateneias[10], segundo o costume do país, o cesto de Minerva – embora ela fosse muito digna dessa honraria[11].

---

6 Suidas chama esse rochedo de Fédrias, e Plutarco de Hiampeu.
7 Foi por um artifício semelhante que os délfios fizeram que Esopo perecesse.
8 Etéocles, um dos éforos de Esparta, no tempo de Alexandre.
9 Arquéstrato, poeta célebre, originário da Sicília, mas estabelecido em Atenas e contemporâneo de Alcibíades: a menos que se prefira atribuir essas palavras a um outro Arquéstrato, posterior ao primeiro, que era verdadeiramente ateniense de nascimento, e do qual fala Plutarco na *Vida de Focion*.
10 Panateneias, festa que era celebrada a cada cinco anos, em honra de Minerva.
11 Platão, no diálogo intitulado Hiparco, atribui o assassinato desse tirano ao ciúme despertado em Aristogiton pelo fato de que Hiparco havia lhe arrebatado um discípulo e um admirador.

9... Exemplos ilustres de desprendimento

Entre os gregos, os mais ilustres personagens viveram pobres[12]. Quem ousaria, portanto, fazer o elogio das riquezas, quando a pobreza foi sempre o quinhão dos maiores homens da Grécia? Um Aristides, por exemplo – depois de ficar coberto de glória na guerra e de ter definido o tributo que cada cidade deveria pagar para a manutenção das tropas e dos navios[13] –, não deixou, ao morrer, dinheiro suficiente para pagar as despesas de seu funeral.

Alexandre enviou um dia cem talentos a Focion, que não era menos pobre do que Aristides:

– Por que – disse Focion, aos que lhe traziam esse dinheiro – o rei da Macedônia me faz esse presente?

– É – responderam-lhe – porque ele vos considera como o único homem justo e virtuoso que existe em Atenas.

– Pois então – retrucou Focion, rejeitando o presente – que ele permita que eu não deixe de sê-lo.

Epaminondas, filho de Polimnis, tão pobre quanto os dois grandes homens dos quais acabei de falar, respondeu a Jasão[14], que havia lhe enviado de presente cinquenta peças de ouro:

– Vossa dádiva é um insulto.

Ao mesmo tempo, ele pedia emprestado a um particular cinquenta dracmas para se pôr em condições de atravessar o Peloponeso. Tendo tomado conhecimento, numa outra ocasião, de que o homem que habitualmente carregava o seu escudo havia recebido uma soma em dinheiro de um de seus prisioneiros, disse-lhe:

---

12 Eliano já havia falado elogiosamente da pobreza desses grandes homens, no cap. 43 do livro II.
13 A fim de tornar a frase de Eliano mais clara, tomei a liberdade de acrescentar, de acordo com Cornélius Nepos (*Vida de Aristides*, cap. 3), para quais objetivos havia sido imposto esse tributo.
14 Jasão, tirano de Feres, na Tessália. Príncipe muito sábio e muito justo, de quem os historiadores falam quase sempre de forma elogiosa.

— Devolva-me o meu escudo, compre uma taverna e passe lá os seus dias. Você se tornou muito rico para querer de agora em diante correr os perigos da guerra.

Os amigos de Pelópidas censuravam-no pela pouca importância que ele dava ao dinheiro — sem contestação, a coisa mais útil aos homens.

— Por Júpiter — respondeu Pelópidas —, eu reconheço que o dinheiro é útil, mas ele é útil para Nicomedes — e lhes mostrava um infeliz, que havia perdido os braços e a visão.

As necessidades de Cipião eram tão limitadas que, durante os 54 anos que viveu, não teve nada para vender e nada comprou. A alguém que lhe mostrava um escudo muito adornado, Cipião disse:

— É em seu braço direito que um cidadão romano deve depositar a sua confiança, e não no braço esquerdo.

Efialto, filho de Sofônides, recusou dez talentos que seus amigos queriam lhe dar para aliviar sua miséria.

— Se eu os aceitasse — disse-lhes ele — me exporia a ter que demonstrar a minha gratidão fazendo alguma coisa injusta por consideração a vocês ou então a ser considerado ingrato, se não fizesse aquilo que vocês desejassem.

10... De Zoilo

Zoilo de Anfípolis[15], que atacou em suas obras Homero, Platão e diversos outros escritores, tinha sido discípulo de Polícrates[16], que por sua vez havia composto um discurso repleto de acusações contra Sócrates. Esse Zoilo foi cognominado "O Cão Retórico".

---

15   Zoilo é tão conhecido e Eliano pinta-o com cores tão verdadeiras que seria inútil entrarmos em detalhes a seu respeito. É bastante dizer que parece seguro que Zoilo vivia durante o reinado de Alexandre: chegam a afirmar que ele viveu até o reinado de Ptolomeu Filadelfo.

16   Polícrates, orador ateniense paupérrimo, que ganhava sua vida fazendo discursos. (Suidas)

Ora, eis o seu retrato: ele tinha a barba longa e a cabeça raspada até o couro cabeludo; seu manto só descia até o joelho. Todo o seu prazer estava em maldizer, e sua única ocupação era procurar os meios de fazer que o odiassem. Detrator universal, ele não sabia senão criticar e ultrajar. Um dia, quando um homem sensato perguntou-lhe por que ele se obstinava em falar mal de todo mundo, Zoilo respondeu:

– Porque não posso fazer mal a todo mundo, apesar da vontade que tenho disso.

11... De Dionísio

Dionísio, o tirano, estudou e praticou a medicina. Ele fazia curativos nos doentes e sabia realizar todas as operações desta arte, até cortar e cauterizar[17].

12... Palavras de Sócrates a Xantipa

Alcibíades enviou um dia a Sócrates um bolo extremamente grande e belamente enfeitado. Esse presente irritou Xantipa: ela imaginou que, com ele, seu marido gostaria ainda mais daquele que o havia enviado. Num movimento de cólera que lhe era habitual, ela tirou o bolo de seu cesto, jogou-o no chão e pisoteou-o. "Pois então", disse Sócrates, rindo, "você não guardou nem um pedaço para você?"

Aquele que considera esse fato como pouco importante ignora, sem dúvida, que é possível reconhecer o verdadeiro sábio pelo desprezo que ele manifesta pelas coisas que o vulgo chama de "os ornamentos da mesa" ou "as delícias dos banquetes".

---

17 Sabe-se que durante muito tempo a medicina consistiu principalmente nas operações cirúrgicas e na cura dos ferimentos. É assim que vemos, em Homero, Machaon e Podalires exercerem a medicina.

13... De um siciliano cuja visão alcançava uma distância espantosa

Escutei falar de um siciliano[18] que tinha os olhos tão aguçados que, orientando sua visão do promontório de Lilibeia na direção de Cartago, era capaz de distinguir claramente, lá, todos os objetos, e contava os navios que saíam do porto sem se enganar quanto ao seu número.

---

18   Lê-se em Plínio (VII, 21) que este homem singular se chamava Estrabão. Quanto à distância entre Lilibeia e Cartago, Plínio a fixa em 135 mil passos, que constituem 1.100 estádios, enquanto, segundo Estrabão (VI e XVII), ela era de 1.500 estádios.

Livro Décimo Segundo

◆

1. História de Aspásia[1]

Aspásia, de Foceia, era filha de Hermótimo: seu nascimento custou a vida de sua mãe. Privada dos cuidados que poderia ter recebido dela, Aspásia foi criada duramente. Porém, embora pobre, ela nem por isso deixou de ser formada na virtude. Mais de uma vez um sonho anunciou-lhe a mudança de sua sorte, e pressagiou-lhe que um dia ela estaria unida a um homem ilustre e virtuoso.

Na sua infância, surgiu debaixo de seu queixo um tumor que a desfigurava: o pai e a filha ficaram igualmente aflitos por causa deste acidente. Hermótimo fez que ela fosse ver um médico, que prometeu curá-la em troca de três estáteres:

– Eu não os tenho – disse-lhe Hermótimes.

– E eu – retrucou o médico – também não tenho remédio para vos dar.

Aspásia, justamente entristecida com essa resposta, saiu chorando. Um espelho, que ela tinha sobre os joelhos, e no qual não

---

[1] A Aspásia da qual Eliano apresenta a história neste capítulo não é a Aspásia de Mileto, cujos talentos e o amor de Péricles tornaram tão célebre. Aquela da qual se trata aqui era foceiana: ela se chamava originalmente Milto; o nome de Aspásia foi-lhe dado por Ciro, seu amante. (Plutarco, *Vida de Péricles*)

cansava de se olhar, aumentava ainda mais a sua aflição. Nesse estado, ela não pôde jantar. No entanto, um sono favorável tomou conta de seus sentidos. Ela viu, em sonho, aproximar-se dela uma pomba que, adquirindo subitamente a aparência de uma mulher, fez-lhe o seguinte discurso: "Tomai coragem; deixai para lá os médicos e os remédios; transformai em pó algumas rosas secas de uma das coroas consagradas a Vênus, e aplicai-o sobre o vosso mal." Nem bem Aspásia escutou esse conselho, apressou-se a segui-lo e seu tumor desapareceu. Assim, pelo favor da mais bela das deusas, ela se tornou novamente a mais bela das moças de sua idade e, em seu tempo, não houve nenhuma beleza que pudesse ser comparada com a sua. Ela era constituída pela reunião de todas as graças.

A filha de Hermótimo tinha os cabelos louros e naturalmente frisados, os olhos muito grandes, as orelhas pequeníssimas, o nariz um tanto aquilino e a pele extremamente fina. Sua tez rosada fez que os foceios, em sua infância, dessem-lhe o nome de *Milto* ("vermelhão"). Seus lábios encarnados deixavam ver os dentes mais brancos do que a neve; suas pernas teriam feito que ela merecesse que Homero a pusesse na relação dessas belas mulheres que ele caracterizou com o epíteto de *callisphyres* ("pés bonitos"). Sua voz era tão suave e tão tocante que se acreditaria, quando ela falava, estar escutando uma sereia. De resto, bem diferente das outras mulheres, ela não dava nenhuma importância a esses adornos rebuscados pelos quais se toma gosto no seio das riquezas. Aspásia, nascida pobre, criada por um pai indigente, nunca recorria a esses vãos ornamentos para fazer sua figura sobressair. Assim, como acabo de pintá-la, ela foi levada até Ciro, filho de Dario e de Parisatis, e irmão de Artaxerxes (não que ela tivesse ambicionado esta fortuna ou que seu pai tivesse procurado proporcioná-la a ela). Aspásia cedia à força e suportava o destino que experimentam habitualmente os habitantes de uma cidade tomada de assalto ou os súditos de um tirano (muitas vezes imitado por um sátrapa). Foi um dos sátrapas de Ciro que a conduziu, juntamente com outras moças, à corte do príncipe. A inocência de seu caráter, a honestidade de seus costumes e a excelência de sua beleza (que nada devia à arte) determinaram a escolha de Ciro: Aspásia foi preferida a todas as suas rivais. Aquilo que ela mostrou, mais tarde, de sabedoria e de prudência serviu para fortificar ainda mais um amor que o primeiro olhar havia feito nascer. Ciro a consultava muitas vezes nos assuntos mais importantes e jamais se arrependeu de ter seguido os seus conselhos.

Da primeira vez em que Aspásia surgiu em sua presença, ele tinha acabado de jantar e já começava a beber, como era o costume dos persas – que, como se sabe, se entregam, depois dos banquetes, aos excessos do vinho, e bebem exageradamente, desafiando-se uns aos outros e medindo suas forças com as do vinho como se estivessem num desafio contra um inimigo. Em meio a estes desregramentos, quatro jovens gregas, entre as quais estava Aspásia, foram-lhe apresentadas. Três delas estavam elegantemente adornadas. As mulheres que haviam vindo em seu séquito haviam frisado e penteado os seus cabelos; todos os tipos de maquiagem haviam sido profusamente empregados para embelezar os seus rostos. Aqueles que as haviam orientado tinham-lhes ensinado, sobretudo, como elas deviam se comportar para agradar a Ciro. "Não se afastem se ele se aproximar; não o rejeitem se ele quiser tocar em vocês; deixem até que ele as abrace": verdadeiras lições de uma escola de prostituição, muito apropriadas para as belezas venais. Cada uma das três gregas esforçava-se para eclipsar suas colegas. Quanto a Aspásia, ela não queria usar nem a magnífica túnica nem o manto tingido com diversas cores que haviam sido preparados para ela. Ela se recusava até mesmo a entrar no banho. Inundada por suas lágrimas, ela invocava os deuses da Grécia, os deuses protetores da liberdade: ela repetia sem cessar, em altos gritos, o nome de seu pai, do qual ela maldizia a sorte, assim como a sua. "Ai de mim!", dizia ela, "essas roupas e esses soberbos ornamentos, aos quais não estou acostumada, informam-me apenas de que estou destinada à escravidão." Foi necessário espancá-la para forçá-la a vestir-se com a túnica: ela cedeu, mas com a dor mais amarga de ver-se reduzida a condescendências mais dignas de uma cortesã do que de uma jovem virtuosa. Suas colegas, quando chegaram diante de Ciro, não deixaram de corresponder aos seus olhares nem de provocá-lo com os seus sorrisos. Enquanto isso, Aspásia, com os olhos voltados para o chão, mal retinha as suas lágrimas. Um rubor tão vivo quanto o fogo inflamava o seu rosto: todos os seus movimentos eram indícios de seu pudor natural.

Quando Ciro ordenou às quatro gregas que se sentassem perto dele, todas se apressaram a obedecê-lo, com exceção da foceia: ela só foi para o seu lugar depois de ter sido forçada pelo sátrapa que a havia trazido. Quando era do agrado de Ciro pôr suas mãos sobre as outras gregas, para examinar de perto os seus olhos, seus rostos ou os seus dedos, as três primeiras suportavam isso com tranquilidade. Aspásia, pelo contrário, quando era tocada por ele, mesmo que com a ponta dos dedos, defendia-se com gritos e dizia-lhe que certamente aquilo que ele fazia não ficaria impune. Essa resistência divertiu muito Ciro. Porém, quando ele quis passar a mão sob o seu queixo e viu-a levantar-se bruscamente e procurar fugir, ele admirou uma virtude da qual os persas não tinham ideia. Depois, voltando-se para o sátrapa, disse-lhe:

– Eis a única das vossas quatro gregas que tem a alma nobre e pura; as outras têm a aparência e as maneiras de verdadeiras cortesãs.

A partir desse momento, Ciro amou-a mais do que jamais havia amado qualquer outra mulher. O tempo não fez senão aumentar seu amor, e Aspásia finalmente correspondeu-lhe. Sua ternura mútua cresceu de tal maneira, em seguida, que se tornou a imagem de uma estima recíproca, da concórdia e da moderação que reinam entre os esposos, entre os gregos. Os ecos dessa paixão não tardaram a se espalhar pela Jônia e por toda a Grécia. Não se falava, no Peloponeso, senão de Ciro e de Aspásia: a fama levou sua história à corte do grande rei. De resto, acredita-se que Ciro, depois de ter conhecido Aspásia, desdenhou todas as outras mulheres.

A filha de Hermótimo recordou-se, então, dos sonhos de sua infância, da aparição e do discurso da pomba e, por fim, daquilo que uma divindade, oculta inicialmente sob a aparência deste pássaro, lhe havia predito: ela julgou que se tratava da própria Vênus e, não podendo duvidar de que a deusa velava por ela desde as primeiras etapas de sua vida, Aspásia ocupou-se do cuidado de testemunhar-lhe o seu reconhecimento por meio de sacrifícios e de oferendas. Ela começou por mandar fazer-lhe uma estátua de ouro, em tamanho natural, junto da qual foi colocada uma pomba adornada com pedras preciosas: através desse símbolo se podia reconhecer Vênus. Todos os dias ela ia fazer seus votos à deusa, implorar sua proteção e imolar em sua honra novas vítimas. Aspásia não se esqueceu de seu pai: ela o cobriu com ricos presentes e o pôs em condições de viver na abundância. Viram-na usar constantemente a sua fortuna com moderação: é um testemunho que lhe tem sido prestado pelas mulheres, sejam gregas ou persas. Citarei alguns exemplos disso:

Escopas, o Jovem[2], da Tessália, tendo recebido de presente um colar maravilhosamente trabalhado, que tinha vindo para ele da Sicília, o havia mandado para Ciro. O príncipe, encantado por ter em suas mãos uma joia que causava admiração em todos aqueles a quem era mostrada, correu para Aspásia: o dia estava no meio. Ela

---

2 É bastante provável que esse Escopas seja o neto do famoso atleta do mesmo nome, que Simônides de Céos havia celebrado em seus versos e que morreu no desabamento de sua casa, junto com seus amigos, que ele havia convidado para um grande banquete. Simônides foi o único a escapar dessa tragédia: dois jovens, que se acredita terem sido Castor e Pólux, tinham vindo chamá-lo um instante antes que a casa desmoronasse. (Cícero, *De orat.*, II, 86; Fedro, *Fábulas*, IV, 23)

dormia profundamente: Ciro introduziu-se sob o tapete que a cobria, deitou-se suavemente junto a ela e ficou ali, sem fazer qualquer ruído e sem se mexer. Aspásia continuou a dormir. Enfim, ela despertou e, vendo Ciro ao seu lado, seu primeiro movimento foi estreitá-lo em seus braços com sua ternura habitual. Então, o príncipe, tirando o colar de seu estojo, disse, mostrando-o para ela:

— Eis aqui uma joia digna de ser oferecida à filha ou à mãe de um rei.

— Isso é verdade — respondeu Aspásia.

— Pois então — retrucou Ciro — eu vos dou. Ele é vosso; ponde-o em volta de vosso pescoço: é aí que eu terei o prazer de vê-lo.

Aspásia não aceitou de modo algum o presente, dizendo ao príncipe, com tanta modéstia quanto sabedoria:

— Como eu ousaria me enfeitar com uma joia digna daquela a quem vós deveis a luz? Ah! Ciro, enviai esse colar a Parisatis, que eu bem saberei vos agradar sem precisar deste ornamento.

Tal era a elevação da alma de Aspásia — alma verdadeiramente real, da qual existem poucos exemplos em um sexo ordinariamente ciumento de tudo aquilo que possa aumentar os seus encantos. Ciro, encantado com esta resposta, abraçou ternamente Aspásia, escreveu ele próprio os detalhes daquilo que acabara de se passar e enviou a narrativa à sua mãe, juntamente com o colar. Parisatis, tão comovida com o conteúdo da carta de seu filho quanto com a preciosa dádiva que a acompanhava, reconheceu por meio de magníficos presentes a generosidade de Aspásia. Ela via com a máxima satisfação que Aspásia não usava da ascendência que tinha sobre Ciro senão para assegurar-se do segundo lugar em seu coração, e que ela deixava o primeiro para a mãe do príncipe. Aspásia agradeceu muito os presentes da rainha mãe. Porém, como eles vinham acompanhados por somas consideráveis de dinheiro, ela fez que tudo revertesse para Ciro:

– Príncipe – disse-lhe ela – não tenho necessidade dessas riquezas. Elas podem vos ser úteis, a vós que tendes um grande número de homens para sustentar. Quanto a mim, não quero outro bem e outro adorno além de meu amor.

Concebe-se sem dificuldade o espanto que este último episódio deve ter provocado em Ciro. É preciso reconhecer, com efeito, que Aspásia merece muito menos ser admirada pelo brilho de sua beleza do que pela nobreza de seus sentimentos.

Quando Ciro foi morto na batalha contra Artaxerxes, e seu acampamento ficou em poder do vencedor, Aspásia foi detida. Não foi simplesmente como uma consequência da pilhagem que ela caiu – assim como o resto dos despojos – nas mãos dos inimigos. Artaxerxes, que tinha ouvido falar de sua beleza e de sua virtude, mandou que a procurassem com o maior zelo. Indignado ao ver que ela havia sido acorrentada, ele ordenou que pusessem a ferros aqueles que haviam tomado parte em um tratamento tão bárbaro e, ao mesmo tempo, mandou que trouxessem para sua cativa as roupas mais magníficas. Ao ouvir esta ordem, os olhos de Aspásia encheram-se de lágrimas. Ela gemeu e suplicou. Porém, apesar da amarga dor que lhe causava a morte de Ciro, ela foi obrigada a se vestir com a túnica que lhe fora dada pelo rei. Com essas roupas novas, ela pareceu a mais bela de todas as mulheres. Desde então, Artaxerxes ficou perdidamente apaixonado. Ele dava a ela uma sensível preferência sobre todas as outras e a tratava com um respeito singular. Enfim, ele nada poupava para agradá-la, na esperança de apagar insensivelmente de seu coração a lembrança de Ciro, e de reconhecer um dia que ela amava tanto o rei da Pérsia quanto havia amado o seu irmão. Artaxerxes só alcançou lentamente e muito tarde este objetivo de seus desejos. O amor de Aspásia por Ciro estava muito profundamente gravado em seu coração e reinava muito imperiosamente para que fosse fácil arrancá-lo dali.

Algum tempo depois, sucedeu que o eunuco Teridates, o mais belo e o mais amável que havia em toda a Ásia, morreu na primavera de sua vida, quando mal acabara de entrar na adolescência. Dizia-se que o rei o havia amado muito. As lágrimas que derramou e a dor profunda à qual se entregou não deixavam lugar para a dúvida. A Ásia inteira participou de sua aflição: foi um luto universal, todos se apressavam a oferecer ao rei este sinal de solidariedade. Ninguém ousava aproximar-se de Artaxerxes, e menos ainda tentar consolá-lo. Estavam persuadidos de que jamais seria possível tirá-lo da tristeza na qual ele estava mergulhado. Depois que ele havia passado três dias neste estado, Aspásia, em trajes de luto, aproveitou o momento em que o rei estava indo para o banho e se posicionou em sua passagem, com os olhos baixos e vertendo lágrimas. Artaxerxes, surpreso ao encontrá-la naquele local, indagou o que poderia tê-la trazido ali:

– Príncipe – respondeu ela –, vós estais triste, vós estais aflito. Eu venho tentar vos consolar, se isso puder vos ser agradável. Se meu oferecimento é inoportuno, eu me retiro.

O rei, vivamente comovido com a terna solicitude de Aspásia, disse-lhe para subir ao seu apartamento e esperá-lo: ela obedeceu. Artaxerxes, ao voltar do banho, fez que ela vestisse as roupas do eunuco, por cima dos trajes de luto que ela usava. Este arranjo deu a Aspásia novos encantos e tornou sua beleza mais excitante aos olhos de seu amante: no excesso de seu arrebatamento, o rei pediu a ela que nunca usasse outras roupas, quando estivesse em sua presença, até que ele conseguisse acalmar a sua dor. Aspásia não deixou de aproveitar esse meio de agradá-lo: ela teve a glória de ser a única em toda a Ásia – não somente entre as mulheres de Artaxerxes, mas entre seus filhos e seus parentes – que pôde abrandar sua tristeza e curar a ferida de seu coração. O príncipe, sensível aos cuidados que ela tinha para com ele, escutou-a e prestou-se docilmente a tudo aquilo que ela lhe disse para consolá-lo[3].

2... As Musas são amigas da paz

Nunca nenhum escultor ou pintor representou as Musas armadas: o que está de acordo com a opinião que sempre se teve de que o espírito de paz e de calma é necessário para o comércio com as Musas[4].

3... Epaminondas moribundo

Epaminondas, tendo sido mortalmente ferido na batalha de Mantineia, foi levado para a sua tenda. Como ainda respirava, ele mandou chamar Daifante, para entregar-lhe o comando do exército.

– Daifante está morto, responderam-lhe.

– Que façam então vir prontamente Iolaidas, continuou ele.

Por fim, sendo informado de que Iolaidas havia perecido do mesmo modo, Epaminondas aconselhou os tebanos a terminar a

---

3   Se Aspásia conseguiu consolar Artaxerxes nesta ocasião, ela o afligiu muito sensivelmente mais adiante. Por uma lei dos persas, o sucessor designado para o trono podia pedir um presente àquele por quem ele havia sido designado, e este era obrigado a concedê-lo. Quando Artaxerxes declarou Dario herdeiro de seus estados, Dario pediu-lhe Aspásia. Não podendo recusar, o rei respondeu que Aspásia era livre, e que ela podia escolher entre Dario e ele: Aspásia preferiu Dario. Então, Artaxerxes, arrependendo-se de sua condescendência, e para forçar Aspásia a viver ao menos em continência, fez dela sacerdotisa de Diana Anitis (Justino diz "sacerdotisa do Sol"). Dario ficou de tal maneira ressentido com isso que arquitetou o projeto de tirar a vida de seu pai. Artaxerxes foi prevenido e mandou matá-lo, como diz o próprio Eliano, no livro IX, cap. 42. (Plutarco, *Artaxerxes*)
    Bayle, que conta sumariamente esta história, no artigo dedicado a Ciro, observa que Aspásia deve ter conservado sua beleza bem além do limite ordinário, já que é certo que ela tinha quase oitenta anos quando Dario a obteve de Artaxerxes. Vimos entre nós mesmos, na *moderna Leontium* (Ninon de Lenclos), um semelhante fenômeno, com circunstâncias ainda mais singulares. "Apesar da sua idade avançada – disse um de seus amigos –, ainda era possível ler toda a sua história nos seus olhos." (*Dial. Sur la Mus. des Anc.*, p. 123)

4   O mesmo assunto é tratado com muito mais extensão no cap. 37 do livro XIV.

guerra e a fazer um acordo com o inimigo, já que não restava mais nenhum general em condições de comandá-los[5].

4... De Sesóstris

De acordo com uma tradição egípcia, Sesóstris havia sido formado por Mercúrio no conhecimento das leis[6].

5... De Laís

A cortesã Laís, de acordo com o relato de Aristófanes de Bizâncio, foi apelidada de "O Machado". Esse cognome indicava a aspereza de seu caráter[7].

6... Das famílias de Marius e de Catão

É com justeza que se ri daqueles que se envaidecem de seus ancestrais. Porque se, dentre os romanos, nós admiramos Marius por causa de seus altos feitos, ignoramos de quem ele recebeu a luz. Seriam necessárias muitas pesquisas para descobrir quem era o pai de Catão, o Antigo[8].

7... De Alexandre e de Heféstion

Alexandre atirou flores sobre o túmulo de Aquiles[9]. Heféstion prestou a mesma homenagem ao túmulo de Pátroclo. Através desse

---

5 Xenofontes, Diodoro da Sicília e Cornélius Nepos nada dizem acerca desse conselho que Epaminondas teria dado aos tebanos. Plutarco é o único que faz menção a ele, nos Apotegmas dos generais.
6 Esse capítulo se encontra no livro XIV, cap. 34, com a exceção de que Sesóstris não é mencionado. Não seria preciso ler, aqui, Osíris em vez de Sesóstris? Diodoro da Sicília (livro I) diz que Mercúrio comunicava-se com Osíris, e ajudava-o com seus conselhos.
7 Esse capítulo é repetido mais adiante (XIV, 35), com uma adição que falta aqui. Aristófanes de Bizâncio era um célebre gramático que, segundo Suidas, vivia no tempo dos Ptolomeus, e que foi o mestre do crítico Aristarco.
8 Isso se acha repetido, com algumas adições, no cap. 36 do livro XIV.
9 Augusto prestou em seguida as mesmas homenagens às cinzas de Alexandre. (Suetônio)

gesto, Heféstion quis dar a entender que ele era tão querido pelo seu senhor quanto Pátroclo havia sido pelo seu amigo.

8... Má-fé de Cleômenes

O lacedemônio Cleômenes[10] havia confidenciado seus projetos a um de seus amigos, chamado Arcônides, e havia lhe jurado que, se algum dia tivesse o poder nas mãos, ele "não faria nada sem consultar a sua cabeça". Pouco tempo depois, tendo alcançado o poder supremo, Cleômenes mandou matar Arcônides – cuja cabeça, separada do corpo, foi posta num vaso cheio de mel. Desde então, antes de realizar qualquer empreendimento, Cleômenes inclinava-se sobre o vaso e prestava contas "à cabeça" de tudo aquilo que pretendia fazer.

– Não podem acusar-me – dizia ele – de faltar com a minha palavra e de falsear meu juramento. Eu não faço nada sem consultar a cabeça de Arcônides[11].

9... De Timésias, que se baniu voluntariamente de sua pátria

Timésias de Clazomene governava seus concidadãos com sabedoria. Ele era um desses homens virtuosos sobre os quais a inveja preferencialmente se abate. Depois de ter inicialmente desprezado os seus ataques, ele terminou por ser vítima dela. Eis aquilo que, segundo dizem, fez que ele tomasse a decisão de abandonar sua pá-

---

10   O Cleômenes do qual fala Eliano é o último rei de Esparta que usou esse nome. Para devolver à sua pátria o seu antigo esplendor, ele concebeu e executou o projeto de destruir os éforos, e de restabelecer a igualdade dos bens entre os cidadãos por meio de uma nova partilha das terras. (Plutarco, *Vida de Cleômenes*)

11   Cleômenes abusava da significação equívoca da palavra "cabeça", que os gregos muitas vezes empregavam para designar a pessoa: de modo que se dizia "consultar" ou "homenagear a cabeça de alguém", querendo dizer "consultá-lo" ou "homenagear a própria pessoa".

tria: Timésias passava diante de uma escola, de onde saíam algumas crianças que acabavam de se despedir de seu professor, e que se divertiam com brincadeiras. Duas delas estavam discutindo a respeito de uma linha, que havia sido traçada para permitir a realização de um jogo. Uma delas disse, jurando:

– Queria estar tão seguro de poder estourar os miolos de Timésias quanto estou de ter razão!

Essas palavras que Timésias escutou fizeram-no sentir quanto a inveja estava encarniçada contra ele e a que ponto ele era odioso para os seus concidadãos – já que não somente os homens feitos, mas até mesmo as crianças o odiavam. Então, ele se exilou voluntariamente de sua pátria.

10... Dos eginetas

Houve um tempo em que os eginetas, pelo acaso das circunstâncias e pela sua habilidade em tirar proveito delas, eram o povo mais poderoso da Grécia[12]. Suas frotas eram formidáveis. Eles se distinguiram nas guerras contra os persas e mereceram a palma pelo seu valor. Eles foram os primeiros a cunhar moedas, as quais foram chamadas, por causa de seu nome, "moedas de Égina"[13].

11... Templo da febre

Os romanos dedicaram um templo e um altar à Febre[14], no sopé do monte Palatino.

---

12 Foi durante o reinado de Dario, filho de Histaspe, que os eginetas alcançaram o mais alto grau de poder sobre os mares. Porém, este poder não foi de longa duração: eles foram vencidos e expulsos de seu país pelos atenienses, no tempo de Péricles. (Pausânias, Corinth.)

13 Estrabão (livro VIII) conta, baseado em Éforus, que os eginetas deviam esta invenção ao rei Fídon, que os aconselhou a servirem-se de moedas para facilitar o comércio marítimo, ao qual eles se dedicavam com a finalidade de suprir a esterilidade de sua ilha.

14 Os romanos reconheciam alguns deuses nocivos, que eram invocados como preservativos para os males que podiam causar. A Febre era desta espécie.

12... Pena por adultério na ilha de Creta

Em Gortino, na ilha de Creta, quando um homem havia sido surpreendido em adultério, ele era conduzido à presença dos magistrados e, depois de ter o seu crime comprovado, era coroado com lã. Esta coroa designava um homem frouxo, efeminado, que só servia para relacionar-se com as mulheres. Depois, ele era condenado publicamente a pagar uma multa de cinquenta estáteres, passava a ser considerado como infame e era despojado de todos os privilégios da sociedade.

13... Palavras da cortesã Gnatena a um grande falador

A reputação de Gnatena, cortesã ateniense[15], havia atraído para junto dela um amante das margens do Helesponto. Como, durante o jantar, este homem não parava de falar e a fatigava com a sua tagarelice, Gnatena, interrompendo-o, disse:

– Você não me informou que vinha do Helesponto?

– Sim, é isso mesmo.

– Mas, então, como é possível que você não conheça a mais importante cidade dessa região?

– E qual é? – retrucou o estrangeiro.

– Sigeu – respondeu Gnatena.

O nome dessa cidade (que, em grego, significa "silêncio"), evocado diretamente, fez calar esse falador inoportuno.

14... Grandes homens célebres por sua beleza

Dizem que Alcibíades e Cipião foram os mais belos e os mais amáveis – o primeiro, dos gregos, e o segundo, dos romanos; que De-

---

15 Gnatena viveu pouco tempo depois de Alexandre. Ela teve como amantes o filósofo Estilpon e o poeta Difilo. Ateneu (livro XIII) relata diversos ditos espirituosos de Gnatena, que honram o seu espírito.

métrius Poliorceto não perdia para ninguém em beleza; que Alexandre, filho de Filipe, era belo sem artifícios, e que ele penteava negligentemente os seus cabelos louros, mas que tinha na fisionomia alguma coisa de imponente, que inspirava o respeito. Quando Homero quer dar a ideia de um homem belo, ele o compara a uma árvore.

– Ele crescia – diz ele – como o broto de uma árvore[16].

15... Personagens ilustres que gostavam de brincar com as crianças

Dizem que Hércules descansava das fadigas dos combates por meio das brincadeiras infantis. O filho de Júpiter e de Alcmena brincava muitas vezes com as crianças. É a isso que Eurípides faz alusão quando introduz esse deus segurando uma criança pela mão, e dizendo:

– Eu brinco porque gosto de fazer a brincadeira suceder ao trabalho.

Um dia, Alcibíades surpreendeu Sócrates brincando com Lâmprocles, que ainda era criança[17].

Alguém riu ao ver Agesilau montado a cavalo num pedaço de pau, brincando com seu filho, que ainda estava na infância. Agesilau, então, disse-lhe:

– Agora, guardai o meu segredo. Quando fordes pai, vós contareis a minha história àqueles que tiverem filhos.

Arquitas de Tarento, filósofo e estadista[18], tinha um grande número de escravos. Ele sentia prazer em brincar com sua pequena família, que era criada em sua casa, e era especialmente durante as refeições que gostava de divertir-se dessa maneira.

---

16 *Ilíada*, XVIII, 56. Homero põe esta comparação na boca de Tétis, falando de Aquiles.
17 Lâmprocles era o filho mais velho de Sócrates. (Diógenes Laércio)
18 Cf., sobre Arquitas, o cap. 17 do livro III e o cap. 14 do livro VII.

16... De Alexandre

Alexandre odiava Pérdicas porque ele era um grande homem de guerra; odiava Lisímaco porque ele era um hábil general e odiava Seleucus porque ele era valente. A elevação dos objetivos de Antígono, os talentos de Atala para comandar um exército e a flexibilidade do espírito de Ptolomeu afligiam-no sensivelmente[19].

17... Conduta indecente de Demetrius Poliorceto

Demetrius, que comandava diversas nações, ia muitas vezes completamente armado, com seu diadema na cabeça, à casa da cortesã Lâmia[20]. Certamente, teria sido vergonhoso para ele fazer apenas que ela viesse ao seu palácio. Era ele então que ia assiduamente à sua casa. Eu dou muito menos valor a Demetrius que ao flautista Teodoro, que se recusou a atender aos convites de Lâmia.

18... De Faon

Contam que Vênus escondeu o belo Faon em baixo de algumas alfaces[21]. Segundo uma outra tradição, Faon era barqueiro de profissão. Um dia, Vênus foi até o seu barquinho a fim de fazer uma travessia. Sem conhecê-la, Faon a recebeu com muito boa vontade

---

19 Todos os personagens incluídos neste capítulo estavam entre os generais de Alexandre, e foram, após a sua morte, possuidores tranquilos de diferentes Estados dos quais eles se apoderaram (com a exceção de Pérdicas, cuja ambição tornou odioso e que foi massacrado por seus próprios soldados). Ignoramos de qual Atala fala Eliano, a não ser que se trate do irmão da madrasta de Alexandre, que esse príncipe fez perecer depois da morte de Filipe. Havia no exército de Alexandre um outro Atala, homem de nascimento obscuro, e que nunca comandou como chefe; porém, não é provável que seja esse o que é tratado aqui.

20 Lâmia tocava muito bem a flauta: seu talento, somado aos seus encantos, proporcionou-lhe tantas riquezas que ela mandou construir em Sicione um pórtico público, que foi chamado de Poecile. (Ateneu, livro XIII)

21 Esta fábula de Faon encontra-se em Palefates (cap. 49), nas *Heroidas* de Ovídio, em Luciano e em diversos outros autores.

e a transportou com o maior cuidado até onde ela queria ir. Como reconhecimento por esse serviço, a deusa o presenteou com um vaso cheio de uma droga que o tornava, quando ele se esfregava com ela, o mais belo de todos os homens. Desde então, todas as mulheres de Mitilene ficaram apaixonadas por Faon. Porém, por fim, tendo sido surpreendido em adultério, ele foi executado.

19... De Safo

Platão[22], falando de Safo, filha de Escamandrônimo[23], conhecida por suas poesias, qualifica-a de *sábia*. Ouvi dizer que existiu em Lesbos uma outra Safo, cortesã de profissão, e que jamais fez versos.

20... Do rouxinol e da andorinha

Hesíodo conta que o rouxinol é o único dos pássaros que está sempre em vigília e nunca dorme. Ele acrescenta que a andorinha jamais adormece completamente, e que ela tem apenas um meio sono. Eles sofrem desse modo a pena decorrente do crime atroz que foi cometido no abominável banquete do qual a Trácia foi testemunha[24].

21... Coragem das mulheres lacedemônias

Quando as lacedemônias ficavam sabendo que seus filhos tinham sido mortos numa batalha, elas iam examinar as feridas que eles haviam recebido, seja pela frente ou pelas costas. Se eles tives-

---

22 No diálogo intitulado Fedro.
23 Existiram diversas mulheres com o nome de Safo, que os escritores parecem haver confundido. Tudo aquilo que eu poderia dizer sobre esta matéria encontra-se coligido no dicionário de Bayle: observarei somente que a Safo tão célebre por suas poesias nasceu em Mitilene, na ilha de Lesbos, e viveu cerca de seis séculos antes de Cristo.
24 Trata-se do banquete no qual Filômelo e Progneu fizeram que fossem servidos a Tereu os membros de seu filho Itys. (Ovídio, *Metamorfoses*, VI; Higino, *Fábulas*, 45)

sem várias feridas no peito, então, orgulhosas do valor dos seus filhos – como atestava a gravidade de seu andar e a altivez de seus modos –, elas faziam que eles fossem carregados para o túmulo de seus pais. Porém, se eles estavam feridos em qualquer outra parte do corpo, suas mães, cobertas de vergonha e banhadas em lágrimas, só pensavam em se esconder. Elas fugiam, deixando que seus filhos fossem enterrados na vala comum, ou faziam que fossem transportados secretamente para o túmulo de sua família.

22... De Milon, o Crotoniata, e do pastor Titorme

Milon de Crotona[25], este homem tão envaidecido com a força de seu corpo, encontrou um dia o pastor Titorme. Vendo o grande porte do pastor, ele quis – dizem – experimentar sua força contra a dele. Titorme, após haver se assegurado de que Milon não era extremamente forte, tirou suas roupas, foi até a margem do rio Eveno[26], apanhou uma enorme pedra e atirou-a para cima, rebatendo-a duas ou três vezes. Depois, ele a levantou até a altura de seus joelhos, colocou-a nas costas e, por fim, carregou-a por uma distância de oito passos, antes de jogá-la no chão. Porém, Milon conseguiu apenas rolá-la. O pastor, como segunda demonstração de sua força, foi colocar-se no meio de seu rebanho, pegou pela pata um enorme touro selvagem e o manteve preso, apesar dos esforços que o animal fazia para escapar. Quando um outro touro se aproximou, Titorme agarrou-o da mesma maneira com sua outra mão. Então, Milon, erguendo as mãos para o céu, exclamou:

– Ó, Júpiter! Será que vós não nos destes um segundo Hércules?

Daí, dizem, nasceu o provérbio "É um outro Hércules!"[27].

---

25   Já se falou da força de Milon no cap. 24 do livro II.
26   O rio Eveno atravessava a Etólia, país onde Titorme havia nascido.
27   Outros autores dão a esse provérbio uma origem diferente.

23... Da bravura dos celtas

Não existe nenhuma nação que enfrente os perigos com mais intrepidez do que os celtas. Eles celebram, através de canções, a memória daqueles que morrem gloriosamente na guerra. Eles vão para o combate com a cabeça coroada de flores. Orgulhosos de suas grandes ações, eles constroem monumentos para deixar para a posteridade – seguindo o costume dos gregos – o registro de seu valor. Para eles, parece tão vergonhoso evitar um perigo que muitas vezes eles não se dignam a sair de uma casa que está caindo e desmoronando nem de uma que está sendo consumida pelo fogo (mesmo quando as chamas estão prestes a alcançá-los). Muitos deles esperam firmes pela subida das marés: alguns seguem em frente completamente armados e suportam o choque das ondas, enfrentando-as com suas lanças e suas espadas nuas – como se eles pudessem assustar ou ferir um semelhante inimigo.

24... Do luxo de Esmindírides

Esmindírides de Síbaris[28] levou o luxo a um tal excesso que, indo a Sicione para pedir em casamento Agarista, filha de Clístenes[29], ele se fez acompanhar por mil cozinheiros, mil passarinheiros e mil pescadores[30].

---

28 Cf., sobre Esmindírides, o capítulo 24 do livro IX.
29 Clístenes, tirano de Sicione, contemporâneo de Solon. Depois de ter conquistado o prêmio da corrida de carros nos jogos olímpicos, ele declarou que daria em casamento sua filha Agarista ao mais valente e ao mais corajoso dos gregos. Este anúncio atraiu para Sicione um grande número de pretendentes, cujos nomes são relatados por Heródoto (livro IV). Foi o ateniense Mégacles, filho de Alcmeão, quem obteve a preferência e se tornou esposo de Agarista.
30 Ateneu (VI, 21) diz que Esmindírides havia levado consigo, ao todo, apenas mil escravos, entre cozinheiros, pescadores etc.

25... Lista de homens ilustres que tiveram amigos ou mestres úteis

Alcinous foi útil a Ulisses[31], Quiron a Aquiles[32], Aquiles a Pátroclo[33], Nestor a Agamênon[34], Menelau a Telêmaco[35], Polidamas a Heitor[36] e Antenor aos troianos, enquanto eles seguiram os seus conselhos[37]. Os discípulos de Pitágoras e de Demócrito devem tudo às lições de seus mestres. Se os atenienses tivessem escutado Sócrates e se tivessem se dedicado ao estudo da sabedoria, teriam sido perfeitamente felizes.

Hierão, filho de Dinômenes, serviu-se utilmente de Simônides de Céos[38], Polícrates de Anacreonte[39], Xenofontes de Proxeno[40] e Antígono de Zenão[41].

Porém, para não omitir alguns personagens que não me tocam menos de perto que os gregos, e dos quais, na qualidade de romano, tenho interesse em falar: Antíoco de Ascalon não foi inútil a Lúculo[42], Arius a Mecenas[43], Apolônius a Cícero[44] e Atenodoro a Augusto[45].

---

31 Homero, *Odisseia*, livro VII.
32 *Ilíada*, livro XI.
33 *Ilíada*, livro XXIII.
34 *Ilíada*, livro IX.
35 *Odisseia*, livro IV.
36 *Ilíada*, livro XII.
37 *Ilíada*, livros III-VII etc.
38 Cf. o cap. 15 do livro IV.
39 Cf. o cap. 4 do livro IX.
40 Proxeno, originário da Beócia, discípulo de Górgias, o Leontino, antigo amigo de Xenofontes, a quem ele proporcionou a amizade de Ciro. (Xenofontes)
41 Cf. o cap. 14 do livro VII e o cap. 26 do livro IX.
42 Antíoco estava ligado à escola da velha academia.
43 Arius ou Aréus, originário de Alexandria, foi o mestre de Mecenas.
44 Apolônius, cognominado "Molon", orador célebre, de quem Cícero foi discípulo, durante a temporada que passou em Rodes. (Plutarco, *Vida de Cícero*)
45 Estrabão (livro XIV) fala de dois Atenodoros, que muitas vezes são confundidos: o primeiro, filósofo estoico nascido em Tarso, contemporâneo de Marcos Catão, era cognominado "Cordylion"; o segundo, posterior a este, e que foi o mestre de Augusto, também era de Tarso e filósofo estoico, como o primeiro. Só o período em que cada um viveu é que permite distingui-los um do outro.

Platão, que era mais sábio do que eu, assegura que Júpiter não desdenhava ter um conselheiro e ele próprio nos informa de quem e como o deus recebia conselhos[46].

26... De alguns grandes beberrões

Fazem parte da relação dos maiores beberrões Xenágoras de Rodes[47], cognominado "A Garrafa", o atleta Heráclides[48] e Protéas[49], filho de Lanice, que havia sido criado junto com Alexandre. Acrescentamos que o próprio Alexandre foi um dos homens que mais bebeu vinho.

27... Humanidade de Hércules para com seus inimigos

Louva-se em Hércules a sua humanidade para com os seus inimigos. Ele foi, segundo dizem, o primeiro que introduziu o uso das tréguas, para permitir que os mortos fossem sepultados – porque, em seu tempo, tinha-se pouco cuidado com os corpos daqueles que haviam sido mortos. Deixava-se que eles fossem devorados pelos cães (o que deu origem às seguintes expressões de Homero: "Ele virou banquete dos cães"[50], "Ele era um brinquedo para os cães"[51]).

---

46 Sem dúvida, Eliano quer falar da segunda Carta de Platão, na qual esse filósofo, após ter dito que Tales dava conselhos a Periandro, Nestor a Agamênon etc., acrescenta que os primeiros homens acreditavam que Prometeu era o conselheiro de Júpiter.
47 Ateneu (livro X) o chama de Xenarco.
48 Parece que Heráclides era alexandrino, e que viveu pouco tempo antes de Plutarco. (Plutarco, *Simpósio*, livro I)
49 Protéas era filho da ama de Alexandre, que Quinto Cúrcio chama de Helanice. Sobre a paixão de Alexandre pelo vinho, pode-se conferir o capítulo 23 do livro III. De resto, esse capítulo não passa de um pequeno suplemento à longa lista de beberrões contida no cap. 41 do livro II.
50 *Ilíada*, livro I, verso 4.
51 *Ilíada*, livro XVII, verso 255, e XVIII, verso 179.

28... Do Leocorion

Os atenienses chamavam de "Leocorion" um templo consagrado às filhas de Léos[52] – Praxiteia, Teope e Êubula – que, segundo a tradição, foram imoladas para a salvação de Atenas. Seu pai as entregou, seguindo as ordens do oráculo de Delfos, que havia anunciado que só seria possível salvar a cidade[53] sacrificando as três irmãs.

29... Palavras de Platão sobre o luxo dos agrigentinos

Platão, filho de Ariston, vendo os agrigentinos construírem casas magníficas e oferecerem banquetes suntuosos, dizia:

– Os agrigentinos constroem como se fossem viver para sempre e se banqueteiam como se estivessem prestes a morrer[54].

De acordo com o que relata o *Timeu*, os seus cântaros e outros vasos de uso comum eram de prata e os seus leitos totalmente de marfim[55].

30... Dos tarentinos e dos cirenaicos

Os tarentinos tinham o costume de beber desde bem cedo, e estavam embriagados antes da hora em que as pessoas se reúnem na praça pública.

Os cirenaicos haviam caído num tal excesso de indolência que eles próprios, querendo se reformar, pediram a Platão que lhes desse algumas leis. O filósofo recusou-se a fazer isso porque, segundo

---

52 Segundo Suidas, Léos era filho de Orfeu; e o templo que havia sido erguido em homenagem às suas filhas (a primeira das quais ele chama de Fasiteia) estava situado no meio do Cerâmico.
53 A cidade de Atenas estava, então, sendo assolada pela fome. (Suidas)
54 Diógenes Laércio (VIII, 83) atribui essas palavras a Empédocles.
55 Ateneu, livro II, cap. 2.

dizem, os maus costumes eram muito antigos entre eles. Êupolis[56] relata, em sua comédia, intitulada *Maricas*, que o mais modesto dos cirenaicos tinha anéis no valor de dez minas (na verdade, o lavor de suas joias era admirável).

31... Nomes dos vinhos gregos mais apreciados

Vou listar os nomes dos diferentes tipos de vinhos gregos que eram os mais apreciados: o vinho chamado "Pramnium"[57], que era consagrado a Ceres; o vinho de Quio, que era colhido na ilha do mesmo nome; os vinhos de Taso e de Lesbos; o vinho chamado de "Doce", cujo gosto correspondia ao nome; o vinho de Creta; o "Polios" de Siracusa (que havia recebido esse nome por causa de um rei daquele país[58]) e, por fim, os vinhos de Cós e de Rodes, aos quais se dava o nome das ilhas que os produziam. Porém, aquilo que comprova ainda melhor o luxo dos gregos é que eles misturavam algumas substâncias com o vinho e bebiam de preferência um licor composto que eles chamavam de "Mirrinites". Filípides, poeta cômico[59], menciona esse costume.

32... Vestimentas e calçados de alguns filósofos

Pitágoras de Samos usava uma túnica branca e, na cabeça, uma coroa de ouro. Ele tinha uma espécie de vestimenta que o co-

---

56   Êupolis, célebre poeta da comédia antiga, floresceu por volta da 88ª olimpíada. Das diversas peças que ele compôs, restam apenas alguns fragmentos. Êupolis, nessa peça, havia representado Hipérbolo, que substituiu Cleon no governo de Atenas.
57   Segundo Plínio (XIV, 4), esse vinho era produzido em Esmirna, perto do templo da Mãe dos deuses (no que ele é contradito por Ateneu, Suidas e por diversos outros).
58   Esse rei era originário da Argólida; ele se chamava Pollis, e foi o primeiro que carregou as vinhas da Itália para Siracusa. (Ateneu, I, 24)
59   Cf. o cap. 6 do livro X.

bria desde a cintura até abaixo do joelho[60]. Empédocles de Agrigento vestia-se de púrpura e usava sapatos de bronze[61]. Dizem que Hípias[62] e Górgias nunca apareciam em público a não ser com túnicas cor de púrpura.

33... Generosidade dos romanos

Cinéas, médico de Pirro, ofereceu-se ao senado romano, através de uma carta escrita secretamente, para envenenar o príncipe, mediante o pagamento de uma certa quantia. Porém, sua proposta foi rejeitada. Os romanos não sabem triunfar senão pelo valor: eles desdenham vencer seus inimigos pelo ardil e pela traição. O senado fez mais: informou Pirro sobre o projeto de Cinéas.

34... De Pausânias e de Ápeles

Dentre os exemplos das paixões amorosas que a Antiguidade nos transmitiu, estes não são os menos dignos de atenção. Pausânias amou perdidamente sua mulher, Ápeles amou Pancasta, de Larissa, amante de Alexandre (e mesmo, segundo dizem, a primeira amante que ele teve[63]).

---

60 Essa espécie de vestimenta correspondia mais ou menos ao que nós chamamos de "calções": ela era muito comum entre os persas. Podemos inferir de uma passagem de Heródoto (V, 4) que os gregos não faziam uso dela, ao menos no período em que estavam em guerra com os reis da Pérsia. Ninguém ignora que essa vestimenta servia para distinguir os gauleses transalpinos dos cisalpinos: os habitantes da Gália Transalpina eram chamados de "braccati", por causa de seus calções; e os da Gália Cisalpina levavam o nome de togati, porque eles se vestiam à maneira dos romanos.

61 Empédocles era praticamente contemporâneo de Xerxes: ele se atirou, segundo dizem, nas fornalhas do Etna, depois de ter deixado na borda uma de suas sandálias, o que fez que se conhecesse como ele havia terminado a sua vida. Esta história é refutada por Estrabão (livro VI).

62 Hípias, nascido em Élida, sofista e orador, viveu cerca de quatro séculos antes de Cristo. Sobre Górgias, o Leontino, cf. o cap. 23 do livro I e o cap. 35 do livro II.

63 Sabe-se que Alexandre teve a generosidade de ceder Pancasta a Ápeles.

35... Dos homônimos

Existiram dois Periandros[64], um filósofo e o outro tirano; três Milcíades, um que construiu Quersonese, um outro, filho de Cipselo[65], e um terceiro, filho de Cimon; quatro Sibilas[66], a eritreana, a samiana, a egípcia e a sardiniana. Alguns acrescentam outras seis a esta lista, elevando seu número para dez (entre as quais estão a sibila de Cumes e a da Judeia). Conhecemos três Bacis[67] – o beócio, o ateniense e o árcade.

36... Do número de filhos de Niobe

Os antigos não pareciam estar de acordo sobre o número dos filhos de Niobe. Homero atribui-lhe seis filhos e seis filhas; segundo Lasus[68], ela tinha ao todo quatorze filhos, segundo Hesíodo, eram dezenove (se, no entanto, os versos nos quais Hesíodo fala sobre isso não lhe são falsamente atribuídos, assim como muitos outros). Segundo Alcmão[69], Niobe teve apenas dez crianças. Mimnermo[70] e Píndaro dizem que ela teve vinte.

---

64 Ambos foram tiranos, ou pelo menos exerceram uma autoridade absoluta sobre seus cidadãos: aquele que Eliano qualifica de filósofo estava na relação dos sete sábios, e governava como soberano Corinto, sua pátria; o outro governava do mesmo modo os ambraciotas.
65 Eliano bem pode ter confundido os Milcíades: é muito provável que o filho de Cipselo e o Milcíades que construiu a cidade de Quersonese – no istmo do mesmo nome, vizinho do Helesponto – sejam o mesmo homem.
66 Parece que os antigos chamavam de Sibilas todas as mulheres às quais era atribuído o dom de predizer o futuro. Suidas apresenta uma lista das Sibilas, muito mais ampla que a de Eliano.
67 Esses diferentes Bacis pronunciavam oráculos como as Sibilas. Heródoto e Pausânias relatam várias de suas predições.
68 Lasus, nascido em Hermione, na Argólida, contemporâneo de Simônides, era ao mesmo tempo poeta e músico. (Vossius, de *Poet. Graec.*)
69 Já se tratou de Alcmão no livro I, cap. 27.
70 Mimnermo, colofoniano contemporâneo de Solon, compôs versos elegíacos e versos ternos. (Vossius, de *Poet. Graec.*)

37... Circunstância da vida de Alexandre

Enquanto perseguia Bessus[71], Alexandre viu-se numa tal escassez de víveres que foi obrigado, assim como todos aqueles que o acompanhavam, a comer a carne dos camelos e de outras bestas de carga (e até mesmo a comê-la crua, por falta de lenha). Porém, o *silphium*[72], que era abundante nessa região, foi-lhes de grande ajuda para a digestão desses alimentos.

Na Bactriana[73], seus soldados apoderaram-se de algumas aldeias, que eles julgaram ser habitadas por causa da fumaça que se elevava por sobre elas. Eles foram obrigados a remover a neve que obstruía as portas.

38... Costumes dos saces[74]

Os cavalos saces, quando alguém derruba seu cavaleiro, detêm-se para deixar que ele monte novamente.

Um sace que quer desposar uma moça deve bater-se com ela: se a moça leva a melhor, o homem torna-se seu prisioneiro. Ela o leva e passa a comandá-lo, como uma ama ao seu escravo[75]. Se o homem sai vencedor, a moça submete-se a ele. De resto, eles combatem apenas pela honra da vitória, e jamais até a morte.

---

71 Sátrapa que governava a Bactriana, no reinado de Dario Codoman, e que assassinou o seu senhor. (N. T.)
72 Acredita-se que é dessa planta que se tira a goma denominada assa-fétida: os antigos davam-lhe uma enorme importância e se serviam dela frequentemente em seus guisados. O *silphium* mais afamado crescia nos arredores de Cirene: é por essa razão que vemos a representação dessa planta em algumas moedas dos cirenaicos.
73 Segundo Diodoro da Sicília (livro XVII) e Quinto Cúrcio (livro VII), isso aconteceu com os paropamísades, povo que habitava a parte ocidental da Bactriana.
74 Os saces propriamente ditos eram vizinhos dos paropamísades, dos quais falamos na última nota do capítulo precedente. Porém, os persas davam o nome de "saces" a todas as nações cíticas. (Heródoto, VII, 64)
75 Nicolau de Damasco, citado por Estobeu, relata um exemplo igualmente singular, concernente às moças sármatas: "Um sármata, diz ele, jamais casa uma de suas filhas sem que, antes, ela tenha morto um inimigo com as suas próprias mãos".

Quando os saces têm algum motivo de aflição, eles vão se esconder em lugares escuros, em cavernas tenebrosas.

39... Audácia de Pérdicas

O macedônio Pérdicas, que acompanhou Alexandre em suas expedições, era tão intrépido que entrou sozinho, um dia, numa caverna que servia de refúgio para uma leoa. Na verdade, ele não a encontrou, mas tirou os seus filhotes da caverna e levou-os consigo. Essa ação deve ter sido tanto mais honrosa para Pérdicas pelo fato de que os gregos – e até mesmo os bárbaros – sempre consideraram a leoa como o mais forte dos animais, e o que se defende com mais coragem. Assim, dizem que Semíramis, rainha da Assíria, se parabenizava muito mais quando abatia uma leoa do que quando matava um leão, um leopardo ou qualquer outro animal semelhante.

40... Do luxo de Xerxes

Dentre as provisões que acompanhavam Xerxes em suas marchas – e cuja maior parte praticamente só servia para que vissem a sua magnificência e o seu luxo – havia água do rio Choaspe. Quando esse príncipe se achou um dia atormentado pela sede em um lugar deserto, onde suas bagagens ainda não haviam chegado, anunciou-se pelo acampamento que, se alguém tivesse água do Choaspe, teria de trazê-la para dar de beber ao rei[76]. Encontrou-se um homem que tinha uma pequena quantidade, embora estivesse estragada. Xerxes a bebeu e considerou como seu benfeitor[77] aquele que a tinha lhe dado, porque sem esta água ele teria morrido de sede.

---

[76] Ateneu (livro II) diz que era proibido aos reis da Pérsia beber outra água que não fosse a do rio Choaspe. Porém, Estrabão acrescenta também a do Euceu e a do Nilo.

[77] Entre os persas, eram chamados orosangues aqueles que haviam prestado algum serviço importante ao rei. (Heródoto, livro VIII)

41... Do pintor Protógenes[78]

Quando Ápeles viu o retrato de Ialysus[79], que havia custado sete anos de trabalho ao pintor Protógenes, o espanto que lhe causou inicialmente esta obra admirável fez que ele emudecesse. Depois, examinando-a uma segunda vez, ele disse:

– Trata-se de um bom trabalho. O artista tem um grande talento. Porém, o retrato não tem graça: se não fosse por essa carência, seria uma obra digna de ser colocada na morada dos deuses.

42... De algumas crianças que foram alimentadas por animais

Dizem que Ciro, filho de Mandane, foi aleitado por uma cadela; Telefo, filho de Auge e de Hércules, por uma corça; Pélias, filho de Netuno e de Tiro, por uma jumenta, assim como o filho de Alope; Páris, filho de Príamo, por uma ursa; Egisto, filho de Pelopeia e de Tieste, por uma cabra.

43... Personagens célebres que nasceram na obscuridade

Dario, filho de Histaspe, estava ligado a Ciro na qualidade de porta-aljava[80]. O último Dario, que foi derrotado por Alexandre, havia sido escravo[81]. Arquelau, rei da Macedônia, teve como mãe

---

78 Protógenes, célebre pintor da cidade de Caunus, no continente da Ásia. Ele exerceu sua arte especialmente em Rodes. (Plínio, Pausânias etc.)
79 Ialysus era filho de Cercáfio, e neto do Sol.
80 Aljava: estojo onde eram guardadas as flechas, e que era carregado no ombro. (N. T.)
81 Plutarco diz também (*De Fort. Alex.*) que "Dario, de escravo e mensageiro do rei, tornou-se ele próprio rei da Pérsia". Podemos presumir que Dario, filho de Sisigambis, é qualificado de escravo apenas em conformidade com os costumes que tinham os persas, que consideravam como escravos de seu rei todos os seus súditos, com exceção da rainha.

a escrava Simicha[82]. Menelau, avô de Filipe, era bastardo[83]: seu filho Amintas havia estado a serviço de Erope e, segundo a opinião geral, como seu escravo. Perseu, que foi vencido pelo romano Paulo Emílio, era argivo de origem e de baixo nascimento[84]. Acredita-se que Eumênio havia nascido de um pai muito pobre, que tocava flauta nos funerais[85]. Antígono, filho de Filipe, apelidado de "Ciclope" porque era caolho, havia sido operário[86]. Polispercon havia se dedicado ao ofício de ladrão[87]. Temístocles, que derrotou os bárbaros em um combate naval, e que foi o único a cumprir a vontade dos deuses, ditada pelos oráculos[88], era filho da trácia Abrotone. Focion, cognominado "O Justo"[89], devia a luz a um homem que ganhava a vida fabricando pilões para almofarizes. Dizem que Demetrius de Falero[90] era filho de um escravo que havia pertencido a

---

82 Arquelau era filho de Pérdicas e de Simicha, escrava de Alcetas, rei da Macedônia, que teve como sucessor seu irmão Pérdicas, pai de Arquelau.
83 Justino (livro VII) confere a Menelau a mesma qualificação, acrescentando que ele era filho de Amintas, que reinava na Macedônia no tempo em que Dario, filho de Histaspe, reinava na Pérsia; que Menelau teve como filho um outro Amintas, do qual nasceu Filipe, pai de Alexandre. Quanto ao pai de Filipe, ele não obteve o reino da Macedônia por direito de sucessão, mas por usurpação – tendo feito morrer Pausânias, filho de Erope, de quem Eliano diz que ele havia sido escravo. O próprio Erope havia se apoderado do trono, tirando a vida de Orestes, filho de Arquelau, de quem ele era tutor. (Diodoro da Sicília, livro XV)
84 Perseu era considerado como filho do último Filipe, rei da Macedônia, a quem ele sucedeu. Porém, muitos acreditam que se tratava de um filho postiço, e que ele era filho de uma costureira chamada Gnatena. (Plutarco, *Vida de Aratus*)
85 Eumênio, um dos generais de Alexandre. Plutarco, na vida desse capitão, conta – baseado em Duris – que seu pai era um cocheiro.
86 Antígono, um dos generais de Alexandre, pai de Demétrios Poliorceto e avô de Antígonos Gonatas.
87 Polispercon também era um dos capitães de Alexandre.
88 O oráculo havia anunciado aos atenienses que eles só poderiam sair vencedores se se fechassem em muros de madeira, o que Temístocles interpretou como navios. Em consequência disso, ele aconselhou os atenienses a abandonar sua cidade e embarcar. O efeito desse conselho foi, como se sabe, a famosa vitória alcançada sobre os persas em Salamina. Cf., sobre Temístocles, o cap. 2 do livro II, o cap. 47 do livro III, o cap. 3 do livro IX etc.
89 Sobre Focion, cf. o capítulo 16 do livro II, o capítulo 47 do livro III etc.
90 Cf., sobre Demetrius, o cap. 17 do livro III.

Timóteo e a Conon. Hipérbolo[91], Cleofontes[92] e Dêmado[93] foram zelosos defensores dos direitos do povo de Atenas, e seria difícil dar o nome de seus pais. Em Esparta, Calicrátidas, Gilipe[94] e Lisandro eram designados com o título de "mothaces"[95], denominação específica daqueles que os cidadãos ricos contratavam para acompanhar seus filhos ao ginásio e se exercitar com eles (Licurgo, ao estabelecer este costume, havia concedido àqueles que se dedicassem a uma semelhante função o direito de serem admitidos nos cargos públicos). O próprio Epaminondas era filho de um homem obscuro e Cleon, tirano de Sicione, havia sido pirata[96].

44... Das pedreiras de Siracusa

Havia na Sicília, perto do bairro chamado Epipoles[97], pedreiras com um estádio de comprimento e dois pletros de largura. Por vezes, acontecia que aqueles que eram enviados para esse lugar permaneciam encerrados ali por tanto tempo que eles se casavam e tinham filhos. Quando algumas dessas crianças, que jamais haviam visto a cidade, iam a Siracusa, elas eram tomadas de pavor ao encontrar cavalos ou juntas de bois, e fugiam aos gritos. A mais bela

---

91   Hipérbolo, segundo o escoliasta de Aristófanes, era filho de um fabricante de lanternas. Ele foi o último ateniense exilado pela via do ostracismo: esse banimento, que antes só era usado para os cidadãos ilustres e poderosos, passou a ser considerado como desonroso, depois de ter sido utilizado para expulsar Hipérbolo. (Plutarco, *Vida de Nícias*)

92   O escoliasta de Aristófanes, falando sobre As rãs, diz que ele era trácio e comerciante de queijos.

93   Cf., sobre Dêmado, o cap. 12 do livro V e o cap. 10 do livro XIV.

94   Grandes capitães lacedemônios.

95   Harpocration e Suidas dão-lhes o nome de mothones, aparentemente porque a maior parte deles era de Metona, cidade da Lacônia – de onde se pode inferir que, em geral, os mothaces, methraces ou mothones eram tirados das diferentes cidades da Lacônia submetidas a Esparta.

96   Cleon foi um dos últimos tiranos de Sicione, pouco anterior a Aratus, que devolveu a liberdade à sua pátria, pouco mais de dois séculos antes de Cristo.

97   Esse bairro era assim chamado porque ele era mais elevado que os outros. Ele constituía quase a quinta parte da cidade de Siracusa.

das cavernas deste horrível lugar era aquela que levava o nome de Filóxenes[98]: foi lá, segundo dizem, que esse poeta compôs o seu *Ciclope*, o melhor de seus poemas. Ele ficou tão pouco abalado com a pena à qual Dionísio o havia condenado que, mesmo nessa triste condição, não deixou de cultivar a poesia.

45... De Midas, de Platão e de Píndaro, quando crianças

Segundo uma tradição da Frígia, enquanto Midas, ainda criança, estava adormecido, algumas formigas penetraram em sua boca e ali formaram, com a maior atividade, uma pilha de grãos de trigo[99]. Segundo uma outra tradição, as abelhas fizeram um favo de mel na boca de Platão[100]. Píndaro, tendo sido enjeitado por seus pais, foi alimentado por abelhas, que, em vez de leite, lhe davam mel.

46... De um prodígio que anunciou que Dionísio seria rei

Um dia, quando Dionísio, filho de Hermócrates, atravessava um rio, o cavalo que ele montava atolou na lama. Dionísio apeou, alcançou a margem e ia embora, deixando ali o seu cavalo (com o qual ele já não contava mais). Porém, como o animal o seguia, relinchando, Dionísio deu meia-volta. Enquanto ele agarrava o cavalo pela crina e preparava-se para montar novamente, um enxame de

---

98 Filóxenes, poeta que já foi mencionado no capítulo 9 do livro X. Segundo Suidas, Estrabão etc., Dionísio fez que ele fosse encerrado nas pedreiras porque Filóxenes se recusava a elogiar suas poesias. Porém, Fânias, citado por Ateneu (livro I), diz que foi por ter roubado de Dionísio o coração de Galateia, sua amante. Quanto ao Ciclope, que é muitas vezes mencionado por Suidas e por Ateneu, parece que esse poema girava em torno dos infortúnios de Filóxenes, e que Dionísio era designado nele pelo nome de "Ciclope".
99 Valério Máximo, que narra o mesmo fato (livro I, cap. 6), o considera como um presságio da fortuna futura de Midas. Cf., sobre esse príncipe, o livro III, cap. 18.
100 Eliano já havia relatado o mesmo prodígio. (livro X, cap. 21)

abelhas veio se lançar sobre a sua mão. Os "galeotos"[101], consultados sobre esse prodígio, responderam que ele pressagiava que Dionísio seria rei.

47... De Aristômaca, mulher de Dion

Quando Dionísio expulsou Dion da Sicília, ele reteve seu filho e sua mulher Aristômaca[102], que ele forçou a casar-se – apesar de sua repugnância – com o siracusano Polícrates, aquele de seus guardas que lhe era mais devotado. Porém, quando Dion, tornando-se senhor de Siracusa, reduziu por sua vez Dionísio a se refugiar entre os locrianos, sua irmã Aretê veio falar-lhe em favor de Aristômaca, que a seguia coberta por um véu, para esconder sua vergonha, e não ousando abordar como seu marido aquele para com quem havia sido obrigada a violar a fidelidade conjugal. Aretê defendeu tão bem a causa de Aristômaca, expondo a violência da qual ela havia sido vítima, que Dion abraçou sua mulher e seu filho, dizendo-lhes para entrarem em sua casa.

48... Dos poemas de Homero

Os indianos cantam os versos de Homero, traduzidos na língua de seu país. Eles não são os únicos: dizem o mesmo dos reis da Pérsia – se, todavia, é possível acreditar naqueles que escreveram isso.

---

101 É assim que eram chamados os adivinhos na Sicília: Hybla era, em toda essa região, a cidade onde se encontravam mais desses galeotos ou adivinhos. Bochart (*Chanaan*, I, 27) procurou no hebreu a etimologia desse nome. Eliano havia extraído essa narrativa do historiador Filistus, como podemos ver em Cícero (*De Divin.*, I, 33), Plínio (*História natural*, VIII, 42) etc. (J.V.L.)

102 Eliano bem pode ter confundido a mulher de Dion com sua irmã, ou seja, ter tomado uma pela outra. Cornélius Nepos e Plutarco chamam a mulher de Dion de Aretê, e dão à sua irmã o nome de Aristômaca. Parece que Eliano se enganou também ao chamar de Polícrates o homem com quem Dionísio forçou a mulher de Dion a se casar: Plutarco (*Vida de Dion*) o chama de Timócrates.

49... Magnanimidade de Focion

Focion, filho de Focus, que tantas vezes havia comandado os exércitos atenienses, tendo sido condenado à morte, aguardava na prisão pela cicuta que deveria beber. Quando a taça fatal foi-lhe apresentada, seus amigos perguntaram-lhe se ele não tinha nada para mandar dizer ao seu filho:

– Eu lhe ordeno – respondeu Focion – que não guarde nenhum ressentimento contra os atenienses, por causa da bebida que eles estão me oferecendo.

Seria preciso não ter nenhuma ideia da verdadeira grandeza de alma para não louvar e para não admirar um tal homem.

50... Da pouca importância que os lacedemônios davam às letras

Os lacedemônios não tinham nenhuma noção das letras. Eles se dedicavam unicamente à ginástica e à arte da guerra. Se eles tinham necessidade do socorro das Musas – como nos casos de doença, de loucura ou de algum outro mal epidêmico ou, então, se o oráculo de Apolo lhes ordenava que recorressem a elas, eles convocavam estrangeiros para livrá-los desses males. Foi assim que eles atraíram para sua terra Terpandres[103], Taletas[104], Tirteu[105], Nin-

---

103 Terpandres, de Antissa, cidade da ilha de Lesbos. Esse poeta floresceu por volta da 26ª olimpíada. Os lacedemônios o convidaram a visitá-los, a fim de apaziguar uma sedição que havia surgido em sua cidade. (Plutarco, *Da música*)
104 Taletas (também chamado de Tales, como no texto), nascido em Gortino, na ilha de Creta, pouquíssimo posterior a Terpandro, foi chamado pelos lacedemônios para deter o avanço da peste que assolava o seu país. (Plutarco, *Da música*)
105 Tirteu florescia por volta da 35ª olimpíada. Alguns acreditam que ele era da Lacedemônia e outros de Mileto. Seja como for, ele inflamou de tal modo a coragem dos lacedemônios, cantando para eles os seus versos, que eles lhe atribuíram a vitória que obtiveram sobre os messênios. (Suidas)

feu de Cidônia[106] e o flautista Alcmão[107]. As palavras de Tucídides, falando de Brásidas[108], atestam a ignorância dos lacedemônios. "Brásidas – diz ele – não tinha o talento da palavra, por isso, era lacedemônio". Era o mesmo que dizer: por isso, era um ignorante.

51... Do ridículo orgulho de Menécrates

O médico Menécrates[109] era tão vaidoso que chamava a si próprio de "Júpiter". Um dia, ele escreveu a Filipe, rei da Macedônia, nos seguintes termos: "Menécrates Júpiter a Filipe, saudações". O rei enviou-lhe a seguinte resposta: "Filipe a Menécrates, saúde. Eu vos aconselho a irdes vos estabelecer nos arredores de Anticira"[110]. Filipe dava a entender, através desta opinião, que Menécrates estava louco.

Em outra ocasião, Filipe, promovendo um enorme banquete, convidou Menécrates. Mandou preparar para ele um divã especial: logo que Menécrates se sentou, puseram diante dele um incensador. Enquanto ele aspirava a fumaça do incenso que queimava para

---

106 Eliano talvez seja o único escritor que fala do poeta Ninfeu: ele não é conhecido por nenhum outro lugar. Quanto a Cidônia, sua pátria, era uma cidade da ilha de Creta.
107 Cf. o cap. 27 do livro I e o cap. 36 do livro XII.
108 Tucídides (IV, 84). Brásidas, célebre general lacedemônio, foi morto combatendo valentemente diante de Anfípolis. (Plutarco, *Apotegmas*)
109 Menécrates era de Siracusa: ele se gabava de saber curar a epilepsia. A única recompensa que ele pedia aos que havia libertado desta doença era a de segui-lo pelas cidades da Grécia que ele percorria, e carregar os símbolos das diferentes divindades definidas por ele. A carta que ele escreveu merece ser reproduzida por inteiro; ela se encontra em Ateneu, livro VII, cap. 10:
"Menécrates Júpiter a Filipe, saudações. Vós reinais na Macedônia, e eu na Medicina. Vós podeis, quando vos apraz, tirar a vida das pessoas que estão bem de saúde; e eu posso devolver a saúde aos doentes, preservar das doenças as pessoas sadias que querem seguir os meus conselhos e fazer que elas cheguem, sem enfermidades, até a velhice. Vossa guarda é composta de macedônios, e a minha da multidão daqueles dos quais eu prolonguei os dias – porque sou eu, Júpiter, quem lhes dá a vida."
110 Cidade da Fócida, célebre pelo heléboro que ali crescia.

ele, os outros convivas comiam (já disse que o banquete era esplêndido). De início, Menécrates interpretou bem esse tratamento. Ele chegou mesmo a ficar envaidecido com a homenagem que lhe prestavam. Porém, tomado pouco a pouco pela fome, ele percebeu que era homem. Então, levantando-se, foi-se embora como um tolo, dizendo que havia sido insultado. Filipe, por meio dessa brincadeira, pôs a descoberto a loucura do médico.

52... Palavras de Isócrates sobre Atenas

O orador Isócrates comparava a cidade de Atenas com as cortesãs. "Aqueles que as veem", dizia ele, "ficam enamorados de seus encantos e desejam os seus favores. Mas nenhum deles tem tão pouco respeito por si próprio para querer desposá-las." Acontece a mesma coisa com Atenas: em toda a Grécia, não existe cidade mais agradável, para quem a vê como visitante; porém, não é seguro habitá-la. Por meio dessas palavras, Isócrates designava os delatores – dos quais Atenas estava repleta – e aquilo que se podia temer daqueles que governavam a multidão.

53... Das causas das maiores guerras

Não ignoro que as guerras mais sangrentas tiveram muitas vezes causas superficialíssimas. Atribui-se a guerra da Pérsia aos desentendimentos entre Meandrius de Samos[111] e os atenienses; a guerra

---

111 Meandrius foi inicialmente secretário de Polícrates, tirano de Samos, e sucedeu-lhe no poder quando Oretes, sátrapa de Cambises, matou Polícrates. Meandrius – despojado, em seguida, de seus estados por Dario, filho de Histaspe – exilou-se entre os lacedemônios, que o expulsaram de sua cidade porque perceberam que ele buscava levar os cidadãos a fazer a guerra contra os persas (Heródoto, livro III). Eliano é o único autor que relata que Meandrius foi de Esparta para Atenas, e que ele foi o causador da guerra da Pérsia. Essa narrativa de Eliano é ainda mais singular pelo fato de que, na *História dos animais* (XI, 27), ele próprio atribui a guerra da Pérsia a uma outra causa. Atossa, mulher de Dario – diz ele –, tendo vontade de possuir alguns escravos atenienses e jônios, convenceu os persas a declarar guerra aos gregos.

do Peloponeso ao decreto promulgado contra os megáricos[112]; aquela que foi chamada de "Guerra Sagrada" à exigência do pagamento das multas impostas pelos anfictions[113]. As discussões entre Filipe e os atenienses, que queriam receber desse príncipe a ilha de Haloneso não como uma dádiva, mas como uma restituição, culminaram na batalha de Queroneia[114].

54... Carta de Aristóteles a Alexandre

Aristóteles, querendo corrigir a tendência que Alexandre tinha para a cólera e acalmar a violência de seu temperamento, escreveu-lhe nos seguintes termos: "A cólera e a irritação podem ocorrer contra um superior, mas nunca contra um inferior. Ninguém se iguala a vós."

Aristóteles serviu utilmente a um grande número de pessoas por intermédio dos sábios conselhos que dava a Alexandre. Foi ele, por exemplo, que convenceu esse príncipe a reconstruir Estagira, local de nascimento do filósofo, que Filipe havia destruído[115].

---

112 Esse decreto interditava aos megáricos a entrada nas fronteiras e nos portos da Ática, e proibia todo o comércio com eles. Péricles, que sentia que os estorvos que a guerra provocaria entre os seus concidadãos o dispensariam de prestar-lhes conta do uso dos dinheiros públicos, não quis de modo nenhum consentir na supressão do decreto. (Aristófanes, na comédia intitulada *A paz, e o escoliasta*)

113 O historiador Duris, citado por Ateneu (livro XIII), atribui a origem dessa guerra à injúria feita a uma tebana, chamada Teano, que foi raptada por um foceio. Porém, Diodoro da Sicília (livro XVI) e Pausânias (*Phoc.*) dizem que a verdadeira causa foi a recusa, por parte dos foceios, de pagar uma soma considerável, a qual lhes havia sido imposta pelos anfictions, por terem lavrado e se apropriado dos campos consagrados a Apolo.

114 A ilha de Haloneso, na Samotrácia, que pertencia originariamente aos atenienses, foi tomada deles por alguns piratas, dos quais Filipe a recuperou. Esse príncipe, cedendo às instâncias dos atenienses, consentiu em cedê-la a eles. Porém, os atenienses, incitados por Demóstenes, queriam que Filipe a entregasse como um bem que já lhes pertencia. A recusa do príncipe foi seguida pela guerra e pela derrota dos atenienses em Queroneia. Já se falou dessa batalha no livro V, cap. 10; no livro VI, cap. 1; e no livro VIII, cap. 15.

115 Cf. o cap. 17 do livro III.

55... Costume bizarro dos líbios

Os líbios fazem magníficos funerais para aqueles que são mortos pelos elefantes, seja na caça, seja na guerra: eles cantam em seu louvor alguns cânticos, cujo tema é sempre a intrepidez daquele que ousou bater-se contra um tal animal. A isso, eles acrescentam comumente o seguinte pensamento: que "uma morte gloriosa é o mais belo dos ornamentos fúnebres".

56... Palavras de Diógenes sobre os megáricos

Diógenes de Sinope nunca deixava de ridicularizar a grosseria e a ignorância dos megáricos: "Eu", dizia ele, "acharia muito melhor ser um carneiro do que o filho de um megárico."[116] Com isso, ele queria dar a entender que os habitantes de Megara preocupavam-se mais com os seus rebanhos do que com os seus filhos.

57... Prodígios que apareceram para os tebanos, quando Alexandre marchou contra eles

Enquanto Alexandre marchava para Tebas, à frente de um exército, os deuses enviaram aos habitantes dessa cidade alguns sinais e prodígios que lhes anunciavam a enorme tragédia que iria acontecer com eles. Do vizinho lago de Onqueste[117], saiu um barulho assustador e contínuo, semelhante aos mugidos de um touro. As águas da fonte Dircé, que corriam em torno das muralhas de Is-

---

116 Essas palavras recordam as de Augusto, com relação a Herodes: "É melhor ser o porco de Herodes do que seu filho". Herodes havia mandado matar seus filhos e, como judeu, não comia carne de porco.
117 Esse lago possuía originalmente o nome das diferentes cidades construídas em suas margens: em Onqueste, ele se chamava Onqueste; diante de Haliarte, davam-lhe o nome desta cidade; em Copa, ele se chamava Copais, denominação que prevaleceu e que se tornou o único nome do lago. (Estrabão, livro IX)

mênia[118], até então puras e límpidas, transformaram-se subitamente em sangue. Em Tebas, no templo de Ceres, viu-se uma aranha fazer sua teia sobre o rosto da estátua da deusa. A de Minerva, cognominada "Alalcomênida"[119], incendiou-se sozinha, sem que ninguém tivesse lhe ateado fogo. Apareceram vários outros sinais do mesmo tipo. Porém, os tebanos – que acreditavam que Alexandre havia morrido na Ilíria – derramavam-se em discursos ofensivos contra ele e se persuadiam de que esses diferentes prodígios eram ameaças para os macedônios.

58... De Dióxipes

Quando o atleta Dióxipes, após ter sido proclamado vencedor nos jogos olímpicos, retornou a Atenas, sua pátria, montado – segundo o costume dos atletas laureados – num carro de quatro cavalos, sua entrada contou com a presença de um público prodigioso. A curiosidade havia atraído toda espécie de espectadores. Percebendo, no meio da multidão, uma mulher de uma beleza singular – que havia vindo, tal como os outros, para assistir ao espetáculo – Dióxipes instantaneamente ficou de tal modo apaixonado que não podia parar de olhar para ela. Enquanto desfilava, ele se virava para não perdê-la de vista. Pelas diferentes mudanças de cor que podiam ser notadas em seu rosto, era fácil julgar que não era nem por acaso nem por distração que ele tinha sempre os olhos fixos sobre ela. Diógenes de Sinope – que percebia melhor do que ninguém aqui-

---

118   Estêvão de Bizâncio menciona uma pequena cidade, ou antes uma aldeia com esse nome, situada na Beócia. Seria possível traduzir da seguinte forma, acrescentando alguma coisa ao texto: "A fonte Dircé, que corre em torno das muralhas de Tebas e que vai se lançar no rio Ismênus etc." Talvez essa adição fosse necessária; pelo menos, ela está em concordância com a verdade, já que é certo que a fonte Dircé ia perder-se no Ismênus, bastante perto da antiga Tebas.

119   Ou seja, "Minerva compassiva". Esse templo era muito antigo e desfrutava da máxima veneração em Tebas.

lo que se passava na alma de Dióxipes – pegou um espelho de ouro, feito em Corinto, que havia sido exposto à venda perto do lugar onde ele estava, e disse a alguns de seus vizinhos:

– Olhai vosso famoso atleta! *Vede como uma moça torceu-lhe o pescoço.*

59... Palavras de Pitágoras

Pitágoras dizia que os deuses haviam dado aos homens dois belos presentes: a verdade e a generosidade. E acrescentava: "Os próprios deuses não têm nada de mais precioso."

60... Resposta de Dionísio a Filipe

Dionísio, o Jovem, estava um dia com Filipe, filho de Amintas. Depois de falarem sobre vários assuntos que costumam normalmente fazer parte de uma conversação, Filipe perguntou a Dionísio:

– Como ocorreu de vós haverdes perdido todo aquele poder que vosso pai vos transmitiu?

– É – respondeu muito sensatamente Dionísio –, porque meu pai, ao deixar-me sua herança, não me deixou aquilo que o havia ajudado a adquiri-la e a conservá-la: a sua boa sorte.

61... Homenagens prestadas a Bóreas[120]

Dionísio havia se lançado ao mar, para ir atacar os turianos, com uma frota de trezentas velas, que conduzia um grande número de soldados fortemente armados. Porém, o sopro do Bóreas fez que seus planos fracassassem. Os navios de Dionísio partiram-se, e todo o seu exército pereceu. Como prova de reconhecimento, os turia-

---

120 Nome dado ao vento norte. (N. T.)

nos, não contentes em oferecer um sacrifício a Bóreas, promulgaram um decreto que o declarava cidadão turiano. Designaram para ele uma casa com quintal e todos os anos celebravam uma festa em sua homenagem. Os atenienses não foram, portanto, os únicos a tratar Bóreas como seu aliado. Os turianos fizeram mais: eles o puseram no rol dos seus benfeitores. Pausânias conta que os megalopolitanos fizeram a mesma coisa[121].

62... Lei singular dos persas

Segundo uma lei dos persas, aquele que tinha um conselho para dar ao rei – concernente a algumas coisas delicadas das quais era proibido falar – postava-se sobre um tijolo de ouro. Se o conselho fosse julgado bom e útil, o tijolo era a sua recompensa. Porém, ao mesmo tempo, ele recebia algumas chibatadas, por ter ousado violar uma proibição do rei. De minha parte, penso que é indigno de um homem livre submeter-se a uma semelhante afronta em troca de uma tal recompensa.

63... Da cortesã Arquédice

Um jovem estava perdidamente apaixonado pela cortesã Arquédice[122], de Náucratis[123]. Mas Arquédice, excessivamente vaidosa

---

121 Pausânias, *Arcad.*, cap. 36.
122 Plutarco (*Vida de Demetrius*) relata um caso semelhante de uma cortesã egípcia chamada Tônis, com a diferença de que Tônis moveu um processo contra o rapaz, para fazer que ele pagasse o preço que havia combinado com ela. Bocoris, rei do Egito, ordenou ao rapaz que pusesse a soma num vaso e que pagasse Tônis com o barulho feito pelo dinheiro quando o vaso fosse sacudido. Esse episódio lembra o antigo conto do "Vendedor de assados e o mendigo", que está assim relatado nos *Contos e Discursos de Eutrapel*: "Pague-me", dizia o vendedor para o mendigo, que tinha posto o seu pão na fumaça da assadeira. "Sem dúvida nenhuma", respondeu o mendigo, fazendo tilintar um tostão que ele tinha em seu bolso, "como foi vento que eu gastei, é com ele que eu lhe pago". (Noël du Fail, *Contos de Eutrapel*)
123 Cidade do Egito, no Delta.

e de difícil acesso, fazia que pagassem muito caro pelos seus favores, e, tendo recebido o seu dinheiro, não dava mais a menor importância ao amante, não demorando a se desfazer dele. Ora, o jovem apaixonado não era bastante rico para obter alguma coisa de Arquédice. Um sonho veio trazer-lhe o remédio, extinguiu os seus desejos e curou-o de sua paixão.

64... De Alexandre morto

Quando Alexandre, filho de Filipe e de Olímpias, morreu na Babilônia, o corpo desse príncipe – que se dizia filho de Júpiter – permaneceu estendido, enquanto seus generais disputavam a posse de seus estados. Não lhe prestaram nem mesmo as honras da sepultura, que são concedidas aos mais vis mortais e que a natureza faz que seja nosso dever para com todos os mortos. Trinta dias haviam decorrido sem que se tivesse pensado nos funerais de Alexandre, quando Aristandro de Telmisse[124] – seja por inspiração de uma divindade, seja por qualquer outro motivo – adiantou-se em meio dos macedônios e disse-lhes que os deuses haviam lhe revelado que, como Alexandre havia sido durante a sua vida e depois de sua morte o mais feliz dos reis que já existiram, a terra que recebesse o corpo no qual havia habitado a sua alma seria perfeitamente feliz e não teria jamais o temor de ser devastada. Esse discurso deu origem a novas discussões, pois cada um desejava levar para o seu reino e possuir um tesouro que era a garantia de um poder sólido e duradouro. Ptolomeu – se é possível crermos em alguns historiadores –, tendo se apoderado secretamente do

---

[124] De todos os adivinhos que acompanhavam Alexandre, Aristandro era aquele do qual mais se respeitavam as predições (Quinto Cúrcio, V, 4). Quanto a Telmisse, sua pátria, Estrabão, Mela e outros dizem que era uma cidade da Lícia. Porém, segundo Cícero, Aristandro era de Telmisse, na Cária.

corpo de Alexandre[125], apressou-se a fazer que ele fosse transportado para o Egito, para a cidade à qual esse príncipe havia dado o seu nome. Os macedônios viram este sequestro com um olhar tranquilo, mas Pérdicas logo se pôs a perseguir o raptor – menos movido por seu apego à memória de Alexandre e por um respeito religioso pelo seu cadáver do que incitado pela predição de Aristandro. Quando Pérdicas alcançou Ptolomeu, eles se entregaram a um sangrento combate pela posse do cadáver – semelhante, de alguma maneira, ao que Troia viu outrora sob os seus muros pelo simulacro de Eneias (simulacro cantado por Homero, que diz que Apolo o havia enviado, no lugar de Eneias, para o meio dos heróis[126]). Ptolomeu, depois de ter repelido Pérdicas, mandou fazer um simulacro que representava Alexandre, vestiu-o com os trajes reais e cercou-o com os ornamentos fúnebres mais preciosos. Depois, colocou-o sobre uma carruagem pérsica, num magnífico ataúde enriquecido com ouro, prata e marfim. Ao mesmo tempo, ele remeteu o verdadeiro cadáver, sem pompa e sem esplendor, através de rotas secretas e pouco frequentadas. Quando Pérdicas se apoderou da representação de Alexandre e da carruagem que a conduzia, acreditou ter em seu poder o prêmio do combate. Então, interrompeu toda a perseguição e só se apercebeu de que havia sido enganado quando já não era mais possível alcançar Ptolomeu.

---

125 Os escritores não estão de acordo sobre a narrativa das circunstâncias desta história. Segundo Diodoro da Sicília, Arideu ofereceu o corpo de Alexandre a Ptolomeu em consequência de um tratado que eles haviam feito em conjunto. Estrabão (livro XVIII) diz que Ptolomeu o tomou à força de Pérdicas.
126 *Ilíada*, livro V, verso 449.

Livro Décimo Terceiro

◈

1... De Atalanta[1]

Eu vou contar aquilo que os árcades dizem sobre Atalanta, filha de Jasion.

Quando Atalanta nasceu, seu pai ordenou que ela fosse abandonada: "Tenho necessidade", dizia ele, "não de filhas, mas de rapazes." Aquele que Jasion havia encarregado de livrá-lo da menina, em vez de matá-la, levou-a para o monte Partenius e a deixou à beira de uma fonte, vizinha de um rochedo oco, acima do qual se erguia uma espessa floresta. Mas essa criança destinada à morte não foi abandonada à sua própria sorte. Uma ursa, de quem alguns caçadores haviam tirado os filhotes, chegou pouco tempo depois a esse lugar, arrastando com dificuldade suas pesadas tetas, inchadas de leite. Ao ver a criança, ela teve, como que por uma inspiração dos deuses, um sentimento de alegria. Ela lhe ofereceu sua teta,

---

[1] Existiram duas Atalantas, que os próprios antigos – entre outros, Higino e Apolodoro – muitas vezes confundiram, atribuindo a uma aquilo que cabia à outra. Aquela que é tratada neste capítulo não é a mais conhecida. A outra, que era da Beócia, filha de Esqueneu, tornou seu nome célebre por causa da corrida na qual Hipomeneu foi vencedor, por meio dos três pomos de ouro que ele atirou na pista, seguindo os conselhos de Vênus.

fornecendo-lhe, assim, a alimentação de que ela carecia, a ursa proporcionou a si mesma um alívio para as suas dores. A ursa continuou a vir aleitá-la: mãe sem família, ela adotou um bebê que não lhe pertencia. Porém, os caçadores que haviam levado os seus filhotes a vigiavam assiduamente. Por fim, depois de terem vasculhado os diferentes recantos da floresta, enquanto a ursa tinha ido, segundo costumava fazer, à caça ou em busca de comida, eles levaram a menininha e deram-lhe o nome de Atalanta. Ela foi alimentada, por eles, com os frutos selvagens. Pouco a pouco, com o passar dos anos, seu corpo foi ganhando formas e ela resolveu conservar sua virgindade. Desde então, ela evitou todo o contato com os homens e buscou um lugar solitário onde pudesse se estabelecer. Ela escolheu, sobre as mais altas montanhas da Arcádia, um local regado por águas correntes, onde imperava uma brisa fresca, sempre mantida pela sombra dos enormes carvalhos e pela vizinhança de uma espessa floresta. Mas por que não posso tentar descrever o antro de Atalanta, tal como Homero descreveu o de Calipso[2]?

Num vale profundo, havia uma vasta caverna, cuja entrada era protegida por um largo precipício. Via-se ali as trepadeiras abraçarem os jovens arbustos, e elevarem-se serpenteando até a ponta de seus galhos. A relva tenra e espessa era matizada pelo açafrão, pelo jacinto e por outras flores de diversas cores, que não somente encantavam os olhos, mas perfumavam com os mais suaves aromas o ar das redondezas: esse lugar, delicioso para todos os sentidos, o era sobretudo para o olfato. O loureiro, cujas folhas sempre verdes impressionam agradavelmente a vista, crescia por todos os lados. Em frente à gruta estava uma vinha, cujas cepas, carregadas de uvas bem graúdas, atestavam o trabalho constante de Atalanta. As águas límpidas, tão frias quanto o gelo – seja para o tato ou para o pala-

---

2 *Odisseia*, livro V, verso 63.

dar –, corriam em abundância. No seu curso, que nada jamais interrompia, elas irrigavam as árvores das quais acabei de falar e lhes davam uma nova vida. Vendo esse belo lugar, que inspirava tanto respeito quanto parecia cheio de encantos, era possível julgar que se tratava da morada de uma casta e modesta virgem. As peles dos animais que ela matava nas caçadas serviam-lhe de leito. Ela se alimentava de sua carne e não bebia nada além de água. Suas vestes, extremamente simples, eram iguais às de Diana: "Nesse ponto", dizia ela, "eu imito a deusa e também ao querer permanecer para sempre virgem."

Atalanta era de uma tal ligeireza na corrida que nenhum animal podia escapar dela, assim como nenhum homem, se ela quisesse escapar de sua perseguição, poderia alcançá-la. Ela foi amada por todos aqueles que a viram e mesmo por aqueles que só tinham ouvido falar dela.

Tentaremos agora, se fizerem o favor de me escutar, esboçar a sua figura. Esse retrato não poderia desagradar, já que ele pode me fornecer alguns elementos apropriados para ornamentar minha narrativa.

Desde a sua mais tenra juventude, Atalanta era de uma altura superior àquela que têm normalmente as mulheres adultas. No seu tempo, nenhuma moça do Peloponeso poderia ser comparada com ela em beleza. Ela tinha na fisionomia algo de viril e de rude, que provinha – assim como a coragem de que ela era dotada – do fato de ter sido amamentada por uma besta feroz ou de ter vivido nas montanhas num contínuo exercício. Se ela não tinha nada de seu sexo, como poderia ter a sua indolência? Ela não havia sido criada por uma mãe ou por uma ama, e não havia passado sua vida trancada num quarto. Ela não era nada gorda, nem podia sê-lo, já que estava sempre ocupada em fortalecer seu corpo por meio da caça e de outros exercícios semelhantes. Ela era loura: seus cabelos deviam esta cor à natureza e não à arte (nem às drogas das quais as mulheres sabem fazer uso para obter essa cor). Sua tez, bronzeada pelos raios do sol, parecia de um vermelho escuro. Mas seria uma flor tão fresca, tão bela quanto o rosto de uma jovem virgem, sobre o qual brilha o pudor? Ela reunia duas qualidades igualmente apropriadas para espantar: uma beleza incomparável e um aspecto que inspirava o terror. Ao vê-la, um covarde ou um efeminado, longe de ser tomado de amores por ela, não teria ousado encará-la. O fulgor irradiado por toda a sua figura, junto com os traços de seu rosto, ofuscava aqueles que olhavam para ela. Não era possível encontrá-la sem sentir uma sensação de pavor, e isso provinha, entre outras coisas, do fato de que esses encontros eram raros, porque não se conseguia vê-la com facilidade. Algumas vezes, perseguindo uma besta feroz ou repelindo o ataque de algum inimigo, ela aparecia subitamente como uma estrela, no momento em que menos se esperava. Em sua corrida, ela brilhava como um relâmpago. Porém, ela logo ia precipitadamente se esconder em um bosque de carvalhos, numa mata cerrada ou em qualquer outra brenha da montanha.

Na vizinhança de Atalanta moravam dois centauros, Hileus e Recus, insuportáveis naquela terra por causa de sua devassidão: eles ousaram desejá-la. As flautistas e os outros meios que a juventude das cidades utiliza para se distrair não tinham nada de ver com os seus divertimentos. O prazer deles era correr no meio da noite, segurando nas mãos tochas acesas, cujas chamas, à primeira vista, eram capazes de assustar toda uma região, e com mais forte razão uma rapariga. Esses odiosos amantes, coroados com ramos verdes de pinheiro, que eles entrelaçavam ao redor de suas cabeças, corriam através das montanhas, para os lados onde habitava Atalanta, fazendo com suas armas um barulho contínuo e pondo fogo nas árvores. Era com esse aparato, tão insolente quanto ruidoso, que eles levavam para o objeto de seu desejo os presentes que antecedem as núpcias. Atalanta não ignorava as suas más intenções. Do fundo de sua gruta, ela percebeu a claridade das chamas e reconheceu os centauros. Sem se abalar e sem ficar assustada com o que via, ela retesou seu arco: a flecha partiu e atingiu com um ferimento mortal aquele que seguia na dianteira. Quando o segundo o viu estendido por terra, lançou-se sobre Atalanta, não mais como um amante apaixonado, mas como um verdadeiro inimigo, animado pelo desejo de vingar seu companheiro e de saciar o seu próprio furor. Uma segunda flecha, atirada por Atalanta, antecipou-se a ele e puniu-o pela sua audácia. Não me estenderei mais sobre a filha de Jasion.

2... Punição de Macareu

Um mitileniano chamado Macareu, sacerdote de Baco, tinha a doçura e a bondade pintadas em seu rosto, mas era, no fundo, o mais perverso dos homens. Um estrangeiro foi um dia procurá-lo e entregou-lhe em depósito uma grande soma de ouro, que Macareu enterrou num local secreto do templo. Quando o estrangeiro voltou, algum tempo depois, para solicitar a restituição de seu depósito, Macareu, fingindo estar pronto para devolvê-lo, conduziu-o até o templo, assassinou-o e, depois de haver desenterrado o ouro, pôs o cadáver em seu lugar. Ele acreditava que o seu crime, que era ignorado pelos homens, escaparia do mesmo modo aos deuses. Mas foi provado o contrário. Pouco depois disso, ocorreu a festa de Baco, conhecida pelo nome de "Trietérica"[3]; Macareu celebrou-a com pomposos sacrifícios. Enquanto ele se entregava aos festejos de costume, seus dois filhos, ainda crianças, que não o haviam seguido, querendo imitar o pai, imolando como ele algumas vítimas, aproximaram-se do altar onde ele acabara de sacrificar, e sobre o qual queimava ainda o fogo sagrado. O mais moço ofereceu seu pescoço

---

3   Festa que era celebrada a cada três anos.

e o mais velho, achando à mão o cutelo que havia sido deixado ali por descuido, agarrou-o e feriu com ele o seu irmão, que ele imolou como uma vítima. Ao verem essa ação, aqueles que estavam na casa deram fortes gritos e a mãe os escutou. Ela acorreu e, vendo um de seus filhos morto e o outro tendo nas mãos o cutelo tinto com o sangue que acabara de derramar, apanhou sobre o altar um pedaço de madeira semicarbonizado e matou com ele o filho que lhe restava. Quando Macareu tomou conhecimento dessas pavorosas notícias, abandonou os mistérios, correu precipitadamente para sua casa e, transtornado pela cólera e pela dor, matou sua mulher com um golpe do tirso[4] que carregava. Esses horrores logo chegaram ao conhecimento público. Macareu foi preso e submetido à tortura: ele confessou o crime que havia cometido no templo e expirou em meio aos tormentos. Quanto ao estrangeiro que ele havia massacrado, foram-lhe prestadas as honras públicas e, por ordem do deus, ergueram-lhe um monumento. Assim, Macareu, sofrendo a penalidade que havia justamente merecido, pagou pelos seus crimes, segundo a expressão de Homero[5], "não somente com a sua própria vida, mas com a de sua mulher e de seus filhos".

3... Do túmulo de Belus aberto por Xerxes

Xerxes, filho de Dario, tendo mandado abrir o túmulo do antigo Belus[6], encontrou dentro dele um ataúde de vidro, que continha o corpo do príncipe, imerso em azeite. O caixão não estava cheio, faltando mais ou menos um palmo para que o azeite chegasse à borda. Ao lado, havia uma pequena coluna com a seguin-

---

4 Bastão enfeitado com os signos de Baco, utilizado por seus sacerdotes. (N. T.)
5 *Ilíada*, IV, 162.
6 Este antigo Belus desfrutava de uma grande veneração entre os babilônios, que o consideravam como o fundador de sua cidade. Acredita-se que ele seja o mesmo que Nemrod.

te inscrição: "Infeliz daquele que, tendo aberto esse túmulo, não encher o ataúde." Xerxes, assustado com o que acabara de ler, ordenou que despejassem prontamente óleo dentro dele. Como o caixão ainda não estava cheio, ele mandou que a operação fosse repetida, sem que houvesse nenhum aumento aparente no volume do líquido. Vendo então a inutilidade do trabalho que estava realizando, Xerxes desistiu, mandou que o túmulo fosse novamente fechado e voltou para casa aflito. A predição inscrita na coluna logo se cumpriu. Xerxes, tendo marchado contra os gregos, à frente de um exército de 700 mil homens, foi infeliz em sua expedição e, voltando para casa, terminou sua vida miseravelmente, assassinado durante a noite por seu próprio filho, que o surpreendeu em seu leito[7].

4... Palavras de Eurípides

Num grande banquete que o rei Arquelau[8] ofereceu aos seus amigos e onde todos se vangloriavam de beber, Eurípides – que bebera sem moderação – insensivelmente acabou por se embriagar. Agatão, poeta trágico[9], que tinha cerca de quarenta anos, estava sentado perto dele no mesmo divã. Eis que, de repente, Eurípides atira-se em seu pescoço e o abraça ternamente.

– Pois então! – diz Arquelau – Agatão ainda vos parece em condições de ser amado?

– Sim, por Júpiter! – respondeu Eurípides. – A primavera da beleza não é mais bela que o seu outono.

---

7 Outros historiadores contam que Xerxes foi assassinado por Artabão, um de seus generais, que lançou a suspeita do crime sobre Dario, filho mais velho desse príncipe. (Justino, III, 1)
8 Sobre Arquelau, cf. o cap. 21 do livro II e o cap. 9 do livro VIII.
9 Agatão também compôs algumas comédias. Cf. o cap. 21 do livro II.

5... De Laio

Dizem que Laio[10], quando raptou Crisipo, filho de Pélops[11], deu o primeiro exemplo de um amor que a natureza desaprova. E, desde essa época, o mesmo gosto é considerado como honesto entre os tebanos[12].

6... Qualidades peculiares de alguns vinhos da Grécia

As vinhas do território de Hereia, na Arcádia, produzem um vinho que tira dos homens o uso do sentido e da razão, mas que torna as mulheres fecundas.

Em Taso, são feitas duas espécies de vinho: uma tem a propriedade de proporcionar um sono suave e profundo; a outra, inimiga da saúde, causa a insônia e a tristeza.

Nas proximidades de Ceraunia[13], na Acaia, fabrica-se um vinho que as mulheres têm o costume de usar quando querem provocar o aborto.

7... Conduta de Alexandre após a tomada de Tebas

Quando Alexandre se tornou senhor de Tebas, ele mandou vender todos os cidadãos livres, com exceção dos sacerdotes. Ele isentou da mesma maneira aqueles com quem seu pai estivera ligado pela hospitalidade, e toda a sua linhagem[14] (sabe-se que Fili-

---

10   Laio, rei de Tebas.
11   Pélops, rei de um cantão da Grécia, que por sua causa recebeu o nome de Peloponeso.
12   Todo mundo conhece esse célebre batalhão, conhecido pelo nome de "Tropa dos amantes".
13   Não se conhece nenhuma cidade com esse nome na Acaia. De acordo com Ateneu, seria necessário ler Cerínia, cidade situada perto das fronteiras da Arcádia.
14   Eliano está falando dos descendentes de Epaminondas e de Pelópidas: esses dois grandes homens haviam exercido a hospitalidade para com Filipe, durante os três anos em que ele permaneceu como refém em Tebas.

pe, em sua infância, havia sido refém entre os tebanos). Alexandre manifestou do mesmo modo muita consideração pelos descendentes de Píndaro[15]. Em toda a cidade, a única das casas que ele deixou que subsistisse foi a desse poeta. Seis mil tebanos perderam a vida e trinta mil foram feitos prisioneiros.

8 e 9... De Lisandro e de Lâmia[16]

Conta-se que o lacedemônio Lisandro[17], estando na Jônia, abandonou as leis de Licurgo, por considerá-las muito duras, para entregar-se à vida voluptuosa dessa terra. Isso fazia que Lâmia, cortesã ateniense, dissesse que "os leões da Grécia tornavam-se raposas em Éfeso"[18].

10... Duplo matrimônio de Dionísio

Dionísio, num mesmo dia, desposou duas mulheres: a locriana Dóris e Aristômaca[19], filha de Hiparinos e irmã de Dion. Ele se dividia entre elas do seguinte modo: uma seguia-o com o exército; na volta, ele se encontrava com a outra.

---

15 Rousseau evoca assim esse episódio, na primeira estrofe de sua ode sobre o nascimento do Duque da Bretanha:
    (De Píndaro), esse grego celebrado,
    Do qual o impiedoso Alexandre,
    Em meio a Tebas em cinzas,
    Respeitou a posteridade.
16 Como esses dois capítulos estão juntos nos manuscritos, e como as palavras de Lâmia parecem ser a conclusão da anedota de Lisandro, acreditei que devia reuni-los.
17 Cf. o cap. 20 do livro III; o cap. 43 do livro XII etc. De resto, Plutarco (*Vida de Sila*) consegue vingar Lisandro desta imputação.
18 Esse provérbio era mais antigo do que Lâmia: Aristófanes o havia utilizado na comédia da Paz.
19 Algumas das antigas edições dizem "Aristenete", porém a filha de Hiparinos chamava-se Aristômaca (Cf. Diodoro, Plutarco, Valério Máximo etc.) (J. V. L.)

11... Efeito de um discurso de Isócrates

Ouvi dizer que o estado de servidão a que os persas foram reduzidos pelos macedônios foi obra de Isócrates. A notícia de um discurso[20] que este orador pronunciou na Grécia, chegando até a Macedônia, fez nascer em Filipe o desejo de levar a guerra para a Ásia e, depois da morte desse príncipe, incitou seu filho Alexandre, que herdara o seu trono, a executar esse projeto.

12... Do astrônomo Meton

Quando a frota de Atenas estava pronta para navegar para a Sicília[21], o astrônomo Meton[22], que havia sido incluído na lista daqueles que deviam embarcar, prevendo o que iria acontecer e temendo os perigos da navegação, procurava ser dispensado da viagem. Como não estava conseguindo, ele tomou a decisão de fingir-se de insensato. Entre diversas extravagâncias que ele acreditou serem apropriadas para confirmar a ideia de que estava realmente louco, ele pôs fogo em sua casa, que ficava nas proximidades do Poecile[23]. Com isso, os arcontes concederam-lhe a sua dispensa. Em minha opinião, Meton desempenhou melhor o papel de louco do que havia feito Ulisses, rei de Ítaca. Palâmedes descobriu o truque de Ulisses[24] e nenhum ateniense apercebeu-se do de Meton.

---

20 Isócrates passou, segundo alguns, dez anos compondo este discurso, e quinze, segundo outros. (Plutarco, *Vida dos oradores*)
21 Os atenienses fizeram a guerra contra os siracusanos. Essa expedição arruinou as forças de Atenas e foi seguida pela tomada dessa cidade pelos lacedemônios. (Justino, IV, 4)
22 Cf., sobre Meton, o capítulo 7 do livro X.
23 O Poecile era um pórtico de Atenas, onde se reuniam os filósofos estoicos.
24 Palâmedes pôs Telêmaco num sulco, diante da charrua com a qual Ulisses arava. (Higino, *Fábula* 95)

13... Palavras de Ptolomeu

O maior prazer de Ptolomeu, filho de Lagus, era cumular de riquezas aqueles a quem amava. "Mais vale", dizia ele, "enriquecer os outros do que ser rico."

14... Dos poemas de Homero

Os antigos cantavam os poemas de Homero em trechos isolados, aos quais eles davam títulos referentes a seu tema, por exemplo, "O combate perto dos navios"[25]; "A dolônia"[26]; "O valor de Agamênon"[27]; "O recenseamento dos navios"[28]; "A patrocleia"[29]; "O resgate"[30]; "Os jogos em homenagem a Pátroclo"[31] e "A violação dos juramentos"[32]. Isso no que concerne à *Ilíada*. Quanto à *Odisseia*, eles a dividiam da seguinte maneira: a narrativa daquilo que se passou em Pilos[33] e na Lacedemônia[34]; "O antro de Calipso"[35]; "O barco"[36]; "A conversa de Alcinoüs"[37]; "A ciclopia"[38]; "A necia"[39]; "A ilha de Circe"[40]; "Os banhos"[41]; "A morte dos pretendentes de Penélope"[42]; "Os campos"[43] e "Laertes"[44].

---

25   *Ilíada*, livro XIII.
26   Ou a morte de Dolon. (*Ilíada*, livro X)
27   *Ilíada*, livro XI.
28   *Ilíada*, livro II.
29   Ou a narrativa do combate e da morte de Pátroclo. (*Ilíada*, livro XVI)
30   Do cadáver de Heitor. (*Ilíada*, livro XXIV)
31   *Ilíada*, livro XXIII.
32   *Ilíada*, livro IV.
33   *Odisseia*, livro III.
34   *Odisseia*, livro IV.
35   *Odisseia*, livro V.
36   Que Ulisses construiu, e no qual ele embarcou. (*Odisseia*, livro V)
37   *Odisseia*, livro VIII.
38   O período que Ulisses passou na caverna do ciclope Polifemo. (*Odisseia*, livro IX)
39   Ou "neciomancia", a conversação entre Ulisses e os mortos, quando ele desceu aos infernos. (*Odisseia*, livro XI)
40   *Odisseia*, livro X.
41   De Ulisses, onde ele foi reconhecido por sua ama Ericléia. (*Odisseia*, livro XIX)
42   *Odisseia*, livro XXII.
43   A conversação entre Ulisses e o pastor Eumeu. (*Odisseia*, livro XIV)
44   Ulisses reconhecido por seu pai. (*Odisseia*, livro XXIV)

Foi bem mais tarde que o lacedemônio Licurgo, tendo viajado para a Jônia, foi o primeiro a trazer para a Grécia, como um bem precioso, todas as poesias de Homero. Na sequência, Pisístrato as reuniu, formando com elas a *Ilíada* e a *Odisseia*[45].

15... Nomes de alguns imbecis célebres

Dentre os homens mais imbecis, os poetas cômicos citam Polidoro, que tinha a pele tão dura que ninguém podia feri-lo, e Cecilion, que se divertia contando as ondas do mar. Sanirion não era menos imbecil – se é verdade, como dizem, que ele procurava uma escada dentro de um cântaro. Corébus e Melitides passam também por terem sido totalmente desprovidos de senso.

16... Dos apoloniatas

Nos arredores da cidade de Apolônia, situada a pouca distância de Epidâmio, no golfo Jônico, existe uma cavidade sempre cheia de betume, que brota nesse local do seio da terra como a água jorra de uma fonte. Perto dali, no topo de uma colinazinha de medíocre extensão e de pequeno contorno, vê-se um fogo que nunca se extingue e que espalha um odor em que se misturam enxofre e alume. Ao redor da colina existem árvores floridas e uma relva sempre verde: nem a folhagem nem os brotos das árvores sofrem com a proximidade do fogo. No entanto, ele queima dia e noite e nunca havia se apagado – segundo a tradição dos apoloniatas – antes da guerra que eles tiveram que sustentar contra os ilírios[46].

Os habitantes de Apolônia, por uma lei semelhante à dos lacedemônios, proibiam que os estrangeiros se estabelecessem de

---

45 Cf. o cap. 2 do livro VIII, assim como as notas.
46 Trata-se aqui provavelmente da guerra que lhes foi feita por Teuta, rainha dos ilírios. Esta princesa lhes inspirou tanto terror que, para se pôr fora de seu alcance, eles se entregaram aos romanos, cerca de doze anos antes da segunda guerra púnica. (Políbio, livro II)

qualquer forma em sua cidade[47]. Os epidamianos, pelo contrário, permitiam que qualquer pessoa permanecesse ou se estabelecesse em Epidâmio.

17... Antigo adágio

"Frínico treme como um galo". Eis um provérbio que se aplica àqueles que se encontram num estado deplorável[48]. Com efeito, quando foi representada *A tomada de Mileto*, tragédia de Frínico, e os atenienses, atormentados[49] por uma perda da qual se evocava a lembrança, expulsaram Frínico do teatro, ele foi tomado por um tal pavor que todos os seus membros tremiam.

18... De Dionísio

Dionísio, tirano da Sicília, tinha uma grande consideração pelo gênero trágico, e só falava dele com elogios. Ele chegou até mesmo a compor algumas tragédias. Porém, o gênero cômico não era de modo algum de seu agrado. Não devemos nos espantar com isso: Dionísio não gostava de rir.

19... Palavras de Cleômenes sobre Homero e sobre Hesíodo

Cleômenes[50] dizia, com a brevidade lacônica:

---

47 Sabe-se que, por uma lei de Licurgo, os estrangeiros eram banidos de Esparta.
48 Esse provérbio era muito usado entre os gregos: ele se encontra em Plutarco (*Vida de Alcibíades*), nas Vespas de Aristófanes e em outros lugares.
49 A causa da dor dos atenienses era o temor que eles tinham de ser submetidos, por parte dos persas, ao mesmo tratamento que haviam sofrido os milésios (que Dario, filho de Histaspe, havia mandado matar, depois de ter se apoderado de sua cidade, além de ter reduzido suas mulheres à escravidão). Assim, os atenienses, não se contentando em expulsar Frínico do teatro, ainda o condenaram a pagar uma multa de mil dracmas. (Heródoto, livro VI, cap.21)
50 Essas palavras foram extraídas dos Apotegmas lacônicos de Plutarco, onde Cleômenes é chamado "filho de Anaxândrides", para distingui-lo de um outro Cleômenes, filho de Cleombroto.

— Homero é o poeta dos lacedemônios; Hesíodo é o poeta dos ilotas: o primeiro ensina a arte da guerra; o segundo, a agricultura.

20... Palavras de Cercidas moribundo

Um árcade da cidade de Megalópolis, chamado Cercidas[51], disse aos seus amigos, quando estava moribundo, que via com alegria a dissolução de seu corpo, porque tinha a esperança de ir viver na companhia do filósofo Pitágoras, do historiador Hecateu[52], do músico Olímpus[53] e do poeta Homero. Após dizer essas palavras, ele morreu[54].

21... Da pele do sátiro Marsias

Se alguém, em Celenes, toca na flauta uma canção ao modo frígio, perto da pele de Marsias – que foi o seu inventor –, a pele se agita. Porém, se tocam uma canção em homenagem a Apolo[55], ela permanece imóvel e insensível.

22... Do templo de Homero

Ptolomeu Filopator, tendo mandado erguer um templo em homenagem a Homero, colocou nele uma bela estátua do poeta, em

---

51 Cercidas, poeta e legislador dos árcades. Ele dava tanta importância às poesias de Homero que ordenou que fossem postos em seu túmulo os dois primeiros livros da *Ilíada*.
52 Hecateu, originário de Mileto, foi o primeiro – pelo que dizem – que escreveu a história em prosa. Ele viveu nos tempos de Dario, filho de Histaspe, por volta de cinco séculos antes de Cristo. (Voss., *Hist. Graec.*)
53 Existiram dois célebres flautistas com esse nome, ambos frígios. Um que foi discípulo de Marsias e o outro que viveu algum tempo depois. (Plutarco)
54 O poeta Filemon levava bem mais longe a sua admiração por Eurípides: "Se eu tivesse a certeza – diz ele, em um epigrama da Antologia (p. 244 da edição de Brodeau) – de que os mortos fossem capazes de ter sensações, como pretendem alguns, eu me estrangularia para ter o prazer de ver Eurípides".
55 Conhece-se a fábula de Marsias, esfolado vivo por Apolo.

torno da qual estavam representadas as cidades que disputavam a honra de tê-lo visto nascer[56]. Porém, o pintor Galaton o pintava vomitando no meio de uma multidão de poetas, que recolhiam cuidadosamente tudo aquilo que saía de sua boca[57].

23... De Licurgo

O lacedemônio Licurgo, filho de Eunomus, que havia desejado inspirar em seus concidadãos o amor pela justiça, foi mal recompensado por isso. Alcandro furou-lhe um olho – numa emboscada, com uma pedrada, como dizem alguns, ou, como outros relatam, com uma paulada. Esse exemplo se aplica naturalmente a todos aqueles cujos projetos têm consequências contrárias às que eles haviam pretendido. Segundo Éforos[58], Licurgo morreu no exílio, insistindo obstinadamente em não se alimentar.

24... De alguns legisladores para os quais as leis que eles haviam estabelecido foram funestas

O orador Licurgo[59] havia elaborado uma lei que proibia as mulheres de ir, montadas num carro, à festa dos mistérios – sob pena de uma multa que ele havia fixado. Sua mulher foi a primeira que violou essa lei, e ela sofreu a pena da multa.

Péricles havia feito que fosse aprovado um decreto que declarava que só seria considerado como ateniense aquele que tivesse nas-

---

56 Esmirna, Rodes, Colofão, Salamina, Quio, Argos e Atenas.
57 Junius, que relata esse fato no artigo dedicado a Galaton, não menciona outra fonte além de Eliano. (*De Pict. Ant.*, p. 91 do Catálogo dos Artistas)
58 Éforos, discípulo de Isócrates, era eólio, da cidade de Cumes. Ele havia escrito a história da Grécia, desde o retorno dos heráclides ao Peloponeso, até a sua época. De resto, nada é mais incerto do que o gênero de morte de Licurgo. (Cf. Plutarco e Justino)
59 Licurgo, ateniense, filho de Licofronte, discípulo de Platão e de Isócrates. Plutarco escreveu a sua Vida.

cido de pai e mãe cidadãos. Tendo, em seguida, perdido seus filhos legítimos, não lhe restou mais do que um filho natural, com o mesmo nome que ele[60]. Não é possível negar que os acontecimentos tenham correspondido mal às intenções de Péricles.

O ateniense Clístenes[61] foi o primeiro a introduzir o uso do ostracismo; ele foi também a sua primeira vítima.

Segundo uma lei de Zaleucus[62], legislador dos locrianos, todo homem condenado por adultério deveria ter os olhos furados. Essa lei, por uma cruel fatalidade, se tornou para ele a causa de uma infelicidade que ele não havia temido nem previsto. Seu filho, surpreendido em adultério, iria sofrer a pena imposta pela lei. Zaleucus, para preservar um regulamento que a aprovação geral havia ratificado – e do qual ele próprio era o autor –, resgatou um dos olhos de seu filho, dando um dos seus em troca – a fim de que, pelo menos, esse jovem não ficasse totalmente privado da visão.

25... Combate entre Píndaro e Corina

Píndaro, disputando em Tebas o prêmio de poesia, foi vencido cinco vezes por Corina[63], de acordo com o julgamento de espectadores sem conhecimento e sem gosto. Daí, Píndaro, fazendo alusão à grosseria dos tebanos, chamava Corina de "a porca beócia"[64].

---

60 Esse fato já foi relatado no cap. 10 do livro VI.
61 Clístenes era, por parte de sua mãe, neto de Clístenes, tirano de Sicione, do qual já se falou no cap. 24 do livro XII. Ele restabeleceu a democracia em Atenas, depois da expulsão dos Pisistrátidas (Aristóteles, *Política*, III). É muito incerto que Clístenes tenha sido o inventor do banimento através do ostracismo: uns atribuem-no a Teseu, outros aos Pisistrátidas (especialmente a Hiparco ou a Hípias).
62 Cf. o capítulo 37 do livro II; o capítulo 17 do livro III etc.
63 Corina, da cidade de Tanagra, na Beócia, era chamada de "A Musa lírica".
64 Demonstrando, assim, que certamente ganharia um concurso de grosseria. (N. T.)

26... Proveito que Diógenes tirou do exemplo de um rato

Diógenes de Sinope, abandonado por todos, vivia isolado. Muito pobre para receber qualquer um em sua casa, ele não era recebido em parte alguma por causa de seu temperamento rabugento, que o transformava num censor permanente das palavras e ações alheias. Reduzido a ter de se alimentar das pontas das folhas das árvores, seu último recurso, Diógenes começava a perder a coragem quando um rato, aproximando-se dele, veio comer as migalhas de pão que ele deixava cair. O filósofo, que observava com atenção as manobras do animal, não pôde se impedir de rir: sua tristeza dissipou-se, e a alegria voltou. "Este rato", disse ele, "sabe passar sem as delícias dos atenienses. E tu, Diógenes, te afligirás por não jantar com eles?!" Não foi preciso mais nada para restabelecer a calma na alma de Diógenes.

27... De Sócrates

Sabemos, pela tradição, que Sócrates tinha um corpo robusto e não se pode duvidar de que isso fosse devido à sua frugalidade. Assim, durante uma doença epidêmica que assolava Atenas, enquanto a maior parte dos cidadãos morria ou estava moribunda, apenas Sócrates não sofria nenhuma alteração em sua saúde. Como deveria ser, portanto, a alma que habitava um corpo tão bem constituído?

28... Palavras de Diógenes

Quando Diógenes deixou sua pátria[65], ele foi acompanhado por um de seus escravos, chamado Manes, que, tendo se cansado de

---

65 Diógenes deixou Sinope porque estava sendo acusado de alterar as moedas, diminuindo o seu peso. (Diógenes Laércio)

viver com um tal senhor, tomou o partido de fugir. Como alguém aconselhasse Diógenes a mandar procurá-lo, ele respondeu:

– Não seria vergonhoso que Manes pudesse passar sem Diógenes e que Diógenes não pudesse passar sem Manes?

Porém, depois de ter perambulado por diferentes lugares, esse fugitivo chegou a Delfos: lá, ele foi estraçalhado pelos cães, que assim vingaram Diógenes pela evasão de seu escravo.

29... Palavras de Platão

Platão dizia que a esperança é o sonho de um homem desperto[66].

30... Palavras de Olímpias, mãe de Alexandre

Quando Olímpias, mãe de Alexandre, teve notícia de que o seu filho estava havia muito tempo privado de sepultura[67], banhada em lágrimas e dando profundos suspiros, ela exclamou: "Ó meu filho! Tu aspiravas ser posto entre os deuses: era esse o objeto de todos os teus desejos. Agora, tu não podes obter nem aquilo que é concedido a todos os homens, e a que todos têm um igual direito: um punhado de terra e um túmulo." Olímpias, exalando assim a sua dor, censurava seu filho pelo vão orgulho ao qual ele havia se entregado.

31... Da humanidade de Xenócrates

Xenócrates da Calcedônia, discípulo de Platão, tinha a alma singularmente sensível à piedade e não era apenas com relação aos homens. Os animais muitas vezes o experimentaram. Um dia, quando ele estava sentado ao ar livre, um pardal, perseguido por

---

66 Diógenes Laércio atribui essas palavras a Aristóteles.
67 Ele ficou nesta condição durante cerca de trinta dias. Cf. o último capítulo do livro XII.

um gavião, veio refugiar-se junto a ele. Xenócrates recebeu-o com alegria e o manteve escondido até que a ave de rapina tivesse desaparecido. Quando o pardal se recuperou de seu susto, Xenócrates, entreabrindo seu manto, deixou que ele fosse embora: "Não terei de me censurar", disse ele, "por ter traído um suplicante."

32... Palavras de Sócrates a uma cortesã

Xenofontes conta que Sócrates conversava algumas vezes com Teodota, cortesã de uma rara beleza[68]. Um dia, quando ele conversava do mesmo modo com Calista, esta lhe disse:

– Filho de Sofronisco, sabeis que eu sou mais poderosa do que vós? Porque vós não poderíeis me tirar nenhum de meus amantes, enquanto eu, se quisesse, vos arrebataria todos os vossos discípulos.

– Isso é bastante provável – respondeu Sócrates – porque vós conduzis os homens por um caminho cuja descida é suave, enquanto eu os forço a seguir pelo sendeiro rude, escarpado e pouco trilhado que conduz à virtude.

33... Da fortuna de Ródope

Ródope[69] é considerada como tendo sido a mais bela cortesã do Egito. Um dia, quando ela estava no banho, a fortuna – que gosta

---

68 Xenofontes, *Memórias sobre Sócrates*, III, 11, e Ateneu I, 20 e XIII, 6. (J. V. L.)
69 É difícil conciliar a narrativa de Eliano com aquilo que diz Heródoto (livro II): que Ródope floresceu durante o reinado de Amásis, que só subiu ao trono 47 anos depois da morte de Psamético – a não ser que suponhamos, como Perizonius, que Eliano se enganou acerca do nome do rei ou que existiram duas cortesãs com o nome de Ródope: uma que se tornou mulher de Psamético, que mandou construir a pirâmide que pode ser vista ainda hoje (e que se acredita ter-lhe servido de tumba), e que deve ser aquela da qual fala Eliano; e outra, inicialmente chamada de Dorica, quando foi escrava juntamente com Esopo na casa de Iadmon e que, após ter sido resgatada por Charax, irmão de Safo (de quem ela era amante), exerceu o ofício de cortesã em Náucratis. Essa será a Ródope de Heródoto, que floresceu durante o reinado de Amásis, e que utilizou a décima parte de seus bens para mandar fazer espetos de ferro que ela consagrou no templo de Delfos (espetos estes que eram fortes o bastante para assar bois inteiros).

de produzir acontecimentos extraordinários e inesperados – proporcionou-lhe um favor que ela merecia menos pelas qualidades de sua alma que pelos encantos de sua figura. Enquanto Ródope se banhava, e suas aias cuidavam de suas roupas, uma águia veio atirar-se sobre uma de suas sandálias e carregou-a. Levando-a para Mênfis, no local onde Psamético[70] estava ocupado em distribuir justiça, a águia deixou-a cair no colo do príncipe. Psamético, impressionado com a delicadeza dessa sandália, com a elegância de seu lavor e com a ação do pássaro, ordenou que procurassem por todo o Egito a mulher a quem ela pertencia e, quando encontrou Ródope, casou-se com ela.

34... De Dionísio

Quando Dionísio se encontrou com Leon[71], após a sentença de morte que havia pronunciado contra ele, o tirano ordenou por três vezes, aos seus guardas, que o levassem para o suplício, e por três vezes revogou essa ordem. Todas as vezes em que se lembrava de Leon, Dionísio o abraçava, vertendo lágrimas e amaldiçoando a si mesmo e o dia em que se apoderou do poder supremo. Por fim, tendo o temor levado vantagem, ele disse:

– Ó Leon, não é permitido que tu vivas.

E ao mesmo tempo ordenou que o executassem.

---

70 Psamético, filho de Bócoris, viveu cerca de seis séculos e meio antes da era cristã.
71 Existe uma grande possibilidade de que essa aventura de Leon seja a mesma da qual fala Cícero, sem citar seu nome, no livro V dos Tusculanos (cap. 20). Ali está dito que Dionísio, querendo jogar bola, entregou sua espada para ser guardada por um jovem que ele amava. Um outro favorito de Dionísio disse-lhe então, gracejando, que ele estava entregando sua vida nas mãos daquele rapaz, que sorriu ao ouvir essas palavras. Dionísio condenou ambos à morte: o primeiro por ter mostrado o meio de lhe tirar a vida e o segundo por tê-lo aprovado através de um sorriso. Dionísio, acrescenta Cícero, sentiu uma dor mortal por ter mandado matar aquele a quem amava.

35... Remédios dos quais se servem os cervos

De acordo com o relato dos naturalistas, quando os cervos têm necessidade de um purgativo, eles mascam aipo. E se foram picados por uma aranha, eles comem lagostins[72].

36... Da morte de Eurídice

Olímpias enviou a Eurídice, filha de Filipe[73] e mulher iliriana, um punhal, uma corda e cicuta. Eurídice escolheu a corda.

37... Gelon e os conjurados

Gelon, tirano de Siracusa, governava seus súditos com a maior brandura. No entanto, alguns sediciosos conspiraram contra ele. Quando Gelon soube disso, mandou reunir os siracusanos e, avançando completamente armado no meio deles, começou por evocar-lhes a lembrança dos benefícios que eles haviam recebido dele. Depois, ele lhes revelou a conjuração e, despojando-se de suas armas, disse, dirigindo a palavra a todos:

— Eis-me no meio de vós, sem defesa, coberto apenas com a minha túnica. Entrego-me nas vossas mãos; tratai-me como vós julgardes adequado.

Os siracusanos, impressionados com sua firmeza, entregaram os culpados ao seu ressentimento e devolveram-lhe o poder supremo. Porém, Gelon deixou que o povo se encarregasse de punir os conjurados. Ergueram-lhe uma estátua, que o representava com uma

---

72 Os cervos, segundo Eliano (I, 8), também se curam da picada da aranha comendo hera selvagem.
73 Eurídice era neta de Filipe, filha de Amintas e de Cinna, filha do mesmo Filipe. Ela havia desposado Arideu, que assumiu a coroa da Macedônia após a morte de Alexandre – e que logo foi morto, assim como sua mulher, por Olímpias.

simples túnica, sem cinturão[74] – monumento que perpetuava a lembrança de seu amor pelo povo e que deveria ser, no futuro, uma lição para todos os reis.

38... Algumas palavras de Alcibíades

Alcibíades era um admirador apaixonado de Homero. Um dia, ele entrou numa escola e pediu para ouvir algum trecho da *Ilíada*: como o professor lhe respondesse que não tinha nenhuma das obras de Homero, Alcibíades aplicou-lhe um violento murro e saiu, chamando o professor de ignorante e dizendo que ele faria de seus alunos outros ignorantes como ele.

O mesmo Alcibíades, estando na Sicília e tendo sido convocado pelos atenientes, para defender-se num caso em que estava em jogo a sua vida[75], recusou-se a obedecer. "É uma tolice", disse ele, "lutar para ser absolvido, quando se pode fugir."[76] Quando alguém lhe perguntou se ele não confiava em sua pátria, num julgamento que interessava à sua pessoa, ele respondeu:

– Num caso como esse, eu não confiaria nem mesmo na minha mãe. Eu teria medo de que ela, inadvertidamente e sem querer, me desse uma pedra preta em vez da pedra branca.

Tendo tomado conhecimento, pouco tempo depois, de que seus concidadãos o haviam condenado à morte, ele disse:

– Eu farei que eles vejam que ainda estou bem vivo.

Com efeito, ele se retirou para junto dos lacedemônios e promoveu, contra os atenienses, a guerra de Decélia[77].

---

74 Eliano já relatou esse fato, embora com menos detalhes, no capítulo 11 do livro VI.
75 Alcibíades era acusado de haver mutilado, durante a noite, as estátuas de Mercúrio, e de ter divulgado os mistérios de Ceres. (Cf. Plutarco, Cornelius Nepos etc.)
76 Literalmente, seria necessário traduzir "Um acusado é um tolo se não procura fugir". No entanto, preferi adotar a correção de Leopardus, que é justificada por Plutarco (que relata essas mesmas palavras de Alcibíades).
77 Esta guerra foi assim chamada por causa de uma cidade da Ática, que os lacedemônios fortificaram a conselho de Alcibíades. Já se falou sobre isso no cap. 5 do livro II.

– Não se deve ficar espantado – dizia ele – de que os lacedemônios desafiem corajosamente a morte nos combates. A morte os livraria de algumas leis que os tornam infelizes. É por isso que eles a preferem à vida.

Ele também tinha o costume de dizer, falando de si próprio, que sua vida se parecia com a dos Dióscuros; ele morria e ressuscitava alternadamente.

– Quando a sorte me favorece, o povo faz de mim um deus. Se ela me é contrária, sou pouco diferente dos mortos.

39... De Efialto

Um general censurava Efialto[78] pelo fato de ele ser pobre.

– Mas por que – retrucou Efialto – vós não acrescentais que sou virtuoso?

40... Algumas palavras de Temístocles

Temístocles, tendo avistado no chão um colar de ouro que era usado pelos persas, deteve-se e disse a seu escravo, mostrando-lhe o colar:

– Por que tu não recolhes este achado? Tu não és Temístocles.

Quando os atenienses, depois de tê-lo tratado ignominiosamente, o chamaram novamente para governá-los, ele disse:

– Eu não dou nenhum valor às pessoas que se servem do mesmo vaso tanto para os usos mais baixos quanto para pôr o vinho.

Um dia, quando ele havia manifestado um ponto de vista contrário ao do lacedemônio Euribíades, este o ameaçou com o seu cajado:

– Bate, mas escuta! – disse-lhe Temístocles[79].

---

78 Cf. o capítulo 43 do livro II; o capítulo 17 do livro III etc.
79 Isso foi antes da famosa batalha de Salamina, em que Euribíades chefiou as forças navais da Grécia.

Ele estava convencido de que aquilo que tinha a dizer seria útil à pátria.

41... Palavras de Focion

Vendo que aqueles que deveriam morrer junto com ele estavam chorando, Focion disse a um deles:

– Pois então, Túdipo, você não está contente de morrer junto com Focion[80]?

42... Belo episódio da vida de Epaminondas

Epaminondas, ao retornar da Lacônia, foi citado como merecendo a morte, por ter continuado a comandar o exército tebano quatro meses além do que era permitido pela lei. Ele começou por exigir que aqueles que haviam compartilhado com ele o comando lhe atribuíssem toda a culpa pelo crime, como se tivessem sido constrangidos a ficar contra a sua vontade. Depois, entrando no tribunal, ele disse:

– Não tenho melhores meios de defesa do que as minhas ações. Se vós achais que elas não foram válidas, eu peço a morte. Porém, peço ao mesmo tempo que mandem gravar em minha coluna fúnebre que Epaminondas forçou os tebanos, apesar de sua resistência, a levar o ferro e o fogo para a Lacônia – onde, havia mais de quinhentos anos, nenhum inimigo ousava penetrar; a reconstruir Messênia, demolida há 230 anos; a reunir num mesmo lugar os árcades dispersos[81] e, por fim, a restituir aos gregos o direito de viver segundo as suas próprias leis.

---

80 Focion foi condenado à morte pelos atenienses, após a tomada do porto do Pireu por Antipater, sob o pretexto de que ele havia mantido alguns entendimentos com esse príncipe. (Cf. o capítulo 47 do livro III)

81 Eliano quer falar da reunião dos árcades na cidade de Megalópolis, que eles construíram a conselho de Epaminondas. (Cf. o cap. 42 do livro II)

Os juízes, envergonhados, o absolveram. Quando ele saía do tribunal, um pequeno cão maltês veio fazer-lhe festas, abanando o rabo.

— Este animal — disse Epaminondas — reconhece o bem que eu lhe fiz, enquanto os tebanos, a quem prestei os maiores serviços, quiseram me tirar a vida.

43. De Timóteo e de Temístocles

Timóteo, general ateniense, tinha a reputação de ter boa sorte: todos os seus êxitos eram atribuídos à fortuna, e nada era deixado para ele. Um dia, por brincadeira, alguns pintores o representaram dormindo em sua tenda e, acima de sua cabeça, a Fortuna prendendo as cidades em suas redes[82].

Alguém perguntou a Temístocles o que mais lhe havia dado prazer, ao longo de sua vida:

— Foi ver — respondeu ele —, nos jogos olímpicos, todos os espectadores voltarem os seus olhos para mim, quando entrei no estádio[83].

44... De Temístocles e de Aristides

Temístocles e Aristides, filhos de Lisímaco, tiveram os mesmos tutores, foram criados juntos e instruídos pelo mesmo mestre. Todavia, em sua infância, eles jamais foram vistos de acordo, e essa disposição ao desentendimento acompanhou-os desde a mais tenra idade até a mais extrema velhice.

---

82 Sobre os meios que Timóteo empregava para tornar-se senhor das cidades, cf. o cap. 16 do livro III.
83 Ele teve esse prazer nos jogos olímpicos que se seguiram às vitórias alcançadas pelos gregos sobre Xerxes. (Plutarco, *Temístocles*)

45... Crueldade de Dionísio, o Antigo

Dionísio fez que sua mãe morresse pelo veneno e deixou perecer, num combate naval, seu irmão Leptino, que ele poderia ter salvado[84].

46... De um dragão agradecido

Na cidade de Patras, na Acaia, um menino havia adquirido um pequenino dragão e cuidava dele com o maior carinho. Quando o animal cresceu um pouco mais, a criança falava com ele como se pudesse ser entendida. Ela brincava e dormia junto com ele. Porém, quando finalmente o dragão chegou a um tamanho muito grande, os cidadãos exigiram que ele fosse enviado para algum lugar desabitado. Alguns anos mais tarde, quando o menino havia chegado à adolescência, ele voltava de alguma festa, com vários de seus camaradas, quando foi atacado por ladrões. Quando seus gritos ecoaram pelos ares, o dragão acorreu, afugentou uma parte dos salteadores, devorou os outros, e salvou o jovem[85].

---

84 Segundo Diodoro da Sicília (livro XV), Leptino pereceu num combate em terra firme.
85 Poderíamos indicar aqui alguns outros exemplos semelhantes da gratidão dos animais. Todo mundo conhece a história do leão e do escravo Androcles, relatada por Eliano na *História dos animais* (livro VII, capítulo 48) e por Aulo Gélio, V, 14.

Livro Décimo Quarto

◈

1... Palavras de Aristóteles

Aristóteles, filho de Nicômaco, homem verdadeiramente sábio, e que era bem conhecido como tal, tendo sido despojado das honrarias que lhe haviam sido concedidas em Delfos[1], escreveu nos seguintes termos a Antipater[2]: "Com relação às honrarias que me foram concedidas em Delfos, e das quais estou agora privado, não sou nem extremamente sensível a elas nem totalmente indiferente". Certamente, essas palavras não se originavam de um sentimento de orgulho. Eu me preservo de atribuir a Aristóteles um semelhante vício. Porém, como homem judicioso, ele pensava que uma coisa era jamais ter usufruído de um bem, qualquer que ele fosse, e outra coisa bem diferente era perdê-lo depois de tê-lo possuído. Não é uma grande desgraça não obter nada, mas é mortificante ser privado daquilo que se obteve.

---

1 Não sabemos ao certo de que tipo de homenagens está se tratando. Seria uma estátua? Parece seguro, pelo testemunho de Pausânias (*Eliac*. II), que um homem – do qual se ignora o nome – havia erigido uma estátua para Aristóteles em Olímpia. Seria um altar? Os estagiritas, seus concidadãos, haviam lhe dedicado um, de acordo com o relato de Amônius; eles chegaram até mesmo a instituir em sua homenagem uma festa, que recebeu o nome de "Aristoteleia".

2 Cf., sobre Antipater, o cap. 47 do livro III.

2... De Agesilau

Agesilau agradecia aos bárbaros que violavam seus juramentos, porque, ao perjurarem, eles atraíam para si a cólera dos deuses e, para ele, sua benevolência e o seu socorro.

3... Palavras de Timóteo

Timóteo, censurando veementemente Aristofontes[3] pelo seu excesso de luxo, dizia-lhe:

— Lembrai-vos de que não existe nada que seja vergonhoso para quem nunca tem o bastante[4].

4... Palavras de Aristides moribundo

Aristides de Locres, tendo sido mordido por uma doninha da Espanha[5], e estando moribundo por causa de seu ferimento, dizia:

— Já que um acidente devia ser a causa de minha morte, eu preferiria morrer da mordida de um leão ou de um leopardo, em vez da de um semelhante animal.

Aristides, ao que me parece, estava mais atormentado por morrer de um ferimento ignóbil do que pela sua própria morte.

5... Do governo de Atenas

Os atenienses nem sempre escolhiam entre seus compatriotas os seus magistrados e os comandantes de seus exércitos. Eles confiavam, muitas vezes, a administração da república a estrangeiros cuja probi-

---

3   Aristofontes foi inimigo de Timóteo, e conseguiu, graças às suas acusações, fazer que ele fosse exilado.

4   Essas palavras podem ser igualmente aplicadas a um pródigo e a um avarento: ambos nunca têm o suficiente, um para patrocinar o seu luxo e o outro para satisfazer seu desejo de acumular.

5   Segundo Hesíquius e Suidas, as doninhas da Espanha eram maiores do que as de qualquer outra região.

dade e talentos eram reconhecidos. Foi assim que eles escolheram por diversas vezes para general de suas tropas Apolodoro de Cízico, embora ele fosse estrangeiro, e da mesma forma Heráclides de Clazomene[6]. Eles pensavam que homens que haviam merecido a consideração pública não eram indignos de comandá-los. Não podemos senão louvar a conduta dos atenienses, que, sem parcialidade para com seus concidadãos, sabiam honrar e recompensar a virtude daqueles que, pela diversidade de origem, deveriam lhes ser indiferentes.

6... Conselho de Aristipo para conservar a serenidade da alma

Existe, ao que me parece, um grande senso no conselho que dava Aristipo[7] de não nos atormentarmos tarde demais pelo passado nem de antemão pelo futuro. É, dizia ele, a característica de uma alma tranquila e naturalmente disposta à alegria. Ele queria, portanto, que as pessoas só se ocupassem com o dia de hoje e, nesse dia, apenas com o instante presente, seja para executar alguma coisa, seja para tomar alguma resolução. Ele dizia:

– Só o presente é nosso; o passado e o futuro não nos pertencem de modo algum. Um já não existe mais, e é incerto se o outro existirá.

7... Leis e costumes dos lacedemônios

Havia em Esparta uma lei que dizia que nenhum espartano devia ter a pele fresca como a de uma mulher, nem mais gordura do

---

6 Eliano parece ter copiado o que ele diz de Apolodoro e de Heráclides do diálogo de Platão intitulado Íon, o que serve para dar a conhecer aproximadamente o período em que eles viveram. Seria possível, de acordo com o mesmo Platão, acrescentar a esses dois homens Fanóstenes de Andros.

7 Eliano já mencionou diversas vezes esse filósofo e as suas opiniões. (Cf. o cap. 3 do livro VII; o cap. 20 do livro IX etc.)

que aquela que é deixada pelos exercícios habituais do ginásio. Com efeito, a primeira é incompatível com a aparência viril e a segunda denuncia uma vida indolente e preguiçosa. Pela mesma lei, era ordenado que os rapazes se apresentassem nus, em público, diante dos éforos, a cada dez dias. Eram cumulados de elogios aqueles que pareciam em boa forma, robustos e com os corpos trabalhados pelos exercícios, como são as obras feitas no torno e com o cinzel. Pelo contrário, aqueles que mostravam ter algum de seus membros frouxo e mole, por causa de uma superabundância de gordura que o exercício teria prevenido, eram punidos e espancados. Os éforos também tinham o maior cuidado com o exame das roupas. Todos os dias eles as inspecionavam para ver se tudo estava sendo mantido na ordem adequada.

Os cozinheiros de Esparta deviam limitar o seu talento a saber cozinhar as carnes[8]: se eles fossem mais longe do que isso, eram banidos da cidade, como um castigo pelo mal que haviam feito à saúde dos cidadãos.

Esses mesmos lacedemônios, não contentes de terem expulsado da assembleia pública[9] Náuclides, filho de Polibíades – por causa de seu enorme volume e da obesidade excessiva a que ele havia sido levado pela sua indolência –, ameaçaram-no com o exílio se ele continuasse a levar o estilo de vida vergonhoso ao qual havia se entregado até então, e que convinha melhor a um jônio que a um lacedemônio (acrescentando que a forma e todo o aspecto de seu corpo desonravam Esparta e as suas leis).

---

8   Sobre a frugalidade dos lacedemônios, cf. o cap. 34 do livro III.
9   Ateneu, que relata o mesmo fato muito mais resumidamente, diz, ao contrário, que fizeram que Náuclides avançasse para o meio da assembleia, onde Lisandro censurou-o pela indolência a que ele se entregava; e que pouco faltou para que ele fosse expulso da cidade.

8... Como Policleto e Hipômaco fizeram que o povo percebesse a sua própria ignorância

Policleto[10] fez ao mesmo tempo duas estátuas: uma de acordo com as opiniões da multidão e a outra seguindo as regras da arte. Ele teve, para com o público, a complacência de receber os conselhos que lhe davam todos aqueles que entravam em sua casa, modificando e reformando sua obra segundo o gosto deles. Por fim, ele expôs suas duas estátuas. Uma despertou a admiração de todos, enquanto a outra foi motivo de riso. Então Policleto, tomando a palavra, disse:

–A estátua que vocês estão criticando é obra de vocês, e a que vocês admiram é obra minha.

Um dia, o flautista Hipômaco[11], vendo que um de seus discípulos, que tocava seu instrumento seguindo todas as regras da arte, era aplaudido pelos que o ouviam, bateu nele com sua varinha e disse-lhe:

– Você tocou mal. De outro modo, semelhantes ouvintes não o teriam aplaudido.

9... Resposta de Xenócrates

Platão muitas vezes criticava Xenócrates da Calcedônia por causa de sua grosseria[12], mas Xenócrates não se zangava com isso. Como alguém o incitasse a responder ao filósofo, Xenócrates disse:

– As críticas de Platão me são úteis.

E, por meio dessa resposta, ele reduziu o homem ao silêncio.

---

10 Célebre escultor, nascido em Sicione, cerca de um século antes de Alexandre, o Grande. Eliano relata, no cap. 16 deste livro, um episódio que dá a conhecer o quanto eram estimadas as obras desse artista.

11 No cap. 6 do livro II, Eliano conta a mesma história de forma bem mais extensa (com a diferença de que ali Hipômaco é qualificado de "professor de ginástica").

12 No entanto, Platão gostava de Xenócrates, e o preferia a Aristóteles. (Cf. o cap. 19 do livro III)

10... Resposta de Focion a Dêmado

Quando os atenienses elegeram Dêmado como seu general, em vez de Focion[13], Dêmado, orgulhoso por esta preferência, disse a Focion, abordando-o:

— Empreste-me aquele manto sujo que você usa habitualmente quando comanda o exército.

E Focion replicou:

— Você estará sempre bastante sujo, enquanto for assim como você é[14].

11... Deveres de um rei para com seus súditos

Filisco[15] dizia um dia a Alexandre:

— Trabalhai pela glória, mas evitai merecer que vos comparem à peste ou a qualquer outra doença mortal: antes sede como a Paz e a Saúde.

Com essas palavras, Filisco queria dizer que governar com dureza e arrogância, tomar cidades e destruir nações é assemelhar-se à peste, enquanto zelar pela preservação de seus súditos é imitar duas divindades: a Paz e a Saúde.

12... Ocupação dos reis da Pérsia em suas viagens

Quando um rei da Pérsia viajava, ele levava consigo, para não se entediar, uma tabuinha e uma faca que lhe servia para raspá-la.

---

13 Já se falou de Focion no cap. 25 do livro I; 16 do livro II; 47 do livro III; 43 e 49 do livro XII etc.

14 Dêmado era extraordinariamente dedicado à gula, e as adulações mais rasteiras não lhe custavam nada para satisfazer essa paixão. Quando ele ficou velho, Antipater dizia: "Dêmado se parece com as vítimas dos sacrifícios: só lhe restam a língua e as entranhas" (Plutarco, *De amore divit.*) Pode-se conferir também o cap. 12 do livro V; o cap. 47 do livro XII etc.

15 Filisco, nascido na ilha de Égina, discípulo de Diógenes e um dos mestres de Alexandre. (Suidas)

Esse tipo de trabalho ocupava apenas as mãos do rei. Esses príncipes não tinham um único livro, e não se davam ao trabalho de pensar, de forma que eles nunca ocupavam seu espírito com leituras graves e sérias nem com ideias nobres e importantes.

13... Das tragédias de Agatão

O poeta Agatão fazia um frequente uso da antítese. Alguém, para corrigi-lo, propôs que eliminasse esta figura de suas tragédias. Ele replicou:

— Meu amigo, você não percebe que, se eu fizesse isso, não seria mais Agatão? – tanto ele amava as antíteses e tanto acreditava que elas constituíam a essência de suas peças.

14... Do tocador de lira Estratônico[16]

O tocador de lira Estratônico, tendo sido muito bem acolhido numa casa na qual o tinham convidado a entrar, ficou ainda mais lisonjeado com essa solicitude pelo fato de que se encontrava num país estranho, no qual ele não tinha qualquer laço de hospitalidade. Ele fez, portanto, grandes agradecimentos a quem o recebia com tanta boa vontade. Porém, vendo chegar um novo hóspede, e depois um outro, e percebendo por fim que a casa estava aberta a todos aqueles que nela queriam se alojar, ele disse a seu escravo:

— Saiamos daqui, nós tomamos um torcaz[17] por uma pomba. Aquilo que nós acreditamos ser uma casa hospitaleira, não passa de uma hospedaria[18].

---

16 Estratônico, ateniense contemporâneo de Alexandre. Nicocles, rei de Chipre, mandou matá-lo por ter feito algumas sátiras contra os príncipes, seus filhos. (Ateneu, livro VIII, cap. 12)
17 Tipo de pombo selvagem. (N. T.)
18 Eustácio atribui essas palavras a Platão.

15... Sócrates comparado ao pintor Pauson

Dizia-se comumente, e era uma espécie de provérbio, que "os discursos de Sócrates se parecem com os quadros do pintor Pauson"[19]. Quando alguém pediu a Pauson para pintar um cavalo rolando na terra, ele o pintou galopando. Aquele que havia pagado pelo quadro achou muito ruim que o pintor não tivesse satisfeito o seu desejo:

– Vire o quadro de cabeça para baixo – disse-lhe Pauson – e o cavalo que galopa parecerá estar se espojando[20].

Assim é, acrescentam, a ambiguidade dos discursos de Sócrates: é necessário revirá-los para descobrir o seu verdadeiro sentido. Com efeito, Sócrates, para não indispor contra si aqueles com quem conversava, mantinha com eles diálogos enigmáticos e suscetíveis de um duplo sentido.

16... Palavras de Hipônico

Como Hipônico, filho de Cálias[21], quisesse dedicar uma estátua à pátria, alguém o aconselhou a encomendá-la a Policleto[22]. Ele respondeu:

– Tomarei muito cuidado para não fazer uma oferenda cuja honra não seria para mim, seria toda para o artista.

Efetivamente, devemos presumir que, ao se examinar essa obra-prima, seria mais admirado Policleto que Hipônico.

---

19 Pauson, pintor célebre, sobretudo de animais: ele era contemporâneo de Aristófanes, que ridiculariza a sua pobreza no *Plutus*.
20 Junius, citando esse fato no artigo referente a Pauson (p. 147 do *Catálogo dos Artistas*), informa que Luciano e Plutarco estavam de acordo com Eliano.
21 Cf. os caps. 16 e 23 do livro IV.
22 Cf. o cap. 8 do livro XIV.

17. Palavras de Sócrates sobre Arquelau

Sócrates dizia que Arquelau[23] havia gastado quatrocentas minas para embelezar o seu palácio (esta soma foi realmente paga a Zeuxis[24], como preço pelos quadros que deviam ornamentá-lo), mas que esta despesa era um puro desperdício para Arquelau. Muita gente ia com solicitude, e de muito longe para ver o seu palácio, mas ninguém fazia a viagem até a Macedônia para ver o próprio Arquelau sem ter sido contratado e atraído pelo seu dinheiro – eis um motivo pouco capaz de sensibilizar um sábio[25].

18… Ameaça singular de um senhor a seu escravo

Um habitante de Quio, furioso com o seu escravo, dizia-lhe:
– Não vou te mandar para o moinho, mas te levarei para Olímpia.

Aparentemente, este homem considerava como uma punição mais severa ser queimado pelos raios do sol, no espetáculo dos jogos, do que ser forçado a girar a mó[26].

19… Da decência dos discursos de Arquitas

Arquitas[27], cuja modéstia se estendia a todos os assuntos, evitava sobretudo os termos que pudessem ferir o pudor. Quando, por

---

23 Sobre Arquelau, cf. o cap. 21 do livro II e o cap. 9 do livro VIII.
24 Cf. o cap. 2 do livro II e o cap. 12 do livro IV.
25 Foi assim que Arquelau atraiu para perto dele Eurípides, Agatão, Pausânias etc. Cf. o cap. 21 do livro II e o cap. 4 do livro XIII.
26 Os jogos olímpicos eram celebrados ao ar livre: ninguém podia se abrigar nem do sol nem da chuva. Este costume subsistiu do mesmo modo muito tempo entre os romanos; e só muito tempo depois – de acordo com o que diz Valério Máximo – é que eles cobriram com grandes lonas os locais onde se realizavam os espetáculos. Suetônio, na *Vida de Calígula*, conta que algumas vezes esse príncipe, quando o povo estava reunido para os combates de gladiadores e o sol estava a pino, mandava que fossem retiradas as lonas que cobriam o circo, proibindo que qualquer pessoa fosse embora.
27 Cf., sobre Arquitas, o cap. 17 do livro III; o cap. 14 do livro VII etc.

acaso, se via forçado a pronunciar alguma palavra indecente, ele não cedia à necessidade da circunstância. Ele não articulava esse termo, mas o escrevia numa parede – mostrando, assim, aquilo que ele não podia calar, mas contornando a obrigação de dizê-lo.

20... Anedota de Síbaris

Uma criança de Síbaris, passando por uma rua com o seu pedagogo (as pessoas que exercem essa profissão não eram menos voluptuosas que os outros sibaritas), achou por acaso um figo e o apanhou. O pedagogo, depois de uma severa reprimenda, arrancou-lhe ridiculamente o seu achado e o comeu. Não posso me impedir de rir, lendo esse episódio nas histórias sibaríticas e, como gosto demais de meus semelhantes para lhes tirar o prazer de rir também, achei que devia perpetuar a lembrança disso.

21... Do poeta Siagrus

Depois de Orfeu e de Museu, viu-se surgir Siagrus[28], o primeiro poeta. Dizem que ele cantou a guerra de Troia. Impressionado com a grandeza do tema, ele ousou assumir a tarefa de tratar dele.

22... Exemplo singular de tirania

Um tirano de Trezena[29], querendo prevenir as conspirações e os complôs que podiam ser formados contra ele, proibiu que seus súditos conversassem uns com os outros, fosse em público ou em particular. Essa proibição lhes pareceu de um rigor insustentável, e eles a contornaram combinando entre eles alguns sinais com os

---

28 Ocorre com esse poeta o mesmo que com todos aqueles dos quais se diz terem precedido Homero: praticamente só se conhece os seus nomes.
29 Lê-se no texto "tirano de Truze". Porém, como não se conhece nenhum lugar com esse nome, eu o substitui – de acordo com os comentadores – pelo de Trezena, cidade do Peloponeso.

olhos e com as mãos. Eles se lançavam reciprocamente olhares ora vivos e animados, ora tranquilos, e, quando suas mãos estavam para o alto, cada um deles, franzindo suas sobrancelhas, anunciava o estado de sua alma, já pintado em seu rosto. Tudo isso desagradou ao tirano: com base nessas diversas mudanças de rosto, ele julgou que se tramava alguma coisa contra ele no silêncio e proibiu os sinais a seus súditos. Um deles, indignado com essa horrível coação, e não podendo suportá-la – e também inflamado pelo desejo de destruir a tirania – foi para a praça pública. Lá, mantendo-se de pé, ele derramou uma torrente de lágrimas. O povo, que se agrupou em torno dele, fez a mesma coisa. Logo, o tirano foi informado de que ninguém utilizava mais os sinais do rosto, mas que eles haviam sido substituídos pelas lágrimas. Então, não contente de ter escravizado a língua e os gestos, e querendo também tirar dos olhos a liberdade que eles receberam da natureza, ele acorreu zelosamente, escoltado pelos seus guardas, para fazer cessar as lágrimas. Porém, o povo, logo que percebeu a sua chegada, apoderou-se das armas que eram trazidas pelos guardas e massacrou o tirano.

23... Do uso que Clínias e Aquiles faziam da música

Quando Clínias[30], homem de um caráter sábio, e imbuído dos preceitos de Pitágoras, sentia em si uma fermentação de cólera – com uma disposição próxima a entregar-se a ela – antes que o acesso chegasse ao seu extremo e pudesse vir à luz, logo ele afinava sua lira e tocava. Se lhe perguntavam a razão disso, ele respondia:

– É para restabelecer a calma em minha alma.

É também, em minha opinião, para acalmar a sua cólera que Aquiles, na *Ilíada*, tomando sua lira e fazendo-se acompanhar pela

---

30 Clínias, nascido em Tarento, contemporâneo e amigo de Platão (Diógenes Laércio, *Vida de Demócrito*). Ele adotou este costume de Pitágoras.

voz, evoca em sua memória as ações gloriosas dos heróis que o precederam. Com efeito, Aquiles amava tanto a música que, de todos os despojos de Eetion, não reservou para si senão a sua lira[31].

24... Generosidade de alguns cidadãos

Teocles, Trasônides e Praxis viviam na opulência: os dois primeiros em Corinto e o outro em Mitilene. Comovidos com a pobreza de alguns de seus concidadãos, eles deram um belo exemplo de generosidade através do sacrifício que fizeram de suas riquezas, tratando de inspirar em outros o mesmo sentimento de compaixão em favor dos indigentes. No entanto, eles nada puderam obter. De sua parte, eles perdoaram tudo aquilo que lhes era devido, e o prêmio por essa generosidade foi, não o dinheiro, mas a conservação de suas próprias vidas: porque os devedores que não haviam sido desobrigados de suas dívidas, tomando as armas que o furor lhes fornecia, e cedendo ao mais poderoso dos motivos – a necessidade urgente de coisas indispensáveis – se lançaram sobre os seus credores e os massacraram.

25... Meio singular de conservar a paz num Estado

Durante uma divergência muito séria que dividiu os habitantes de Quio, e que se espalhou entre eles como uma doença perigosa, um cidadão[32] – um verdadeiro estadista – disse àqueles de seu partido que queriam banir da cidade todos os seus adversários:

– Não façamos nada disso! Já que nós os vencemos, conservemos alguns deles pelo medo de que, com o tempo, acabemos vol-

---

31 Eetion não é mencionado no texto, mas é indubitavelmente sobre ele que Eliano quer falar. Vê-se que ele faz alusão aos versos 188 e 189 do nono livro da *Ilíada*.
32 Esse cidadão se chamava Onomademus, e liderava um dos partidos. (Plutarco, *De reip. gerend. praecept.*)

tando nossas armas contra nós mesmos, pela falta de inimigos[33]. Ele os persuadiu; achou-se que ele tinha razão.

26... De Antágoras e de Arcesilau

O poeta Antágoras[34] cobria de injúrias Arcesilau[35], filósofo acadêmico, em qualquer lugar em que o encontrasse – até na praça pública. Arcesilau tinha a coragem de não responder. Porém, quando ele via diversas pessoas reunidas, aproximava-se delas e se misturava à conversa, para permitir que Antágoras desonrasse a si próprio pronunciando suas injúrias diante de um maior número de testemunhas. Com efeito, aqueles que o ouviam lhe voltavam as costas e o tratavam como louco.

27... Agesilau

Existem pessoas que me parecem bem dignas de louvor, por se oporem ao mal desde o seu nascimento, cortando-o pela raiz antes que tenha tempo de crescer. Foi por isso que Agesilau aconselhou que fossem executados, sem serem ouvidos, os sediciosos que se reuniam à noite[36], durante a invasão dos tebanos na Lacônia[37].

---

33   Cipião Nasica também pensava que era necessário deixar que Cartago subsistisse, temendo que, se fosse destruída a rival de Roma, os romanos se entregariam à indolência. (Florus, II, 15)
34   Antágoras era ródio. (Vossius, *De Poet. Graec.*)
35   Arcesilau, fundador da nova Academia e contemporâneo de Epicuro (a quem, por ciúme, procurou desacreditar). Ele havia nascido na Eólida e foi enviado, por seus concidadãos, numa embaixada à corte de Antígono Gonatas. (Diógenes Laércio)
36   Agesilau, com o consentimento dos éforos, suspendeu, naquela ocasião, as leis de Licurgo, que proibiam que alguém fosse executado sem julgamento prévio. As assembleias noturnas mencionadas aqui tinham como finalidade modificar a forma de governo. (Plutarco, *Vida de Agesilau*)
37   Os tebanos eram comandados por Epaminondas. (Cf. o cap. 42 do livro XIII)

28... Do orador Piteias

Alguém censurou o orador Piteias[38] por ser um homem mau, e Piteias não negou esse fato (teria sido desmentir o testemunho de sua própria consciência). Porém, ele respondeu que, de todos os que haviam governado a república de Atenas, ele era aquele cuja maldade havia durado menos. Parece que Piteias se gabava de nem sempre ter sido mau e que ele chegava a acreditar que não o era, já que não fazia parte da relação daqueles que haviam se tornado célebres pela sua maldade. Essa maneira de pensar é pouco razoável, porque, em minha opinião, aquele que teve a intenção de fazer o mal não é menos malvado do que aquele que o fez.

29... De Lisandro

Lisandro introduziu o dinheiro na Lacedemônia e ensinou seus concidadãos a violar a proibição do deus que havia ordenado que o ouro e a prata jamais fossem recebidos em Esparta. Alguns homens sábios, que tinham ainda a alma verdadeiramente lacedemônia e digna de Licurgo e de Apolo, se opuseram a isso. Outros favoreceram a entrada desses metais e se desonraram. Assim, perdeu-se insensivelmente a antiga virtude de Esparta.

30... Da vaidade de Annon

Tamanho era o orgulho do cartaginês Annon[39] que, suportando impacientemente ver-se contido nos limites da condição humana, formulou o projeto de fazer que lhe fosse concedida, através da fama, uma existência mais excelsa do que a que ele recebera da natureza. Ele adquiriu um grande número de pássaros – de uma

---

38 Cf., sobre Piteias, o cap. 7 do livro VII.
39 Acredita-se que este Annon (que se escreve comumente Hannon) é o autor do Périplo. (Vossius, *De Hist. Graec.*)

espécie que podia ser ensinada a cantar – e criou-os num lugar escuro, onde lhes ensinava unicamente a repetir: "Annon é um deus". Quando os pássaros, que só escutavam essas palavras, aprenderam bem a pronunciá-las, Annon soltou-os em diferentes lugares, não duvidando de que o seu canto espalharia por toda parte esse testemunho a seu favor. Porém, mal readquiriram a capacidade de voar e recobraram sua liberdade, as aves, voltando para os lugares onde haviam nascido, recuperaram os seus gorjeios naturais e não emitiram nada além de sons próprios dos pássaros – dizendo para sempre adeus a Annon e ao que haviam aprendido durante o seu cativeiro.

31. De Ptolomeu Tryphon

Ptolomeu, que, por causa de sua vida voluptuosa, ganhou o apelido de "Tryphon"[40], respondeu a uma belíssima mulher que lhe solicitava uma audiência particular:

– Minha irmã proibiu-me qualquer conversação com as belas mulheres.

Sem se perturbar, a mulher retrucou, com espírito:

– Vós não seríeis tão difícil para um belo rapaz.

Essa réplica agradou muito a Ptolomeu.

32... Palavras do lacedemônio Timândrides

Um lacedemônio chamado Timândrides, partindo para uma viagem, encarregou seu filho dos cuidados com a sua casa. Na volta – que ocorreu pouco tempo depois da sua partida – ele soube que

---

40 Parece que se trata aqui de Ptolomeu Filopator, cognominado Tryphon, de acordo com o relato de Plínio (VII, 56). Aquilo que Eliano acrescenta da irmã desse príncipe também se adequa muito bem a Filopator, que havia desposado sua irmã Eurídice – que ele depois mandou matar, estando apaixonado por uma mulher chamada Agatóclia (que bem poderia ser aquela de que fala Eliano neste capítulo).

seu filho havia aumentado consideravelmente o patrimônio que lhe havia deixado:

– Você – disse-lhe ele – ofendeu diversas divindades ao mesmo tempo, os deuses do país e os deuses estrangeiros: qualquer cidadão virtuoso lhes consagra o seu supérfluo. Nada – acrescentou ele – é mais vergonhoso para um homem do que ser descoberto rico quando de sua morte, depois de ser tido como pobre durante a sua vida.

33... Resposta de Diógenes a Platão

Um dia, Diógenes assistia a um discurso de Platão e não lhe prestava atenção.

– Escuta, pois, cão! – disse-lhe Platão.

Sem se perturbar, Diógenes retrucou:

– Mas jamais me viram voltar, como fazem os cães, ao lugar onde me venderam[41].

Dessa forma, Diógenes censurava Platão pela sua segunda viagem à Sicília. Platão costumava dizer que Diógenes era Sócrates em delírio.

34... Da origem das leis entre os egípcios

Os egípcios afirmam que Mercúrio foi o autor de suas leis[42]. Todos os povos têm essa mania de querer tornar mais augusta a origem de seus costumes. Nos primeiros tempos, entre os egípcios, os sacerdotes eram os juízes: o mais velho era o chefe e todos estavam submetidos à sua autoridade. Esse devia ser o mais justo e o mais ín-

---

41 Diógenes fazia alusão ao retorno de Platão para junto de Dionísio, depois que esse tirano mandou vendê-lo na ilha de Égina (Diógenes Laércio, *Vida de Platão*). O mesmo autor relata de forma diferente a resposta de Diógenes, na vida desse filósofo, fazendo que ele diga, ironicamente, a Platão: "Vós tendes razão, porque eu voltei para junto daqueles que me venderam".

42 Eliano já havia dito a mesma coisa no cap. 4 do livro XII.

tegro de todos os homens. Ele carregava no pescoço uma safira, na qual estava gravada uma figura que se chamava "A Verdade"[43]. De minha parte, me agradaria antes que um juiz tivesse a verdade no coração, não que carregasse a sua imagem representada numa pedra.

35... De Laís

Laís foi apelidada de "O Machado", em alusão à aspereza de seu caráter e ao preço excessivo de seus favores – sobretudo para os estrangeiros, porque eles não estavam em Corinto senão de passagem[44].

36... Lição para aqueles que se envaidecem por causa de seu nascimento

É com justiça que se ri daqueles que se envaidecem de seus ancestrais, porque, se nós admiramos as ações de Marius, ignoramos quem foi o seu pai. E é possível dizer a mesma coisa de Catão, de Servius, de Túlio Hostílio e de Rômulo[45].

37... Sobre as estátuas e os quadros

Eu gosto de ver, mas não superficialmente e de passagem, as estátuas e os quadros. As obras de arte – principalmente aquelas de que acabo de falar – oferecem sempre alguma instrução útil. Entre vários exemplos que comprovam isso, citarei apenas um: nunca

---

43 Isso se parece com o Ephod do sumo-sacerdote dos judeus, do qual se fala no Êxodo. Ele era ornado de pedrarias e suspenso sobre o peito como o peitoral do sumo-sacerdote dos egípcios. Uma outra semelhança entre os dois sacerdotes é que o dos judeus, antes do restabelecimento da realeza, também julgava as pessoas.

44 Cf., sobre Laís, o cap. 2 do livro V e a primeira nota desse capítulo. Com relação ao apelido de "Machado", ele lhe foi dado aparentemente para dar a entender que ela diminuía a fortuna de seus amantes, tal como o machado abatia os bosques. Esse capítulo é o mesmo que o quinto do livro XII, onde o autor diz ainda que extraiu a história de Aristófanes de Bizâncio.

45 Esse capítulo já se encontra mais acima (XII, 6). O autor contenta-se em acrescentar aqui os nomes de Servius, de Hostílio e de Rômulo.

um pintor ou escultor, ao representar as Musas[46], ousou modificar os traços que lhes são próprios, conferindo-lhes um caráter que não teria sido digno das filhas de Júpiter. Que artista seria bastante desprovido de senso para representá-las armadas? Por isso, deve-se entender que, para ser digno de viver em relação com as Musas, o espírito de paz e de brandura se faz necessário.

38… Conselho de Epaminondas a Pelópidas

Dentre as diversas palavras notáveis do tebano Epaminondas, podemos mencionar a seguinte: "Lembrai-vos", dizia ele a Pelópidas, "de jamais sair da praça pública sem ter feito um novo amigo."

39… De Antalcidas

O que vou dizer agora é de um gênero menos sério. Quando o rei da Pérsia[47] enviou a Antalcidas, que estava em sua corte para tratar da paz[48], uma coroa de rosas bem perfumadas, Antalcidas respondeu:

– Eu recebo o presente e me sinto sensibilizado com esta demonstração da benevolência do rei. Porém, vós haveis aniquilado o aroma das rosas. O perfume artificial destruiu aquele que a natureza lhes deu.

---

46 Tudo aquilo que está dito aqui, sobre as Musas, já foi mencionado, quase nos mesmos termos, no livro XII, cap. 2.
47 Artaxerxes Mnêmon.
48 Antalcidas, por ódio a Agesilau – do qual ele via crescer o crédito, durante a guerra –, aconselhou os lacedemônios a fazer a paz. Tendo sido enviado, com esse objetivo, como embaixador à corte de Artaxerxes, ele concluiu um tratado vergonhoso e desonroso, abandonando aos persas os gregos estabelecidos na Ásia. (Plutarco, *Vida de Artaxerxes*)

40... De Alexandre, tirano de Feres

Alexandre, tirano de Feres[49], foi renomado pela sua crueldade. Um dia, quando o poeta trágico Teodoro[50] desempenhava, da maneira mais tocante, o papel de Erope, Alexandre, não podendo conter as lágrimas, levantou-se precipitadamente e saiu do teatro. Para consolar o poeta, disse-lhe que não era nem por desprezo pela sua arte nem com a intenção de injuriá-lo que ele havia se retirado, mas por vergonha de mostrar piedade pelas desgraças fingidas de um ator, enquanto não sentia nenhuma comoção com os males reais de seus concidadãos.

41... Paixão de Apolodoro pelo vinho

Apolodoro[51], o maior beberrão de seu tempo, não se preocupava de modo algum em ocultar esse defeito, e não buscava esconder dos olhos do público nem a sua embriaguez nem os funestos efeitos que se seguiam a ela. Quando ele estava excitado pela bebida, tornava-se furioso e havia bons motivos para temê-lo, já que a ação do vinho aumentava a sua ferocidade natural.

---

49 Alexandre era sobrinho e genro de Jasão, do qual Eliano falou no cap. 9 do livro XI. Tebe, filha de Jasão e mulher de Alexandre, não podendo mais suportar a sua crueldade, e ajudada pelos irmãos do tirano, o matou. (Plutarco, *Vida de Pelópidas*)

50 Plutarco, que relata esse fato no mesmo lugar que acabei de citar, qualifica Teodoro de "ator trágico", sem dizer que ele foi poeta. Com efeito, Aristóteles (*Política*, VII) fala de um célebre ator com esse nome. Porém, como vários poetas eram ao mesmo tempo atores, é possível que Teodoro fosse ambas as coisas. Uma outra diferença entre a narrativa de Plutarco e a de Eliano é que Plutarco diz que estava sendo representada As troianas, de Eurípides. Seja como for, Erope, mulher de Atreu, desonrada por Tieste, bem poderia fornecer material para uma tragédia – e nós sabemos, através de Plutarco, que o poeta Carcinus havia composto uma com o nome de Erope.

51 Apolodoro, tirano de Cassandreia, cidade que havia recebido esse nome por causa de Cassandro, e que antes se chamava Potideia. Apolodoro, depois de ter conquistado o povo ao fingir um grande zelo pela democracia, logo se apoderou da autoridade suprema e a exerceu com uma inusitada crueldade. (Poliano, livro VI)

42... Máxima de Xenócrates

Xenócrates[52], discípulo de Platão, dizia:
– É a mesma coisa lançar os olhos ou pôr os pés na casa de outrem.

Isso quer dizer que aquele que olha para onde não deveria olhar comete uma falta tão grave quanto aquele que entra onde não deveria entrar.

43... De Ptolomeu e de Berenice

Contam que um dia, enquanto Ptolomeu (não importa qual dos príncipes com esse nome)[53], sentado diante de uma mesa, jogava dados, alguém lia, ao seu lado, os nomes dos culpados condenados e os motivos de sua condenação, a fim de que ele determinasse aqueles que mereciam a morte. Vendo isso, Berenice, sua mulher, arrancou o registro das mãos do leitor e não permitiu que ele continuasse a lê-lo até o fim. "Não é jogando", disse ela, "que se decide a vida dos homens. Deve-se prestar a isso a mais séria atenção: uma coisa é a sorte dos corpos, e outra a dos dados." Esse discurso agradou bastante a Ptolomeu. A partir desse momento, ele nunca mais escutou, durante seus jogos, a relação das sentenças pronunciadas em matéria criminal.

44... Lei lacedemônia contra a avareza

Um jovem lacedemônio, que havia adquirido um lote de terra a preço vil, foi levado diante dos magistrados e condenado a pagar

---

52 Cf. o cap. 19 do livro III e o cap. 9 do livro XIV.
53 Como existiram dois Ptolomeus cujas mulheres se chamavam Berenice (Ptolomeu Soter e Ptolomeu Evergeta), não é fácil decidir a qual deles se refere esse episódio. Perizonius pensa que, por causa da inclinação de Evergeta para o prazer e a ociosidade, isso está mais adequado a ele que ao outro.

uma multa, porque, numa tão tenra idade, já mostrava uma grande avidez pelo lucro. Aquilo que caracterizava a coragem dos lacedemônios é que ela era tão firme contra o dinheiro como contra os inimigos da república.

45... De algumas mulheres célebres

A Grécia teve três mulheres das quais só se fala de forma elogiosa: Penélope[54], Alceste[55] e a esposa de Protesilau[56]. Ocorre o mesmo, entre os romanos, com Cornélia[57], com Pórcia[58] e com Cestília[59]. Eu poderia mencionar várias outras, porém, não tendo citado senão um pequeno número de mulheres gregas, não quero aumentar a lista das mulheres romanas, com medo de que suspeitem de que quis homenagear a mim mesmo lisonjeando a minha pátria.

46... Maneira de combater dos magnésios

Na guerra que os magnésios, estabelecidos nas margens do rio Meandro[60], fizeram contra os efésios, cada cavaleiro tinha consigo,

---

54 Penélope é celebre por ter mantido constantemente a fidelidade conjugal a Ulisses, apesar dos pretendentes que a assediavam.
55 Alceste, mulher de Admeto, rei de Feres na Tessália, amava tão ternamente o seu marido que quis morrer em seu lugar. É o tema de uma das tragédias de Eurípides.
56 A mulher de Protesilau chamava-se Laudâmia. Ao tomar conhecimento de que o seu marido, que havia partido para o cerco de Troia, havia sido morto ao descer de seu navio, ela morreu de dor. (Higino, *Fábulas* 103 e 104)
57 Cornélia, filha do primeiro Cipião, o Africano, e mãe dos Gracos.
58 Pórcia, filha de Catão de Útica e mulher de Brutus, ao saber da derrota e da morte de seu marido, também se matou.
59 Cestília não é conhecida. Perizonius conjectura, com pouca verossimilhança, que seria preciso ler Clélia, esta mulher corajosa que se salvou das mãos de Porsena atravessando o Tibre a nado.
60 Havia na Ásia duas cidades com o nome de Magnésia: aquela de que fala Eliano e uma outra, no sopé do monte Sípilo. Sobre a primeira dessas cidades, e sobre a guerra contra os efésios, anterior ao reinado de Gigés na Lídia, pode-se consultar Estrabão (livro XIV).

como companheiro de armas, um cão de caça[61], além de um escravo hábil em manejar o arco. No momento em que era dado o sinal de ataque, esses cães terríveis e cruéis se lançavam com furor sobre as tropas inimigas, levando-lhes o pavor. Em seguida, os escravos arqueiros, antecipando-se aos seus senhores, lançavam suas flechas e apressavam, assim, a derrota de um exército que os cães já haviam posto em desordem. Então, chegavam os cavaleiros, que constituíam a terceira linha de ataque.

47… Palavras do pintor Nicóstrato

Zeuxis de Heracleia havia feito o retrato de Helena[62]; o pintor Nicóstrato[63], ao vê-lo, foi tomado de uma surpresa que se reconhece facilmente como um sinal de admiração. Alguém, aproximando-se, perguntou-lhe por que ele admirava tão intensamente essa obra.

– Se você tivesse os meus olhos – respondeu Nicóstrato – não me faria esta pergunta.

Eu diria a mesma coisa dos discursos eloquentes: que, para sentir as suas belezas, é necessário ter ouvidos sábios, como os artistas devem ter olhos exercitados para apreciar as produções de sua arte.

---

61 Os celtas também levavam para a guerra seus escravos e alguns cães. (Estrabão, livro IV)
62 Cf., sobre o retrato de Helena, pintado por Zeuxis, o cap. 12 do livro IV.
63 Perizonius sugere que se leia "Nicômaco", pintor célebre que Plutarco compara a Zeuxis, e de quem Junius fala de maneira elogiosa, enquanto Nicóstrato é conhecido apenas por essa menção de Eliano.

48... Personagens dos quais Alexandre suspeitava

Alexandre desconfiava de Ptolomeu[64] por causa de sua astúcia; de Arrias[65], por causa de seu caráter libertino; e de Píton[66], por causa de seu gosto pela intriga.

49... Episódio da vida de Filipe

Filipe vinculava à sua casa e tomava ao seu serviço os filhos dos macedônios mais distintos, não por algum motivo que pudesse desonrá-los – como se supôs – ou para humilhá-los. Ele queria, ao contrário, endurecendo-os no trabalho, acostumá-los a estar sempre prontos para fazer aquilo que se exigisse deles. Dizem que ele tratava duramente aqueles dentre esses jovens que se mostravam efeminados ou indóceis. Ele mandou açoitar Aftoneto porque, premido pela sede, ele havia abandonado a sua fileira e se desviado do caminho para entrar numa hospedaria. Ele puniu com a morte Arquedamus, que havia se despojado de suas armas para correr atrás do saque, apesar da proibição que lhe havia sido feita. Arquedamus acreditava ter conquistado, pela sua subserviência e adulações, bastante influência sobre o espírito de Filipe para não temer ser punido[67].

---

64 Cf. o cap. 36 do livro XII, onde Eliano tratou do mesmo assunto, e do qual esse parece ser uma sequência.

65 Plutarco (*De Fort. Alex.*) o chama de Tarrias; Quinto Cúrcio ora o chama de Adarquias, ora de Atarias ou Afarias. Seja como for, é certo que o homem designado por esses diferentes nomes era capitão dos guardas de Alexandre.

66 Píton era um dos sete principais escudeiros de Alexandre, que são enumerados por Arriano; todos eles constituíam os amigos mais íntimos do príncipe.

67 Tudo aquilo que diz respeito a Arquedamus não está muito inteligível, no texto – que a maior parte dos comentadores considerou como estando corrompido nessa parte. Acreditei que podia me permitir, para encontrar um sentido razoável, fazer uma leve transposição, autorizada de algum modo pelos parênteses com os quais Perizonius isolou uma parte da frase.

1ª edição Maio de 2009 | **Diagramação** Megaart Design | **Fonte** Adobe Garamond Pro
Papel Offset 75 g/m² | **Impressão e acabamento** Imprensa da Fé